Née à Akranes en 1988, Eva Björg Ægisdóttir vit à Reykjavík avec son mari et ses trois enfants. *Elma*, son premier roman, est devenu un best-seller en Islande. Il a été récompensé du « Blackbird Award », un prix créé par Yrsa Sigurdardóttir et Ragnar Jónasson pour promouvoir les meilleurs espoirs du polar islandais. La trilogie à succès qu'*Elma* forme avec ses deux romans suivants, *Les Filles qui mentent* et *Les Garçons qui brûlent*, l'a sacrée reine du polar islandais. Son nouveau roman, *Le Clan Snæberg*, a reçu le prix John Creasy Dagger et le Storytell Award du meilleur roman policier.

DE LA MÊME AUTEURE

**Elma**
*Éditions de La Martinière, 2021*
*et « Points Policiers », n° P5552*

**Les Filles qui mentent**
*Éditions de La Martinière, 2022*
*et « Points Policiers », n° P5905*

**Les Garçons qui brûlent**
*Éditions de La Martinière, 2023*
*et « Points Policiers », n° P6152*

Eva Björg Ægisdóttir

# LE CLAN SNÆBERG

*Traduit de l'islandais
par Jean-Christophe Salaün*

Éditions de La Martinière

TITRE ORIGINAL
*Þú sérð mig ekki*

ÉDITEUR ORIGINAL
Veröld Publishing, Islande, 2021

© Eva Björg Ægisdóttir, 2021

ISBN 979-10-414-2057-5

© Éditions de La Martinière, 2024, pour l'édition en langue française

Le Code de la propriété intellectuelle interdit les copies ou reproductions destinées à une utilisation collective. Toute représentation ou reproduction intégrale ou partielle faite par quelque procédé que ce soit, sans le consentement de l'auteur ou de ses ayants cause, est illicite et constitue une contrefaçon sanctionnée par les articles L. 335-2 et suivants du Code de la propriété intellectuelle.

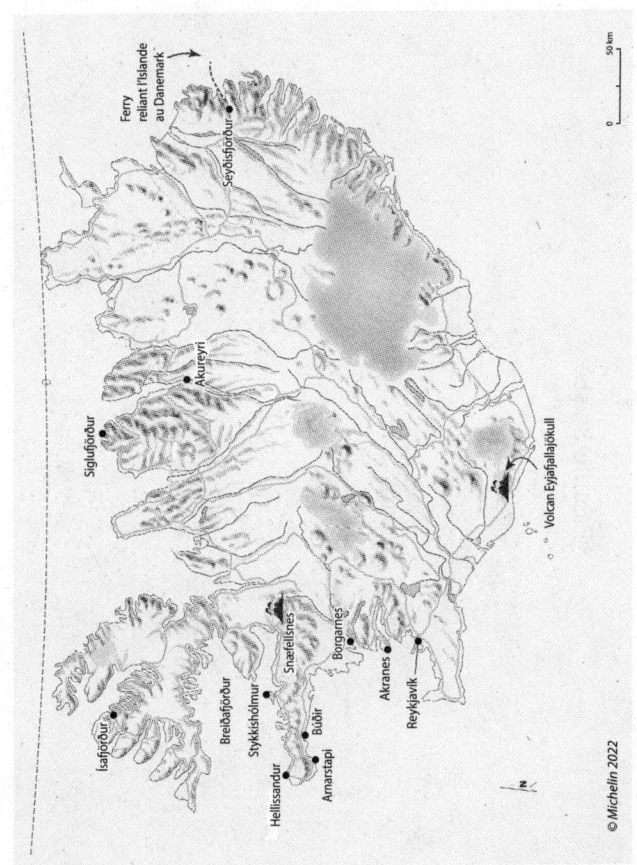

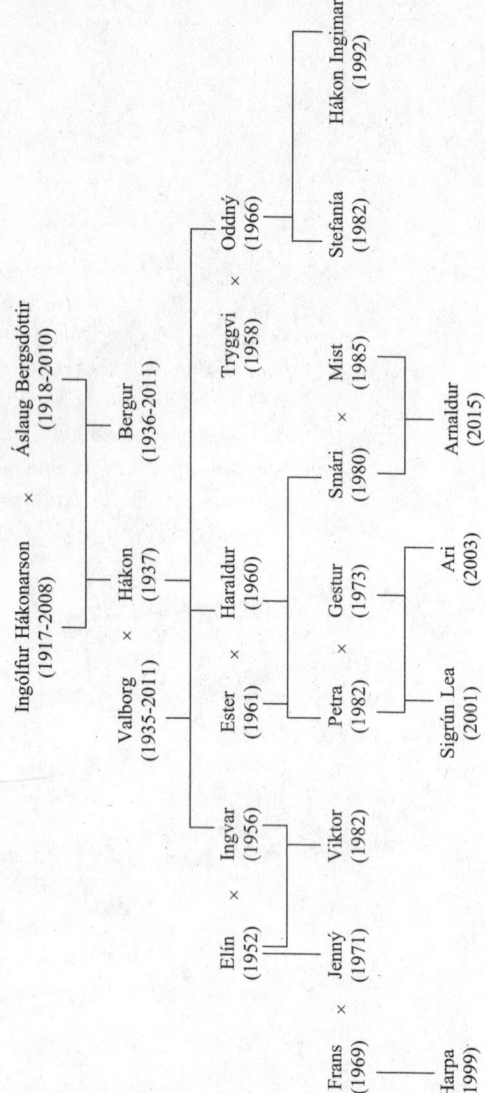

*Un grand merci
à mon grand-père Jóhann Ársælsson
pour son poème, reproduit page 327.*

*Je dédie ce roman à ma famille,
en espérant que notre prochaine réunion
soit un peu moins haute en couleur
que celle décrite dans ces pages.*

« Gardons-nous de faire du bruit
car ici des périls nous guettent
j'ai entendu toute la nuit
un souffle contre la fenêtre »
*Þórður Magnússon á Strjúgi*
*poème du XVI<sup>e</sup> siècle*

*Nuit du samedi 4
au dimanche 5 novembre 2017*

L'écho de la musique s'est tu.
Le froid s'insinue jusque dans la moelle de ses os. Elle a beau resserrer les pans de son manteau et tirer sur sa capuche, le vent semble toujours trouver un nouveau chemin à travers ses vêtements.

Chaque cellule de son corps lui hurle de faire demi-tour. Sortir ainsi au beau milieu de la nuit dans cette région qu'elle connaît mal ne peut mener qu'à la catastrophe. Ses pensées se dirigent vers sa famille, qui continue de faire la fête bien au chaud dans l'hôtel. Étant donné leur état, ils ne vont pas remarquer immédiatement qu'ils ne sont plus au complet. Si quelque chose arrivait, personne n'appellerait les secours avant le lendemain matin.

Pourtant, elle baisse la tête et s'obstine à avancer. Elle essaie de remuer les doigts et les orteils, mais c'est à peine si elle les sent. Croyant percevoir un mouvement du coin de l'œil, elle jette un rapide regard de côté. Son pouls s'accélère lorsqu'elle distingue les contours d'une silhouette à quelques pas, puis elle se rend compte qu'il s'agit en fait d'un rocher dans le champ de lave. Elle devrait pourtant s'être habituée.

Elle poursuit sa route un pas à la fois, s'efforçant de ne pas trop réfléchir. Elle a perdu la notion du temps, ne saurait dire depuis quand elle marche. Dans les ténèbres et les tourbillons de neige qui virevoltent autour d'elle, le temps et l'espace n'existent plus.

Cela dit, à sa propre surprise, elle éprouve presque un soulagement d'être dehors. L'hôtel commençait à lui faire l'effet d'une prison, comme si ses murs en béton se resserraient sur elle, l'empêchant de respirer. À présent, tout ce qu'elle voudrait, c'est remonter dans la voiture et rentrer. Rentrer à la maison, retrouver son lit douillet, cette routine si précieuse à ses yeux – même si elle vient seulement de s'en rendre compte. Mais elle ne peut pas. Pas encore. Avant toute chose, elle doit continuer de marcher, fouiller les ténèbres, terrifiée à l'idée de ce qu'elle pourrait y trouver. Ou pire encore : de ce qu'elle n'y trouverait pas. Tournant la tête, elle distingue tout juste le visage derrière elle, caché sous une capuche, les joues rougies par le froid. Il n'est pas hostile, mais il y a quelque chose de sinistre derrière ces yeux, une lueur qu'elle n'a jamais remarquée auparavant. Ou peut-être qu'elle ne voulait pas la voir.

Elle accélère, mais la sensation d'être prise au piège rejaillit encore plus fort. Et une pensée lui traverse l'esprit : peut-être n'était-ce pas l'hôtel qui a entraîné ce sentiment de claustrophobie, mais les gens qui y séjournaient. Sa famille. L'individu qui marche derrière elle, à seulement quelques pas, plongé dans l'obscurité.

# Irma
## employée de l'hôtel

*Deux jours plus tôt*
*Vendredi 3 novembre 2017*

Sitôt réveillée, j'ouvre les yeux, comme une ampoule s'allume. Une vague odeur de café me parvient depuis la cuisine, située au-dessus de ma chambre. Inspirant profondément, je me retourne sur le dos et m'étire.

Aujourd'hui, je travaille de midi à minuit, comme tous les vendredis. Il est à peine huit heures, je pourrais rester encore un peu au lit, me rendormir ou feuilleter le livre posé sur ma table de chevet, mais je suis trop excitée.

Je ressens un peu la même émotion que lorsque, plus jeune, je m'apprêtais à sortir. Ces papillons dans le ventre à la perspective d'une nuit de fête.

*Ils arrivent aujourd'hui*, chante une petite voix dans ma tête, tandis que je souris comme un enfant le jour de Noël.

Je sais que c'est bête de s'emballer comme ça. Ça n'a rien d'un événement exceptionnel, en tout cas pour la plupart des gens : ce week-end, l'hôtel accueille une sorte de réunion de famille. Un anniversaire, pour être plus précise. La femme qui a appelé pour faire la réservation a expliqué que le grand-père de son mari aurait eu cent ans ce dimanche, et que pour lui rendre hommage, ses descendants avaient décidé de passer le week-end ensemble. Ils ont payé pour l'hôtel entier, même si je doute qu'ils occupent toutes les chambres.

En soi, tout cela n'a peut-être rien de bien exaltant, mais ce n'est pas une famille ordinaire. Les Snæberg font partie des gens les plus riches et influents d'Islande. Ingólfur, l'homme qui aurait fêté son centenaire dimanche, est le fondateur de l'entreprise Snæberg, connue de tous dans le pays – un énorme empire qui emploie des centaines de personnes et possède un chiffre d'affaires annuel qui se compte en milliards de couronnes.

Non pas que je connaisse dans le détail les finances ou l'histoire de l'entreprise. Tout ce que je sais, c'est que cette famille est très riche.

Me redressant sur mes genoux, j'ouvre les rideaux. Dehors, il fait sombre, le soleil ne se lèvera pas avant une bonne heure, même si on devine déjà le champ de lave couvert de lichen qui s'étend partout autour de l'hôtel. Depuis que j'ai commencé à travailler ici, je me suis souvent demandé si je pourrais un jour retourner vivre en ville – dans mon appartement dont la fenêtre donne sur la chambre du voisin et les containers de la cour en contrebas.

J'attrape mon ordinateur sur le bureau avant de me rallonger. Je lance une recherche sur les Snæberg et contemple les photographies qui apparaissent. Des visages familiers qui ont marqué le monde des affaires et celui de la politique. Les plus jeunes sont plutôt connus dans le milieu de la nuit. Certains d'entre eux peuvent à peine mettre un pied dehors ou publier quelque chose sur Internet sans que les médias ne leur consacrent un article.

Hákon Ingimar appartient à la nouvelle génération de la dynastie Snæberg. Il y a quelque temps, il formait un couple avec une chanteuse islandaise, mais sitôt la rupture annoncée, il s'est trouvé une top model brésilienne.

Cliquant sur un article récent, j'apprends que cette relation-là aussi a pris fin. Une photographie du séduisant couple enlacé accompagne le récit de leur séparation. Il porte une chemise aux manches retroussées et arbore un joli bronzage qui contraste avec ses cheveux blonds et ses yeux bleus – il aurait tout à fait sa place dans un film ou une publicité pour du parfum. À côté de sa petite amie aux lèvres pulpeuses et aux longues jambes fines, la plupart des autres filles ont l'air bien fades.

Ils sont si beaux tous les deux qu'on ne peut qu'éprouver une pointe de jalousie. Difficile de ne pas se demander ce que ça fait d'être comme eux, beaux et riches, de pouvoir faire ce que bon vous semble ; partir en week-end à Paris à la dernière minute, écumer les boutiques, acheter absolument tout ce que vous voulez. Alors que je ne peux pas faire des courses alimentaires sans que mon estomac se noue au moment où je tends la carte.

Hákon Ingimar ne s'est sans doute jamais retrouvé dans cette situation. Il suffit de regarder ses réseaux sociaux pour comprendre qu'il ne manque pas d'argent. Sur ses photos, il porte toujours des tenues de marques célèbres (quand il ne pose pas presque nu) et boit des vins coûteux dans des hôtels cinq étoiles, entouré d'amis et d'admirateurs. Voilà un homme qui n'a probablement jamais connu la solitude. Il est bien trop populaire.

Moi, je ne l'ai jamais été. J'ai toujours eu la plus grande difficulté à me faire des amis et à les garder. J'étais celle qui initiait le contact, venait frapper à leur porte ou appelait. Et on me disait que j'en faisais trop, voire que j'étais un vrai pot de colle. La vérité, c'est qu'on n'est un pot de colle que pour ceux qui ne veulent pas nous voir. À mon avis, la plupart des gens n'ont rien contre fréquenter quelqu'un comme Hákon Ingimar.

J'inspire profondément et me dis que ça ne sert à rien de me comparer à lui. Par ailleurs, ce n'est pas comme si cette famille n'avait pas travaillé dur pour en arriver là – du moins les premières générations. Ingólfur, l'arrière-grand-père de Hákon, a fondé sa première entreprise à l'âge de dix-sept ans, en partant pêcher à bord d'un petit bateau, ici dans l'ouest de l'Islande. Sa fortune, il l'a accumulée en trimant toute sa vie. Ses descendants ont ensuite continué de faire fructifier son argent – peut-être ont-ils eu moins d'efforts à fournir que ceux qui partent de zéro, mais ils n'ont pas dû rester les bras croisés pour réussir à préserver leur richesse.

Revenant à la page précédente, je repère Petra, elle aussi arrière-petite-fille d'Ingólfur. À ma connaissance, Petra Snæberg ne travaille pas au sein de l'empire familial, mais elle a évidemment su tirer profit de sa prospérité. Architecte d'intérieur, elle possède sa propre entreprise. Elle a des milliers d'abonnés sur les réseaux sociaux et collabore avec toutes sortes de structures. On peut à peine ouvrir un journal ou un article en ligne sans voir son visage sur une publicité : *Petra vous rend visite et transforme votre intérieur en sanctuaire.*

Elle répète le mot *sanctuaire* dans tous les papiers que j'ai pu lire à son sujet : « La maison, c'est avant tout un sanctuaire. Un lieu qui reflète ce que vous êtes au plus profond de votre âme. »

Si les gens se mettent à juger ce que je suis par rapport à mon appartement en ville, je ne veux pas connaître leur verdict. Les meubles et objets y sont placés de manière à peu près aléatoire – simplement là où ils ont atterri. Les étagères ne sont que des étagères : un endroit où poser des choses. Mon appartement n'est qu'un appartement, je ne le vois certainement pas comme un sanctuaire.

J'ouvre la page Facebook de Petra et fais défiler ses photos.

Son mari s'appelle Gestur. Au premier regard, j'ai du mal à comprendre comment ces deux-là ont fini ensemble. J'imagine qu'il est très charmant en personne. Programmeur pour une entreprise pharmaceutique, il finira probablement par rejoindre l'empire Snæberg, comme tous ceux qui ont intégré la famille. À vrai dire, je suis surprise que ce ne soit pas encore le cas.

Petra et lui ont deux enfants, Ari et Sigrún Lea, qu'on appelle simplement Lea. Des prénoms courts et mignons qui vont mieux à des enfants qu'à des adultes. Sur les anciennes photos, ils sont effectivement très mignons : Ari en tenue de sport avec ses cheveux presque blancs sous le soleil estival, Lea, petite fille robuste avec son large sourire dévoilant des incisives bien trop grandes. Ses cheveux bruns sont si longs qu'ils atteignent ses fesses.

Lea est l'aînée d'Ari, mais pas de beaucoup, peut-être deux ou trois ans. Je clique sur son nom, cependant sa page est presque vide. Elle utilise beaucoup plus Instagram, où la fillette aux grandes dents a cédé la place à une jeune fille en *crop top* aux lèvres boudeuses. Elle ne semble plus robuste, juste mince. Elle a réuni ses cheveux en queue-de-cheval, laissant seulement deux mèches encadrer son visage. Elle ressemble à une chanteuse dont je ne parviens pas à me rappeler le nom, elle aussi toute menue, aux longs cheveux noirs et aux yeux chocolat.

Observant l'arrière-plan sur les selfies de Lea, j'essaie de deviner sa chambre, sa vie, mais rien n'attire mon attention. Rien qui m'en dise plus sur ce qu'elle est ou fait. Beaucoup de ses photos ont été prises à l'étranger, dans des grandes métropoles ou sur des plages ensoleillées. Ici, elle s'affiche en bikini sur du sable doré ; là, elle marche sur Times Square avec un cabas Sephora ; là encore, elle pose devant le London Eye avec un sac estampillé Gucci. À seulement seize ans, elle a déjà bien plus parcouru le monde que moi. Combien de voyages à l'étranger peut-elle faire chaque année ? Dans quel genre d'hôtels logent-ils, elle et sa famille ?

Repoussant mon ordinateur, je me dis à voix haute que je ferais mieux d'arrêter ça. Jalouser les autres, ce n'est pas mon genre. Mais j'ai beau me répéter qu'ils doivent eux aussi avoir des problèmes, comme tout le monde, je ne peux m'empêcher d'imaginer ce que ça fait d'être un Snæberg.

Tout à l'heure, ils vont tous arriver à l'hôtel, et je verrai de mes propres yeux s'ils sont aussi parfaits qu'ils en ont l'air. Peut-être que j'ai justement hâte de voir les minuscules fissures qui se dissimulent sous cette surface lisse. Car il est évident qu'ils ne sont pas parfaits.

Rien n'est parfait.

# Sævar
## Inspecteur au commissariat d'Akranes

*Maintenant*
*Dimanche 5 novembre 2017*

Un grand gouffre séparait la montagne en deux, comme si quelqu'un l'avait fendue avec une lame géante. Levant les yeux vers les rochers qui bordaient le précipice de nombreux mètres au-dessus d'eux, Sævar sentit ses genoux vaciller. Personne ne pourrait survivre en tombant de cette hauteur, et ils en avaient la preuve devant eux.

– Sacrée chute, commenta Hördur, au risque de dire une évidence.

– Oui, acquiesça Sævar, la voix un peu rauque.

Il s'éclaircit la gorge, baissa la tête et concentra son regard sur ses chaussures en clignant des paupières. Il souffrait du vertige depuis que, tout petit, il avait vu un de ses copains tomber du premier étage d'un immeuble. Ils s'étaient mutuellement mis au défi d'enjamber la rambarde du balcon et de se suspendre dans le vide. Lâchant prise, son ami était tombé sur le dos dans un groseillier, et Sævar l'avait cru mort. Fort heureusement, le petit garçon s'en était sorti avec un bras fracturé et quelques égratignures qui avaient fait sa fierté pendant les semaines suivantes.

Après cela, Sævar avait longtemps fait le même rêve, au cours duquel il sentait l'air tournoyer autour de lui tandis qu'il chutait – comme si c'était lui qui était tombé, et non son ami. À chaque fois, il se réveillait les mains serrées sur sa couverture, parfois par terre, mais le plus souvent en sueur dans son lit, le cœur battant. Encore aujourd'hui, il ne supportait pas la hauteur et ne pouvait même pas y penser sans perdre l'équilibre.

Sævar s'efforça de rester concentré sur le cadavre qui gisait devant lui. De loin, on aurait dit un élément du décor. Avec ce manteau gris, il ressemblait à un rocher émergeant de la neige, mais en se rapprochant, on voyait bien qu'il s'agissait d'un corps figé dans une position anormale, couvert d'une fine couche de poudreuse.

Hördur se baissa et inclina la tête avant de soulever son appareil photo. Une succession de déclics vint perturber la nature silencieuse alentour.

Habitué aux méthodes de son patron, Sævar savait que cette tâche lui prendrait un bon moment. Hördur procédait avec lenteur et minutie. Ils étaient collègues depuis plusieurs années, mais Hördur n'était devenu son supérieur direct que deux ans auparavant, lorsque Sævar avait été promu inspecteur. À présent, ils travaillaient ensemble tous les jours, au sein d'un trio qui formait le département de police judiciaire couvrant la région du Vesturland, dans l'ouest de l'Islande.

Sævar contempla les environs. Par-delà les sommets blancs des montagnes, on devinait les flancs enneigés du glacier Snæfellsjökull. Quelques oiseaux planaient paisiblement, si haut au-dessus d'eux qu'il n'aurait su dire à quelle espèce ils appartenaient, mais on distinguait des cris de mouettes en provenance de la côte. La route voisine demeurait calme, seules une ou deux voitures l'avaient empruntée avant de disparaître en redescendant la montagne.

La tempête avait fait rage durant la nuit, laissant toutefois peu de traces derrière elle, en dehors de quelques congères éparses. À présent, il n'émanait du paysage qu'une beauté sereine. *Le calme après la tempête*, songea Sævar. Ou disait-on plutôt le calme *avant* la tempête ? Il ne s'en souvenait plus.

Hördur l'interrompit avant qu'il ait le temps d'inspecter leur environnement plus en détail :

– Tu as vu ça ?

Sævar s'approcha. À nouveau, il fut pris d'un vertige et dut ravaler un excès de salive. Toute cette hauteur au-dessus de sa tête lui faisait l'effet d'une menace, même si sa raison lui disait qu'il n'y avait rien à craindre.

– Quoi ? J'ai vu quoi ?

– Là.

Hördur pointa du doigt la main de la victime.

Sævar mit un petit instant à comprendre de quoi il parlait : du poing serré dépassaient quelques cheveux bruns.

# Petra Snæberg

***Deux jours plus tôt***
***Vendredi 3 novembre 2017***

J'ai couru d'une pièce à l'autre comme une poule sans tête toute la matinée. Ce n'est pas la première fois que je maudis la taille de notre maison bien-aimée. Trois cent soixante-cinq mètres carrés, merci beaucoup. Deux étages, un sous-sol et un double garage. J'ai beau avoir été contente de pouvoir installer les chambres des enfants à un autre étage que celui de notre suite parentale, maintenir ce foyer en ordre entre les visites de l'entreprise de ménage est un vrai cauchemar, sans parler de chercher un objet perdu. Comme à cet instant, où tous les chargeurs semblent s'être volatilisés, ce que j'ai peine à croire vu leur nombre. Je soupçonne qu'ils traînent tous par terre dans la chambre d'Ari ou celle de Lea, mais bien évidemment, je n'y suis pas la bienvenue pour fouiller, et ils nient formellement les avoir. Je parie qu'ils n'ont même pas vérifié.

– Lea et Ari ! je m'écrie une énième fois du haut de l'escalier menant au sous-sol. On part dans dix minutes. Montez vos affaires maintenant, Papa est en train de tout ranger dans le coffre.

J'attends une réponse qui, bien sûr, ne vient pas.

Tant pis pour eux. Glissant une main dans mes cheveux, je jette un coup d'œil autour de moi. Il faut encore débarrasser la table du petit déjeuner. Des bols remplis de Cheerios imbibés de lait traînent dans la cuisine, je ne vais certainement pas laisser ça moisir tout le week-end.

Pendant que je m'y attelle, je liste dans ma tête tout ce qu'il reste à faire et ce que j'ai pu oublier. La maison est sens dessus dessous. Lorsque Gestur est rentré plus tard que prévu hier soir, tout est un peu parti en vrille, et je me suis couchée sans avoir rien fait de ce que j'avais prévu.

Ça ne me ressemble pas d'être désorganisée et d'attendre le dernier soir pour faire mes bagages. Habituellement, je maîtrise tout : les anniversaires, les dîners, les fêtes. Je suis le genre de femme qui note diligemment l'ensemble des tâches à accomplir avant un événement. Rien ne me procure autant de plaisir que de tracer une petite croix à côté de chaque ligne. J'ai sauvegardé sur mon ordinateur des modèles de listes pour les voyages au soleil, dans une grande ville ou à la campagne. Être désorganisée, ce n'est tout simplement pas une option. Sans mon sens de l'organisation légendaire, je ne serais jamais parvenue à tenir mon foyer et à fonder une entreprise en même temps.

Les gens ont tendance à croire que ça a été facile grâce à ma famille et à ses connexions, mais c'est loin d'être vrai. J'ai monté InLook toute seule, et il a fallu plusieurs années pour tirer un bénéfice notable de mes activités d'architecte d'intérieur et consultante.

Gestur ayant fait des études d'informatique et de gestion, il m'a prêté main-forte pour les aspects pratiques, comme réaliser un calendrier de mes projets et planifier mon budget. Au début, je m'occupais de tout le reste : le démarchage, la création elle-même et l'animation des réseaux sociaux. Depuis, je délègue beaucoup de ces opérations à mes employés et me charge essentiellement des premières réunions avec les clients. Celles où les idées fusent et où je tente de déterminer ce qu'ils veulent vraiment. C'est plus difficile que ça en a l'air ; la plupart du temps, les gens ne savent pas du tout ce qu'ils veulent.

Au début, la plupart de mes clients étaient des particuliers, mais ces dernières années, je me suis diversifiée, j'ai conçu autant de lieux de travail que de lieux de vie. Aujourd'hui, InLook emploie quinze personnes, parmi lesquelles huit architectes d'intérieur, moi incluse, et j'aurai sans doute bientôt besoin de recruter à nouveau. J'arrive à peine à répondre à la demande sans cesse croissante, et l'année dernière j'ai pu rembourser à mes parents chaque couronne qu'ils avaient investie au démarrage de l'entreprise.

Entendre que tout m'a été apporté sur un plateau me fait toujours autant de mal, cela minimise ce que j'ai accompli au cours de la décennie passée. D'accord, mes parents m'ont soutenue financièrement et aidée à monter le projet, mais c'est moi et moi seule qui ai travaillé. Je me suis façonné une image de marque, j'ai supervisé la promotion, développé la clientèle avant d'engager des employés. Et depuis quelque temps, tout se passe vraiment bien. À merveille, même. Je devrais être sur un putain de petit nuage.

Je ferme la porte du lave-vaisselle et le mets en marche même s'il n'est pas du tout plein. Appuyée contre le plan de travail de la cuisine, je me laisse bercer un instant par le bruit régulier de la machine.

Sentant une odeur âcre de vin, je m'empare de la bouteille restée sur la table et la jette à la poubelle – tout au fond pour qu'on ne la voie pas. Je l'ai presque entièrement bue seule hier soir devant la télévision, profitant de l'absence de Gestur. J'avais besoin de quelque chose pour me calmer les nerfs. Ces dernières semaines, je n'ai cessé d'entendre cette petite voix dans ma tête compter les jours avant la réunion de famille : *trois, deux, un…*

Je souris en voyant enfin apparaître Ari dans l'escalier, mais mon sourire vacille lorsqu'il attrape un bol et sort le paquet de céréales que je viens de ranger.

– Qu'est-ce que tu fais ?

– Je déjeune, me répond-il avec ce ton de défi qui caractérise les adolescents.

– Je viens de débarrasser, Ari. On s'en va.

Ma voix est plaintive.

Ari marmonne quelque chose avant de verser du lait dans son bol.

Je reste un instant immobile à le fixer sans rien dire. Je contemple ses beaux cheveux blonds ; ils sont beaucoup trop longs, mais lui vont si bien. Petit, il arborait des boucles presque blanches, qui aujourd'hui se contentent d'onduler joliment. Il possède une peau parfaitement lisse qui ferait pâlir de jalousie n'importe quelle esthéticienne, mais grâce à sa mâchoire carrée, son visage ne paraît pas trop fin.

Ari a toujours été mon point faible, l'enfant à qui je ne peux rien refuser. L'enfant qui me donne le sourire – penser à lui me suffit. Je n'arrive pas à me mettre en colère contre lui.

– Qu'est-ce qui est arrivé à tes doigts ? me demande-t-il.

– Rien du tout, dis-je en serrant les poings pour les cacher.

La peau autour de mes ongles a rarement été en si piteux état. Je les ai toujours rongés, et si je n'étais pas capable de me contrôler, je finirais sûrement par y laisser des doigts entiers. Cela dit, je ne l'avais pas fait avec une telle intensité depuis des années – depuis mon adolescence. Ça a dû me prendre pendant mon sommeil. Lorsque je me suis réveillée, des petites taches de sang recouvraient ma taie d'oreiller, et j'avais un goût métallique dans la bouche. J'ai enroulé des pansements ornés de dessins d'animaux – les seuls que j'ai trouvés – autour de deux de mes doigts, comme si j'étais une enfant.

Ari fronce ses sourcils bien plus sombres que ses cheveux blonds. Quand il était petit, on ne voyait que ses yeux. Ses longs cils noirs faisaient penser à ceux d'une poupée.

Gestur pénètre dans la cuisine avec un courant d'air froid. Il a laissé la porte d'entrée ouverte ; du coin de l'œil, j'aperçois les arbustes devant la maison. Le vent soulève les feuilles mortes qui jonchent le trottoir. Leur frottement contre le macadam me semble soudain effroyablement bruyant, comme si quelqu'un en avait augmenté le volume, et diminué tous les autres sons. *Trois, deux, un...*

– J'ai rempli le coffre, dit Gestur.

Un large sourire aux lèvres, je croise les bras.

– Super. Dans ce cas, on peut y aller.

# Tryggvi

Les conversations sur la météo ont dominé le groupe Facebook qui servait à l'organisation du voyage. Jusqu'à il y a trois jours. Selon les premières prévisions, le temps devait être étonnamment clément pour un mois de novembre en Islande : du soleil, pas de vent, des températures relativement douces et peu de précipitations. Avec légèreté, les uns et les autres plaisantaient sur le fait qu'il allait falloir investir dans de la crème solaire. Mais mardi, le ton a radicalement changé : on annonce désormais un ciel chargé, de la neige et des vents violents ; la première dépression de l'hiver est attendue samedi, accompagnée de températures glaciales, selon ce que disait le présentateur météo hier tandis qu'il déconseillait de prendre la route. J'ai bien envie de leur rappeler la blague de la crème solaire, mais je doute qu'elle passe. Heureusement, la tempête ne frappera vraisemblablement qu'en fin de journée ; la croisière dans le large fjord de Breidafjördur, prévue pour samedi midi, ne devrait pas être remise en question.

Ça me semble un peu lunaire que personne ne parle des nouvelles prévisions. Depuis quelques jours, Oddný fuit même l'écran de télévision chaque fois que c'est l'heure du bulletin météo. Je la soupçonne d'avoir décidé de refuser d'y croire et de faire comme si le problème n'existait pas.

Peut-être pense-t-elle que les mauvais présages ne s'appliquent pas aux Snæberg. La famille d'Oddný semble parfois convaincue qu'elle n'obéit pas aux mêmes règles que les autres.

Je regarde Oddný, assise sur le siège passager à côté de moi. Elle s'est faite belle – maquillage et brushing – mais porte des vêtements de tous les jours, une polaire beige à fermeture Éclair et un pantalon noir. Élégante juste ce qu'il faut. Elle a toujours su trouver le parfait équilibre.

D'humeur festive, elle augmente le volume de la radio, où Bon Jovi chante *Livin' On A Prayer*. Du coin de l'œil, je la vois taper en rythme avec ses doigts.

– On devrait s'arrêter au Vegamót, dit-elle. Manger un morceau.

– On peut faire ça.

– Je n'ai rien avalé ce matin. Je ne serais pas contre regoûter à leur soupe de fruits de mer.

Nous nous sommes déjà rendus une fois sur la péninsule de Snæfellsnes. Nous avions logé dans un chalet d'été appartenant à la famille d'Oddný, une baraque assez mal en point qui avait bien besoin d'un rafraîchissement. Voulant apporter ma pierre à l'édifice, j'avais reverni la terrasse et bricolé deux ou trois choses, mais personne ne l'avait remarqué – en tout cas, personne ne m'a rien dit.

– Ça fait un moment qu'on n'a pas vu Haraldur et Ester, dis-je. C'était quand, déjà ? Lors de la confirmation, au printemps ?

– Quelque chose comme ça, oui, répond Oddný. Ne sois pas choqué si tu trouves Ester changée.

– Qu'est-ce que tu veux dire ? Changée comment ?

Elle laisse échapper un gloussement.

– Elle a fait un lifting. Elle s'est fait tirer la peau du visage pour gommer ses rides. Ester a toujours été vaniteuse. D'après ce que m'a dit Ingvar, on croirait qu'elle est restée trop longtemps face au vent.

– Sérieusement ? Elle a vraiment fait un lifting ?

– Oui.

Baissant le pare-soleil, Oddný jette un coup d'œil au petit miroir et passe un doigt sur l'un de ses sourcils.

– Elle ne l'admettra sans doute pas, poursuit-elle. C'est comme la fois où elle s'est fait opérer des paupières et a fait comme si de rien n'était. Je suis sûre que c'est Halli qui l'a poussée à faire ça.

– Halli ? Tu crois ?

D'accord, Haraldur, le frère d'Oddný, a un côté directif, mais il n'aurait tout de même pas contraint sa femme à avoir recours à la chirurgie esthétique.

– Tu le connais, réplique Oddný en refermant le pare-soleil.

Elle ajoute en me souriant :

– J'ai beaucoup de chance, comparé à ma belle-sœur.

– Jamais je ne voudrais changer quoi que ce soit à ton apparence, dis-je – et j'en pense chaque mot.

C'est moi qui ai de la chance d'avoir rencontré Oddný, elle est beaucoup trop bien pour moi. Sa famille partage ce point de vue, d'ailleurs. Ils ne comprennent pas ce qu'elle fait avec un menuisier usé et sans le sou – moi-même, j'ai du mal à le comprendre.

Je n'appartiens pas à cette famille depuis longtemps, à vrai dire je trouve même un peu grotesque de dire que j'y *appartiens*. Oddný et moi sommes deux pôles opposés. Nous n'avons pas grand-chose en commun.

Arrivés au café-restaurant Vegamót, sur la rive sud de la péninsule de Snæfellsnes, nous commandons une soupe et un sandwich avant de nous installer à une table près de la fenêtre. La chaîne de montagnes qui traverse la péninsule jusqu'au glacier tout à la pointe se cache de l'autre côté du café : nous ne voyons que des étendues de pâturages sans relief devant la grande baie de Faxaflói qui s'étend au loin. Nous contemplons en silence les voitures qui passent. J'ai mangé la moitié de mon sandwich lorsque quelqu'un appelle le nom d'Oddný d'un ton interrogateur.

Son visage s'illumine lorsqu'elle aperçoit son frère aîné, Ingvar, accompagné de sa femme, Elín. Elle repose son verre d'eau et se lève d'un bond.

– Vous ici ?

Sa voix est si retentissante que tous les clients du restaurant ont dû l'entendre.

Je me lève à mon tour pour les saluer. On s'enlace, on se fait la bise, on échange les dernières nouvelles.

– Il faut qu'on trinque ! suggère Elín avant de se précipiter vers le comptoir avec Oddný.

Ingvar me demande comment s'est passé notre voyage en Espagne le mois dernier.

– Ça a dû vous faire du bien, un peu de chaleur.

– Oui, beaucoup, dis-je – c'est la réponse que les gens veulent entendre.

À vrai dire, je trouve le soleil surfait, je n'aime pas me prélasser au bord d'une piscine, assommé par la chaleur, sans rien avoir à faire de mes dix doigts. J'ai l'impression de ne pouvoir à nouveau respirer normalement qu'à mon retour dans l'air froid et vivifiant du Nord.

Les femmes reviennent avec deux bouteilles individuelles de vin blanc et deux bières.

– C'est comme ça que ça marche, alors, commente Ingvar, et les belles-sœurs gloussent comme des fillettes.

Personne n'évoque le fait qu'il nous reste encore de

la route, même si elle n'est plus très longue. Je ne bois pas d'alcool et Oddný le sait pertinemment. Lorsqu'elle a terminé son verre, je glisse discrètement le mien vers elle.

– Hákon Ingimar va venir, non ? demande Ingvar.
– Oui, mais un peu plus tard, répond Oddný avec un sourire affectueux, qu'elle arbore systématiquement lorsqu'on parle de son fils. Il est toujours très occupé.
– J'ai cru comprendre, remarque Ingvar, faisant sûrement référence aux nombreux articles de presse people qui le montrent dans des soirées mondaines avec à chaque fois une nouvelle fille à son bras.
– Il joue dans une publicité, ajoute Oddný avec une pointe de fierté. Sur un glacier.
– Quel glacier ?
– Il ne me l'a pas dit. Mais c'est une pub pour des vêtements de randonnée.
– Ça alors, les glaciers, ce n'est pas plutôt pour promouvoir des maillots de bain ? ironise Ingvar.

Nous rions, et je me rappelle justement avoir vu une photo de Hákon en maillot de bain dans un paysage hivernal. La conversation dévie ensuite vers le week-end – qui vient, qui ne vient pas, que font les enfants d'untel ou d'unetelle.

Oddný a deux frères aînés, Ingvar et Haraldur, tous deux mariés, avec des enfants désormais adultes. J'ai mis du temps à me rappeler qui est l'enfant de qui et à retenir les noms, mais à présent, c'est à peu près clair dans mon esprit – du moins, je l'espère. Il ne faut pas oublier le père d'Oddný, Hákon, qui ne viendra que samedi pour assister à la fête. Il a tout juste quatre-vingts ans, mais on lui a diagnostiqué une maladie dégénérative il y a quelques années et il a beaucoup décliné, ces derniers temps.

Oddný a deux enfants d'un précédent mariage ; Hákon Ingimar et Stefanía, surnommée Steffý. Hákon Ingimar, ou Hákon junior comme certains l'appellent, est un cas un peu particulier. Oddný prétend toujours qu'il a un emploi du temps de ministre, mais de ce que j'ai pu voir, il ne fait que poser devant des appareils photo à longueur de journée – surtout celui de son propre téléphone, dont il ne se sépare jamais. Mais je n'ai pas à juger ; né à une autre époque, je suis sans doute le fruit d'un monde différent.

Je n'ai que peu rencontré Stefanía, qui vit au Danemark, où elle travaille pour un genre d'entreprise de produits de beauté. Elle a suivi des études d'ingénierie dans une école réputée, mais je ne me souviens pas exactement du domaine dans lequel elle s'est spécialisée.

De mon côté, je n'ai pas eu d'enfant avant la trentaine, lorsque j'ai rencontré une femme qui avait un fils de cinq ans. Je l'ai élevé comme s'il était le mien, et il fera toujours partie de moi, même si Nanna et moi sommes séparés depuis une éternité. Ce garçon n'avait pas de père, en tout cas pas de père digne de ce nom, et je me suis senti honoré d'assurer ce rôle pour lui. J'ignorais combien il était difficile, mais aussi gratifiant, d'avoir la responsabilité d'un enfant. Tous les grands et petits moments d'une vie : j'étais là pour son premier jour à l'école, je lui ai appris à lire, je l'ai accompagné pour ses cours de natation et à sa remise de diplôme, les yeux brillants de larmes. Devenir le père de ce garçon est la plus belle chose qui me soit arrivée, et je n'ai jamais rien vécu qui puisse tenir la comparaison.

– Bon, on ferait bien d'y aller ! lance Oddný en terminant mon verre.

En se levant, elle fait tomber son sac à main par terre, et avec Elín, elles éclatent de rire. Les joues d'Oddný sont toutes rouges, comme à chaque fois qu'elle boit. Je sens naître en moi une pointe d'angoisse mais m'efforce de la réprimer. Je suis sûr que ça va aller, cette fois.

Depuis un peu plus d'un an que nous sommes ensemble, il ne m'a pas échappé que la famille d'Oddný est un peu particulière – c'est le moins qu'on puisse dire. Je connaissais évidemment les Snæberg, mais je n'avais jamais vraiment suivi leur actualité, je ne lis que rarement la presse à scandale ou les journaux consacrés aux affaires – mais peut-être aurais-je été mieux préparé si je l'avais fait.

Cette famille possède son lot de sales caractères qui s'emportent pour un oui ou pour un non. J'ai déjà vu un petit commentaire de rien du tout se transformer en violente dispute, où l'un dit des choses qui auraient mieux fait d'être tues et l'autre s'en va en claquant la porte. Pour bien les comprendre, il faut s'imaginer un troupeau d'hippopotames se baignant dans une mare trop étroite ; ils ne cessent de se rentrer dedans. Lorsque de telles personnalités se rassemblent, on ne sait jamais comment ça va se passer, mais on peut être à peu près sûr qu'on assistera à une épreuve de force à un moment ou un autre.

# Petra Snæberg

– Dites *cheese* !

Le téléphone en l'air, je prends une photo de toute la famille dans la voiture. À l'arrière, mes deux ados sourient sans conviction, et je me rappelle un portrait d'eux encore petits et mignons, souriant de toutes leurs dents en s'écriant *cheese*. À présent, ils restent impassibles, leurs écouteurs sans fil dans les oreilles. Beaucoup de choses ont changé depuis l'époque où les longs voyages en voiture devaient être minutieusement organisés : des arrêts toutes les heures, des compilations de chansons et de contes pour enfants passées à tue-tête, pendant qu'on croisait les doigts pour que la paix perdure. Aujourd'hui, le silence règne, et c'est tout juste si je n'ai pas la nostalgie du capharnaüm. De ce temps où le principal problème de mes enfants, c'était de déterminer lequel des deux allait choisir la chanson suivante.

– Tout va bien ? me demande Gestur, à voix basse pour que les enfants ne l'entendent pas.

– Oui, bien sûr, dis-je avec une joie feinte.

Gestur me connaît assez bien pour voir que je fais semblant.

– Tu as fait un cauchemar cette nuit. Je croyais que c'était fini, ça.

– Ah bon ?

Il n'insiste pas. Il sait que je mens : je me souviens très bien de ce rêve. Il me poursuit depuis l'adolescence. Je me tiens seule au milieu de la route au pied du mont Akrafjall. Les ténèbres m'entourent, et bientôt il se met à neiger. Le paysage est calme et paisible. Puis soudain, une vive lumière blanche m'aveugle et je me réveille en sursaut, persuadée que quelque chose de terrible vient d'avoir lieu.

Pendant plusieurs mois, mon sommeil avait été perturbé par ce rêve récurrent et ma mère avait fini par m'envoyer chez un spécialiste. Comme souvent, mes parents estimaient qu'il me fallait l'aide d'un professionnel. En primaire, lorsque j'ai rencontré des difficultés en mathématiques, ils ont engagé un professeur particulier, puis à nouveau au lycée. Pour trouver une solution à mes erreurs maladroites au violon, ils avaient même appelé un psychologue. Mes parents faisaient toujours intervenir quelqu'un d'extérieur, plutôt que de s'asseoir avec moi et de me parler. Je sais que leurs intentions étaient bonnes, mais parfois je me demande pourquoi ils n'essayaient jamais de nous interroger en personne sur ce qui nous causait du souci.

Cela dit, je ne leur aurais jamais avoué que je savais exactement pourquoi ces cauchemars revenaient sans cesse me hanter.

– Sans parler de ce problème d'ongles, ajoute Gestur sur le même ton.

« Problème d'ongles » est l'expression qu'il utilise lorsque je ronge mes cuticules.

– C'est rien, ça, je réponds en cachant par réflexe mes doigts entre mes cuisses.

Le silence s'installe à nouveau entre nous. Contrairement à moi, Gestur se sent parfaitement à l'aise avec ces phases de mutisme. Ça ne semble pas le perturber le moins du monde.

Je concentre mon attention sur le paysage qui défile. C'est une belle journée, et la radio diffuse une vieille chanson qui me rappelle désagréablement ma jeunesse. Un sentiment qui s'accroît encore lorsque nous passons devant l'embranchement vers la petite ville côtière d'Akranes.

Je veux que ce week-end se déroule sans accroc. Cela fait longtemps que la famille ne s'est pas réunie. Nous étions si proches lorsque, plus jeune, je vivais encore à Akranes. Mes grands-parents habitaient juste à côté, de même que mes oncles et tantes ; je papillonnais d'une maison à l'autre à ma guise. Mes meilleurs amis étaient mes cousins Viktor et Steffý. Steffý et moi sommes nées la même année, nous avons grandi presque comme des sœurs, nous étions inséparables. « De vraies siamoises », plaisantait mon père.

Je pense régulièrement à elle. Son visage m'apparaît au moment où je m'y attends le moins : le soir avant de m'endormir, quand je regarde ma fille avec ses amies ou quand j'entends des enfants éclater de rire. Je ressens alors un mélange de nostalgie, de tristesse et de regret quant à ce qui aurait pu advenir.

C'est étrange comme ces années de jeunesse, si courtes soient-elles, forgent une part fondamentale de ce que nous sommes.

Nous remontons la côte, le long des flancs sombres du mont Hafnarfjall au pied duquel s'étend un tapis de bouleaux chétifs aux branches déjà presque nues. Les seuls bâtiments que nous croisons sont des fermes solitaires dispersées, flanquées de granges et d'étables en ruine, jusqu'à ce que la petite ville de Borgarnes apparaisse de l'autre côté du fjord.

– Maman, me lance Ari, et je baisse le volume de la musique. On peut s'arrêter à la station-service ? J'ai soif.
– Moi aussi, renchérit Lea en retirant un de ses écouteurs. Et j'ai envie de faire pipi.
– OK, on va faire une pause, dit Gestur, et je le vois échanger un sourire avec elle dans le rétroviseur.
Lea est beaucoup plus proche de son père que de moi. Ils sortent courir ensemble et vont régulièrement à la piscine le matin avant le travail et l'école. Parfois, lorsque je rentre du boulot, Lea est en train de regarder la télévision dans le salon avec Gestur, alors que quand je suis à la maison, elle passe le plus clair de son temps dans sa chambre. Si j'essaie de discuter avec elle, elle semble convaincue que c'est par calcul, que je veux lui faire faire quelque chose, ou que je cherche un prétexte pour la réprimander.
Nous nous garons sur le parking de la station-service Hyrnan, et les enfants se précipitent vers le comptoir. Je laisse Gestur s'occuper d'eux tandis que je vais acheter une bouteille d'eau gazeuse et une brosse à dents.
Après avoir payé, je trouve un antidouleur dans mon sac et m'empresse de l'avaler. Gestur estime que j'en fais une consommation excessive, aussi je m'efforce de les prendre discrètement, comme si j'avais quelque chose à cacher. Mais en réalité, j'ai la sensation que la bouteille de vin que j'ai bue hier soir me martèle le crâne.
Je suis en train de fouiller dans mon sac à la recherche de mes lunettes de soleil lorsque j'entends mon prénom.
– Petra ? Toi ici ?
Debout face à moi, Viktor ouvre grand les bras.
Je souris et l'enlace. Adolescent, il était toujours très tactile, et ça n'a pas changé. Il me serre fort, avec un enthousiasme sincère. Son visage est si proche que je

discerne chaque pore, chaque ride – non qu'elles soient nombreuses. En vérité, il n'a fait qu'embellir au fil des années. Ses traits sont plus francs et son sourire plus doux.

– Comment ça va ? me demande-t-il en m'observant, ses mains toujours sur mes épaules. Ça fait si longtemps que je ne t'ai pas vue.

– Oui, des mois.

Avant, Viktor et moi nous voyions régulièrement. Il venait à la maison le soir, surtout lorsque Gestur répétait pour sa chorale, et il apportait du vin ou des sucreries – du chocolat, un petit dessert. Mais avec le temps, entretenir notre relation est devenu de plus en plus difficile. À un certain point, j'ai commencé à la voir comme une contrainte. Je me suis mise à inventer des excuses pour remettre nos rendez-vous à plus tard, et ces dernières années, ils n'ont fait que se raréfier.

À la fin, Viktor a dû se rendre compte que le désir de se retrouver n'était plus réciproque. C'était toujours lui qui appelait et moi qui prétendais avoir quelque chose à faire.

– Tant que ça ? C'est terrible, Petra. Terrible. Il faut qu'on y remédie !

Il secoue la tête.

– Et à part ça, que fais-tu de beau, ces jours-ci ?

– Oh, toujours la même chose. L'entreprise, la famille. Sinon, c'est plutôt calme.

– Tu n'as jamais été du genre à aimer le calme, réplique Viktor, me rappelant au passage à quel point il me connaît bien – il sait que je ne tiens pas en place, que je dois toujours avoir quelque chose à faire.

Je m'apprête à lui rétorquer qu'il n'est pas mieux, lorsqu'une jeune femme apparaît à côté de lui et lui tend un hot-dog.

– Ils n'avaient pas de moutarde forte, dit-elle.
– Et merde, répond Viktor avant d'ajouter : Je te présente Maja, ma petite amie. Maja, voici Petra, je t'ai déjà parlé d'elle.
– Oui, bien sûr. Enchantée, Petra.

Maja me tend son bras maigre et me sourit. Je suis un peu décontenancée par son apparence si jeune – elle doit avoir dix ans de moins que lui. Probablement plus proche de l'âge de Lea que du mien. Les cheveux noirs, le teint olive, elle semble d'origine étrangère.

– De même, dis-je en serrant la main de Maja. Je n'étais pas sûre que tu viendrais, Viktor.
– Je ne voudrais manquer ça pour rien au monde, répond-il – je n'arrive pas à déterminer si c'est ironique ou pas. Plus sérieusement, j'avais hâte de te retrouver.
– Tu sais si Steffý vient ?

Lorsque j'ai posé la question à Maman, la présence de ma cousine au week-end n'était pas certaine. Je crois que même sa mère, ma tante Oddný, ne pouvait pas le confirmer.

– Oui, elle va venir, dit Viktor. Je l'ai eue au téléphone hier.
– Génial ! je m'exclame – et je tressaille en entendant à quel point ma voix sonne faux.
– Comme au bon vieux temps, rit Viktor.
– Exactement, dis-je en rongeant mes cuticules.

Viktor jette l'emballage de son hot-dog à la poubelle, puis tous deux prennent congé. Je les regarde s'éloigner, Viktor enroulant son bras autour des épaules de Maja qui lève les yeux vers lui en souriant.

Il a beaucoup changé, paraît à la fois plus détendu et plus sûr de lui qu'à l'adolescence. Il dégage à présent une certaine nonchalance qui me donne l'impression d'être une vieille dame coincée, et me fait perdre mes moyens face à lui. J'ai la sensation d'avoir parlé à un étranger, alors que nous nous connaissons si bien.

Je me dis toujours que c'est déroutant de garder un contact distant avec quelqu'un dont on a été si proche. Le frère de Papa, Ingvar, et sa femme, Elín, ont adopté Viktor en 1984 et nous avons plus ou moins grandi ensemble. Il était avec moi le jour où mes règles ont commencé et lors de ma première cuite. À l'époque où je m'endormais en larmes, il me gardait dans ses bras toute la nuit. Depuis, le temps a creusé un fossé entre nous, malgré nos rencontres occasionnelles. Mais le fait que Viktor sache exactement quand et avec qui j'ai perdu ma virginité rend ces échanges de politesses quelque peu absurdes.

– Tu parlais avec qui ? demande Gestur lorsqu'il me rejoint enfin, les bras chargés de sucreries et de boissons.
– Viktor.
– Ah ? Il vient ?
Je hoche la tête.
– Il était seul ?
– Non, sa petite amie est avec lui.
– Je ne savais pas qu'il avait une petite amie.
– Moi non plus.
– Tant mieux pour lui, dit Gestur sans enthousiasme.

Viktor et lui n'ont jamais vraiment eu d'atomes crochus. Nous l'avons invité plusieurs fois à dîner, mais il flottait toujours une certaine gêne dans l'air. Viktor trouve Gestur trop rigide et formel, Gestur trouve que Viktor n'a pas mûri depuis ses vingt ans.

Parfois, j'ai la sensation que Gestur est jaloux. Viktor est mon cousin, on se connaît depuis toujours. On a toujours des choses à se dire et on sait (ou savait) presque tout l'un de l'autre ; c'est normal, et je suis certaine que Gestur en a parfaitement conscience. Mais peut-être est-ce dans la nature des hommes de ne pas vouloir que leur femme soit trop proche d'un autre homme, même s'il s'agit d'un membre de sa famille.

– Tu n'es pas toi-même quand il est là, m'a un jour dit Gestur, au début de notre relation.

Je ne me souviens plus de ce que je lui ai répondu, mais je me rappelle avoir pensé qu'en réalité, c'était exactement le contraire : avec Viktor, j'étais moi-même ; avec Gestur, je me sentais obligée d'être quelqu'un d'autre.

– Oh, Petra, soupire-t-il soudain en grimaçant.

– Quoi ? je lâche avant d'éloigner ma main de ma bouche.

Passant la langue sur mes lèvres, je perçois le goût du sang.

\* \* \*

De retour dans la voiture, je trouve des pansements couleur chair dans la boîte à gants et remplace ceux que j'avais mis tout à l'heure, décorés de dessins. Je me dis que je ne vaux pas mieux que Lea, qui pendant un temps se rongeait les ongles jusqu'au sang, ou que Maman, qui s'arrachait les cils le soir quand j'étais plus jeune. Je frissonne encore en revoyant les poussières de mascara éparpillées sur ses joues et les cils sur la table basse.

Un peu plus tard, nous passons devant la cascade de Bjarnarfoss, étroit ruban blanc qui dévale l'abrupte roche noire de la montagne, et je m'efforce d'alléger l'atmosphère dans l'habitacle. Me tournant vers l'arrière, je lance :

– Vous saviez qu'il y a des gens qui voient une femme dans cette chute d'eau ?

– Hein ?

Ari retire ses écouteurs tandis que Lea, occupée à pianoter sur son téléphone, ne lève même pas la tête. Les joues rouges, elle esquisse un sourire. Je crois qu'elle a un copain, ou du moins qu'elle discute avec un garçon, mais elle se contente de grogner et de rouler des yeux lorsque je lui pose la question.

– On raconte qu'une femme est assise au milieu de la cascade et qu'elle coiffe ses cheveux, dis-je.

Ari jette un œil par la vitre.

– Cool, répond-il avant de remettre ses écouteurs.

Je lui souris, puis observe Lea sans qu'elle le remarque. La lumière du soleil éclaire ses cheveux bruns, réunis en queue-de-cheval au sommet de son crâne.

Elle est étonnamment silencieuse ces derniers temps. Je suis sûre que quelque chose la tracasse, mais je ne vois pas quoi. Je me rappelle ce que c'est, d'avoir seize ans ; évidemment, Lea n'en croirait pas un mot. Elle a la sensation que personne au monde ne peut comprendre ce qu'elle traverse. Surtout pas moi. Dans une certaine mesure, elle a raison : la réalité des adolescents d'aujourd'hui n'est pas la même que celle d'il y a vingt ou trente ans. Mais je me souviens bien de ce que ça fait de façonner son image par rapport à ce que les autres pensent de nous. D'essayer de trouver l'équilibre entre être acceptée et se démarquer. Être normale, mais singulière.

L'adolescence ne semble pas avoir le même effet sur Ari, qui ne change pas. Tout est si facile pour lui, comparé à Lea. Hier matin, il m'a interrogée sur l'hôtel, et je lui ai montré des photos.

C'est un établissement flambant neuf, construit au cœur d'une étendue de lave au pied du glacier Snæfellsjökull, juste avant le village d'Arnarstapi. Le terrain accueillait autrefois une ferme appartenant au gouverneur local et à sa famille. Sur le site Internet de l'hôtel, on raconte qu'elle a été abandonnée après un incendie en 1921, et qu'on peut encore voir les ruines sur le terrain. Le petit texte précise que la femme du gouverneur et leurs deux cadets ont péri dans les flammes, mais j'ai fermé la page avant qu'Ari n'atteigne ce paragraphe.

L'hôtel se veut écologique et respectueux de son environnement. Les murs en béton brut se fondent dans le décor volcanique tout autour. Un architecte spécialisé a été chargé de créer les éclairages, à l'intérieur comme à l'extérieur. Dehors, tous les luminaires sont enfoncés dans la terre et éclairent les murs par en dessous. Ils effectuent un lent mouvement censé donner l'illusion que le bâtiment bouge. L'architecte dit s'être inspiré de la riche histoire des lieux, imprégnée de croyances surnaturelles qui remontent à des siècles, mais demeurent bien vivantes de nos jours.

De l'extérieur, la bâtisse semble plutôt froide et brute, comme son environnement – le glacier, les champs de lave, les montagnes. À l'inverse, l'intérieur promet d'être chaleureux, avec son mobilier design tout en sobriété et ses lits haut de gamme de chez Jensen. Par ailleurs, l'hôtel est équipé des dernières technologies, ce qui a éveillé l'intérêt d'Ari. Tout se contrôle à l'aide d'une application : la lumière des chambres, le chauffage, le verrou et la puissance de la douche. Absolument tout.

De l'autre côté du pare-brise, le paysage devient de plus en plus familier. Je connais cette route sur le bout des doigts – je l'ai si souvent parcourue, depuis mon plus jeune âge. Ici, chaque pierre, chaque butte, chaque monticule a son nom, son histoire. Les saillies montagneuses s'incarnent sous les traits de créatures mythiques, les gros rochers et les collines abritent des elfes et des peuples cachés, les montagnes des trolls, la mer des tritons.

Je sais bien que toutes ces histoires ne sont que fantaisie, vestiges d'une époque où la connaissance était moins étendue, mais une partie de moi estime au contraire qu'on en savait beaucoup plus qu'aujourd'hui, que notre esprit était plus ouvert à ce qui nous entoure et notre perception plus affûtée.

À chaque fois que j'arrive sur la péninsule de Snæfellsnes et que je vois le glacier qui se profile dans le lointain, les montagnes dentelées et les rochers menaçants qui émergent de la mer, je ne parviens jamais tout à fait à éloigner le sentiment que nous ne sommes pas seuls ici.

# Lea Snæberg

Maman se retourne et pointe une cascade du doigt. Ari prétend s'y intéresser, mais moi, j'ai la flemme de lui dire qu'elle nous a déjà montré cette chute d'eau un million de fois et que je connais par cœur l'histoire de la femme assise qui brosse ses cheveux.

Je baisse les yeux sur l'écran et vois que Birgir a envoyé : *Tu es arrivée ?*

Je réponds : *Non, je suis encore en voiture. Je te tiens au courant quand j'arrive.*

J'attends une seconde. Birgir ne se manifeste pas. Peut-être que c'était stupide de lui dire ça. Peut-être qu'il ne veut pas du tout savoir quand je vais arriver.

Je parcours ses photos une fois de plus. Il ne fréquente pas beaucoup les réseaux sociaux, mais m'envoie parfois des photos que je sauvegarde sur mon téléphone. Il a un an de plus que moi et on s'est connus il y a quelques mois. On ne s'est jamais rencontrés en vrai, il est parti vivre en Suède à l'âge de cinq ans et ne revient que rarement en Islande. Cependant, sa famille compte faire le voyage à Noël, on va enfin réussir à se voir.

Malgré cela, je sais beaucoup de choses sur lui, et lui sur moi, peut-être plus que quiconque. Il pratique le basket-ball et son chien Capitaine dort toujours près de son lit. Il veut travailler avec des enfants plus tard, soit devenir professeur des écoles, soit enseigner le sport. Mais je n'ai jamais entendu sa voix ni senti son odeur, j'ignore ce que ça me fera de le rencontrer enfin après tout ce qu'on s'est confié.

On se parle tous les jours depuis qu'on a fait connaissance, pas des bavardages sans intérêt, de vraies conversations profondes sur nos ambitions pour l'avenir ou notre état d'esprit. Birgir est le seul à qui j'ai raconté tout ce qui est arrivé dans mon ancienne école. *Vraiment* tout. Bien sûr, je suis allée voir un psy (une idée de Papa), et nous avons beaucoup discuté, mais même avec lui, j'avais la sensation de ne pas pouvoir tout dire comme je l'ai fait avec Birgir. En général, j'essaie de ne pas trop repenser à cette époque, mais le jour où je lui ai raconté ça, c'était différent. On parlait simplement de la vie à l'école, et de fil en aiguille j'ai fini par glisser que j'avais changé d'établissement. Il m'a demandé : *C'était pas trop dur ?*

J'ai répondu : *Non, pas vraiment.*

Lui : *Ça doit quand même pas être facile d'être séparée de ses amis, même si j'imagine qu'une fille comme toi n'a aucun mal à s'en faire de nouveaux.*

Je me rappelle avoir relu ces mots et m'être demandé ce que c'était, *une fille comme moi*. Que voulait-il dire ?

J'ai parfois l'impression que j'ai passé ma vie à combattre les idées préconçues que les gens se font à propos de moi. Ces gens qui me croient snob ou prétentieuse à cause de ma famille. À ce moment-là, j'avais envie de montrer à Birgir que je n'étais pas celle qu'il croyait, alors j'ai écrit : *En fait, c'est ma faute si nous avons déménagé.*

Lui : *Pourquoi ?*

Moi : *Parce que les élèves de mon ancienne école ne voulaient pas de moi.*

J'ai tout déballé. Je lui ai dit qu'un beau jour, lorsque je suis arrivée en classe, ma meilleure amie avait décidé que je n'avais plus le droit de m'asseoir à côté d'elle. Je lui ai raconté les murmures des autres, les rires étouffés pendant que je cherchais une chaise libre. Les boules de papier mouillé retrouvées dans mes cheveux à la fin du cours, l'odeur étrange que j'ai sentie en rentrant chez moi, avant de constater que le dos de mon manteau était humide. Arrivée à la maison, je m'étais enfermée dans la salle de bains et j'avais sorti les livres et les cahiers imbibés de lait de mon sac. Mais même une fois lavé, il exhalait encore cette odeur de lait tourné qui n'a fait qu'empirer avec le temps.

Birgir n'a rien dit pendant un moment, puis il m'a envoyé : *Que ce soit clair, Lea...*

*Quoi ?* ai-je demandé, les doigts tremblants et la respiration haletante parce que, pendant que je lui écrivais tout ça, je revivais les émotions de ce jour-là. Ce simple souvenir me replongeait dans la même angoisse.

Mais Birgir a dit : *Tes parents n'ont pas déménagé à cause de toi. Rien de tout ça n'est ta faute.*

Quelque chose s'est alors brisé en moi. J'ai pleuré jusqu'à en avoir mal au ventre et aux yeux. J'étais contente qu'il vive en Suède, à plus de mille kilomètres, et que personne ne soit à la maison pour me voir dans cet état.

Bref, je ne veux pas penser à tout ça maintenant, je reprends donc mon téléphone et jette un œil aux photos que j'ai publiées sur ma page. La plupart sont des selfies ou des souvenirs de vacances. La plage de Los Cabos, le lac près de notre chalet d'été, l'aile de l'avion en route pour Londres au printemps dernier.

L'autre jour, Maman est venue dans ma chambre et m'a demandé de retirer une de mes photos, parce que j'avais l'air trop adulte dessus. Elle prétendait que je ne ressemble pas du tout à ça en vrai. Ça m'a blessée, parce que je la trouvais vraiment belle, cette photo. J'avais passé un long moment à me préparer. Je m'étais fait une queue-de-cheval haute, j'avais lissé tous les petits cheveux restants avec du gel et m'étais maquillée en suivant les conseils d'une vidéo sur YouTube. Certains disent que je leur rappelle Ariana Grande. Nous sommes toutes les deux plutôt menues, les yeux marron, les cheveux bruns et raides, et la vidéo que j'avais regardée montrait comment se maquiller comme elle. J'avais appliqué un épais trait d'eye-liner que j'avais légèrement étiré pour donner un effet œil de chat. Puis je m'étais mis du rouge à lèvres rose-brun et de grandes boucles d'oreilles.

Un maquillage particulièrement réussi. Je n'avais jamais eu autant de réactions sur une photo, hors de question de la supprimer. En plus, j'avais immédiatement reçu un message de Birgir qui me complimentait, mais ça, je ne l'aurais jamais dit à Maman. Elle est déjà sur les nerfs à cause d'un type qui commente toutes mes photos. Je dois avouer que ça me met un peu mal à l'aise, moi aussi.

Ça a commencé il y a quelques mois, lorsqu'un homme qui se fait appeler Gulli58 s'est mis à me suivre. Le lendemain, un message privé m'attendait : *Salut ma jolie, comment ça va ?*

Au début, je ne me suis pas posé de questions, je reçois des messages de ce genre tous les jours, d'étrangers la plupart du temps, mais aussi d'Islandais parfois. Je ne réponds jamais bien sûr, je les ignore, et il m'est arrivé d'en bloquer quelques-uns lorsqu'ils se montrent trop insistants. Mais si je devais bloquer tous ceux qui m'écrivent, je perdrais un bon nombre de mes abonnés, ce qui signifierait moins de likes et de commentaires. Après tout, ce sont ces types-là qui likent chacune de mes photos et disent en commentaires que je suis mignonne ou sexy. Bien sûr, je tombe parfois sur des mecs un peu bizarres, mais ce n'est pas comme si j'étais spéciale à leurs yeux. Ils se comportent comme ça avec toutes les filles, et souvent ce sont les mêmes hommes qui nous contactent, mes amies et moi. C'est comme ça, c'est tout. Ils sont parfaitement inoffensifs.

Sauf qu'à ma connaissance, ce Gulli58 n'a pas écrit à mes amies, et je n'ai pas vu son pseudonyme dans leurs commentaires non plus. Il n'est jamais grossier ni inapproprié. Il me dit simplement que je suis belle, ou il rebondit sur le texte qui accompagne mes photos, ce que je trouve un peu curieux.

L'autre jour, par exemple, j'ai posté une photo où je tiens dans mes bras le nouveau chiot de ma copine Agnes, et en dessous j'ai écrit : *Je peux l'adopter ?*

J'ai reçu quelques commentaires d'hommes qui disaient que si je voulais, je pouvais les adopter eux. Mais Gulli58, lui, m'a écrit : *C'est un cavalier king-charles ? À une époque, j'avais un labrador, mais il est mort il y a quelques années. Un chien tellement adorable.*

Peu de temps avant ça, j'avais posté un selfie où je prenais le soleil sur la terrasse de notre chalet d'été, et j'avais écrit en anglais : *Until you've heard my story, you have no idea*[1].

OK, je sais que cette phrase ne respire pas la joie, mais c'est juste une citation trouvée sur Internet alors que je cherchais quelque chose pour accompagner ma

---

1. Tant que vous n'avez pas entendu mon histoire, vous ne savez pas. *(Toutes les notes sont du traducteur.)*

photo, et elle m'a plu. Ça ne voulait rien dire de particulier sur moi. Beaucoup de gens publient ce genre de petites réflexions en anglais avec leurs photos, et tout le monde sait qu'il ne faut pas chercher à lire entre les lignes.

Mais Gulli58 semble avoir interprété ça comme un appel au secours, car il m'a envoyé un message privé pour me dire qu'il était là si j'avais besoin de parler à quelqu'un. Évidemment, je n'ai pas répondu, et j'ai envisagé de le bloquer, avant de me dire finalement que ses intentions étaient bonnes. Sûrement un homme seul qui venait de rejoindre Instagram et ne savait pas exactement comment ce monde fonctionne.

Malgré tout, pour une raison que j'ignore, je n'arrive pas à me débarrasser du malaise qui s'empare de moi à chaque fois qu'il me laisse un commentaire, ou lorsque je constate qu'il a été le premier à voir une de mes vidéos sur Snapchat. Parce qu'il est presque toujours le premier, comme s'il n'avait rien d'autre à faire que d'attendre mes nouvelles publications.

– Nous y voilà, dit Papa en coupant le moteur.

Je regarde l'hôtel par la vitre de ma portière. Un bâtiment gris avec de grandes baies vitrées et un toit plat – il fait penser à un énorme rocher dans l'étendue de lave plutôt qu'à une construction humaine.

Je détache ma ceinture et sors. Après un long voyage en voiture, ça fait du bien de respirer l'air frais. Je lève les yeux vers le ciel, il est entièrement bleu, c'est à peine si je discerne un nuage.

J'aperçois soudain un grand oiseau juste au-dessus de nous. Son amplitude m'impressionne. Il semble planer sans le moindre effort, remue à peine les ailes.

– Un aigle, dis-je en prenant conscience de ce que c'est. C'est un aigle, non ?

Tous arrêtent ce qu'ils sont en train de faire pour regarder vers le ciel.

— Ça alors, je crois que tu as raison, acquiesce Papa.

Pendant un instant, nous ne prononçons pas un mot, observant le majestueux oiseau.

L'aigle descend en altitude et tandis qu'il se rapproche, je constate à quel point il est immense et massif, ainsi porté par le vent. Je me souviens soudain d'une histoire que Maman nous avait racontée. Celle d'un enfant capturé par un aigle, qui l'avait emporté dans ses serres. Je ne me rappelle plus comment l'histoire se terminait, mais je suis prise d'un frisson.

Hypnotisée, j'en oublierais presque de sortir mon téléphone pour le filmer, heureusement je reviens rapidement à moi. Je zoome pour qu'on le voie mieux, mais je n'arrive pas à capturer ce moment. Sur l'écran, l'aigle ressemble à n'importe quel oiseau. On ne se rend pas compte de sa taille.

Il dévie brusquement de sa course et prend la direction du glacier.

— Incroyable, lâche Papa tandis que nous le regardons s'éloigner.

Puis il ouvre le coffre et chacun attrape ses bagages. Mon téléphone se met à vibrer au moment où je tends le bras vers le mien. Un instant, je crois que c'est Birgir qui m'a écrit, mais mon estomac se noue lorsque je vois le nom à l'écran. Gulli58.

*Pas possible !* écrit-il dans un message privé. *Je vois que tu es sur Snæfellsnes, quelle coïncidence ! Figure-toi que je loge dans un chalet d'été tout près de là où tu es.*

## Irma
### Employée de l'hôtel

– Tu as entendu les bruits cette nuit ?

Je suis dans ma chambre en train d'enfiler un pull quand Elísa apparaît soudain dans le cadre de la porte.

– Tu es censée frapper, je réplique un peu sèchement.

– La porte était ouverte.

Je sais bien qu'elle ment. Elle baisse les yeux, et je me rends compte que mon ventre est nu.

– Je croyais pourtant l'avoir fermée, dis-je en tirant sur mon pull.

Elle esquisse un sourire, qui a ceci de singulier que ses lèvres se tournent vers le bas.

– Tu as besoin de quelque chose ?

– Non, répond Elísa avant de se jeter sur le lit. Je voulais juste te voir.

– Ah, OK.

Elísa est la petite-fille du couple qui gère l'hôtel. Une sorte de chat errant qui vous suit partout et peut pointer le bout de son museau au détour de n'importe quel couloir. Je soupçonne qu'elle a peu d'amis à l'école, c'est pourquoi je l'autorise à me tenir compagnie pendant que je travaille. Je bavarde avec elle, lui manifeste de l'intérêt. Âgée de onze ans, elle ne sait pas se taire et se montre beaucoup trop honnête. Elle est impulsive, ses actions ou ses paroles dépassent souvent sa pensée.

En somme, sa présence n'est pas de tout repos, et dans une certaine mesure je comprends qu'elle ait du mal à se faire des amis.

– Quels bruits as-tu entendus cette nuit ?
– Ce genre de bruits.

Elísa émet un effroyable raclement de gorge, quelque part entre un chien qui grogne et un perroquet qui criaille.

– Mon Dieu, non, dis-je sans pouvoir m'empêcher de rire. Je n'ai rien entendu de tel.
– Papy dit que c'était sûrement un lagopède, mais je n'y crois pas.
– Et d'après toi, c'était quoi ? je lui demande en regardant par la fenêtre.

Il est bientôt midi, et je n'ai quasiment pas lâché le parking des yeux. Ils devraient arriver d'un moment à l'autre.

– Je ne sais pas.

Elísa attrape le collier qui repose sur ma table de chevet et le contemple. Je dois prendre sur moi pour ne pas le lui arracher des mains. Je lui ai dit mille fois de ne pas fouiller dans mes affaires, mais rien n'y fait.

– Les gens qui vont arriver tout à l'heure sont célèbres, tu le savais ? poursuit-elle en jouant avec la fermeture du collier.

J'abandonne.

– Elísa, tu peux me rendre mon collier, s'il te plaît ?

Elle feint de ne pas m'entendre.

– C'est qui, qui te l'a donné ? demande-t-elle après un bref instant.
– Personne, dis-je en le lui reprenant d'un geste vif.
– Ton copain ?
– Je n'ai pas de copain, je réponds en attachant le collier à mon cou.
– Pourquoi ?

– Bon, Elísa, conclus-je en maintenant la porte ouverte. Je dois aller travailler.

La bouche de la fillette n'est plus qu'un trait. Elle saute du lit et quitte la chambre en courant, son épaisse tresse oscillant dans son dos.

Je soupire en la regardant s'éloigner. Elísa est assez susceptible, mais je ne m'inquiète pas. Elle finit toujours par revenir et reprend sa logorrhée comme si de rien n'était.

Observant mon reflet dans le miroir, je porte la main au pendentif, un petit cœur en or décoré d'une pierre rouge au milieu. Je le glisse sous mon pull, passe les mains dans mes cheveux, auxquels j'essaie de donner un peu de volume avant de les nouer, en vain. Ils demeurent obstinément plats. Sans maquillage, ma peau est d'une extrême pâleur, je suis incolore. Sitôt vue, sitôt oubliée.

Je retrouve Edda dans le restaurant. Marchant d'une table à l'autre, elle allume les bougies chauffe-plat. « Marcher » n'est peut-être pas le bon verbe. « Flotter » serait plus approprié. La silhouette élancée, délicate, Edda réussit à paraître à la fois fragile et forte. Le nez parfaitement droit, les cheveux argentés, les lèvres légèrement pincées – si je ne la connaissais pas, je pourrais croire qu'elle appartient à l'aristocratie britannique.

– Toutes les chambres sont prêtes, Irma ? me demande-t-elle lorsqu'elle remarque ma présence.

– Absolument toutes, dis-je en souriant.

Nous avons placé dans chaque chambre des petits cadeaux qu'un des membres de la famille Snæberg a préparés et nous a envoyés : un livret contenant le planning du week-end, la biographie du patriarche qui aurait eu cent ans dimanche, et une tablette de chocolat aux noisettes. C'est moi qui me suis chargée de déposer ces paquets sur tous les lits, avec une carte de renseignements sur l'hôtel. La pensée qu'ils allaient dormir là, dans ces lits, ne m'a pas lâchée pendant tout ce temps. Je ne pouvais pas m'arrêter de sourire.

Edda hoche la tête avec satisfaction avant de disparaître dans la cuisine.

Je me rends à la réception et jette un œil à l'ordinateur. Mon cœur s'emballe rien qu'à voir les noms sur l'écran. J'inspire profondément puis expire lentement par le nez. Je dois garder mon calme, me dis-je. Personne ne doit remarquer à quel point je suis dans tous mes états.

Afin de me changer les idées, je monte au premier étage, un peu plus petit que le rez-de-chaussée. Il s'agit simplement d'un long couloir encadré de chambres, au bout duquel on trouve un salon qui ressemble à une serre avec ses murs et son plafond entièrement vitrés. Il y fait un peu froid l'hiver, en dépit du chauffage au sol, mais des plaids en laine sont à la disposition des clients.

Les sombres soirs d'hiver, on peut s'asseoir et contempler les aurores boréales à travers les vitres. Le week-end dernier, dans le ciel parfaitement noir et dégagé, elles nous ont offert un ballet de nuances de rose et de vert pendant plus d'une heure. Le salon était bondé, certains avaient même décidé de s'allonger par terre pour se laisser hypnotiser par le spectacle.

La pièce est meublée de banquettes capitonnées dont les dossiers sont du même bois brut que les tables, sur lesquelles sont disposés des bols contenant des galets en provenance de la plage noire de Djúpalónssandur. Je prends place sur l'un des sièges, attrape un galet et le masse entre mes paumes, sentant le calme me regagner.

Lorsqu'on a peu de clients, je viens souvent ici, et je m'imagine que c'est chez moi. Pas que j'habite ici, mais que j'ai ma place dans cet endroit. En général, j'ai l'impression qu'à tout moment on risque de me démasquer, car tout le monde doit bien voir que je n'ai rien à faire dans un environnement pareil. Moi qui ai grandi dans des cités-dortoirs, vêtue de fripes et nourrie de plats surgelés.

Mais dans cet hôtel, je ne me sens jamais tout à fait moi-même. Quand je travaille, c'est comme si j'endossais un rôle, comme si je devenais quelqu'un d'autre. Malheureusement, je ne suis employée que pour une durée limitée, bientôt je devrai rentrer. Et j'appréhende mon retour.

Je repose le galet, me lève et me dirige vers la fenêtre. Observant les voitures qui filent sur la nationale, je me demande laquelle d'entre elles va tourner dans le chemin qui mène à l'hôtel. La route est trop loin pour que je distingue les passagers, mais parfois je viens là pour les contempler. Je m'interroge sur ces gens, qui ils sont, ce qu'ils font dans le coin, à quoi ressemble leur vie.

Un quatre-quatre noir se matérialise, et je m'approche encore de la fenêtre, pressentant que c'est l'un de nos clients. Je souris en constatant que j'ai raison : la voiture ralentit avant de tourner à l'embranchement.

Elle se gare sur le parking au pied de l'hôtel. Sa carrosserie noire brille de mille feux. Elle doit coûter cher. La portière côté conducteur s'ouvre presque instantanément et un homme sort. Je connais son nom : Gestur. Les cheveux bruns, il est plutôt grand mais pas particulièrement large ni musclé. La femme qui apparaît de l'autre côté semble toute menue vue d'ici.

Reconnaissant immédiatement Petra, je dois me mordre la lèvre inférieure pour empêcher mon sourire de s'élargir encore. Je bois cette image : ses vêtements, ses cheveux, ses chaussures. Sa manière de regarder autour d'elle, d'admirer les lieux tandis qu'elle descend du véhicule. Elle porte un jean clair légèrement déchiré et retroussé sur ses chevilles bronzées. Ses tennis en toile sont d'une blancheur immaculée, mais je ne distingue pas la marque d'ici. De grosses lunettes de soleil noires maintiennent ses cheveux bruns en arrière, et elle serre son long gilet contre elle comme si elle avait froid.

Une adolescente surgit à son tour et observe les environs. Lea semble plus jeune en personne que sur ses photos. Peut-être à cause de sa petite silhouette. Ses jambes ressemblent à deux allumettes dans son legging, ce qui contraste avec son sweat à capuche bien trop grand et ses baskets à la semelle épaisse. J'aperçois son frère Ari de l'autre côté de la voiture, ses cheveux blonds reflétant la lumière du soleil, et même à cette distance je vois à quel point il est beau.

Tous lèvent la tête lorsque Lea pointe le ciel du doigt. Suivant leur regard, je discerne un aigle qui tournoie majestueusement juste au-dessus de nous, mais eux m'intéressent davantage que l'oiseau.

Une ou deux minutes après, Gestur ouvre le coffre et s'empare d'une grosse valise. Ari attrape un sac à dos et prend le chemin de l'hôtel, quelques pas derrière son père, puis il se retourne et dit quelque chose à sa mère. Petra rit, se retourne à son tour et s'exclame en direction de la voiture.

Lea grimace. J'ai beau avoir du mal à la voir d'ici, je suis certaine qu'elle roule des yeux. Elle glisse son téléphone dans la poche de son sweat, mais le repêche immédiatement. Un instant, elle semble figée. Elle fixe son écran, puis jette un coup d'œil rapide autour d'elle, comme si elle croyait que quelqu'un l'observait. De quoi a-t-elle peur ?

Je sursaute lorsqu'elle lève soudain la tête et m'aperçoit. Je recule si brusquement que je heurte une table et manque de tomber.

En bas, la porte s'ouvre et j'entends Edda leur souhaiter la bienvenue d'une voix pleine d'entrain. Lissant hâtivement mes vêtements du plat de la main, je me précipite vers l'escalier pour l'aider à accueillir nos invités.

## Sævar
Inspecteur au commissariat d'Akranes

*Maintenant*
*Dimanche 5 novembre 2017*

Venu de Reykjavík, le médecin légiste, un homme grand et mince entre deux âges, examinait le corps. Sævar et Hördur observaient la scène à une petite distance pour ne pas perturber son travail. Il prit plusieurs photographies et préleva des échantillons, semblant perdu dans son monde. Devant son intense concentration, Sævar osait à peine respirer. Le corps fut ensuite placé dans l'ambulance qui allait l'emporter à Reykjavík pour l'autopsie, enfin le médecin les rejoignit.

— Qu'est-ce que tu peux nous dire ? demanda Hördur. Tu peux évaluer quand ça a eu lieu ?
— Difficile de vous donner une heure précise. On pourra analyser le contenu de son estomac, voir où en était la digestion au moment de la mort, mais je ne pourrai vous dire ça que demain.
— Au moins un ordre d'idée ?
— Dans la nuit. Il y a environ douze heures, d'après moi.
— Des traces de blessures ? demanda Hördur.
— Seulement celles dues à la chute. Fracture du crâne et blessures au dos.

Il hésita, puis poursuivit :
– Difficile de déterminer la cause de la chute en raison de la hauteur, mais la position du corps est intéressante.
– Ah ?
– Oui, il me semble fort probable que la victime soit tombée en arrière. On trouve des traces de choc principalement au niveau du dos et de l'arrière du crâne, pas sur les jambes ni le torse, comme c'est souvent le cas quand quelqu'un se jette dans le vide.
– Mais justement, comme tu l'as dit, la hauteur est importante, répliqua Sævar en levant les yeux sur le précipice, avant de s'empresser de regarder ailleurs. Le corps n'a pas pu se retourner pendant la chute ?
Le médecin légiste grimaça.
– Dans le cas d'une très longue chute, il n'est pas rare que le corps se retourne et que la tête atterrisse en premier, car c'est la partie supérieure qui pèse le plus lourd, mais je pense qu'en l'occurrence, la hauteur n'était pas suffisante. Par ailleurs, les marques ne coïncident pas avec ce scénario. Comme je vous l'ai dit, ce sont principalement le dos et l'arrière du crâne qui ont subi le choc.
– Comme si quelqu'un avait poussé la victime ? fit Hördur.
– Exactement, acquiesça le médecin. Comme si quelqu'un l'avait poussée avec les mains sur la poitrine.
Sævar imagina la victime essayant de se rattraper aux cheveux de son assaillant tandis qu'elle basculait dans le vide avant de s'écraser violemment sur le dos au pied du précipice, son crâne se brisant dès l'impact contre la roche.
Avant qu'ils ne regagnent leur voiture, Hördur s'isola pour répondre à un appel téléphonique, et Sævar resta avec Valgerdur, l'officière de police de Snæfellsbær qui avait été parmi les premiers sur les lieux.

– Vous allez à l'hôtel, là ? demanda-t-elle, avant de poursuivre lorsque Sævar acquiesça : Soyez bien conscients que la presse va débarquer dès que l'info sera connue.

– Ah bon ?

Sævar n'était pas habitué à ce que les affaires sur lesquelles il travaillait fassent les gros titres. Depuis son arrivée au sein de la police judiciaire, peu d'enquêtes avaient attiré l'attention du public. Le travail d'enquêteur était loin de ressembler à ce qu'on voyait dans les films ou les séries – tout au moins en Islande.

– Vous savez de qui il s'agit, non ? fit Valgerdur en haussant les sourcils. Rien d'étonnant à ce que les médias se précipitent ici en apprenant que la nouvelle concerne la famille Snæberg.

– Oui, sans doute.

Sævar s'en voulut de ne pas y avoir pensé plus tôt. Évidemment, ils n'avaient pas eu immédiatement conscience du lien avec la famille Snæberg. Les secours avaient été envoyés sur place durant la nuit pour retrouver un client de l'hôtel disparu dans la tempête, et au petit matin, ils avaient informé la police de la découverte d'un corps.

– C'est un lieu intéressant, en tout cas, commenta Valgerdur après un bref silence.

– Qu'est-ce qu'il a d'intéressant ? demanda Sævar en jetant un œil à Hördur, toujours au téléphone et visiblement pas près de raccrocher.

– Vous n'avez jamais entendu les histoires ?

– Quelles histoires ?

– Le plateau de Fródárheidi et les falaises de Knarrarklettir sont connus pour avoir coûté la vie à des tas de gens, exactement à cet emplacement. Des gens qui tombaient après s'être perdus.

Valgerdur tendit le doigt en direction de la petite église en bois noir de Búdir, qu'on apercevait au loin.

– Il y avait un bourg autrefois, là, sur la côte sud de la péninsule, et les gens traversaient le plateau de Fródárheidi pour venir y faire leurs achats. La météo pouvait être très mauvaise et les voyageurs se perdaient souvent, sans se rendre compte qu'il y avait un précipice.

– Je ne pense pas qu'on ait affaire au même scénario, en l'occurrence, répondit Sævar.

– Oui, ça semble peu probable. La question est de savoir comment c'est arrivé. Que peut-on bien venir faire ici en plein milieu de la nuit ?

– En effet, c'est la grande question, acquiesça Sævar.

– On raconte que Fródárheidi est hanté, poursuivit Valgerdur. Que des fantômes mèneraient les voyageurs perdus vers le précipice. Je ne sais pas s'il faut croire ces légendes, mais le fait est que plus d'une dizaine d'hommes et de femmes ont perdu la vie ici.

– Vous plaisantez ?

– Absolument pas. Dans tous les cas, c'est un lieu intéressant, pas vrai ?

Sævar chercha un bon mot, comme à son habitude. Il faisait toujours de son mieux pour alléger l'atmosphère – et y parvenait de manière inégale. Mais à cet instant, rien ne lui vint.

La montagne attirait sans cesse son regard, contre sa volonté. Il ne pouvait s'empêcher d'observer le précipice, de se demander ce que ça faisait de se tenir là, juste au bord, avec ce vide à ses pieds.

– Hé, tout va bien ? demanda Valgerdur.

– Oui, oui, tout va bien.

– Vous aviez l'air de ne plus tenir sur vos jambes. J'ai cru que vous alliez tomber.

– Non, pas de danger. J'ai juste un peu le vertige.

Valgerdur fronça les sourcils, visiblement toujours inquiète, et Sævar se força à sourire.

Juste avant de détourner le regard de la paroi rocheuse, il avait cru discerner un mouvement furtif tout en haut ; une ombre, disparue aussi vite qu'elle était apparue. Il préféra garder ça pour lui.

# Petra Snæberg

*Deux jours plus tôt*
*Vendredi 3 novembre 2017*

Le hall d'entrée est sobre et minimaliste, avec une belle hauteur sous plafond et les mêmes murs en béton brut qu'à l'extérieur. Le sol est lui aussi en béton ciré gris, et on ne trouve rien ici de ce qui orne habituellement la réception des hôtels : pas de tapis par terre, pas de tableaux suspendus ni d'autres éléments de décoration. Tout ça est évidemment voulu. Rien ne doit détourner l'attention du véritable décor qui apparaît dans toute sa splendeur par les baies vitrées : la roche volcanique recouverte de lichen, dominée par le glacier. C'est comme si on faisait partie intégrante de la nature. Je commence immédiatement à prendre des photos pour les partager avec mes abonnés.

La seule chose qui détonne un peu, ce sont les lustres signés Gino Sarfatti. Je n'ai jamais vraiment aimé ce design. Ces enchevêtrements de bras fins me font penser à des insectes. Si on retournait l'un de ces lustres, il ressemblerait à une araignée aux pattes bien trop nombreuses.

Je déteste les araignées. Personnellement, j'aurais choisi un autre modèle. Quelque chose de sobre et minimaliste, comme une suspension Amp de chez Normann Copenhagen, ou les lampes Artek d'Alvar Aalto.

À l'image de l'hôtel, la femme qui nous accueille se fond dans le décor, avec son pull marron clair et ses cheveux argentés.

– Je m'appelle Edda, se présente-t-elle. J'espère que vous passerez un agréable séjour chez nous ce week-end.

Elle sourit, et je suis certaine que cette entrée en matière a été diligemment répétée.

– Je vais seulement avoir besoin de vos noms pour procéder à l'enregistrement.

Gestur les lui donne et Edda les note sur son ordinateur.

– D'autres personnes sont arrivées ? je demande.

– Vous êtes les premiers, me répond Edda sans m'accorder un regard.

Je suis un peu surprise, car mes parents sont partis avant nous. Ils n'ont pas essayé de me joindre. Dans un flash, je vois des carcasses de voitures, de la fumée. Du sang. J'ai tendance à toujours m'attendre au pire.

– Je vais essayer d'appeler Maman, dis-je à Gestur avant de m'éloigner de quelques pas.

Pendant que le téléphone sonne, je contemple l'étendue de lave déjà parsemée de taches de neige. Une forme noire traverse soudain l'une d'entre elles, si furtivement que je ne suis même pas sûre de l'avoir vraiment vue. Mon pouls accélère d'un coup, mais il doit seulement s'agir d'un oiseau ou d'une souris. Pourtant, cela m'a semblé plus gros, comme un renard. Est-ce possible ?

Sentant l'air froid qui émane de la vitre, je recule.

– Petra ?
– Maman ?

J'avais presque oublié le téléphone. Je m'éclaircis la gorge :

– Vous êtes où ?

Discernant autour d'elle des éclats de voix et des rires, je soupire de soulagement lorsqu'elle me dit qu'ils se sont arrêtés sur la route pour grignoter un morceau. Elle énumère les gens qu'elle a croisés, puis se met à parler avec son voisin alors que je suis toujours au bout du fil. À la fin, je dois l'interpeller pour lui dire au revoir.

– L'hôtel n'est pas fini ? me demande Lea lorsque je reviens.

– Bien sûr que si, dis-je avant de lui répéter ce que j'ai lu sur le site de l'établissement. Cette esthétique brute est voulue. L'idée est de ne pas détourner l'attention de l'environnement.

– L'environnement ?

– Oui. Jette un œil dehors, Lea. Regarde comme c'est beau.

Lea regarde un instant par la fenêtre, mais elle ne semble guère impressionnée.

Heureusement, Edda n'a visiblement pas entendu notre conversation, elle sourit toujours tandis qu'elle nous rejoint.

– Il s'agit d'un hôtel connecté, explique-t-elle. J'espère que vous avez bien reçu le mail avec les instructions pour installer l'application. Vous l'avez téléchargée ?

– Oui, bien sûr.

– Parfait, dit Edda en me tendant deux cartes et deux fascicules. Vous avez deux chambres à votre disposition. Vous trouverez ici les codes que vous devrez entrer pour vous enregistrer sur l'application. Le fascicule contient des instructions, mais d'après mon expérience, tout est assez fluide et évident. Grâce à l'application, vous pouvez contrôler les lumières, la douche, le chauffage et le téléviseur mural, qui offre une sélection de films et de séries. Si vous le souhaitez, Irma peut vous faire une petite visite guidée de l'hôtel avant que vous rejoigniez vos chambres.

Me retournant, je constate que la dénommée Irma se tient juste à côté et nous regarde. Toute de noir vêtue, elle porte un tee-shirt en coton, une jupe et des chaussettes, et son prénom est inscrit sur un badge attaché sur sa poitrine. Elle ouvre la bouche comme pour dire quelque chose, mais Gestur est plus rapide :

— Avec plaisir, répond-il.

— Très bien, acquiesce Edda. Je fais porter vos valises dans vos chambres.

Comme sur commande, deux hommes sortent d'une pièce derrière le comptoir de réception. L'un d'eux s'empare des valises, tandis que l'autre porte un plateau avec quatre verres.

— Du thé glacé au thym arctique, agrémenté de sirop de myrtille, dit Edda. Les ingrédients proviennent de la région, comme presque tout ce que nous proposons ici. Je vous en prie, servez-vous.

— Oh, merci beaucoup, dis-je en attrapant un verre.

La boisson est délicieuse. Sucrée, rafraîchissante, un équilibre parfait entre la myrtille et le thym arctique. Même Ari et Lea semblent s'en délecter avant de reposer leurs verres vides sur le comptoir.

Pendant ce temps, Irma se présente et je constate qu'elle est nerveuse. Elle semble se retenir de glousser et ne sait pas où poser son regard.

— Je vous propose de commencer par le restaurant, dit-elle avant de s'interrompre. Non, peut-être le bar, finalement…

— Comme vous voulez, répond Gestur avec un sourire.

Il a remarqué sa nervosité, lui aussi, me dis-je. Je devrais avoir l'habitude qu'on nous reconnaisse, mais je ne m'y fais pas. Je suis toujours aussi mal à l'aise lorsque les gens nous fixent ou ont l'air gêné. Heureusement, la plupart ne le montrent pas, mais le fait est que la majorité des Islandais ont au moins entendu parler de nous. De moi. Les gens me connaissent moi, pas Gestur. Mon visage apparaît sur des publicités, et lorsque des articles nous sont consacrés dans les journaux, c'est toujours mon nom qui apparaît en premier, pas celui de mon mari – si tant est qu'il soit nommé, d'ailleurs. Après tout, il ne travaille techniquement pas pour mon entreprise, il donne juste un coup de main quand c'est nécessaire.

Ça ne le perturbe plus autant qu'avant. Cela dit, j'ai toujours l'impression qu'il cherche à attirer l'attention, à faire en sorte qu'on sache qu'il est à la barre lorsque nous allons quelque part. Au restaurant, ou bien quand nous rencontrons des clients ou croisons des connaissances en ville, Gestur essaie de dominer la conversation, d'être celui vers qui tous les regards se tournent.

Ça m'est égal, mais j'ai le sentiment qu'il veut compenser quelque chose, qu'il a besoin qu'on le remarque, lui aussi.

– Le bar se trouve ici, dit Irma après nous avoir menés à travers une porte située à droite de la réception. Il est ouvert de midi à minuit en semaine, et jusqu'à une heure le week-end. Mais il nous arrive de prolonger les horaires, comme ce soir et demain.

Des verres à vin sont suspendus tête en bas à des rails en acier noir, et les étagères derrière le bar, qui accueillent un nombre impressionnant de bouteilles de spiritueux, sont éclairées par une lumière jaune tirant sur le vert. Sur le côté, un casier à bouteilles de vin a été creusé directement dans le mur en béton.

Dans un des angles, des banquettes moelleuses et de profonds fauteuils couleur cognac sont disposés autour d'une cheminée. Les lignes sont pures, le décor minimaliste, chaque objet a sa fonction. L'ensemble dégage une atmosphère brute, mais mûrement réfléchie. Très scandinave. Les seuls éléments de décor sont des cadres aux murs, entourant non pas des œuvres picturales, mais du lichen.

– C'est de la vraie mousse, m'explique Irma en remarquant ma curiosité. La première fois que j'ai vu ça, je me suis demandé comment on était censé l'arroser. Mais c'est facile.

– Ah ?

– On utilise un vaporisateur.

Irma sourit, et je ne peux m'empêcher de penser qu'elle est un peu simplette. Enfantine.

– C'est malin, commente Gestur. L'esthétique de l'hôtel dans son ensemble est vraiment intéressante.

Nous poursuivons notre visite dans le restaurant, et Gestur et Irma ne cessent de bavarder. Il lui parle de l'hôtel sur lequel je travaille actuellement à Reykjavík, puis du concept derrière telle ou telle idée de design. À croire que c'est lui, l'architecte d'intérieur, et pas moi. Irma arrive à peine à placer un mot, mais ça ne semble pas la déranger. Elle sourit chaque fois qu'elle croise mon regard, les lèvres toujours fermement scellées, comme si elle craignait de montrer ses dents.

– Maman, m'interpelle Ari en s'approchant de moi. On peut aller dans notre chambre ?

– Il n'y en a pas pour longtemps, je murmure.

Mes deux adolescents ne s'intéressent ni à l'architecture ni au design, malgré mon métier.

– Qu'est-ce que tu en penses ? je demande ensuite.

Il hausse les épaules.

– C'est plutôt cool.
– Vraiment ? intervient Lea, qui nous a entendus. C'est tellement vide. Tellement...
– Froid ? complète Ari.
– Exactement.
– Je suis sûre que ce sera beaucoup plus chaleureux ce soir, dis-je. Quand il fera nuit et que la cheminée sera allumée.

Ni Ari ni Lea ne répondent, et nous montons bientôt à l'étage. Irma nous montre le salon où l'on peut s'asseoir et contempler les aurores boréales.

– Il ne désemplit pas le soir, explique-t-elle. Le week-end dernier, on se marchait presque dessus, car les aurores étaient particulièrement spectaculaires. Je crois qu'ils en prévoient d'aussi belles ce soir.
– Génial, répond Gestur. Il faudra qu'on vienne en profiter.
– Oui.

Irma sourit puis baisse les yeux – je pourrais jurer qu'elle rougit, mais je ne comprends pas pourquoi.

Nous restons un moment à admirer le paysage par la fenêtre. Le soleil, aussi haut dans le ciel qu'il peut l'être en novembre, darde ses rayons qui se reflètent sur la surface de la mer au loin. Si je ne savais pas à quel point il fait froid dehors, je serais tentée de sortir.

– Voilà, c'est terminé, conclut Irma avant de sourire, les lèvres toujours serrées. À moins que vous ne désiriez quelque chose en particulier. Nous pouvons vous apporter tout ce que vous voulez dans vos chambres, depuis le bar ou la cuisine. Le menu figure dans l'application, avec laquelle vous pouvez passer commande.
– Tout va bien pour le moment, répond Gestur.
– Merci pour cette visite guidée, dis-je. C'était très enrichissant.

Irma hoche la tête mais n'esquisse pas un mouvement et reste dans le salon. Je sens qu'elle nous suit des yeux tandis que nous rejoignons notre chambre.

— Sympa, cette fille, dit Gestur lorsque nous sommes assez loin pour qu'elle ne puisse plus nous entendre.

— Ah oui ? je demande en jetant un coup d'œil par-dessus mon épaule – elle est toujours là, sourire aux lèvres et mains croisées. Tu ne l'as pas trouvée… je ne sais pas… un peu bizarre ?

— Non, répond Gestur en haussant les sourcils. Tu l'as trouvée bizarre, toi ?

J'hésite. Je ne veux pas avoir l'air de m'estimer supérieure à cette fille, mais quelque chose dans son regard m'a mise mal à l'aise. Une intensité – comme si elle ne pouvait pas nous lâcher des yeux.

* * *

— C'est bon, ça marche, dis-je en tenant la porte ouverte à Gestur lorsque nous arrivons à notre chambre.

Les valises nous attendent juste à l'entrée. Dans l'air flotte un mélange de parfum d'intérieur – probablement un diffuseur ou une bougie – et de savon puissant.

Contrairement au reste de l'hôtel, la chambre a le mérite de disposer de rideaux. Le lit est comme une extension du mur, un cadre en béton surmonté d'un matelas. Des draps blancs complètent le tout, ainsi qu'un dessus-de-lit gris étalé sur la moitié du lit, sur lequel nous attendent un dossier plastifié et une tablette de chocolat dont je croque un morceau pendant que j'observe la photo en page de garde.

C'est un portrait de mes arrière-grands-parents, posant devant leur maison ici, sur la péninsule de Snæfellsnes. Ils sont jeunes – je crois. J'ai toujours eu la plus grande difficulté à estimer l'âge des gens sur les vieilles photos. Leurs vêtements ne donnent aucun indice, leurs coiffures non plus. Le visage de mon arrière-grand-père, profondément ridé les dernières années, est ici parfaitement lisse ; j'ai du mal à reconnaître les traits du vieil homme dont je me rappelle si bien. Cet homme que je craignais et évitais autant que possible. Sur ce portrait, je ne trouve pas trace de la dureté qui le caractérisait à la fin de sa vie.

J'ouvre le dossier et lis : « Bienvenue à la réunion de famille… » Suivent des informations sur mes grands-parents – où ils ont vécu, quand ils ont déménagé. La liste de leurs descendants, avec dates de naissance et emplois. Le mot « architecte » figure en dessous de mon nom, et je sens mes joues s'empourprer. J'ai répété je ne sais combien de fois à Maman que je ne suis pas architecte. Les architectes étudient à l'université pendant des années. Je travaille avec eux, d'accord, mais je n'ai fait qu'une formation en design d'intérieur, je n'oserais prétendre à aucun autre titre que « consultante ».

Sortant mon téléphone, je publie des photos de l'hôtel sur mes comptes Instagram et Twitter.

– Qu'est-ce que tu en penses ? me demande Gestur qui me regarde, allongé sur le lit.

– C'est vraiment très beau, dis-je en m'asseyant tout au bout du matelas. Encore plus que sur les photos.

– Ça fait un peu penser à un parking souterrain. Même concept.

– Un parking souterrain ? je répète en riant. Bon… je vois ce que tu veux dire, mais ça ne m'empêche pas d'aimer.

Dans l'application de l'hôtel, je sélectionne l'icône représentant une ampoule. Différents onglets apparaissent, correspondant aux plafonniers, aux appliques et aux lampes de chevet. J'essaie de régler le plafonnier sur la couleur rouge, et la chambre s'éclaire légèrement. Rien d'impressionnant toutefois, car il fait encore jour dehors.

– Il faudra qu'on retente ce soir, dis-je.

Gestur sourit jusqu'aux oreilles et tend la main vers moi.

– Je vais aux toilettes, dis-je en feignant de ne pas la voir – mais je sens son regard peser sur ma nuque lorsque je me lève.

À mon retour, il est assis sur le lit.

– À propos d'hier…, commence-t-il.

– Tout va bien. C'était ma faute.

Je souris. Je ne sais pas si c'est vrai. Ce n'était pas le même genre de dispute que d'habitude. Au début, je reprochais à Gestur d'être rentré tard, puis le conflit a dévié vers la couverture du toit de la maison qui a besoin d'être réparée, avant de finir sur un tout autre sujet. Moi, principalement – tout ce que je fais et ne fais pas.

Souriant à son tour, Gestur se rallonge.

– Viens, dit-il. Reposons-nous un peu.

Je m'étends à côté de lui, mais pas assez près pour le sentir contre moi.

Gestur ferme les yeux et sa poitrine se soulève de plus en plus lentement. Il a toujours su s'endormir en un claquement de doigts, comme un enfant. Il lui arrive même de s'endormir alors que nous discutons, en plein milieu d'une phrase.

Le soleil s'infiltre par la fenêtre, éclairant les draps blancs et Gestur. Son nez droit, sa fossette au menton, ses cheveux bruns qui ne grisonnent pas le moins du monde, malgré ses dix ans de plus que moi.

Notre différence d'âge ne me paraît plus aussi importante qu'à nos débuts, lorsque j'avais dix-huit ans et lui vingt-sept. En y repensant, je peine à croire que mes parents n'aient rien dit. Comment réagirais-je si Lea me ramenait un jour un homme approchant la trentaine ?

Gestur vivait à Reykjavík, il faisait la route pour venir me voir à Akranes les premières semaines. Nous avons échangé notre premier baiser un soir dans sa voiture, sur un parking à deux pas du mont Akrafjall. Les ténèbres nous enveloppaient, le vent faisait vaciller la voiture et une pluie fine tombait sur le pare-brise.

Sentant une boule se former dans ma gorge, je ferme les yeux.

Je les rouvre en grand lorsque je sens mon souffle s'affaiblir, je regarde le plafond et compte les fissures, puis les bras du lustre. J'essaie de penser à autre chose, n'importe quoi.

La chambre baigne dans une atmosphère glaciale, presque comme une cellule de prison. Les décorateurs sont allés un peu loin dans leur recherche de minimalisme ; en dépit du chauffage qui émane du sol et des rayons du soleil, j'ai froid.

Ne parvenant pas à me reposer, je me lève, remets mes chaussures et sors. Je n'essaie pas de réveiller Gestur pour le prévenir.

Je retrouve les enfants au restaurant, où ils ont déjà commandé des sodas. Au moment où je m'assieds avec eux, un serveur apporte un hamburger et un sandwich qu'il pose sur la table.

– Vous avez vraiment faim ? je demande.

– Oui, répond Lea. Il est bientôt treize heures.

Elle a raison, midi est largement passé. D'autres invités ont dû arriver pendant que nous étions dans nos chambres.

– Tu veux des frites ? me propose Ari en poussant son assiette vers moi.

— Merci. Je vais peut-être aller me commander à boire.

La fille qui nous a fait visiter l'hôtel tient le bar. Elle sursaute en m'apercevant, manque de lâcher le verre qu'elle tient à la main et s'empresse de le poser avant de s'approcher.

— Une vodka-cranberry, dis-je à voix basse. Sans glaçons.

Je bois une grande gorgée dès qu'elle me tend le verre, puis je retourne m'asseoir avec les enfants.

— C'est quoi ? me demande Lea.

— Du jus de cranberry, je réponds.

La porte s'ouvre dans le hall. Je distingue des voix et des rires, et comme un réflexe mon corps se crispe. Maman apparaît.

— Ah, vous voilà, mes chéris !

Sa voix tonnante résonne dans toute la salle, et ses talons hauts claquent contre le sol tandis qu'elle accourt vers nous. Elle nous enlace et son odeur envahit mes narines. Rose et citron. La suivant de près, Papa me serre encore plus fort dans ses bras.

— Oh, ça fait si longtemps que je ne vous ai pas vus, vous ne venez pas assez à Akranes ! s'exclame Maman, le ton légèrement accusateur, comme d'habitude.

— Ça ne fait pas si longtemps…

— Petra ! s'écrie Maman. Qu'est-ce qui est arrivé à tes mains ?

— Oh, ce n'est rien. Je me suis coupée.

Elle me regarde d'un air incrédule.

— Tu recommences à te ronger les ongles ?

— Encore ? fait Lea en grimaçant.

Elle n'a jamais supporté ça. Elle dit que rien que le son lui donne la nausée.

— Quand ta mère avait ton âge, je croyais qu'elle finirait par ne plus avoir de doigts.

Voyant Lea jeter un œil à mes pansements, je m'empresse de cacher mes mains sous la table. Heureusement, je n'ai pas à répondre, interrompue par l'arrivée d'Ingvar et d'Oddný, le frère et la sœur de Papa, accompagnés de leurs conjoints. Nous sommes à nouveau submergés par des salutations, des accolades et des baisers.

– Vous vous êtes arrêtés où ? je demande. Je croyais que vous étiez partis bien avant nous.

– C'est le cas, me répond Papa d'un ton sarcastique.

Je remarque alors qu'Oddný et Elín ont les yeux rouges et le visage luisant.

Je me tourne vers Papa, lui demande *vraiment ?* du regard, et il hoche la tête. Puis nous nous tournons tous les deux vers Oddný, déjà accoudée au bar.

La dernière fois que j'ai vu Maman, elle n'a fait que parler des problèmes d'alcool d'Oddný et de son nouveau conjoint qui ne vaut guère mieux.

– Ça va donc être ce genre de week-end, je murmure à Papa.

Il rit discrètement et secoue la tête.

– Non, non. Je ne m'inquiète pas pour ta mère, mais tu sais comment sont... comment sont certaines personnes.

J'acquiesce. Entendant soudain une voix familière appeler mon nom, je me retourne et mon cœur s'emballe lorsque j'aperçois Stefanía.

– Steffý ? je lance – ce surnom me vient toujours aussi naturellement, bien que je l'aie à peine prononcé ces dernières années.

– Ça fait si longtemps ! s'exclame-t-elle en me prenant brièvement dans ses bras avant de faire un pas en arrière et de m'observer. Et tu ne changes jamais.

Je me force à sourire. On dirait un compliment, mais

ce n'en est pas un. Adolescente, j'étais timide et réservée. En léger surpoids, la peau couverte d'acné, je m'habillais de sorte que personne ne me remarque. La plupart des gens qui voient une photo datant de mes seize ans ont du mal à croire que c'est moi.

— Je n'étais pas sûre que tu viendrais, dis-je.

— Non, moi non plus, répond-elle avec un sourire en coin. Mais je ne pouvais pas rater un événement pareil. On ne se réunit pas comme ça tous les jours.

— Je sais.

Je sens tout à coup à quel point Steffý et sa personnalité si enjouée m'ont manqué, malgré tout.

— Je veux dire, comparé à une époque..., soupire-t-elle. Alors quand j'ai appris que Viktor serait là, je me suis dit qu'il fallait que je vienne. Qu'il fallait qu'on prenne un verre tous les trois.

— Je...

Steffý détourne le regard avant que j'aie eu le temps de prononcer un mot de plus et interpelle ma mère. Elle rit et m'assène un léger coup d'épaule en me passant devant pour aller la saluer.

Je sens mes joues me brûler devant la manière expéditive avec laquelle elle a mis fin à notre conversation. Je la regarde prendre mes parents dans ses bras, tout sourire. C'est elle qui n'a pas changé. Elle qui est exactement comme lorsque nous étions plus jeunes.

— Maman ? m'appelle Ari en me regardant d'un œil inquisiteur.

— Je...

La voix à peine audible, je m'éclaircis la gorge et reprends :

— Je reviens dans une minute.

Je me précipite vers les toilettes et m'enferme.

Me regarde dans le miroir. Malgré le fond de teint,

j'ai le visage rouge et brillant. *Calme-toi. Ne la laisse plus avoir cet effet sur toi.*

Mais je ne peux pas m'en empêcher. Stefanía est liée à tous mes souvenirs de jeunesse. Nous nous voyions tous les jours. Même si ça ne peut pas être vrai, j'ai la sensation que nous avons plus souvent dormi dans le même lit que séparément. Nous partagions notre armoire, nos repas, nos entraînements de gymnastique et nos vacances d'été. Même Noël. Quand je pense à elle, me reviennent le goût des glaces à l'eau, l'odeur du chlore dans la piscine de Bjarnalaug et le sable sous nos pieds quand nous jouions sur la plage de Langisandur.

Lorsque je rouvre les yeux, tout est noir. Je cligne des paupières à plusieurs reprises, sentant l'angoisse m'étreindre. Je serre les mains autour de la vasque. Il me faut un petit instant pour me rendre compte que tout va bien. Je ne suis pas devenue aveugle. La lumière des toilettes s'est simplement éteinte et, en l'absence de fenêtre, il y règne une obscurité totale.

J'agite les bras en l'air mais rien ; le détecteur de mouvements doit être défectueux. Je tâtonne alors à la recherche de la porte avant de l'ouvrir et soupire de soulagement en regagnant la lumière. Mon cœur retrouve un rythme normal et, après quelques respirations, ma tête cesse de tourner.

Je n'ai jamais pu expliquer ma peur du noir et des espaces clos. Heureusement, j'ai toujours réussi à la maintenir à peu près à distance. Ma maison n'est constituée que de grandes pièces ouvertes. À l'hôtel, c'est aussi le cas. Je ne comprends donc pas pourquoi je me sens enfermée ici. Comme si quelque chose dans cet environnement se resserrait sur moi.

## Lea Snæberg

— Celui-là, c'est le mien ! s'exclame Ari en s'allongeant sur le lit le plus proche de la fenêtre une fois que nous sommes remontés dans la chambre.
— Super, je réponds, soulagée de ne pas avoir à dormir de ce côté-là.

Je me fiche de ce que mes parents peuvent bien dire : cet hôtel ne ressemble à rien. OK, il est peut-être très beau si on aime la photographie, par exemple. Ari m'a prise en photo tout à l'heure, et le béton devant lequel je posais rend vraiment bien sur l'image. Mais je m'attendais au moins à ce que les chambres soient plus chaleureuses. Des tapis colorés, ou des fauteuils confortables. En fait, elles ressemblent au reste : du béton, du noir et du blanc, un décor stérile.

Le jour où j'achèterai mon appartement, j'imagine plutôt des murs sombres, des miroirs aux cadres dorés, un canapé en velours. Un peu comme dans un palais, mais pas aussi kitsch. Je ne comprends pas pourquoi tout doit toujours être ouvert et baigné de soleil, comme si on avait besoin de lumière à longueur de journée. Moi, ça me fatigue.

C'est comme ces immenses baies vitrées partout dans l'hôtel. Pour l'instant, il fait jour, on peut contempler les champs de lave et les montagnes, mais ça me met mal à l'aise. J'ai l'impression qu'une personne pourrait se dissimuler parmi ces étendues de roche volcanique et nous observer sans qu'on s'en rende compte. Lorsqu'il fera nuit, on sera incapables de voir s'il y a quelqu'un ou pas de l'autre côté de la fenêtre. Comme des acteurs sur scène, ou des animaux en cage.

Peut-être que je suis paranoïaque. Qui voudrait se cacher là, dans un champ de lave en plein hiver ?

Ari a emporté son hamburger pour le terminer ici, et l'odeur envahit toute la chambre.

– Tu n'es jamais rassasié ? je lui demande.

– Non, répond-il avec un sourire en coin.

Je sursaute lorsque la douche se met soudain en route.

– C'est quoi, ça ?

Je me redresse d'un bond et regarde en direction de la salle de bains. Il y a quelqu'un ? Je n'y suis pas entrée, j'ai juste jeté un coup d'œil par la porte entrouverte.

Je remarque alors l'expression d'Ari et me souviens que tout est commandé par l'application. Attrapant un oreiller, je lui lance à la figure.

– Imbécile !

Il rit, puis se met à jouer avec les lumières. Rouge, violet, vert.

– Plutôt cool, hein ? me lance-t-il.

– Ouais.

Je me glisse sous la couette et consulte mon téléphone. Pas de nouvelles de Birgir, mais des messages de Gulli58 m'attendent.

Grâce au peu d'informations que j'ai publié, il a deviné dans quel hôtel je me trouve. Visiblement, il connaît bien la région ; il mentionne les noms de formations rocheuses ou je ne sais quoi sur la côte à deux pas d'ici, Svörtuloft et Lóndrangar. Il nous conseille d'aller voir Djúpalónssandur et de nous installer dans le café au bord de la plage. Il y va souvent lui-même pour boire un chocolat chaud ; il y sera peut-être tout à l'heure, si je veux lui dire bonjour.

Les yeux fixés sur ces messages, je sens un frisson me parcourir le dos. Pour la première fois, je me demande s'il ne va pas venir pour de bon. Essayer de me trouver.

Non, impossible. Personne n'est aussi dingue ?

Je tente d'en découvrir plus à son sujet, mais son profil est privé, et je ne veux surtout pas l'encourager en lui envoyant une demande. La seule photo visible est celle d'une petite église noire, à la porte et aux fenêtres blanches. Tout ce que je peux déduire de son pseudonyme, c'est qu'on l'appelle Gulli et qu'il doit être né en 1958. Je compte dans ma tête et reste un instant sous le choc : il a cinquante-neuf ans.

Cinquante-neuf ans. Presque soixante.

J'observe son nom encore quelques secondes avant de décider de le bloquer. Désormais, il ne peut plus m'envoyer de message.

Je pose mon téléphone sur la table de chevet et réajuste la couette sur moi.

J'ai beau l'avoir bloqué, je ne me sens pas mieux. Je ferme les yeux et essaie de ne pas penser au fait qu'il sait où je suis. Même s'il n'a plus accès à mon profil, il est probablement trop tard.

# Petra Snæberg

Gestur a les cheveux mouillés et des traces d'eau parsèment le dos de son tee-shirt – il ne s'est pas séché correctement.

– Tu as réussi à dormir ? je demande.
– Un peu. J'ai pris une douche ensuite.
– Comment elle est ?
– Très bien.

Gestur sort un pull en laine à col roulé de sa valise et l'enfile. J'ai le même, d'une autre couleur. Mes parents nous les ont offerts à Noël dernier et, si je ne m'abuse, ils possèdent des modèles similaires. On va finir comme les Télétubbies, tous avec la même tenue, mais chacun sa couleur.

– On part dans peu de temps, dit Gestur.
– Je sais.

La première activité au programme de ce week-end Snæberg est une randonnée jusqu'au hameau de Hellnar.

– Ça va nous faire du bien de prendre un peu l'air, j'ajoute en lui souriant.
– On a rendez-vous en bas à quinze heures, c'est ça ?

Il ne me rend pas mon sourire.

– Oui. C'est ce qui est prévu. J'arrive dans un instant.

Il hoche la tête et sort de la chambre.

La porte se referme doucement et, l'espace d'une

seconde, je garde les yeux fixés sur l'endroit où il se tenait.

Pendant des années, l'avenir a été plutôt prévisible, comme un formulaire prérempli. Pas dans les détails, bien sûr, mais les grandes lignes étaient toutes tracées. Le mariage, le travail, les enfants. À présent, on dirait que quelqu'un a pris ce formulaire et en a effacé les réponses, ou bien l'a glissé dans un broyeur à papier. Plus rien n'est sûr.

Mais peut-être que l'avenir n'a jamais été prévisible. Peut-être que cela fait partie de cette illusion qu'on se crée – de constance, d'immortalité. Je suis bien placée pour savoir à quel point la vie peut échapper à tout contrôle. À quelle rapidité les choses peuvent changer.

M'efforçant d'éloigner ces réflexions de mon esprit, j'enfile une veste rouge vif comme mon pull. Je me glisse dans un pantalon de randonnée et protège mes oreilles à l'aide d'un bandeau en fourrure de renard, un cadeau de Gestur datant de l'époque où il aimait me faire des surprises.

Je croise Viktor et Maja dans le couloir.

– Prête à affronter les éléments ? me lance Viktor avec un sourire amusé.

Lui-même porte un coupe-vent de sport noir ainsi qu'un bandeau qui a légèrement ébouriffé ses cheveux sombres.

Nous parcourons le couloir dans un silence gêné.

– Ça va être une belle randonnée, dis-je après m'être éclairci la gorge. Et j'adore cet hôtel. Très original.

– Oui. J'oubliais que tu sais de quoi tu parles maintenant, réplique Viktor. Toi qui conçois l'intérieur des grands de ce monde... Non, pardon : leur sanctuaire. Tu crées des sanctuaires.

– Oh, Viktor...

Je secoue la tête. Le mot « sanctuaire » était une idée de Gestur. Il affirmait que je devais trouver un terme que les gens puissent associer à mon entreprise, quelque chose de parlant pour décrire mon activité.

Viktor m'adresse un clin d'œil.

– Plus sérieusement, je trouve ça génial, tout ce que tu as accompli. J'ai toujours su que tu irais loin.

– Merci.

Cela m'avait manqué. Cette capacité qu'il a à me redonner confiance en moi.

À en juger par le brouhaha et les rires qui nous parviennent de la réception, une grande partie de la famille est déjà réunie. Nous y retrouvons mes parents, mes oncles et tantes et leurs enfants. Beaucoup de gens que je ne connais finalement pas si bien, mais qui font partie de moi. Je laisse échapper un cri de surprise lorsque quelqu'un m'attrape par les hanches et me pince.

Je me retourne pour faire face au visage amusé de Smári.

– Vraiment ? On n'est pas trop vieux pour ça ?

Il éclate de rire, entoure mes épaules de ses bras et me serre fort.

– Jamais, Petra. Jamais trop vieux.

Smári a deux ans de plus que moi, mais la plupart du temps j'ai l'impression que c'est mon frère cadet, pas mon aîné. Il a fait tout ce qu'il fallait, selon les critères de mes parents : obtenu un diplôme à l'étranger, épousé sa petite amie du lycée, décroché un bon poste au sein de l'entreprise familiale puis donné naissance à un enfant. Tout dans les règles de l'art, jamais un pas hors du chemin tracé pour lui. Le pire, c'est que Smári est formidable ; je comprends pourquoi ils le tiennent en si haute estime. Il me rappelle Ari, toujours mû par un enthousiasme communicatif.

Je salue mon petit neveu, installé dans le porte-bébé sur le dos de son père. Âgé de deux ans à peine, il est le premier enfant de ses parents. Une autre raison pour laquelle je me sens plus vieille que mon frère. Smári a un nourrisson alors que j'ai deux ados.

– Où sont Ari et Lea ? me demande-t-il.

Jetant un œil autour de moi, j'aperçois Gestur en pleine conversation avec Stefanía. Elle me tourne le dos, mais je vois à sa gestuelle qu'elle est en plein récit. Elle a toujours été douée pour raconter des histoires.

Ses cheveux réunis en une queue-de-cheval remuent doucement lorsqu'elle secoue la tête. Plus jeune, elle les avait laissés pousser jusqu'au bas du dos et les portait toujours détachés. Ils sont plus courts aujourd'hui, mais d'une couleur toujours aussi belle – cerise noire ou acajou.

Gestur et Stefanía ne se sont pas vus depuis des années. J'essaie de me rappeler quand exactement, mais ça ne me revient pas. En revanche, je me souviens très bien de leur première rencontre. Nous venions de nous mettre en couple, et Stefanía avait exigé de faire sa connaissance. Gestur était venu à Akranes au volant d'une vieille Chevrolet. Il nous avait récupérées à l'épicerie locale, où nous l'attendions avec à la main de longs tubes de réglisse et des bouteilles d'orangeade – c'est Steffý qui nous avait donné l'habitude d'utiliser la réglisse comme une paille. Je me sentais terriblement nerveuse, car jusque-là elle n'estimait aucun des garçons que j'appréciais, et à cette époque, j'avais besoin de son approbation.

Je m'étais assise sur le siège passager, et elle à l'arrière, d'où elle s'était penchée, plaçant sa tête entre nous. Lorsque Gestur nous avait raccompagnées à la fin de la soirée, elle avait dit : « Il est correct, Petra, en tout cas mieux que le dernier. » Elle avait esquissé un sourire menaçant. C'est là que j'avais compris qu'il fallait que je prenne mes distances avec elle.

– Les enfants doivent encore être dans leur chambre, dis-je à Smári. Je vais aller les voir.

La chambre de Lea et Ari est tout au bout du couloir. Je frappe deux coups et tends l'oreille. Pas un son, pas même l'écho des bavardages dans le hall d'entrée, car de lourdes portes isolent l'espace nuit.

– Lea ? je lance avant de frapper à nouveau. Ari ?

Un bruit de pas me fait sursauter. Je me retourne et aperçois un homme dans le couloir, sans doute de l'âge de Papa. Il porte des vêtements sales, comme s'il avait travaillé dehors.

Ce n'est pas un membre de la famille. Il doit s'agir d'un employé de l'hôtel, même s'il me semble contraster avec ceux que j'ai vus jusqu'ici, élégants et aimables. Lui est l'exact inverse. À vrai dire, il me regarde avec tant d'hostilité que j'ai la sensation qu'il s'apprête à me hurler dessus.

– Quoi ?

La porte de la chambre s'est ouverte à la volée, et Lea se tient devant moi.

Je reste sans voix un instant. La présence de l'homme dans mon dos m'oppresse trop pour que je puisse prononcer un mot.

– Maman ?

Lea attend une réponse.

– Je... Je voulais juste voir si vous veniez, dis-je en entendant les pas s'éloigner. Tout le monde est prêt à partir.

– Oui, on finit de s'habiller, répond Lea, dont la tenue semble pour l'instant peu appropriée pour une randonnée.

Je lui ordonne de se dépêcher, et elle marmonne quelque chose que je ne comprends pas.

Me retrouvant seule dans le couloir, je me demande où est passé l'homme et qui il est. J'ai toujours eu une bonne intuition avec les gens, et il m'a glacé le sang. J'ai eu l'impression qu'il me reconnaissait.

À bien y repenser, ce sentiment de malaise ne m'a pas quittée depuis que nous sommes arrivés à l'hôtel, et même avant – peut-être que ce type n'y est pour rien.

Je ne sais pas exactement quelle en est la cause, si c'est ce paysage, ou bien l'établissement, qui paraissait si attrayant sur les photos, mais se révèle froid et impersonnel. Lea a raison, on ne se sent pas bien entre ces hauts murs de béton. Ou peut-être que c'est seulement le fait d'être de nouveau entourée de ma famille, de sentir des souvenirs enfouis menacer de refaire surface.

# Irma
## Employée de l'hôtel

La météo se dégrade, et le vent siffle à travers les jointures des fenêtres dans la salle de pause. On ne distingue pas la mer d'ici, mais je l'imagine noire et tumultueuse. Les mouettes tournoient dans le ciel. Elles doivent avoir aperçu quelque chose dans le champ de lave, une souris ou un petit oiseau. Un jour, je les ai vues dépecer la carcasse d'un vison.

Je concentre mon regard sur la roche volcanique, mais je ne distingue rien qui ait pu attirer leur attention. Le jour de mon arrivée, j'ai vu un renard me fixer, debout sur ses pattes arrière sur un des rochers. Sa fourrure grise était parsemée de taches blanches – il quittait son manteau d'hiver pour celui d'été.

Je verse de l'eau bouillante dans une tasse et serre mes mains autour pour les réchauffer. Une petite pause avant que le groupe ne revienne de sa randonnée et que je doive préparer le restaurant pour la fête.

– Tu bois quoi ?

Je n'ai pas besoin de me retourner pour reconnaître Elísa.

– Du thé, dis-je. À la menthe poivrée.

Elle s'assied face à moi et m'observe. Je me suis habituée à subir ses regards inquisiteurs et ne m'en formalise plus.

– Quand est-ce que tu rentres chez toi ? me demande-t-elle.

– Chez moi ?

– Oui, tu sais. Là où tu habitais avant.

Elle rassemble avec sa main les miettes dispersées sur la table.

– Personne ne reste jamais très longtemps à l'hôtel, poursuit-elle. Tout le monde finit par rentrer chez soi.

La question d'Elísa est plus personnelle qu'elle ne le soupçonne. « Chez soi », ça évoque tellement de choses pour moi. Peut-être parce que je suis perdue depuis tant d'années, comme un chat errant.

J'ai habité six appartements différents à Reykjavík, toujours locataire, et je n'ai jamais réussi à mettre de l'argent de côté. Je vis au jour le jour et peine le plus souvent à joindre les deux bouts.

L'idée d'un chez-soi me fait toujours penser à l'appartement dans lequel j'ai vécu le plus longtemps avec Maman, un trois-pièces dans une barre d'immeuble. J'étais une enfant heureuse, ce qui me semble étrange, dans la mesure où je sais maintenant que notre situation était loin d'être idéale. En tout cas selon les critères d'aujourd'hui. Nous ne possédions presque rien, mais je ne me souviens pas que cela m'ait causé le moindre souci, pas avant d'être assez vieille pour m'en rendre compte.

Parfois, je me dis que ce n'était pas du tout Maman le problème, mais les professeurs et les élèves à l'école. Je ne me posais aucune question sur mes vêtements avant que les autres enfants ne les pointent du doigt. Je ne m'interrogeais pas sur Maman avant d'être plus âgée et de découvrir des maisons où tout était organisé et parfaitement en ordre – dîner à dix-neuf heures, draps propres.

J'étais heureuse jusqu'au jour où j'ai commencé à

comparer ma vie à celle des autres. Petit à petit, on a gravé dans mon esprit l'idée que je vivais dans la misère.

– Peut-être que je ne rentrerai jamais chez moi, dis-je à Elísa.

Semblant satisfaite de la réponse, elle me demande si elle peut goûter mon thé. Elle boit une gorgée et adopte un air réfléchi.

– C'est plutôt bon, commente-t-elle. Un peu comme du dentifrice.

Je ris.

– Va chercher les bouteilles à la cave.

N'ayant pas remarqué la présence de Gísli, je sursaute. Le mari d'Edda n'est guère souriant, ni sympathique. Ses épais sourcils projettent une ombre constante sur ses yeux, et je ne saurais toujours pas dire de quelle couleur ils sont. C'est peut-être pour cela qu'il échange peu avec les clients, s'occupant principalement de l'entretien des lieux et du terrain. Je crois que je ne l'ai jamais vu porter des vêtements propres.

La première fois que je l'ai rencontré, je peinais à croire qu'il s'agissait du mari d'Edda, mais je sais qu'il n'a pas toujours ressemblé à ça. Elísa m'a montré de vieilles photos d'eux : il y a trente ans, il avait une tout autre allure. C'était un beau jeune homme.

Tout ce que je sais de cette famille me vient de la fillette. Elle m'a notamment raconté que sa mère, la fille d'Edda et Gísli, était morte lorsqu'elle-même était encore bébé. Cette histoire, elle me l'a chuchotée un soir autour d'un verre de lait et de biscuits, ici, dans la salle de pause.

– J'avais seulement un an, m'a-t-elle dit avant de lécher la moustache de lait sur sa lèvre supérieure. Maman habitait chez mes grands-parents à cette époque, parce que j'étais trop petite et elle avait besoin de travailler. Un jour, elle s'est réveillée de bonne heure et elle est sortie pendant que je dormais encore. Elle traversait une rue tout près de chez nous quand soudain... boum !

Elísa a frappé dans ses mains, me faisant sursauter.

– Boum ?

– Mmh, un bus, a-t-elle répondu en hochant la tête.

– Elle s'est fait renverser ?

– Oui. Elle est morte sur le coup. C'est pour ça que j'ai toujours vécu chez mes grands-parents. Mamie m'a dit que mon grand-père avait changé après la mort de Maman. Tu as remarqué comme il a toujours l'air de mauvaise humeur ? Il ne sourit jamais, et Mamie dit que son sourire est mort avec Maman. Tu crois que c'est possible ? Ça m'étonnerait, les sourires ne peuvent pas mourir comme les gens.

J'étais surprise par l'aisance avec laquelle Elísa me racontait l'effroyable destin de sa mère. Après avoir avalé un énième biscuit, elle s'est simplement mise à parler d'autre chose. Évidemment, elle était très jeune au moment des faits, il n'y avait peut-être rien d'étonnant à ce que cela ne provoque aucune émotion chez elle.

– Les bouteilles, répète Gísli en se versant une tasse de café.

– Oui.

Je me lève en même temps qu'il s'assied, puis je vais ouvrir la porte de la cave.

L'escalier en pierre menant au sous-sol est si étroit que je ne peux même pas y écarter complètement les bras, et les vestes de travail empestant l'huile et l'humidité accrochées sur l'une des parois ne facilitent pas le passage.

J'appuie sur l'interrupteur en haut des marches. L'ampoule clignote avant de s'allumer pour de bon, et un faisceau jaunâtre éclaire la pièce, meublée d'un congélateur dans le coin, d'étagères accueillant toutes sortes d'objets, d'un porte-bouteilles et de valises oubliées. Des sacs contenant des vêtements abandonnés sont éparpillés par terre, et j'aperçois même deux tablettes, une collection d'écouteurs et une corbeille remplie de bijoux sur une des étagères. Certains clients semblent à peine se rendre compte de ce qu'ils oublient ici et n'essaient pas de récupérer leurs biens, quelle qu'en soit la valeur.

L'odeur d'humidité et de moisissure se fait plus prégnante à mesure que je descends l'escalier. M'emparant d'un panier à linge, je commence à y aligner les bouteilles de vin. Je sursaute en entendant un bruit derrière moi.

– Bon sang, ce que j'ai eu peur ! je m'exclame en voyant Gísli sur les marches.

Il ne réagit pas, se contente de marmonner, puis se met à fouiller parmi des objets sur une étagère. Concentrant à nouveau mon attention sur le vin, j'ajoute deux bouteilles dans mon panier.

Je ne sais pas pourquoi, mais l'atmosphère de la cave me paraît soudain vaguement menaçante. Je n'étais pas particulièrement à l'aise seule, mais à présent que nous sommes tous les deux, je ressens le besoin de remonter le plus vite possible.

Je n'aime pas beaucoup Gísli, cependant je culpabilise à chaque fois que je l'admets. Il ne m'a rien fait. Je devrais éprouver de l'empathie à son égard, après le deuil qu'il a traversé. Je devrais les admirer, lui et Edda, pour avoir décidé d'élever leur petite-fille dans ces circonstances tragiques. Mais quelque chose d'étrange émane de son regard, de sa présence, et ça me rend nerveuse.

Je soulève le panier à linge, ce qui fait tinter les bouteilles. Gísli semble avoir trouvé ce qu'il cherchait

– il tient ce qui ressemble à de vieilles jumelles et les examine. Lorsque je passe devant lui, il m'arrête en m'attrapant par l'épaule.

Son étreinte est ferme et sa main lourde. Il est si près de moi que je sens son haleine lorsqu'il me dit :
– Prends aussi des trucs plus forts.
– Des trucs plus forts ?
– Du Hendrick's. Ou du Bombay.

Comprenant qu'il parle de gin, je hoche la tête. Il ne lâche pas sa prise sur mon épaule avant que j'aie reculé. Je balaie rapidement les étagères du regard à la recherche des bonnes bouteilles.
– C'est dans le congélateur, me dit Gísli.

Il repose les jumelles et ouvre l'appareil. Il saisit les bouteilles, les maintient un instant en l'air et essuie le givre qui s'est accumulé dessus.
– Ils voudront sûrement boire quelque chose de plus fort que du vin, poursuit-il sans me regarder. Il doit y avoir un stock de whisky là-haut, mais vérifie que tu as assez de sodas et de jus de fruits.

J'acquiesce, puis Gísli remonte les marches. Me sentant mieux après son départ, je m'empresse de mettre la main sur ce qui me manque. Pas de temps à perdre. Je ne supporte pas cette cave.

Soudain, l'ampoule s'éteint, et je me retrouve dans le noir complet. Puis j'entends la porte de la cave claquer.

Je déteste être enfermée. Immédiatement mon pouls se met à battre dans mes oreilles. Je reste pétrifiée un moment, je n'arrive pas à esquisser un seul geste et n'ose pas appeler à l'aide. Puis, les mains en avant, je tâtonne et sens les étagères en bois devant moi. Je commence à faire quelques pas de côté, et m'immobilise soudainement en discernant un bruit. Comme un frottement tout près de moi. Des souris.

Il y en a partout dans le champ de lave. Gísli a installé des pièges sur le parking pour éviter qu'elles se glissent dans les moteurs des voitures. Tous les matins, c'est une vraie scène de crime. Une souris dans chaque piège, son petit corps écrasé par l'acier. J'évite de les regarder.

Prenant sur moi, je continue d'avancer le long des étagères jusqu'à ce que mon pied heurte la première marche de l'escalier.

Lorsque je regagne la salle de pause, Elísa est toujours assise là, un verre de lait devant elle. Elle sourit en me voyant et se lèche les lèvres.

– C'est toi qui as fermé la porte ? je m'exclame, le ton plus vif que je ne le voudrais.

Je sens encore ce battement dans mes oreilles, et j'ai toujours l'impression d'entendre le murmure des souris, bien que j'aie refermé la porte derrière moi.

L'air malicieux, Elísa secoue la tête, mais je vois bien qu'elle ment. J'ai toujours eu un don pour détecter les mensonges.

# Tryggvi

Nous avons prévu une randonnée de deux kilomètres, d'Arnarstapi à Hellnar. Nous allons partir de la statue de Bárdur Snæfellsás, un monticule de pierres avec une tête grossièrement sculptée censé commémorer l'esprit protecteur de Snæfellsnes, un descendant supposé de géants et de trolls. Ensuite, nous longerons la mer puis traverserons le champ de lave jusqu'à atteindre la plage de Hellnar. Le chemin est beau, court et assez aisément praticable, mais pas sans danger, car il surplombe par endroits des falaises tombant directement dans la mer glaciale. Pas un lieu pour des petits enfants ou des gens ivres – on peut facilement glisser et chuter.

Heureusement, Oddný va mieux après s'être reposée, même si elle sent toujours l'alcool et a le regard un peu terne. Nous buvions ensemble au début de notre relation, mais cela fait maintenant presque un an que je suis sobre. Loin de moi l'idée de vouloir m'en vanter. Un an, c'est peu, et je ne peux pas dire que cela ait changé grand-chose, pas au sens où certains l'entendent.

Je ne buvais sans doute pas assez pour qu'on puisse parler de métamorphose. Je n'ai jamais manqué le travail, jamais laissé qui que ce soit, en dehors d'Oddný, me voir ivre mort. Je me saoulais à la maison, le week-end, seul devant la télévision. Jamais je ne provoquais d'esclandre, même s'il est probable que mes collègues aient senti l'odeur de l'alcool sur moi le lundi, sans m'en dire un mot.

Oddný boit toujours. Je veux qu'elle arrête pour elle-même, pas pour moi.

– Ça va aller, me dit-elle lorsque j'essaie de prendre sa main alors que nous nous mettons en route.

Je sais pourquoi je buvais, mais je n'ai jamais vraiment compris les raisons d'Oddný, bien que nous soyons ensemble depuis plus d'un an. J'ai la sensation que notre relation n'en est qu'à ses balbutiements, que nous apprenons encore à nous connaître. Nos routes se sont croisées lorsque Oddný a contacté mon atelier pour faire restaurer un vieux fauteuil. De temps à autre, j'accepte ce genre de tâche – redonner vie à des meubles anciens. Je connais un tapissier capable de miracles pour trois fois rien. Le fauteuil que m'a apporté Oddný était un modèle typiquement islandais, un meuble finement exécuté que j'ai pris beaucoup de plaisir à rénover. Je me suis appliqué, l'ai poncé avec soin avant de le vernir. À la fin, il paraissait neuf.

Oddný et moi avons fait connaissance au fil de ce travail. Elle s'intéressait à ce que je faisais, voulait m'observer pendant que je vernissais le bois ; elle a longuement réfléchi au choix du tissu avant d'opter pour un motif bleu azur.

À ma grande surprise, elle m'a proposé d'aller boire un verre lorsqu'elle est venue chercher le fauteuil. Pour fêter ça, m'a-t-elle dit.

Et pour fêter ça, nous avons fêté ça.

– Je vais parler aux autres deux minutes, me lâche Oddný avant de détaler.

Elle a dans son manteau une petite flasque au goulot de laquelle elle sirote à intervalles réguliers.

Le groupe s'arrête et j'observe les piliers de roche qui émergent de l'océan, taillés par les vagues dans des formes étranges qui évoquent des trolls. Le soleil se montre encore, même s'il décline rapidement en cette saison. La surface de l'eau est baignée de lumière, et le murmure du ressac se mêle aux cris des mouettes. Je respire le parfum de la mer, remplis mes poumons d'air frais avant d'expirer.

– Tryggvi ?

J'ai pris un peu de retard sur le reste du groupe lorsque Ester, la belle-sœur d'Oddný, me rejoint.

– C'est si beau, ici, dis-je.

– Oui, acquiesce-t-elle avant de s'éclaircir la gorge. Comment... euh... comment va Oddný ces derniers temps ?

– Comment ça ?

– Eh bien..., soupire Ester. J'ai l'impression qu'elle boit de plus en plus. Je me trompe ?

Je ne sais pas quoi répondre. Est-ce le cas ?

– Je n'en suis pas sûr, dis-je finalement.

– Non, naturellement... Ça ne fait pas si longtemps que vous êtes ensemble. Pardon, je ne voulais pas... Je veux dire, peut-être que c'est difficile à évaluer pour toi.

– Possible. Un an, ce n'est pas très long.

– Non, en effet. C'est juste que... j'ai peur qu'Oddný l'ait mal pris.

– Mal pris quoi ?

– L'histoire avec l'entreprise, poursuit Ester en massant l'une de ses tempes. Le but n'était pas de la pousser vers la sortie. Halli et Ingvar se disaient juste qu'elle n'avait peut-être pas envie d'avoir ça sur les épaules. Oddný n'a jamais été... Comment dire ? Elle ne s'est jamais intéressée aux affaires, ni à la gestion de l'entreprise. Halli et Ingvar y ont tous les deux travaillé pendant un temps, mais personne ne se rappelle quand Oddný a daigné assister pour la dernière fois à un conseil d'administration.

– Non, effectivement.

– Alors ils se sont dit… ils se sont dit qu'elle préférerait peut-être qu'on lui verse sa part et… et voyager, ou faire ce que bon lui semble. Tu penses que c'était une si mauvaise idée ?

– Non, non. Pas du tout.

– Tu voudras bien nous tenir informés, Halli et moi, si la situation empire ?

Je hoche la tête et observe Oddný, quelques pas devant nous. À sa démarche, je me dis que la flasque n'a pas dû beaucoup rester dans sa poche.

Parfois, je me demande s'il n'est pas arrivé quelque chose au sein de la fratrie dans leur enfance. Pourquoi les deux frères sont si proches, pourquoi ils mènent une vie réglée comme du papier à musique, alors qu'Oddný est comme elle est. Au fond, elle reste une adolescente rebelle.

Je ne comprends pas la relation d'Oddný avec Haraldur et Ingvar. Ils sont sympathiques, ça ne fait aucun doute, mais j'ai toujours la sensation que quelque chose bouillonne sous la surface. Que des non-dits flottent dans l'air entre eux.

Selon moi, ils ressemblent à leur père – ils sont forts, déterminés, sûrs de leur propre valeur. Du peu qu'Oddný m'a raconté de leur enfance, j'ai compris que leur père était un homme sévère et froid. Elle n'en est pas vraiment consciente – elle n'a jamais prononcé une parole négative à son sujet. Elle a simplement mentionné, en passant, que oui, elle avait souvent reçu des coups, ce qui se faisait beaucoup dans le temps, et qu'on l'avait parfois enfermée à clé dans sa chambre pour la punir.

Un de ses souvenirs en particulier demeure gravé dans ma mémoire. Oddný me l'a raconté un jour où elle avait trop bu. Adolescente, elle avait fait le mur pour retrouver un garçon. À son retour, tard dans la soirée, son père l'attendait. Et pendant que ses frères dormaient, il avait défait sa ceinture pour la frapper.

Étonnamment, ce n'étaient pas les coups eux-mêmes qui semblaient la blesser le plus, mais le fait qu'elle seule en recevait. Ses frères n'étaient jamais punis de la sorte. « Je ne comprends pas pourquoi Papa voulait toujours me punir, moi, m'a-t-elle dit d'une voix pâteuse ce jour-là. Eux, lorsqu'ils faisaient une bêtise, il n'y avait jamais de conséquences. Pourquoi moi ? Parce que j'étais une fille, et eux des garçons ? Ou était-ce plus personnel ? Qu'est-ce que j'avais fait de mal ? »

# Petra Snæberg

Un peu par hasard, je me retrouve à côté de Maja. Viktor est à l'avant du groupe, je vois sa tête et ses cheveux noirs qui dépassent. Il est plus grand que tous les hommes de la famille – rien d'étonnant puisque, techniquement, il n'en partage pas les gènes.

– Et sinon, comment vous vous êtes rencontrés ? finis-je par demander après une longue minute de silence embarrassé.

Maja semble soulagée que j'aborde ce sujet.

– À la salle de sport. On s'entraîne tous les deux dans le même club.

– Dans le même club ? Quel genre de club ?

– D'arts martiaux.

– Ah bon ?

J'ignorais que Viktor s'intéressait aux sports de combat, sans parler de les pratiquer. Le Viktor que j'ai connu ne supportait pas le moindre effort physique. En cours de sport, on se faufilait dans la salle de musculation pour s'allonger sur les tapis empilés. Mais il était différent à cette époque, grand et mince – une vraie asperge. Aujourd'hui, il semble beaucoup plus musclé, j'aurais dû deviner qu'il pratique une activité sportive.

– Oui, acquiesce Maja. Après l'un de nos entraînements, il a proposé de tenir le punching-ball pour moi.

Je voulais améliorer mes coups. Tu vois, le mouvement du poing.

— Hmm, je marmonne, toutefois incapable de visualiser la scène.

Maja est si menue, si délicate. J'ai du mal à l'imaginer frapper quoi que ce soit, même un punching-ball.

— Bref, après ça, on a commencé à se voir régulièrement.

À son sourire gêné, je devine qu'il s'est passé quelque chose à la fin de ce fameux entraînement.

Le groupe s'arrête et nous contemplons la mer. Les rochers qui s'en échappent forment un arc, comme un pont. Malgré un vent plutôt faible, une mousse blanche écume à sa surface, et les vagues viennent s'écraser au pied des falaises, remplissant l'air de sel. Quelques mouettes paressent sur des corniches couvertes de taches blanches de fientes.

— Vous avez grandi ensemble, non ? demande Maja. C'est ce que Viktor m'a dit.

Je hoche la tête.

— Oui, il était un peu comme un frère pour moi.

L'emploi du passé me trouble. Je ne le vois plus comme ça, on dirait.

Maja ne semble pas l'avoir remarqué.

— Il était comment ? Plus jeune, je veux dire ?

Étrange question. Un peu enfantine. On dirait une adolescente amoureuse qui veut tout savoir sur le garçon pour qui elle en pince.

— Viktor était…

Je réfléchis.

— Il était très calme, peut-être même timide. Toujours là quand on avait besoin de lui. Il passait son temps avec nous, les filles. Il ne se sentait pas très à l'aise parmi les garçons, tu sais comment ils peuvent être…

– Il n'avait pas d'amis garçons ? demande Maja.
– Si, bien...

Je m'interromps. Avait-il vraiment des amis garçons ? Aucun nom ne me revient. Il lui arrivait de passer sa récréation avec d'autres garçons, et un jour il s'était rendu à une fête chez l'un d'entre eux, mais pouvait-on les qualifier d'amis ?

– Ce n'était pas son genre, tu vois ce que je veux dire ? Les garçons essayaient toujours de jouer un rôle, mais pas Viktor. Il se fichait de tout ça, il était relax.
– OK.

Maja ne semble pas comprendre et je ressens comme un besoin de défendre Viktor. Comme s'il fallait l'excuser d'avoir choisi notre compagnie plutôt que celle des garçons. C'était pareil lorsqu'on était jeunes. Tout le monde le croyait homo, juste parce qu'il préférait passer du temps avec les filles. Non pas que ça aurait posé le moindre problème, mais nous savions que ce n'était pas le cas – sans parler du fait que ce stéréotype m'a toujours agacée.

Ingvar, le frère de Papa, notre guide touristique autoproclamé, prend la parole avant que j'aie eu le temps de répliquer. Il propose que nous commencions par descendre sur la jetée, que nous empruntions le sentier qui longe la plage et que nous traversions la zone de nidification des sternes arctiques pour revenir à l'hôtel.

– La zone est déserte pour le moment. Encore heureux, car personne n'a de casque ni de bâton, ajoute-t-il avec un sourire amusé.

Les sternes arctiques viennent nidifier ici chaque été. Durant cette période, elles peuvent se montrer assez cruelles, et se jettent avec des cris stridents sur quiconque essaie de s'approcher des nids. Contrairement à beaucoup de gens, j'adore les sternes. J'ai toujours admiré leur instinct protecteur, la détermination dont elles font preuve pour assurer la sécurité de leurs petits. En outre, je les trouve magnifiques, avec leur silhouette fuselée blanche, leurs ailes élancées et pointues et leur calotte noire sur la tête.

Lorsque j'étais petite, nous nous aventurions souvent dans leur espace de nidification pour attraper leurs œufs, armés de bâtons que nous tenions en l'air au-dessus de nos têtes. Non pas pour les frapper, mais pour que leurs coups de bec s'abattent sur le bois plutôt que sur nos crânes. C'était toujours un moment de grande tension, comme être au milieu d'un bombardement aérien. Notre cœur battait la chamade ; les nerfs à vif, assourdis par les cris des oiseaux, nous n'entendions même plus nos propres pensées.

Aujourd'hui, le paysage est plutôt triste. Les petits ont grandi et accompagnent à présent leurs mères pour leur grande migration vers l'Antarctique.

Ingvar continue à parler en pointant du doigt les piliers qui émergent de la mer. Je profite de l'occasion pour abandonner Maja.

Oddný tire sur ma manche avant que j'aie pu aller très loin.

– Tu veux un petit remontant contre le froid ?

Elle me tend une flasque que j'observe un instant avant de m'en emparer et de boire une grande gorgée.

Je manque de m'étouffer tandis que l'alcool descend le long de mon œsophage, mais parviens à retenir ma toux jusqu'à retrouver une respiration normale. Le whisky me brûle l'estomac, et je sens la chaleur irradier dans tout mon corps.

– Pas mal, hein ?

Un large sourire aux lèvres, Oddný boit à son tour avant de ranger la flasque. Elle a toujours beaucoup bu.

Je la revois, il y a des années de ça, titubant lors de fêtes d'anniversaire ou de vacances en camping. Un jour, elle était tellement ivre qu'elle est tombée en arrière pendant qu'elle urinait dehors et s'est endormie, le pantalon sur les chevilles. J'ai rarement assisté à un spectacle aussi triste. Heureusement, elle ne s'en souvient pas, mais chaque fois que nous nous retrouvons, cette image me revient en tête.

– Je ne pensais pas qu'il ferait aussi froid, dis-je.

– Je ne le sens plus depuis un bon moment, rétorque-t-elle dans un rire.

Elle me tend de nouveau la flasque. Nous sommes les dernières du groupe, et je suis soulagée que personne ne nous voie.

– Waouh, je souffle en essuyant une larme au coin de mon œil.

Je ne sais pas si c'est à cause du vent, du froid ou de l'alcool.

– Comment ça se passe dans le monde de…

Oddný esquisse un geste de la main.

– … la décoration et tout ça ?

– Bien. Très bien. Et toi ? Tu fais quoi, en ce moment ?

– Oh, tu sais, soupire-t-elle. Des choses et d'autres. On trouve toujours de quoi s'occuper.

Je me mords la langue. J'avais complètement oublié que Papa et Ingvar l'avaient soulagée de toutes ses responsabilités il y a quelque temps, parce qu'ils ne la croyaient pas capable de superviser quoi que ce soit au sein de l'entreprise familiale. Je me disais que cela lui était sans doute égal, mais peut-être que je me trompais. Peut-être qu'elle s'ennuie, à rester sans rien faire.

– Ça fait longtemps que tu n'es pas venue ici ? je demande pour changer de sujet.

— Oui, assez. Les garçons et moi, on venait parfois l'été et on logeait dans le chalet de vacances, sur le terrain de Papa.

Oddný s'accorde un moment avant d'ajouter :

— Tout bien réfléchi, on était sûrement encore des ados la dernière fois qu'on est venus ici ensemble.

— C'était comment, de grandir avec Papa et Ingvar ?

— Je suis la petite dernière, comme tu le sais, répond Oddný en se frottant le nez avec sa manche. Ton père est au milieu, et Ingvar est l'aîné, bien sûr.

— Je ne peux pas imaginer ce que ça devait faire, d'être la petite sœur de ces deux-là ! je m'exclame en riant. Un sacré défi, non ?

Oddný sourit, mais je crois percevoir une certaine tristesse dans ses yeux.

— Oui, dit-elle avant de boire une nouvelle gorgée. Pour un défi, c'était un défi.

Oddný s'arrête, et je l'imite. On dirait qu'elle n'est pas tout à fait elle-même. Je cherche Tryggvi du regard, me disant qu'il devrait sans doute la rejoindre, rester à ses côtés. Mais le groupe continue de marcher, désormais avec une bonne avance sur nous. Si j'appelais à l'aide, il y a fort à parier que personne ne m'entendrait à cause du vent et des bonnets qu'ils portent tous, ou bien que j'attirerais l'attention de tout le monde, ce qui serait assez gênant.

— Oddný ?

— Tu sais, me dit-elle sans lâcher la mer des yeux, un été, un petit garçon est tombé de la falaise. On avait joué avec lui le matin même. Il devait avoir à peine quatre ans.

Je sens mon estomac se serrer bien que j'aie déjà entendu cette histoire.

— Il a disparu devant le chalet où il logeait, poursuit

Oddný. Ses parents ont cherché partout sans le trouver, et puis... et puis Ingvar a dit l'avoir vu jouer tout au bord, et on a retrouvé sa petite voiture dans l'herbe.

– C'est... c'est terrible, je bafouille.

Oddný fait un pas en avant et tend le cou pour regarder en bas de la falaise, où les vagues s'écrasent. Une soudaine angoisse s'empare de moi.

– Oddný, éloigne-toi du bord...

Elle ne semble pas m'entendre, complètement perdue dans son monde. Je sens tout mon corps se raidir en la voyant si près du précipice. Elle enfonce la main dans son manteau à la recherche de sa flasque, puis fait un pas de côté, ou plutôt vacille.

– Oddný, fais attention, je...

Je ne peux pas dire un mot de plus, car elle trébuche tout à coup. L'un de ses pieds glisse en direction du vide, puis elle perd l'équilibre.

J'essaie de la rattraper, mais ne parviens pas à saisir sa veste. Le tissu s'échappe entre mes doigts, et Oddný tombe.

# Sævar
Inspecteur au commissariat d'Akranes

*Maintenant*
*Dimanche 5 novembre 2017*

L'hôtel n'était pas très éloigné du lieu de la chute, mais y accéder en voiture représentait un défi – la tâche aurait été plus aisée à pied. Tandis qu'ils parcouraient un chemin de terre accidenté où la voiture cahotait parmi les nids-de-poule, Sævar réfléchit à la prochaine étape. Les membres de la famille Snæberg se trouvaient encore à l'hôtel, il fallait que la police les interroge avant que tout le monde ne se disperse et rentre chez soi.

Il n'était pas tout à fait sûr du nombre de convives rassemblés là-bas, mais il avait cru comprendre que c'était à l'occasion du centenaire du patriarche, décédé quelques années plus tôt. Il s'agissait donc peut-être d'une seule branche de l'arbre généalogique. Ce matin, au téléphone, leur interlocuteur était resté plutôt flou, et à présent ils se rendaient à l'hôtel pour en savoir plus.

– Que sais-tu de cette famille ? demanda Sævar. Des problèmes, des conflits dont tu serais au courant ?

– Je sais que les Snæberg sont originaires de la péninsule de Snæfellsnes, répondit Hördur avant de réfléchir. Je ne me rappelle pas avoir entendu parler de conflits, si ce n'est entre les deux frères, il y a une éternité. Ingólfur a eu deux fils, Bergur et Hákon. Bergur était un genre de solitaire, il n'a jamais eu d'enfant, tandis que Hákon en a eu trois. Ce sont eux qui se sont réunis à l'hôtel.

– On parle donc des petits-enfants d'Ingólfur, celui dont c'est le centenaire ?

– C'est ça. Ingvar, Haraldur, Oddný, leurs enfants et petits-enfants. Sans oublier le père, Hákon – qui a de gros soucis de santé, cela dit.

– Et le frère de Hákon, il est en vie ?

– Non, il est décédé. Hákon et Bergur ne se sont plus parlé après la mort de leur père. Ils se disputaient un bout de terre dans l'Est. L'affaire a fini devant les tribunaux, et c'est Hákon qui a gagné.

– Tu parles d'une victoire…, commenta Sævar.

Hördur ralentit pour éviter un nid-de-poule particulièrement profond.

– Qu'est-ce que tu veux dire ?

– Ce n'est peut-être pas une si grande victoire que ça, de gagner un procès pour un bout de terrain, si c'est pour perdre son frère.

– J'imagine que ça dépend de ce à quoi tu accordes le plus de valeur, la famille ou l'argent, répondit Hördur avec un grand sourire. On parle quand même ici d'une sacrée fortune. Ce sont les propriétaires de Snæberg, l'entreprise de pêche qu'Ingólfur Hákonarson a fondée il y a bien longtemps. Elle emploie aujourd'hui principalement des travailleurs étrangers – sauf dans les bureaux et à la direction. Ces dernières années, ils ont beaucoup investi dans les nouvelles technologies liées à la pêche, ainsi que dans d'autres domaines. Les petits-enfants d'Ingólfur et leurs conjoints siègent tous au conseil d'administration.

– Et les affaires tournent bien ?

Sævar avait une idée de la réponse.

– Bien ? fit Hördur dans un grognement. Mieux que ça. Ils se reversent des bonus qui semblent augmenter d'année en année. Ils figurent tous au sommet de la liste des Islandais qui paient le plus d'impôts. Ce sont eux qui ont lancé le projet de nouveaux lotissements à Akranes, ils se livrent à toutes sortes d'investissements et de spéculations, notamment dans l'immobilier. J'ai lu récemment dans le journal qu'une société qui leur appartient a réalisé un profit de plusieurs milliards de couronnes islandaises l'année passée. Et ils redistribuent l'argent, les sociétés et les postes de direction à leur progéniture. Chacun a droit à sa part du gâteau.

Sævar soupira. Il avait du mal à assimiler ce genre de réalité : posséder des milliards, investir, jouer au magnat de l'immobilier ; c'était quelque chose qu'il ne comprenait pas et ne voulait pas comprendre. Mais il ne pouvait s'empêcher de se demander ce que cela lui ferait, d'avoir tout cet argent. Qu'est-ce que cela changerait ? Serait-il différent ?

Il estimait avoir une bonne situation, malgré son salaire modeste d'inspecteur de police. Il avait remboursé le prêt pour son appartement et possédait un petit coussin d'économies sur un livret à la banque, l'héritage de ses parents, décédés dans un accident de voiture lorsqu'il avait vingt ans. Financièrement, il se portait mieux que beaucoup de gens de son âge, mais cela ne lui semblait pas très enviable. À choisir, il aurait préféré avoir toutes les dettes du monde et ses parents toujours en vie. Mais cela ne fonctionnait pas comme ça. Sævar ne pouvait rien y faire.

– Quoi qu'il en soit, poursuivit Hördur, je n'ai pas eu vent de conflits au sein de la famille ces dernières années, mais ça ne veut rien dire. Hákon, le père des trois frères et sœurs, n'est pas très en forme, peut-être que ça a entraîné de nouvelles disputes autour de l'héritage. Ce ne serait pas la première fois.

Sævar n'avait jamais compris comment des familles pouvaient se déchirer autour de questions d'héritage, pourtant c'était relativement courant. Un problème sûrement plus complexe qu'il ne l'imaginait.

Tandis qu'ils pénétraient dans le parking de l'hôtel, il se demanda si une telle dispute aurait pu être à l'origine d'un meurtre.

# Lea Snæberg

*Deux jours plus tôt*
*Vendredi 3 novembre 2017*

Un hurlement strident transperce le sifflement du vent, la complainte des mouettes et le murmure des vagues.

Tout le monde se retourne et, abasourdie, je vois Maman tenir désespérément la main d'Oddný, étalée au bord du précipice. Il lui suffirait de rouler sur le côté pour basculer dans le vide.

Pendant un instant, personne ne bouge, puis Tryggvi et mon grand-père accourent. Ils attrapent Oddný et la tirent vers eux pendant qu'elle jure et grogne, comme s'ils réagissaient de manière excessive.

– Mon Dieu, entends-je soupirer Maman, qui paraît bouleversée. Mon Dieu, j'ai cru qu'elle allait tomber.

Oddný marmonne quelque chose en essayant de repousser ses sauveteurs.

– Arrêtez ça ! crois-je distinguer, avant de voir Tryggvi se pencher vers elle et lui murmurer quelque chose à l'oreille.

Nous nous remettons bientôt en route, Tryggvi et Oddný tout à l'arrière.

Le sentier parcourant le champ de lave est étroit et accidenté. Je dois faire attention et garder les yeux au sol pour éviter de trébucher. Les jambes de mon pantalon sont mouillées, et je ne sens plus mes doigts à cause du froid. Mais à intervalles réguliers, je fais une pause pour observer Stapafell, la petite montagne qui surplombe le village d'Arnarstapi derrière nous. Je l'aime particulièrement, parce que c'est un triangle parfait, comme dans un dessin d'enfant. À son sommet, un rocher fait penser à un homme qui porte un chapeau, et un autre sur le côté ressemble, selon l'angle, à un chat ou à une créature qui grimpe le flanc de la montagne. Je ne sais pas si c'est à cause de toutes ces pierres en forme d'humain, de troll ou d'animal, mais j'ai toujours la sensation que la nature est plus vivante ici qu'ailleurs, comme si elle était éveillée et nous observait. Mes pensées sont interrompues par le frère de Grand-Père, Ingvar.

– Ici se trouve la faille d'Oddný la Flèche. L'histoire raconte qu'au XVII$^e$ siècle, des garçons de Hellnar ont réveillé le fantôme d'une adolescente qu'on appelait Oddný la Flèche. Incapables de la contrôler, ils ont fait venir le pasteur Bjarni-Latin de Breidavík afin qu'il conjure son esprit. Mais ensuite, les garçons ont refusé de payer le prix convenu, alors le pasteur l'a réveillée à nouveau. Oddný s'est mise à tuer des bêtes et mutiler des gens, poussant les habitants de Hellnar à solliciter l'aide de Bjarni-Latin une nouvelle fois. Depuis lors, on dit que ces lieux sont hantés.

La faille en question n'a rien de très impressionnant, il s'agit à vrai dire tout juste d'une petite fissure. Mais tandis que je me penche pour l'observer, j'entends derrière moi la mer se briser sur les falaises, et le vent souffle sur ma nuque un crachin glacial qui me fait frissonner.

– C'était qui ? je demande, me surprenant moi-même – en général, je ne prends jamais la parole en cours et ne pose aucune question.

– Qui ça ? dit Ingvar.
– Oddný la Flèche. L'adolescente.
– Ah, oui. Je ne me souviens pas, répond-il en se grattant la tête. Je crois que ce n'est jamais dit dans la légende.

Il poursuit son récit au sujet du pasteur et des événements qui se sont prétendument déroulés dans la région depuis cet incident. Les animaux tués, les témoins qui ont aperçu le fantôme d'Oddný. Moi, je ne peux m'empêcher de penser à Oddný elle-même – la jeune fille qui a vécu, pas son fantôme. Je me demande qui elle était, pourquoi elle est morte si jeune. Les garçons la connaissaient-ils lorsqu'elle était en vie ? L'ont-ils maltraitée, est-ce la raison pour laquelle elle était si furieuse ? L'ont-ils assassinée ?

Le groupe continue d'avancer, mais tout à coup, j'ai du mal à déglutir.

*N'importe quoi*, me dis-je. C'est une réflexion stupide. Il n'y a probablement rien de vrai dans cette histoire, pas plus que dans les autres légendes de la région.

Je m'empresse de rejoindre le reste du groupe et ignore ce frisson sur ma nuque, qui me fait penser à une respiration froide s'insinuant sous mon pull et descendant jusqu'au bas de mon dos.

Le champ de lave se termine enfin et le sentier descend vers une plage de cailloux. Un embarcadère en béton s'étire dans la mer, et de l'autre côté se trouve une plage de sable encore plus petite.

Soudain, le soleil perce les nuages. Il est bas dans le ciel à présent, ses rayons rougeoyants s'étalent sur l'océan et les sommets blancs des montagnes sur la rive opposée de la baie. Le vent s'est calmé, et tout le monde s'arrête pour admirer la vue.

Fermant les yeux, je laisse le soleil me réchauffer le visage.

— Comme sur commande, dit Papa, à côté de moi. Viens, je vais t'offrir un chocolat chaud.

Je le suis vers une maison en béton au toit rouge, dotée d'une terrasse, qui trône légèrement au-dessus de la plage. Fjöruhúsid – le café dont cet homme, Gulli58, m'a parlé.

— Qu'est-ce que tu attends ? me demande Papa qui se retourne vers moi avec un sourire.

— Je n'ai pas très faim.

— J'ai juste parlé d'une tasse de chocolat chaud. Pour nous réchauffer un peu et nous donner de l'énergie pour le chemin du retour.

Je finis par céder. À notre entrée, je balaie la petite pièce du regard et soupire de soulagement en constatant qu'il n'y a aucun autre client.

Mes grands-parents, puis le reste de la famille, nous suivent de près. Des gens que j'ai toujours connus, présents depuis ma naissance, mais qui en réalité ne me connaissent pas du tout.

Papa et moi nous asseyons dehors avec nos tasses, et je réchauffe mes mains sur la porcelaine. Délicieux, sucré, le chocolat chaud me met un peu de baume au cœur.

— Tu fais toujours ça, dit Papa avec un sourire.

— Quoi ?

— Tu fermes les yeux quand tu trouves que quelque chose est bon.

Je ris. Je ne m'en étais pas rendu compte.

— Tu le faisais déjà quand tu étais petite. Tu fermais les paupières et tu soupirais de satisfaction quand tu mangeais quelque chose qui te plaisait.

— Oh, arrête, Papa.

Je feins d'être agacée, mais je ne le suis pas. J'aime bien quand il évoque ce genre de souvenirs. Quand il me regarde comme si j'étais importante.

Je sors mon téléphone lorsque le frère de Maman nous rejoint et s'installe avec nous. Birgir m'a envoyé un message. La chanson *All I Want* de Kodaline. Je la connais, mais je mets mes écouteurs quand même. C'est une belle chanson triste. Contemplant la baie cerclée de falaises, j'ai l'impression de flotter au-dessus de l'eau. Comme si cet instant n'était pas réel, comme s'il s'agissait d'un rêve.

Je dis à Papa que je vais faire un tour sur la plage. Je me fraye un chemin sur les rochers plats du rivage, prenant garde de ne pas glisser sur les algues. Puis j'observe les vagues qui viennent s'écraser sur le sable devant moi.

Je me sens à moitié déconnectée du réel. Je ne sais pas pourquoi, mais c'est ce que j'éprouve depuis que nous sommes ici. Comme si j'avais fait un voyage dans le temps et que j'avais de nouveau douze ans – l'âge auquel ce sentiment a commencé à m'envahir. Je me rappelle me tenir devant le miroir et avoir la sensation d'être quelqu'un d'autre. De me voir comme à distance. Je me sentais à la fois familière et inconnue, comme si mon corps ne m'appartenait plus tout à fait. Et ce n'était pas désagréable – tout ce qui était arrivé à l'école et ailleurs n'avait plus la moindre importance.

Maintenant, je ne supporte plus cette sensation. L'histoire d'Oddný la Flèche a réveillé des souvenirs en moi. Même si j'ignore ce qu'elle a subi et comment elle est morte, je m'imagine un événement terrible. Je l'imagine revenue pour se venger.

En y réfléchissant, c'est exactement ce que je voudrais faire. À douze ans, j'ai été privée de quelque chose que je ne retrouverai plus jamais. Les dernières années qu'il me restait à vivre comme une enfant innocente et naïve, qui croit que le monde est bon et que les gens sont soit gentils, soit méchants. À présent, je sais que c'est faux et, comme Oddný la Flèche, je brûle de me venger.

# Petra Snæberg

– Petra.
Stefanía marche dans ma direction ; impossible pour moi de prétendre ne pas l'avoir entendue.
– Je n'ai pas réussi à vraiment te parler tout à l'heure, me dit-elle, un peu essoufflée.
Elle est chaudement vêtue d'un bonnet, de gants et d'un manteau avec une capuche bordée de fourrure.
– Non.
Si mon premier réflexe est de me montrer laconique, je me rends compte qu'il est puéril de jouer les vexées. Alors je souris.
– Qu'est-ce que tu racontes de beau ?
– Oh, tout va bien de mon côté, répond Steffý. Et toi ? Je veux dire, je sais qu'InLook marche du tonnerre, mais toi, personnellement ? Comment va le moral ?
*Typique de sa part*, me dis-je. Elle ne perd jamais de temps pour en venir aux questions personnelles et agit comme si nous étions encore très proches, comme si j'avais l'intention de lui raconter ce que j'ai sur le cœur.
– Le moral va très bien, dis-je, déterminée à ne rien dévoiler.
Presque tout le monde est entré dans ce café pour boire quelque chose, mais je n'ai envie de rien. Je suis

encore un peu sous le choc après la chute d'Oddný. L'adrénaline qui a envahi mon corps au moment où je l'ai rattrapée a reflué et à présent, je me sens épuisée.

– Génial, fait Steffý, le regard perçant. Je songe à revenir vivre en Islande.

– Vraiment ?

– Oui, j'avais même l'intention de revenir plus tôt, dit-elle avec un sourire. J'ai toujours voulu que mes enfants grandissent en Islande.

– Tu es… Vous êtes… ?

– Non, mon Dieu, je ne suis pas enceinte ! s'exclame-t-elle dans un rire. Je parle seulement pour le cas où j'aurais des enfants, plus tard.

– Je vois.

Je m'efforce de faire comme si je n'avais pas remarqué le ton de sa voix. Elle n'a jamais vraiment aimé les enfants, ni montré le moindre intérêt pour les miens. Lorsque je lui ai annoncé ma première grossesse, elle m'a demandé quand j'avais rendez-vous pour me faire avorter. Aucune alternative dans son esprit.

J'enroule mes bras autour de moi et contemple la mer. Le soleil, qui nous a gratifiés de sa présence tout à l'heure, se cache désormais derrière un banc de nuages.

– En tout cas, j'ai hâte de revenir, poursuit Steffý. Je disais justement à Gestur qu'on devrait se voir plus souvent.

– Quand est-ce que vous vous êtes parlé ? je demande, beaucoup trop sèchement.

– Tout à l'heure. À la réception de l'hôtel.

– Ah, oui, dis-je en me forçant à sourire. Oui, ça me ferait plaisir.

Devant le café, les autres commencent à remettre leur bonnet, prêts à repartir vers l'hôtel. La nuit va tomber rapidement et, ici, elle est tellement sombre qu'il serait dangereux d'attendre plus longtemps pour longer les falaises.

Nous rejoignons le groupe en bavardant de sujets sans importance.

Je me sens bête d'avoir réagi comme ça lorsqu'elle m'a dit avoir parlé avec Gestur, mais j'ai toujours été sur la défensive, s'agissant de Steffý et des hommes de ma vie. Non qu'elle ait eu le moindre geste déplacé, mais elle ne les laissait jamais en paix. Elle disait faire ça pour m'aider. Qu'elle leur vantait mes mérites. Cependant, je voyais bien qu'elle cherchait toujours un prétexte pour les toucher, pour être près d'eux, pour leur murmurer des choses à l'oreille, si proche qu'elle les effleurait du bout des lèvres. À la fin, la plupart d'entre eux en pinçaient pour elle et ne se souciaient plus de moi.

Bien que nous ne soyons plus à l'école, ces complexes vis-à-vis de Steffý n'ont jamais disparu. Pas complètement, en tout cas.

Elle a toujours été plus belle que moi. Plus intelligente. Plus sûre d'elle. Un jour, une camarade de classe m'avait demandé ce que ça faisait d'être le petit toutou de Steffý. Une plaisanterie, certes, mais qui m'avait blessée, peut-être parce qu'elle n'était pas si éloignée de la vérité.

Mon esprit me ramène souvent à la soirée où nous avons bu tous les trois, Steffý, Gestur et moi. J'ai fini malgré moi par me retrouver ivre morte et ne me rappelle pas grand-chose ; je buvais verre après verre, puis à un moment ils m'ont emmenée dans ma chambre. Lorsque je suis revenue à moi, j'entendais encore de la musique venant du salon ; à trois heures passées, Gestur n'était toujours pas couché ; je me suis relevée. Il se passait quelque chose là-bas, mais je ne distinguais pas de voix, seulement le grincement du canapé et une respiration lourde. Tandis que je m'approchais dans le couloir, mon pied a heurté une bouteille vide abandonnée par terre, et elle est bruyamment tombée.

À mon entrée dans le salon, ils étaient tous les deux assis sur le canapé. Steffý avait les cheveux ébouriffés, et Gestur les joues rouges.

Je leur ai demandé ce qu'ils faisaient, et ils ont essayé de me convaincre qu'ils écoutaient juste de la musique. Gestur affirmait qu'il s'apprêtait à me rejoindre.

Lorsque nous nous sommes couchés, je ne pouvais m'empêcher de penser à ce que j'aurais vu si la bouteille n'était pas tombée. J'étais certaine d'avoir reconnu des sons familiers à travers la musique, comme des petits bruits de bouche.

Tandis que nous nous approchons du café, je vois que Gestur nous regarde. Enfin, pas vraiment ; il me semble que ses yeux sont uniquement fixés sur Steffý.

# Irma
## Employée de l'hôtel

Le restaurant est magnifique. Une nappe blanche ornée d'un chandelier noir avec de hautes bougies recouvre chaque table, et des lustres d'inspiration gothique sont suspendus au plafond. La pièce est baignée de douces lueurs dorées qui lui confèrent une atmosphère tout autre. La nuit met l'hôtel en valeur. Les murs en béton gris perdent de leur austérité au profit d'une chaleur un brin lugubre. Le style architectural scandinave s'efface, et l'hôtel ressemble presque à une grotte douillette. Les lueurs des bougies font scintiller les verres pendus au-dessus du bar, qui évoquent soudain une œuvre d'art plutôt que de la simple vaisselle.

De délicieux parfums émanent des fourneaux. La famille a fait le choix d'une cuisine traditionnelle. Poisson ce soir, agneau demain. Cela peut sembler simple, mais je sais que ces plats ne seront pas accompagnés de bêtes pommes de terre bouillies. Le cabillaud sera agrémenté d'une sauce soja au beurre, de tomates grillées, d'olives et de câpres. Carpaccio de bœuf et brochettes de crevettes tigrées en entrée. Sans oublier le dessert. Je n'aurais rien contre me nourrir exclusivement du mi-cuit au chocolat servi ici pour le restant de mes jours.

Nos clients ont droit à ce qu'il y a de meilleur. Tout doit être parfait.

J'aimerais tellement ne pas travailler ici mais prendre part à ces fabuleuses fêtes avec mes proches. Malheureusement, ils ne sont pas nombreux côté maternel, et aucun d'entre eux n'a beaucoup d'argent. Ma grand-mère est décédée, et mon grand-père vit dans son monde – encore plus que Maman. Celle-ci a un frère, beaucoup plus âgé qu'elle, et ils n'ont jamais eu de relation. J'ai gardé contact avec Svana, sa fille, mais elle est mariée et a quatre enfants ; en général, elle ne s'adresse à moi que pour me demander si je peux faire du baby-sitting pendant qu'elle sort avec son mari.

Mon téléphone sonne. Je reconnais le numéro. Un instant, j'envisage de ne pas décrocher, mais cette perspective éveille une telle culpabilité en moi que je m'empresse de répondre d'un ton joyeux :

– Salut Maman.
– Salut ma chérie.

Elle est de bonne humeur. Je l'entends immédiatement.

– Comment ça va ?
– Comme ci, comme ça, tu connais le refrain.

Maman poursuit, me parle des repas qu'elle trouve mauvais et de sa chambre toujours sale. Elle vit seule mais bénéficie d'un soutien de la ville pour raison de troubles mentaux de longue durée.

– Elles ne font jamais le ménage correctement. Je retrouve toujours un tas de saletés dans les coins quand elles passent le balai, et je ne te parle même pas des toilettes. Tu te souviens, comme tout était toujours propre chez nous, ma petite Imma ?

C'est le surnom qu'elle a toujours utilisé. Jamais personne d'autre ne m'a appelée Imma.

– Je me souviens, Maman. Je me souviens.
– Elles s'en fichent, marmonne-t-elle. Elles n'ont pas à vivre ici, alors ça ne change rien pour elles.

J'ai terriblement envie de lui dire qui loge à l'hôtel en ce moment, mais je me retiens. Je ne suis pas sûre de sa réaction.

Lorsque je raccroche après avoir bavardé un moment avec elle, j'ai un nœud à l'estomac. La culpabilité, sans doute. Je ne lui ai pas rendu visite depuis si longtemps, et un sentiment étrange m'envahit chaque fois que je parle avec elle, surtout depuis mon lieu de travail. Ici, au cœur de ce paysage de toute beauté, je peux oublier qui je suis et endosser un rôle que je joue désormais à merveille. Mais quand Maman téléphone, je redeviens moi.

Maman et moi n'avons jamais appartenu à ce monde privilégié. Non pas que je le regrette, mais parfois, c'est bon de pouvoir l'oublier.

– Excusez-moi, je voudrais m'enregistrer et il n'y a personne à la réception.

Levant les yeux, je remarque un jeune homme qui me fixe et je le reconnais immédiatement. Hákon Ingimar a la main posée sur la poignée d'une petite valise à roulettes. Il porte un tee-shirt au col légèrement échancré et son jean est un peu déchiré.

– Oui, bien sûr, dis-je – ma voix me semble bizarre.

Nous rejoignons la réception tous les deux. J'ai envie de me pincer pour m'assurer que je ne rêve pas, que je me tiens bien à côté de cet homme. J'ai l'impression de le connaître, ce qui est ridicule puisque je ne l'ai jamais rencontré. Je m'intéresse à lui depuis des années, mais suivre quelqu'un par le biais des médias et des réseaux sociaux n'a rien à voir avec le fait de le connaître. J'en suis bien consciente.

Mes mains tremblotent lorsque je tape son nom sur le clavier. J'inspire profondément pour essayer de me maîtriser.

– Hákon Ingimar, m'informe-t-il en se penchant sur le comptoir.

Dieu qu'il sent bon. Une odeur de chêne fraîchement verni, de vanille et de citron… non, d'orange.

– Ah, vous voilà, dis-je lorsque je trouve son nom et l'enregistre. Vous avez téléchargé l'application ?

– L'application ?

Il ne me regarde pas, accaparé par la contemplation des lieux. J'en profite pour admirer son nez droit et ses sourcils si joliment dessinés. La barbe fournie qui habille le bas de son visage à la perfection – pas un poil ne dépasse.

– Oui, euh… Vous devez télécharger une application, j'explique en lui tendant un fascicule. Elle permet de tout contrôler : l'éclairage, la température de la chambre, les rideaux et…

– Ah oui, OK, m'interrompt-il avant d'ajouter avec un sourire : J'ai déjà logé dans ce genre d'hôtel.

*Ce sourire*, me dis-je tandis que je laisse échapper un son. Un rire. Un gloussement de gamine qui me fait immédiatement piquer un fard. Il doit avoir l'habitude de loger dans les hôtels les plus luxueux au cours de tous ses voyages. Hier soir, j'ai encore consulté sa page Instagram avant de me coucher. Des photos de l'impressionnante nature islandaise – chutes d'eau et glaciers – alternent avec des images de plages ensoleillées. Et bien sûr, beaucoup de selfies.

– Vous êtes seul ?

J'essaie de retrouver un sourire professionnel – pas trop large, juste ce qu'il faut. Je ne veux pas qu'il me prenne pour une espèce de fan hystérique.

– *Yes*, répond-il. Où sont les autres ?

– En randonnée. Ils sont partis pour Hellnar il y a à peu près une heure, ils ne devraient pas tarder à revenir.

— Ah, OK. Il vaut mieux que je décampe, dans ce cas, réplique-t-il avec un sourire en coin.

Je retiens un nouveau rire.

— Vous voulez que je vous accompagne à votre chambre ? Je veux dire... que je vous fasse visiter l'hôtel ? Où tout se trouve, ce genre de choses ?

*Pourquoi je n'arrive pas à parler normalement ?*

— Non, pas la peine, me répond-il. Je devrais me débrouiller.

Il s'éloigne, et un frisson d'excitation me parcourt tout entière. Que diraient mes amis s'ils savaient que je suis là, avec ces gens ? Que dirait Maman ?

# Tryggvi

Je n'ai pas lâché Oddný des yeux depuis sa presque chute de la falaise. À vrai dire, je ne suis pas sûr qu'elle se soit trouvée si près du bord que ça ; je me demande si Petra n'a pas eu une réaction excessive. C'est du moins l'impression que cela m'a donné. Nul besoin de pousser un hurlement aussi terrifiant.

Quoi qu'il en soit, je tiens le bras d'Oddný pendant tout le chemin du retour, bien qu'elle-même rie de la situation. Elle a refusé de rentrer plus tôt et nous a priés d'arrêter d'en faire tout un plat.

– Est-ce que ce serait un tel drame, que je tombe ? me murmure-t-elle. Au moins, je serais libre.

Je soupçonne qu'Oddný appréhende depuis longtemps ce week-end avec sa famille, même si elle ne m'en a pas dit un mot. Une angoisse que j'ai décelée dans son incapacité à rester concentrée, ou à l'odeur que j'ai perçue chez elle en rentrant du travail et qu'elle n'est pas parvenue à recouvrir avec du parfum. Elle ne m'avait jamais dissimulé sa consommation d'alcool auparavant, et je n'en vois pas l'utilité. Je ne comprends pas pourquoi elle estime devoir jouer à ce jeu de cache-cache.

– Oddný, tu n'en as pas eu assez ? lui demande Ester à voix basse en pointant du doigt la flasque qu'elle tient dans sa main.

Oddný se met à rire.

– Je t'en prie, Ester. Il fut un temps où tu savais t'amuser !

Ester pince les lèvres.

D'après ce qu'Oddný m'a raconté de leur jeunesse, sa belle-sœur était toujours partante pour faire la fête. Très proches, elles sortaient souvent toutes les deux pendant que Haraldur restait étudier à la maison.

De retour dans notre chambre d'hôtel, je prends une douche, enfile une chemise et m'asperge d'après-rasage. Je ne me suis jamais senti à l'aise en costume, je ne porte que des jeans et ne ferai pas d'exception aujourd'hui.

Je demande à Oddný si elle veut que je l'attende, mais elle m'enjoint de descendre. M'installant au bar, je commande un Coca. Quelques minutes plus tard, Haraldur apparaît.

– Eh bien, on attaque déjà ? me lance-t-il avant de faire signe au barman.

Il s'assied à côté de moi et demande un whisky.

– Tu bois quoi ?

– Coca-Cola, dis-je avec un sourire amusé.

Haraldur semble surpris.

– Quoi ? Tu ne prends pas un verre digne de ce nom ?

– Non, pas cette fois.

Il me regarde, attendant la suite. Je finis par céder et ajoute :

– Je suis sobre depuis un an.

– Ça alors, lâche-t-il en saisissant le verre que le barman lui tend.

Je sens bien que ma réponse le déçoit : il est déjà en train de scanner les environs à la recherche de quelqu'un d'autre. Peut-être considère-t-il le fait de se priver d'alcool comme une faiblesse.

Mais je ne m'en prive pas par nécessité – j'en ai simplement fait le choix.

– Qu'est-ce qui s'est passé ? me demande-t-il en sirotant son whisky.

– Je n'aimais pas le type que je devenais en buvant. Il ne me ressemblait pas.

– Et c'est un si grand mal ? réplique Haraldur en riant.

– Dans mon cas, oui.

– Eh bien, pas dans le mien, ça, je peux te le dire.

De nouveau, il éclate d'un rire tonitruant. Je m'apprête à répondre lorsque Ingvar fait son apparition, et les deux frères commencent à discuter de tout autre chose.

Savourant mon soda, je n'essaie même pas de prêter attention à leur conversation. J'aurais pu préciser à Haraldur que l'alcool ne se contente pas de me désinhiber : il me rend méconnaissable. Agressif, voire violent. Je vais loin, bien plus loin que ce que je pourrais imaginer lorsque je suis sobre. Avec la boisson, c'est comme si tous mes démons remontaient à la surface. C'est la raison pour laquelle je n'ai pas bu une goutte depuis presque un an. Parce que j'ai peur de ce dont je suis capable.

# Sævar
Inspecteur au commissariat d'Akranes

***Maintenant***
***Dimanche 5 novembre 2017***

Le nom de l'hôtel était gravé dans un panneau de bois au bord de la route.

L'établissement avait ouvert au printemps, Sævar se souvenait d'un article paru à l'époque de sa construction : hôtel de luxe sur Snæfellsnes, conçu dans le respect de l'environnement. Un architecte étranger très connu avait été impliqué dans le projet, mais Sævar ne se rappelait pas son nom – ce n'était pas vraiment son sujet de prédilection.

Il se souvenait toutefois que l'architecte avait affirmé avoir mis l'accent sur l'éclairage. Difficile d'en juger en plein jour – le bâtiment devait avoir plus fière allure la nuit. De l'extérieur, il ressemblait juste à un bloc de béton dans un champ de lave où se mêlaient le gris de la roche et le vert du lichen.

Au premier étage, une pièce légèrement avancée, soutenue par des colonnes qui entouraient l'entrée de l'établissement, attirait l'œil. Sævar l'avait vue en photo, elle était mentionnée dans ce fameux article. Le salon d'observation, ainsi que le surnommaient les architectes. Au cœur de l'hiver, les clients de l'hôtel pouvaient contempler les aurores boréales en restant bien au chaud.

Cela semblait très beau et romantique sur le papier, mais Sævar avait du mal à imaginer que cela fonctionne vraiment, à moins que l'établissement soit plongé dans le noir et que les baies vitrées soient régulièrement nettoyées. Par ailleurs, il devait faire un froid glacial là-dedans l'hiver, et certainement chaud comme dans une serre dès que le soleil se montrait.

– La famille a réservé l'hôtel pour tout le week-end, dit Hördur en se garant à côté d'un Range Rover noir.

– L'hôtel entier ?

Sævar compta les baies vitrées du premier étage, qui devaient correspondre aux chambres. Rien que sur la façade visible, il en dénombrait quinze.

– Oui, tout entier, acquiesça Hördur.

– Ils sont combien, déjà ?

– Entre vingt et trente, je crois.

Cette famille ne manquait visiblement pas d'argent. Et à en juger par les voitures garées sur le parking, aucun de ses membres ne se souciait de cacher son train de vie. Même si Sævar ne s'intéressait pas vraiment à l'automobile, il reconnaissait autour de lui des véhicules dont la valeur se comptait en dizaine de millions de couronnes.

– Laquelle te ferait le plus envie, si tu avais les moyens ? demanda-t-il à son patron.

Hördur était un bien plus grand amateur de voitures que lui.

Le commissaire jeta un coup d'œil autour de lui en faisant claquer sa langue.

– Difficile à dire. Sûrement la Mercedes. Ou le Rover, peut-être.

– Vraiment ?

Sævar avait toujours considéré les propriétaires de Ranger Rover comme des frimeurs. Il n'hésitait pas à les juger, estimant qu'ils cherchaient juste à attirer l'attention. Mais cette attitude en disait peut-être plus long sur lui que sur eux.

Hördur ne lui retourna pas la question. Ce genre de petit jeu ne l'intéressait pas. Surtout dans ces circonstances. De son côté, Sævar avait toujours besoin d'alléger l'atmosphère, de penser brièvement à autre chose qu'à l'affaire sur laquelle ils travaillaient. Balayant le parking du regard, il songea que si Hördur lui avait demandé quelle voiture il aimerait posséder, il aurait sans doute répondu la plus chère, simplement pour pouvoir la revendre et s'acheter quelque chose de plus utile.

Levant les yeux sur l'hôtel, il aperçut quelqu'un derrière le mur de verre à l'étage. Une femme aux cheveux longs, habillée de vêtements amples. Elle recula à l'instant où elle croisa son regard puis disparut, mais Sævar crut déceler quelque chose dans ses mouvements. De la peur, peut-être. Cela l'intrigua.

– Bon, on y va ? demanda Hördur.

Sævar hocha la tête et ils se dirigèrent vers l'entrée de l'hôtel. Même s'il ne voyait plus la femme nulle part, il avait toujours la sensation désagréable qu'on l'observait.

# Lea Snæberg

***Deux jours plus tôt***
***Vendredi 3 novembre 2017***

*Tu voudrais faire quoi si on se rencontre ?*
*Euh, je sais pas... peut-être aller au cinéma ?* Je me maudis de ne pas trouver une idée plus originale. Un ciné, c'est la dernière chose que j'ai envie de faire avec Birgir.
*Hmm, peut-être. Mais on n'a pas trop l'occasion de parler devant un film. Et si on allait à la piscine, plutôt ?*
*Peut-être. Si c'est le soir.*
*Pourquoi le soir ?*
*Juste comme ça.*
*Je suis sûr que tu es très belle en maillot de bain.*

Je commence à écrire une réponse, puis efface finalement mon message. Je ne veux pas que Birgir me croie complexée ou timide, mais je suis stressée à l'idée qu'il me voie en maillot.

Après une courte hésitation, je réponds : *OK, va pour la piscine. Tu vas venir en slip de bain ?*
*Peut-être. À moins que je mette mon string.*
*Ha ha.*
*Et toi ? En bikini ?*

Mon Dieu, est-ce que je pourrais mettre un bikini devant Birgir ? La dernière fois que je suis allée à la piscine en Islande doit remonter à deux ans. À vrai dire, j'ai un bikini plutôt récent que j'ai acheté au Mexique, mais il ne colle pas vraiment avec l'Islande. Il est décoré de strass, je ne le porterais pas dans une piscine pleine de chlore. C'est le genre de maillot qu'on met à la plage. Enfin, aucune importance, puisque Birgir ajoute avant que j'aie le temps de répondre :

*À mon avis, tu serais canon en bikini.*
*Merci. Mais peut-être que je pourrais m'en passer.*

Mon cœur s'emballe à l'instant où j'envoie ce message. D'habitude, on ne parle pas comme ça, mais je veux que Birgir prenne conscience que je suis sérieuse. Je veux qu'on se rencontre. Je ne veux pas qu'il me voie comme une gamine geignarde ; jusqu'ici, j'ai passé beaucoup de temps à me plaindre. Maintenant, je dois lui montrer une autre de mes facettes.

*Tu veux dire porter un maillot une pièce ?* demande-t-il.
*Non.*
*Oh...*

Birgir commence à écrire une réponse puis s'arrête.

*Je crois qu'on devrait essayer de trouver un bain naturel ou une piscine abandonnée,* j'ajoute.
*Pourquoi ?*
*Parce que je veux qu'on soit seuls.*

J'ai des papillons dans le ventre en m'imaginant ce moment. J'ai pu lui parler ouvertement de toutes sortes de sujets, mais jamais on n'a eu une conversation comme celle-ci.

*Tu ne veux pas qu'on se retrouve dans un endroit où on pourrait discuter ?*

Observant le message de Birgir, je sens la honte poindre en moi. J'ai l'impression d'avoir dit quelque chose qu'il ne fallait pas.

*Peut-être*, finis-je par répondre. *C'est ce que tu veux ? Bien sûr.*

Birgir se tait quelques instants, puis il m'écrit :

*On ne sait jamais, on pourra toujours s'amuser après...*

Je ne peux m'empêcher de sourire lorsque je pense à ce que cachent ces points de suspension.

– Avec qui tu parles ? me demande Ari, toujours assis sur son lit alors qu'il est censé se dépêcher de prendre une douche.

– Personne. Juste Villa.

– OK.

Il n'a pas l'air convaincu.

*Bon, il faut que j'y aille*, m'écrit Birgir. *On se parle ce soir ? Envoie-moi une photo.*

*Quel genre de photo ?*

*Une photo de toi, bien sûr...*

Reposant mon téléphone, je suis à la fois heureuse et nerveuse. Que signifient ces trois petits points ? Il veut une photo ordinaire, ou une qui sorte un peu de l'ordinaire ?

Jamais je ne partagerais une photo qui montre quoi que ce soit. Et si c'était ce qu'il voulait ?

Nous nous sommes échangé des selfies, mais rien de provocant. Un jour, je lui ai envoyé un portrait de moi avec un énorme *bragðarefur*[1], et lui m'a répondu avec une photo de son chien lui léchant la joue. Malgré ça, on se connaît très bien à présent, du moins aussi bien qu'on peut connaître quelqu'un en ligne. Dès qu'il viendra en Islande, on compte se voir, et qui sait ce qui se passera à ce moment-là ?

---

1. Crème glacée mélangée à des friandises, sauces ou fruits au choix.

D'une certaine manière, je pense que faire connaissance sur le Net a été la meilleure chose pour nous. J'ai la sensation d'être plus proche de lui que de tous les garçons avec qui j'ai pu parler auparavant. Peut-être parce que, ces derniers mois, rien n'est venu entraver nos conversations. Je n'ai pas eu à me soucier de mon apparence, de mon odeur, ni à m'inquiéter de laisser échapper quelque chose de stupide. Parfois, je me dis que c'est le seul bon moyen de faire connaissance, de vraiment découvrir quelqu'un.

J'ai eu deux petits amis, mais ces relations n'ont pas duré. La première a tenu deux mois, j'avais quatorze ans, et tout ce que nous avons fait, c'est nous embrasser à l'anniversaire d'une copine. La deuxième date de l'automne dernier, elle a duré quatre mois, et je me sens encore malade quand je repense à Sölvi et à la manière dont tout s'est terminé.

Mais mes sentiments à l'égard de ces deux garçons se limitaient à une attirance puérile qui m'est vite passée, même si mes amies ne me croient pas. Elles pensent que je suis toujours amoureuse de Sölvi, parce que c'est lui qui m'a quittée. Elles ne m'ont pas crue quand je leur ai dit que ça m'était égal. Que c'était exactement ce que je voulais. Tout au fond, je pense que ça leur a fait plaisir quand il m'a larguée. En tout cas, certaines n'ont pas hésité à liker et commenter ses photos après ça.

Avec Birgir, les choses sont différentes. Birgir est mon ami, et c'est quelque chose que je n'ai jamais eu : une amitié avec un garçon. J'ai la sensation de pouvoir lui faire confiance. Entièrement.

– Je vais me chercher à boire, dis-je à Ari lorsque j'en ai assez de rester assise sans rien faire.

Au bar, je commande un soda que je m'apprête à emporter dans ma chambre lorsque j'aperçois une fille.

Assise sur l'appui de fenêtre au bout du couloir, elle regarde sur son téléphone.

Je connais Harpa, bien sûr. Son père est marié à Jenný, la belle-fille d'Ingvar – l'oncle de Maman. De fait, nous ne sommes pas vraiment cousines, plutôt belles-cousines, si ça existe. Il nous arrivait de jouer toutes les deux lors des fêtes de Noël quand nous étions petites, à l'âge où on peut passer du temps ensemble sans se connaître. À l'époque, Harpa arborait toujours une coiffure soignée – ses cheveux châtains parfaitement arrangés en une tresse collée, une tresse queue de poisson ou un chignon. Aujourd'hui, ses cheveux sont sombres et parsemés de mèches roses, avec une épaisse frange. De lourdes bottes militaires noires aux pieds, elle est habillée d'un legging et d'un sweat à capuche qui lui descend jusque sous les fesses. Une tenue qui suggère qu'elle se fiche de l'opinion des autres, qu'elle est trop cool pour ça. Du moins, je soupçonne que c'est l'image qu'elle veut véhiculer.

Spontanément, je m'approche d'elle.

– Salut, je m'appelle Lea. Tu ne te souviens peut-être pas de moi, mais euh…

Harpa sourit.

– Si, je me souviens de toi.

– Cool.

Je ne sais pas quoi ajouter. Les yeux maquillés de noir de Harpa me fixent, mais pas d'une manière qui me met mal à l'aise. Plutôt avec intérêt.

– Et euh…, dis-je avant de m'éclaircir la gorge, comme elle ne répond rien. Tu vis en Suède, c'est ça ?

– Oui. Et je ne parle pas islandais.

– Oh. Je, euh…

Je sens mes joues me brûler.

– Je plaisante, ajoute-t-elle avec un sourire malicieux.

Je ris et j'ai l'impression que mon soulagement

s'entend dans ma voix. Je suis un peu stressée, mais je ne sais pas pourquoi. Peut-être parce que Harpa dégage une certaine assurance, une certaine sophistication, ce dont je suis complètement dépourvue.

– Tu as quel âge, déjà ? me demande-t-elle.
– Seize ans, et toi ?
– Bientôt dix-huit.

Elle se lève puis ajoute :

– Viens, on peut aller dans ma chambre.
– Oh.

J'hésite. Je ne m'attendais pas à ce qu'elle m'invite comme ça.

– Tu viens ?
– Oui, dis-je. J'arrive.

Nous montons l'escalier et Harpa ouvre la première porte du couloir.

– Tu as une chambre pour toi toute seule ? je demande.
– Bien sûr. Pas toi ?

Je lui réponds que je dois partager la mienne avec mon frère.

– Il est mignon.
– Je sais, dis-je en observant les lieux.

Une grosse trousse à maquillage est posée ouverte sur le bureau, ainsi qu'un fer à lisser et une veste en cuir. Harpa ramasse un pantalon qui traîne par terre et le jette sur le dossier d'une chaise. Le lit est fait, et deux bouteilles de soda, l'une vide et l'autre à moitié pleine, trônent sur la table de chevet, à côté d'un sachet de boules de réglisse enrobées de chocolat.

– Il sera grave canon dans quelques années, poursuit-elle.

Elle se jette sur le lit puis se tourne vers moi, la joue posée sur sa main.

— Non pas que j'aie des vues sur lui, hein. Mais toutes les filles tomberont amoureuses de lui.
— Peut-être.

Elle a sans doute raison. Ari est très populaire à l'école. Il est doué pour le sport et les études. Doué pour presque tout, à vrai dire. En plus, il ne me tape presque jamais sur les nerfs, ce qui est remarquable pour un petit frère.

— Tu as quelqu'un dans ta vie ? me demande Harpa, voyant que je garde le silence.
— Non, personne.

Je m'assieds au bout du lit.

— Avec qui tu parles tout le temps au téléphone ? C'est pas ton copain ?
— Non, pas du tout, dis-je.

Me demandant quand Harpa m'a espionnée, je me mets à ronger le vernis d'un de mes pouces.

— C'est juste... je sais pas. Je discute juste avec un mec.
— Fais voir à quoi il ressemble.

Je réfléchis une seconde, puis je sors mon téléphone et retrouve une photo. Je peux bien la montrer à Harpa. Ce n'est pas comme si on allait se revoir de sitôt.

— Mignon, commente-t-elle après l'avoir regardé un instant.

Elle me demande quel âge il a et où on s'est connus.

Inventant un mensonge, je lui réponds que nous nous sommes rencontrés il y a quelques mois. J'ai soudain un peu honte à l'idée d'avouer qu'on ne s'est jamais vus.

— Il habite en Suède, mais on va bientôt se revoir. La prochaine fois qu'il vient en Islande.
— Cool, répond Harpa, qui semble toutefois s'être désintéressée du sujet.

Elle se redresse, ouvre la valise qui traîne par terre et en sort une bouteille.

– Qu'est-ce que tu dirais de rendre cette soirée un peu plus intéressante ?
– C'est quoi ?
– De la vodka, dit-elle en attrapant deux verres. T'inquiète, j'ai du jus de fruits. Hors de question que je boive ça pur.
– Mais... ils ne vont pas le remarquer ?
– Aucune chance. Tu les as vus, tout à l'heure ? Ils vont être tellement bourrés de leur côté qu'ils n'y verront que du feu.

Harpa me regarde.
– Tu as déjà bu de l'alcool, non ?
– Oui, bien sûr.

Deuxième mensonge de la soirée, et je ne sais pas pourquoi. Pourquoi je me sens obligée de mentir pour l'impressionner. Ce n'est pas parce qu'elle est plus âgée, mais elle dégage quelque chose de fascinant qui a cet effet sur moi.

Je n'ai jamais goûté à l'alcool, bien que la plupart de mes amies aient essayé. Le soir du bal organisé pour les nouveaux élèves du lycée, où je me suis rendue avec ma classe, beaucoup ont bu leur premier verre. On s'était réunis un peu avant pour une petite fête, et au début, tout le monde était plutôt guilleret, mais au fil de la soirée, cela a commencé à dégénérer. L'un des garçons n'a même pas pu se rendre au bal, car il avait déjà vomi au cours de la fête, d'autres tenaient à peine sur leurs jambes, ils tombaient dans les bras les uns des autres, et une fille d'ordinaire extrêmement timide a fait sa déclaration au garçon qu'elle aimait. De retour chez moi, je suis restée un moment allongée sur mon lit à me dire que je préférerais mourir plutôt que de me comporter comme ça. En plus, j'avais vraiment profité du bal, même totalement sobre. J'avais dansé sans me soucier de savoir si quelqu'un me regardait. Être presque la seule personne avec toute sa tête m'octroyait une certaine liberté.

Mais me voilà ici, avec Harpa que je ne connais quasiment pas, et pour une raison que j'ignore, j'ai l'impression qu'il faut que je sois un peu ivre. Je crois que j'ai envie de savoir ce que ça fait. Quitte à essayer de boire une fois, c'est sûrement l'occasion parfaite.

C'est pourquoi j'accepte le verre qu'elle me tend, bois une grande gorgée et parviens à faire comme si de rien n'était lorsque l'alcool me brûle l'œsophage. Cela marche plutôt bien, et chaque gorgée devient plus facile. Harpa sort son téléphone et pendant quelques instants, nous ne disons rien. Je vérifie si Birgir m'a renvoyé quelque chose, mais non.

Soudain, Harpa pousse un petit cri, me faisant sursauter. Elle éclate de rire, se redresse et tapote le matelas à côté d'elle.

– Il faut que tu voies cette vidéo !

Je m'approche et m'assieds contre elle, mon verre à la main. Nous regardons des vidéos et buvons jusqu'à ce que le monde devienne tout doux, chaud et cotonneux.

# Petra Snæberg

À notre retour à l'hôtel, il reste une heure avant le dîner. Je maudis ces satanés vêtements censés être imperméables à la pluie et au vent, car j'ai le dos trempé et je tremble de froid. Les dix dernières minutes de la randonnée, il faisait tellement sombre qu'on voyait à peine à quelques mètres devant nous. La nature, si belle à la lumière du jour, s'est métamorphosée avec la tombée de la nuit. Le murmure du ressac n'était plus apaisant, mais menaçant, et l'éclat des vagues au pied des falaises nous rappelait la cruelle réalité de la mer. Je ne pouvais m'empêcher de penser à l'enfant tombé de la falaise il y a de nombreuses années. De m'imaginer ce petit corps, ballotté par la houle, disparaître puis réapparaître l'espace d'un instant avant d'être avalé par les ténèbres. Qu'a-t-il bien pu penser au cours des dernières secondes de sa vie ?

Cela faisait longtemps que je n'avais pas ressenti à quel point l'obscurité peut être étouffante. Longtemps que je n'avais pas autorisé mon esprit à se laisser envahir par cette sensation.

L'hôtel est en revanche baigné d'une chaleur réconfortante le soir venu. Les lueurs dorées des lustres confèrent de nouvelles nuances au béton, et la cheminée a été allumée dans le bar. Le crépitement du feu, l'odeur de bois brûlé et les parfums riches en provenance de la cuisine finissent par venir à bout de mon malaise, et je me détends.

— Tu veux prendre ta douche en premier ? me demande Gestur.

— Non, vas-y. Je vais m'asseoir un moment et boire un café pour me réchauffer.

Je n'ai pas envie de monter tout de suite. Pas envie de me retrouver seule avec Gestur, parce que je crains de dire quelque chose que je vais regretter. Steffý et lui ont bavardé pendant tout le chemin du retour. Ils étaient trop loin pour que j'entende ce qu'ils se disaient, mais je ne pouvais pas rater le rire de Steffý, et maintenant je ne parviens pas à me débarrasser de cette image que j'ai d'eux, enlacés sur le canapé pendant que je cuvais mon vin dans la chambre, il y a des années. Je ne les ai jamais interrogés, ne leur ai jamais fait part de mes soupçons. À l'époque, cela me semblait tellement absurde... c'est du moins ce dont j'essayais de me convaincre. Aujourd'hui, je me demande si je n'ai pas évité de leur poser la question par peur de la réponse.

Je commande un irish-coffee au bar et m'assieds au coin du feu, savourant la douce chaleur des flammes. Au bout de quelques instants, je retire ma veste et mon bonnet. Je dois avoir les cheveux hirsutes et tout bouclés à cause de l'humidité dehors.

La fille du bar revient étonnamment vite avec ma commande.

— Bonne dégustation, me dit-elle d'une voix chantante.

Je la remercie, mais elle ne part pas immédiatement.

— Je..., commence-t-elle avant de rire nerveusement.

Je lève les sourcils :

— Oui ?

— Je serai derrière le bar, si vous avez besoin de quoi que ce soit.

– Merci.

La regardant s'éloigner à petits pas, j'essaie de me rappeler son prénom. Irma, c'est ça ? Elle ne doit pas être beaucoup plus jeune que moi, sans doute une petite trentaine, mais elle dégage quelque chose d'enfantin. Ce qui est étrange, car elle a des traits d'adulte. C'est sûrement plutôt lié à sa façon de se tenir. Elle paraît timide et maladroite, comme si elle ne savait pas exactement quel comportement adopter. Et puis, elle me semble vaguement familière. J'ai l'impression de l'avoir déjà croisée quelque part.

Voyant que je la regarde, Irma me sourit et tend la tête, comme pour me demander si j'ai besoin de quelque chose. Je baisse les yeux.

Aussi loin que je me souvienne, j'ai toujours eu la mauvaise habitude de fixer les gens. Je me laisse emporter en les analysant, en observant leurs mouvements, leurs expressions. Sans même s'en rendre compte, la plupart ont des tics. Ils se touchent le visage, effleurent leurs cheveux, pincent les lèvres.

Je sors mon téléphone et commence à publier sur mes réseaux sociaux les photos que j'ai réussi à prendre avant qu'il fasse trop sombre.

– Salut cousine ! me lance Hákon Ingimar en s'installant face à moi avant de faire un signe à Irma. Alors, la rando ? Pas trop dure ?

– Non, dis-je dans un soupir. Pas physiquement, en tout cas.

Hákon commande une bière et adresse un sourire charmeur à Irma, dont les joues se teintent d'un rose vif.

Lorsqu'elle est repartie, il reprend :

– Je vois ce que tu veux dire. J'ai sérieusement envisagé d'inventer une excuse pour ne pas venir ce week-end.

– Vraiment ?

Un instant, il ne me répond pas, se contente de me regarder en souriant.

Il est beaucoup plus jeune que Steffý et moi, au point que lorsque nous avions onze ou douze ans, c'est nous qui le gardions. Je me rappelle que nous nous sommes occupées de lui pendant tout un été ; luttant pour l'installer dans une poussette dans laquelle il refusait systématiquement de s'asseoir, on l'emmenait au terrain de jeu. Hákon était un enfant difficile. Il s'enfuyait à la moindre occasion et passait son temps à se faire mal, tombant du château de l'aire de jeux ou trébuchant sans raison. Aujourd'hui, il est toujours difficile, même s'il ne tombe plus sur la tête. Il suit obstinément sa propre route et n'écoute jamais ceux qui cherchent à lui dicter sa conduite.

– Comment ça s'est passé, avec Maman ? demande-t-il en léchant la mousse sur sa lèvre supérieure.

– Oddný a été…

Je n'ai pas envie d'évoquer l'incident de la chute au bord de la falaise alors qu'elle était ivre morte. Je me contente de sourire.

– Tu vois…

– Hmm.

Un instant, l'expression désinvolte de Hákon cède la place à quelque chose de plus lourd. Une ombre.

– En fait, ça ne s'est pas si mal passé, dis-je avant de changer de sujet : Quoi de neuf, à part ça ? J'ai vu l'autre jour que tu avais rompu avec Ivana.

– Ouais… Ça n'aurait jamais marché. Elle voulait que je déménage au Brésil.

– Ça ne me semble pas si terrible, non ? Le soleil, les plages de sable blanc ?

– Que veux-tu que je fasse là-bas ?

– Je ne sais pas. Bronzer, t'amuser ? Qu'est-ce que tu fais ici ?

Il sourit jusqu'aux oreilles.

– Ce que je veux.

Je secoue la tête. Les gens croient que Hákon Ingimar se prend beaucoup trop au sérieux. Ils voient ses tenues, ses cheveux, les photos qu'il partage et ils en déduisent une certaine image. Mais en vérité, il a un grand sens de l'autodérision. Il est le premier à trouver ses photos ridicules. Le truc, c'est qu'il se contrefiche de ce que les autres pensent. Hákon Ingimar a toujours fait ce qu'il fallait pour atteindre son but, faire parler de lui, attirer l'attention et, ce qui compte le plus pour lui, celle des filles.

– Tu n'es donc pas près de te marier ? je lui demande.

– Ma chère cousine, tu me connais mieux que ça, non ?

– Tu penses que ce sera le cas un jour ?

– Quoi ? fait-il, l'air amusé. Que je me trouverai une femme ? Que je deviendrai papa ? Que j'aurai des petits monstres qui me maintiendront éveillé la nuit et se feront caca dessus toute la journée ?

– Quelque chose comme ça.

– Peut-être.

S'inclinant contre le dossier de son siège, il balance l'une de ses jambes sur le fauteuil d'en face et, sortant son téléphone, il ajoute :

– Qui sait ?

Je le jalouse un peu de cette vie sans attaches qu'il mène. Qu'est-ce que ça fait, de n'avoir aucune responsabilité ?

– Et toi, cousine ? demande-t-il. Qu'est-ce que tu fais de tes journées ?

– Tu sais, la même chose que d'habitude.

– Tu joues la maman ?
– C'est ça. Je joue la maman.

N'est-ce pas précisément ce que j'ai fait ces dernières années ? Jouer la maman, l'épouse parfaite ? Essayer d'assurer sur tous les fronts : au travail, à la maison, dans les médias ? À présent, je sens à quel point je suis fatiguée de jongler avec tous ces rôles. J'imagine ce que j'éprouverais en les abandonnant tous et en regagnant ma liberté, comme Hákon.

– Bon, je ferais bien d'aller prendre une douche.

Je m'empare de ma veste et me lève.

– Fais donc, me dit-il sans lâcher son téléphone des yeux. Hé, Petra ?

Je me retourne.

– Quoi ?
– Tu devrais prendre un petit remontant.
– Comment ça ?

Il me fait signe d'approcher, prend ma main et glisse quelque chose sur ma paume.

– Qu'est-ce que c'est ? je demande, même si j'ai ma petite idée.

Hákon m'adresse un clin d'œil.

– Tu me rendras ça après ta douche.

Une fois dans l'escalier, j'ouvre enfin mon poing et découvre un sachet en plastique contenant une poudre blanche.

## Sævar
Inspecteur au commissariat d'Akranes

*Maintenant*
*Dimanche 5 novembre 2017*

Il régnait un tel silence dans l'hôtel que le claquement de la porte lorsqu'elle se referma lui fit l'effet d'une bombe.

Sævar regarda autour de lui dans le hall. Il avait l'impression d'être entré non pas dans un bâtiment, mais dans une grotte, une montagne, un rocher. Un instant, Hördur et lui restèrent silencieux à observer les environs, puis ils entendirent des pas approcher, et une grande femme mince apparut au coin d'un mur. Sævar remarqua qu'elle portait des chaussures plates, qui pourtant faisaient autant de bruit que des talons aiguilles.

Elle tendit la main pour les saluer.

– Vous devez être Edda, la directrice de l'établissement, devina Hördur en la lui serrant.

– Tout à fait, directrice et propriétaire. Mon mari Gísli et moi avons fait construire cet hôtel il y a quelques années.

Elle se corrigea :

– Enfin, nous avons entamé le processus il y a cinq ans, mais la construction ne s'est achevée qu'au printemps dernier.

— Je vois, dit Hördur. Et j'ai cru comprendre que vous ne manquiez pas de travail ?

Les lèvres d'Edda tressaillirent légèrement, comme si elle trouvait la question ridicule, mais elle se contenta de sourire.

— L'hôtel était complet tout l'été et nous avons dû refuser beaucoup de monde. La plupart de nos clients étaient étrangers, mais quelques Islandais ont aussi réservé des chambres. Ils étaient plus nombreux à l'automne, peut-être un tiers de notre clientèle en septembre et octobre.

— C'est très beau en tout cas, approuva Hördur en continuant de regarder autour de lui. De bon goût.

Edda esquissa un nouveau sourire et Sævar y perçut une pointe de condescendance. Il pouvait la comprendre, dans une certaine mesure. L'hôtel avait été conçu selon un cahier des charges précis, par d'éminents architectes. Sævar n'aurait peut-être pas choisi l'expression « de bon goût » pour le décrire. Il l'utilisait plutôt pour des choses bien ordonnées, qui allaient bien ensemble. Cela ne lui semblait pas approprié à cet établissement, qui tenait plus d'une œuvre d'art que d'un simple bâtiment.

— Je vous remercie, dit toutefois Edda.

— Vos clients sont encore là, non ? enchaîna Hördur.

— Oui, tout le monde est resté, comme vous l'avez demandé.

— Très bien. Nous devons nous entretenir avec eux, ainsi qu'avec vos employés.

— Sans problème.

Edda agrippa le collier qu'elle portait et le frotta contre sa poitrine.

Sævar se demanda si elle avait déjà appris qu'un corps avait été retrouvé, que la mystérieuse disparition avait connu une issue fatale, car elle ne posa pas davantage de questions. Ou peut-être n'était-elle pas d'un naturel curieux et s'abstenait de se mêler de ce qui ne la regardait pas. Un trait sans doute apprécié dans sa profession.

Avant qu'ils ne puissent ajouter quoi que ce soit, ils entendirent un bruit de pas rapides venant du couloir. Quelqu'un s'approchait en courant. Devant le visage de l'homme, le cœur de Sævar se serra, comme chaque fois qu'il devait annoncer la mort d'un proche.

Dès que l'homme aperçut Hördur et Sævar, ses pas se firent plus lents et courts, comme s'il avait de plus en plus de difficulté à avancer. Les traits de son visage se relâchèrent, son menton s'affaissa et son regard devint distant. L'espoir avait disparu. Avant de les avoir atteints, il tomba à genoux, comme si ses jambes avaient ployé sous son poids.

# Irma
## employée de l'hôtel

*Deux jours plus tôt*
*Vendredi 3 novembre 2017*

J'ai du mal à maîtriser ma nervosité. Mes mains tremblent pendant que je verse les boissons. Mes joues sont en feu lorsque je les apporte. Je ne peux pas m'empêcher de les regarder tandis que j'aligne des verres propres sur les étagères. Je dois sans cesse me rappeler qu'ils ne valent pas plus que n'importe quel être humain, mais c'est difficile de ne pas me laisser gagner par un complexe d'infériorité. J'ai la sensation qu'un autre type de sang coule dans mes veines, ce qui est évidemment faux.

Alors que Petra passe devant le bar, elle me sourit, mais son sourire disparaît aussi vite qu'il est apparu. Même avec ses cheveux ébouriffés et ses vêtements humides, elle est belle.

– Merci beaucoup ! je lance dans son dos avant de me mordre la langue.

*Merci beaucoup.* On dirait une fan désespérée, une petite fille qui ne peut pas se contrôler.

Hákon Ingimar reste seul dans le bar, les yeux rivés sur son téléphone portable. Il a les pieds posés sur l'un des fauteuils, mais je ne compte pas lui faire de remarque.

Par ailleurs, ses tennis ont l'air parfaitement propres, leur semelle immaculée. Je doute qu'il ait marché avec sur autre chose que du bitume.

– Une autre.

Hákon lève son verre de bière vide en me faisant signe. Je hoche la tête pour lui signifier que j'ai bien compris.

Il ne me lâche pas des yeux tandis que je m'approche avec une nouvelle bière. Quelques gouttes débordent et finissent leur course sur mes doigts.

– Merci, me dit-il une fois que je l'ai servi.

Je souris et m'apprête à partir lorsqu'il m'arrête.

– Dites...

Il passe la langue sur ses dents et plisse légèrement des yeux.

– J'ai l'impression de vous connaître.

– Ah bon ? Je ne crois pas qu'on se soit déjà rencontrés... mais après tout, on n'est jamais sûrs.

– Vous êtes d'où ?

J'ai toujours eu du mal à répondre à cette question, exactement comme lorsque Elísa m'a demandé quand je comptais rentrer chez moi.

D'où je suis ? Tant de réponses me traversent l'esprit. La plupart des gens nommeraient peut-être leur lieu de naissance, mais je n'y ai vécu que quelques mois et je ne m'en souviens évidemment pas, je ne peux donc pas décemment dire que c'est de là que je viens.

Maman et moi avons souvent déménagé lorsque j'étais petite, d'abord d'une ville à l'autre, puis d'un quartier à l'autre de Reykjavík. J'adorais m'installer dans un nouvel endroit. Ranger mes affaires dans ma nouvelle chambre, étaler ma couverture sur mon nouveau lit, accrocher au mur l'image de cet enfant aux joues rebondies à qui, d'après Maman, je ressemblais en tout point, bébé. J'étais toujours la nouvelle de la classe et j'annonçais avec fierté à mes camarades que j'avais vécu dans cinq villes différentes et fréquenté huit écoles. Je me régalais de les voir bouche bée.

Peut-être que certains d'entre eux éprouveraient de la pitié à mon égard aujourd'hui, mais c'est inutile. J'aimais bien bouger, j'ai sûrement l'âme vagabonde, comme Maman. C'est agréable, d'être toujours la nouvelle venue. Tout ce qui est nouveau est excitant, pas vrai ? Et si quelque chose allait de travers, j'avais l'occasion de disparaître et de tout reprendre à zéro. Devenir meilleure sans que personne ne connaisse mes erreurs et péchés passés.

Un psychologue que je suis allée voir un jour m'a dit que ces déménagements incessants m'ont rendue aujourd'hui incapable de m'ancrer. Je finis toujours par m'ennuyer de tout, des lieux comme des gens. Moi, ce que je dis, c'est que j'aime la nouveauté. Quand on y réfléchit, le monde est aussi divers qu'exaltant et je voudrais faire l'expérience de tout ce qu'il a à offrir.

— D'ici et là, dis-je finalement, en espérant avoir l'air intéressante plutôt que rebutante.

Pour ne pas sembler trop abrupte, j'ajoute :

— J'ai toujours beaucoup bougé. Jamais établi mes racines quelque part.

— Je vois, répond Hákon.

— J'aimerais bien déménager à l'étranger. Essayer de vivre dans un autre pays.

— Vraiment ? Lequel ?

— Peut-être le Japon. Ou Cuba. Un lieu ensoleillé, dis-je en jouant avec le bout de ma tresse.

Hákon éclate d'un rire si retentissant que je sursaute.

— Génial ! s'exclame-t-il. Excellent.

*Hákon Ingimar me trouve géniale*, hurle une petite voix dans ma tête. *Il me trouve excellente.*

— Bref. Il vaut mieux que je retourne…

Je fais un geste un peu maladroit en direction du bar.

— Oui, oui, allez-y.

Hákon s'appuie de nouveau au dossier de son fauteuil et cherche quelque chose dans les poches de son jean déchiré. Non pas qu'il soit usé, il l'a sûrement acheté comme ça. Chaque trou semble réfléchi.

Hákon renifle et se masse le bout du nez avec son index. Ses mâchoires font un mouvement bizarre et l'une de ses jambes semble ne pas pouvoir rester immobile.

En m'éloignant, je me demande s'il a pris quelque chose. De la cocaïne, ou un autre stimulant. Je reconnais ces mouvements, ces tics, je les ai déjà vus. Ça ne devrait pas me surprendre ; de nombreux commentaires sous les articles qui le concernent suggèrent qu'il en consomme. La cocaïne est la drogue des riches, non ? Mais je suis déçue que le cliché se révèle juste. Je m'attendais à mieux de sa part. J'espérais mieux, à vrai dire.

Oh, et puis peu importe. Peut-être que ça ne veut rien dire. Peut-être qu'il n'en prend que le week-end, pour faire la fête, comme tant d'autres.

Au fond de moi, je suis surexcitée, parce que Hákon Ingimar et moi venons d'avoir une conversation. Il s'est intéressé à moi. Je souris pour moi-même et me sens presque transportée par l'euphorie à l'idée du week-end qui s'annonce.

J'ai tellement hâte de mieux les connaître.

## Lea Snæberg

– C'est le sac à main ?
Harpa pointe mon sac du doigt, un sourire aux lèvres.
– Hein ?
– Tu sais, *le* sac à main.
Elle lève les yeux au ciel devant mon incompréhension.
– Celui qui a fait exploser les commentaires sur le Net.
– Oh, ça. Oui, c'est le fameux sac à main, le seul et l'unique.
Je glousse, même si j'étais loin de trouver ça drôle à l'époque où les médias en ont parlé.
Maman me l'avait rapporté de l'étranger, un cadeau en retard censé compenser le fait qu'elle avait oublié mon anniversaire et planifié un voyage à Paris pour je ne sais quel séminaire ce week-end-là. Elle agissait comme si elle avait commis une terrible erreur et pendant quelque temps je l'ai laissée croire que j'étais vraiment blessée. La voir si douce et indulgente était un changement bienvenu. Puis elle est revenue à la maison avec ce sac YSL qui coûtait plus de deux cent mille couronnes. « Il m'a fait penser à toi, je n'ai pas pu résister », m'a-t-elle dit, observant avec enthousiasme ma réaction tandis que j'ouvrais le paquet. Et cette fois, elle avait visé juste : noir, le logo du créateur en lettres dorées sur

l'avant et une bandoulière en cuir tressée d'or, ce sac collait parfaitement à mon style.

Le soir, j'ai pris une photo avec, et le lendemain, les journaux en faisaient leurs gros titres – *Petra Snæberg offre un sac YSL à sa fille pour son anniversaire* – illustrés par mon selfie.

Pendant deux jours, la nouvelle figurait parmi les plus lues dans les médias. J'avais l'impression que tout le monde en parlait au lycée. Que je ne pouvais pas faire un pas sans sentir les regards peser sur moi.

Depuis, je n'ai presque pas utilisé ce sac. Après le scandale, je n'éprouvais plus aucun plaisir en le regardant. L'acharnement médiatique avait ruiné tout ce que j'aimais dans ce cadeau de Maman.

– Il va falloir qu'on se prépare pour le dîner, dis-je à Harpa, et elle me redonne le sac.

– Oui, sans doute, répond-elle dans un bâillement. On se retrouve tout à l'heure.

\* \* \*

Tandis que je parcours le couloir en direction de ma chambre, je me rends compte que tout tourne autour de moi. Le sol et les murs dansent, et la poignée de ma porte n'arrête pas de bouger. Un instant, j'oublie comment on l'ouvre, je me tiens bêtement devant la chambre et mon corps oscille légèrement. Je ris, amusée par la situation, jusqu'à ce que j'entende des voix et essaie de me reconcentrer. Je ne veux voir personne, pas tout de suite, pas dans cet état.

Je me souviens alors de l'application et j'ouvre la porte rapidement.

– Encore une demi-heure avant le repas, je me murmure avant de refermer. Une demi-heure.

Constatant qu'Ari n'est pas là, je soupire de soulagement. Cela dit, je n'ai pas peur de le croiser, il n'irait jamais raconter quoi que ce soit à nos parents.

Je revérifie l'heure, puis m'enferme dans la salle de bains où je me déshabille. Je reste un instant devant le miroir à observer mon reflet. Retournant dans la chambre, je m'assieds sur le lit et caresse les lettres dorées du sac à main que Maman m'a offert.

Un soir, j'ai commis l'erreur de lire les commentaires sous un article. La plupart des gens affirmaient que j'étais pourrie gâtée, et l'un d'entre eux ajoutait que j'étais sûrement complètement déconnectée de la réalité. D'autres s'interrogeaient sur le bien-fondé d'un tel article, prétendant ignorer qui nous étions. Je pense qu'ils mentaient, tout le monde sait qui est Maman depuis que son entreprise a du succès. Ses publicités reviennent régulièrement à la télé, dans les journaux et sur des panneaux partout en ville. Toutes arborent une grande photo de Maman, avec ses cheveux bruns joliment ondulés et son rouge à lèvres écarlate.

Dans un des commentaires, un homme demandait pour qui je me prenais au juste. Quel était le problème de cette fille. Quelques lecteurs me défendaient, affirmant que je n'avais que seize ans, que je n'avais pas choisi mes parents.

Je me suis alors demandé si c'était vraiment l'opinion que les gens se faisaient de moi, de ma famille. Ces gens qui ne nous connaissaient pas du tout. J'avais l'impression qu'ils nous considéraient comme différents d'eux. Comme si nous n'avions pas de sentiments, comme si nous ne pouvions pas lire ce qu'ils écrivaient.

J'avais envie de leur hurler ce que j'avais sur le cœur et je suis même allée jusqu'à rédiger une réponse à un des commentaires. Lorsque j'ai commencé à taper, je ne pouvais plus m'arrêter. Mes doigts volaient sur le clavier et, quand je suis revenue à moi un bon moment plus tard, j'avais les paumes moites et la respiration haletante, comme si je venais de courir. J'ai relu ce que j'avais écrit, m'imaginant les réactions si je le publiais vraiment.

Mon cœur cognait contre ma poitrine pendant que mon doigt effleurait la touche *Entrée*.

*Un tout petit geste*, me disais-je. *Un tout petit geste, et tout le monde saura ce qui m'est arrivé.*

Finalement, j'ai ramené ma main vers moi et j'ai tout effacé. Je me demande encore si j'aurais éprouvé du soulagement en racontant tout. Si quelqu'un m'aurait crue, ou si mes mots auraient été démolis dans les commentaires, comme le contenu de cet article.

# Petra Snæberg

Gestur vient de sortir de la douche lorsque je remonte dans la chambre.
Debout devant le miroir, il boutonne sa chemise, les cheveux encore humides. J'ouvre la fenêtre pour évacuer la condensation qui s'est accumulée dans la pièce et un courant d'air froid soulève les rideaux.
— Le temps s'est encore rafraîchi, dis-je en regardant dehors.
Je ne vois pas bien loin, à peine quelques mètres, car il règne une obscurité totale à l'extérieur et toutes les lumières de la chambre sont allumées.
— Tu étais où ? me demande Gestur.
— J'ai croisé Hákon Ingimar en bas, on a bavardé un peu.
— Ah.
Gestur fait passer une cravate autour de sa nuque. Il n'a jamais beaucoup aimé Hákon, qu'il considère comme un adolescent attardé sans ambition ni projet d'avenir. Ce qui n'est pas complètement faux, pour être honnête.
— Quoi de neuf dans sa vie ?
— Pas grand-chose. Il a rompu avec sa copine.
— La chanteuse ?
— Non, la Brésilienne. C'est fini depuis longtemps avec la chanteuse.

Concentré, Gestur observe son reflet tandis qu'il noue sa cravate.

Je lui dis que je vais prendre une douche et m'enferme dans la salle de bains. Je pose le sachet que Hákon m'a donné sur la tablette à côté du lavabo et le contemple. De petite taille, il semble innocent, pourtant j'ai la tête qui tourne et ce n'est pas seulement à cause du cocktail que j'ai bu au bar.

Le plus censé serait de vider son contenu dans les toilettes, mais Hákon apprécierait moyennement. Qu'est-ce qui lui a pris de me donner ça ? Il ne croit quand même pas que je vais me mettre à la drogue ?

Je me souviens alors tout à coup du soir où Hákon et moi nous sommes croisés en ville, il y a deux ou trois ans. J'avais invité le personnel d'InLook à dîner dans un restaurant du vieux centre, où nous avions beaucoup trop bu – ou peut-être était-ce juste moi. Je me rappelle avoir ensuite rallié un bar karaoké avec quelques invités et y avoir chanté *All by Myself* en tenant à la main un cocktail rouge qui s'est renversé sur mon chemisier blanc, une scène digne de Bridget Jones. J'avais probablement l'air aussi débraillée et triste qu'elle.

Hákon Ingimar est passé devant l'établissement alors que je fumais une cigarette dans la rue et je l'ai accompagné dans un autre bar dont la clientèle était terriblement jeune, la musique affreusement forte et la foule si dense que je pouvais à peine bouger. Pour couronner le tout (je ne peux m'empêcher de grimacer en y repensant), je me suis enfermée dans les toilettes avec lui et, lorsqu'il a sorti un petit sachet identique à celui posé devant moi, j'en ai aspiré le contenu par le nez, sans réfléchir. Sans me demander une seule seconde si c'était bien sérieux.

Pathétique, c'est le mot qui me vient à l'esprit. Je suis pathétique.

M'emparant du sachet, je l'enfonce dans mon sac à main avant de me déshabiller et de me glisser sous la douche, dont le large pommeau est accroché au plafond. Fermant les yeux, je lève la tête et laisse le puissant jet d'eau chaude me marteler le visage.

Malgré le bruit, j'entends qu'on frappe à la porte et coupe le robinet.

– Quoi ?
– Je descends, me dit Gestur.
– OK.

La porte de la chambre claque et je m'extirpe de la douche. Nouant une serviette autour de moi, je sors de la salle de bains.

Les rideaux sont encore ouverts, mais on ne voit rien dehors à cause des reflets sur la fenêtre. J'attrape mon téléphone, baisse rapidement l'intensité de la lumière grâce à l'application, puis je m'approche de la vitre et l'effleure du bout des doigts. Au loin, je distingue une minuscule lueur, un point orange qui bouge. Une cigarette ?

Je m'approche encore, mais aussitôt la lueur disparaît. Impossible de déterminer à quelle distance elle se trouvait. Les ténèbres sont si épaisses que je ne vois absolument rien, même si j'ai baissé la lumière dans la chambre.

*Mais n'importe qui a pu me voir.*

Je tire les rideaux, tenant fermement la serviette dans ma main, et décide de m'habiller dans la salle de bains. J'enfile un pantalon noir à coupe étroite et taille haute, des talons aiguilles et un tee-shirt moulant et ample exactement là où il faut. Il a coûté presque le même prix que mes chaussures, ce que beaucoup de gens considéreraient comme indécent pour ce type de vêtement.

Je l'ai acheté à Paris il y a quelques années, à l'époque où Gestur et moi nous offrions régulièrement des week-ends à l'étranger. Lorsque Lea et Ari étaient petits, nous vivions pour ces escapades. Nous adorions plus que tout les soirées où nous fuyions nos responsabilités, le désordre et les jérémiades pour passer du temps rien que tous les deux. Nous sortions dans des clubs et, enfermés dans notre bulle, nous n'avions d'yeux que pour l'autre. Après cela, nous allions à l'hôtel et faisions l'amour pendant des heures. Cette époque me manque. Aujourd'hui, on ne fait presque plus rien ensemble. Je bois à la maison et Gestur sort avec ses amis. Je me rends soudain compte que cela faisait longtemps que je n'avais pas pensé à nos bonnes années.

Mon téléphone sonne. C'est Maman.

– Tu descends, Petra ? Tout le monde est assis, qu'est-ce que tu attends ?

Je lui dis que j'arrive dans une minute, puis je finis de me maquiller. Après avoir aspergé mes poignets de parfum, je les frotte derrière mes oreilles. Je n'arrête pas de jeter des coups d'œil à mon sac, resté à côté du lavabo. La perspective de passer un week-end entier au même endroit que Steffý me submerge.

Cela dit, je ne peux pas lui reprocher mon malaise – en tout cas pas sans ressentir un mélange de culpabilité et d'angoisse. En vérité, ma mauvaise conscience me poursuit tous les jours, mais en présence de Steffý, elle devient presque insupportable.

Porter un secret n'est pas de tout repos. Depuis des années, ce fardeau m'empoisonne, affectant ma relation avec ma famille et mes amis. Je ne peux jamais être moi-même, parce que j'estime ne pas mériter le bonheur après ce que j'ai fait.

# Irma
## Employée de l'hôtel

– Vous servez les entrées ensemble ou séparément ?

Haraldur me pose cette question comme s'il s'agissait d'une affaire capitale. À côté de lui, sa femme Ester discute avec sa belle-sœur.

– Nous les servons ensemble, dis-je, avant d'ajouter qu'il n'y en aura que deux : carpaccio de bœuf et crevettes tigrées.

– Formidable. Je crois qu'il vaut mieux faire le discours pendant l'entrée.

J'ai l'impression qu'il prononce cette phrase surtout pour lui-même, néanmoins je réponds :

– Bonne idée. Je vais m'assurer que le plat principal n'arrive pas trop vite.

– Parfait, conclut-il avant de s'éloigner sans plus de considération à mon égard.

À vrai dire, il ne m'a pas regardée dans les yeux une seule fois au cours de ce bref échange. J'ai remarqué qu'il ne le faisait jamais. Il vous regarde sans vous regarder, comme s'il ne vous voyait pas vraiment. Haraldur est le genre d'homme qui ne voit que mes vêtements et la position que j'occupe, pas qui je suis en réalité. Ça, il s'en fiche.

Observant la salle à présent bondée, je me dis que peu d'entre eux seraient capables de dire mon prénom sans jeter un coup d'œil au badge accroché à ma poitrine.

– Irma, m'interpelle Edda en me faisant signe d'approcher. Tu peux placer les corbeilles à pain sur les tables maintenant.

– Je m'en charge.

Je rejoins la cuisine où les corbeilles en question m'attendent, accompagnées de leurs petits plateaux en pierre volcanique accueillant chacun une portion de beurre battu.

– N'oublie pas de sourire, murmure Arne, l'un des serveurs de l'hôtel.

– Oh, la ferme, dis-je en lui tirant la langue.

Il m'a souvent vue me masser les joues alors que je craignais que ce satané sourire reste figé sur mon visage après des soirées de travail animées – et nul doute que cette réception entrera dans la même catégorie. La fête durera jusque tard dans la nuit, les convives vont boire plus que de raison et tenir des propos qu'ils regretteront sûrement.

Après avoir disposé les corbeilles à pain et le beurre et pris un nombre incalculable de commandes pour le bar malgré les bouteilles de vin à disposition sur chaque table, je me réfugie dans un coin sombre d'où je peux les observer.

C'est une famille bruyante. Ils ne cessent de se couper la parole, rient fort et ne savent pas s'exprimer sans crier. J'ai toujours voulu faire partie d'une grande famille, bien que je ne l'aie jamais dit à Maman. Surtout les jours de fête, à Noël ou à Pâques, ou pendant les vacances d'été. Il m'est arrivé de demander un petit frère ou une petite sœur à Maman, mais elle me répondait qu'il lui fallait un homme avant de pouvoir songer à faire d'autres enfants.

Je ne comprenais pas pourquoi. Elle m'avait eue toute

seule, même si je savais pertinemment qu'elle avait bien dû avoir besoin de quelqu'un au début.

Les membres de cette famille ont de la chance, ils appartiennent à un tout. Mais je me demande s'ils se rendent compte de cette chance. S'ils réfléchissent parfois au fait que d'autres personnes sont assez seules dans ce monde. Qu'eux-mêmes appartiennent à une minorité, un petit groupe privilégié devant lequel toutes les portes s'ouvrent.

Je doute que ces pensées leur traversent l'esprit.

Lorsque la maladie de Maman s'est aggravée, j'ai longtemps été seule. J'ai sombré assez profondément, j'avais la sensation que la vie ne valait pas la peine d'être vécue. Puis j'ai vu la lumière, si je peux le formuler ainsi, et j'ai trouvé une raison de vivre.

Pour la première fois, j'ai enfin l'impression d'avoir un but.

## Petra Snæberg


Les tables ont été disposées de sorte à former quatre longues rangées. La place libre à côté de Gestur m'est sans doute destinée. Balayant la salle du regard, je vois que Steffý est à la table la plus éloignée, à côté de Viktor.

– Tu l'as avec toi ?

Je sursaute lorsque Hákon me murmure à l'oreille.

– Pas ici, dis-je à voix basse en lui faisant signe de me suivre dans le hall.

Attrapant le sachet dans mon sac à main, je le lui tends aussi discrètement que possible.

Hákon rit de mon embarras.

– Tu as peur que la police se pointe ou quoi ?

– Il y a pire que la police, je lui siffle.

– Tu en as pris ?

– Non, certainement pas.

Il arbore un sourire ironique suggérant qu'il ne me croit pas.

– Sérieusement, Hákon, je...

– Du calme, fait-il en posant les mains sur mes épaules. Détends-toi. Il n'y a pas de problème.

Je le regarde droit dans les yeux, il a l'air de plus en plus amusé. Et lorsque je me mets à sourire malgré moi, il éclate de rire.

– Tu es insupportable, Hákon. Vraiment insupportable.

– Tu n'as pas idée…

Il esquisse un geste en direction des toilettes avec un clin d'œil. Je n'ai pas besoin de lui demander ce qu'il compte y faire.

Retournant dans le restaurant, je m'assieds entre Gestur et Maman. Affamée, je constate avec soulagement qu'on a apporté des corbeilles de pain avec du beurre battu. Alors que je m'apprête à attraper un deuxième morceau, je croise le regard sévère de Maman et m'arrête.

Durant toute mon enfance, elle a essayé de contrôler mes habitudes alimentaires, s'assurant que je ne mangeais pas plus que de raison. J'imagine qu'elle a du mal à perdre ce réflexe. À sa décharge, j'étais une enfant plutôt grassouillette, je mangeais autant que les adultes. Maman cachait les sucreries, mais je finissais toujours par les dénicher. Aujourd'hui, mon poids n'est plus un problème. J'ai commencé à en perdre dès l'âge de dix-sept ans et durant une période, j'étais si maigre que Maman m'a envoyée chez un médecin. Rien ne portait à croire que je souffrais d'anorexie, mais selon lui, plusieurs indices suggéraient que j'avais subi un traumatisme. Maman disait n'avoir jamais entendu pareille sottise.

Un bruit soudain attire mon attention. Je me retourne d'un geste vif et vois Oddný étalée par terre, comme si elle était tombée de sa chaise. Elle grogne, jure et rit. Tryggvi s'empresse de la relever.

Un sourire crispé aux lèvres, Maman ne semble pas amusée.

– Qu'est-ce qu'on va faire de la sœur de ton père ? me murmure-t-elle pendant qu'elle beurre une tranche de pain. Ça ne peut plus durer.

– Est-ce qu'elle ne devrait pas aller en cure de désintoxication ?

– En cure de désintoxication ?

Maman laisse échapper un grognement de mépris. Pour elle, ce genre de traitement n'est pas fait pour des gens comme nous. Sans pouvoir l'affirmer avec certitude, j'ai toujours eu la sensation qu'elle voyait le monde en noir et blanc. Nous d'un côté, et puis les autres. Nous qui ne montrons jamais le moindre signe de faiblesse, qui maîtrisons nos émotions, qui sommes toujours forts, qui nous comportons dignement. Et les autres, trop faibles pour en être capables.

Cela ne l'empêche pas d'être polie et agréable avec tout le monde. Elle n'a jamais fait preuve d'arrogance envers qui que ce soit, bien au contraire. Mais il y a ce petit quelque chose, que je ne peux pas tout à fait m'expliquer, qui me donne l'impression que Maman a toujours fait une différence entre nous et le reste du monde.

– Il n'y a aucun mal à suivre un traitement, Maman, dis-je. Peut-être que ça lui ferait du bien.

– Oh, ce n'est pas ça...

– Ça quoi ?

Maman boit une gorgée de vin blanc.

– Elle traverse une crise et a décidé de n'en faire qu'à sa tête, c'est tout. Elle n'est pas contente depuis que Halli et Ingvar ont abordé... abordé le sujet.

– Quel sujet ?

– Tu sais bien.

Maman ajuste la position de son verre sur la table. Et je comprends de quoi elle parle.

– Je n'arrive toujours pas à croire qu'ils l'aient vraiment fait..., dis-je.

Papa évoquait depuis longtemps la possibilité de racheter avec son frère les parts d'Oddný, mais pour moi, c'étaient des paroles en l'air.

Maman soupire.

– Ils se disaient que ce serait plus facile pour elle, c'est tout. Elle a bien assez à penser comme ça avec Hákon et ses propres problèmes.

– Mais Maman…

Elle pince les lèvres.

– Et cet homme qu'elle fréquente…

– Tryggvi ?

– Oui, soupire Maman, comme si ce simple prénom la rendait malade, avant de se pencher vers moi et d'ajouter à voix basse : Oddný nous a récemment confié qu'ils comptaient se marier. Tu peux le croire ?

– Et alors ?

– Et alors, ma belle-sœur n'a jamais été très réputée pour son bon sens, rétorque Maman. Je crains juste qu'elle agisse dans la précipitation. Qu'elle fasse quelque chose qu'elle regrettera plus tard et qui aura… eh bien, des conséquences.

J'ai envie de lui répliquer que c'est pour l'argent des Snæberg qu'elle a peur, pas pour Oddný, mais je me tais. Jetant un œil par-dessus mon épaule, je vois Tryggvi tenir la main de ma tante sous la table. Elle semble s'être calmée, mais continue de boire à un rythme soutenu. Devant l'assiette de Tryggvi, il n'y a qu'une bouteille de Coca, pas d'alcool.

Il n'a sans doute jamais rien fait pour mériter l'hostilité de ma mère. J'imagine qu'elle a simplement posé son regard sur lui et décidé qu'il appartenait aux *autres*, pas à *nous*. Je peux en partie comprendre. Il s'habille comme un Texan, avec des chemises à carreaux et des bottes de cow-boy, il a les cheveux longs et hirsutes. Mais j'ai toujours eu des échanges agréables avec lui et je vois comme il prend soin d'Oddný. Il me semble parfaitement inoffensif.

On dirait que Maman devine ce que je pense, car elle se penche de nouveau vers moi pour me murmurer :

– Oddný ne va pas bien. Depuis longtemps. Et il y a des hommes qui veulent en profiter.

Elle est si près de moi que je vois son rouge à lèvres déborder sur les fines ridules autour de sa bouche. Elle reprend sa place et son verre de vin, ses lèvres formant un sourire en totale contradiction avec le sujet de notre conversation.

– Nous devons protéger ce qui nous appartient, Petra. Nous entourer de gens en qui nous pouvons avoir confiance, tu comprends ?

Je comprends, même si je n'en ai pas envie.

Nous sommes interrompues par le tintement d'un objet métallique contre du verre.

Debout au milieu de la pièce, mon oncle Ingvar réclame le silence.

– Chère famille, chers amis.

Je vais avoir besoin de quelque chose de plus fort que le vin. De bien plus fort, si je veux survivre à cette soirée.

# Tryggvi

Les voix gagnent en puissance à mesure que les verres se multiplient. Je plains les pauvres serveurs qui courent d'une table à l'autre pour prendre les commandes. Maintenant que le repas est terminé, les gens ont commencé à se mélanger, et les frères d'Oddný et leurs femmes sont venus s'installer avec nous.

– Ton atelier te donne assez de travail ? me demande Ingvar, feignant l'intérêt.

– Ça va. En général, je ne m'ennuie pas l'hiver.

Son regard cherche ailleurs pendant que je parle. Aucun membre de la famille ne se préoccupe de mon activité, mais ils me posent toujours des questions, par politesse. Comme s'ils étaient incapables de trouver un autre sujet de conversation que le travail.

– Je vois.

Ester me sourit aimablement avant de boire une gorgée de champagne, laissant une marque de rouge à lèvres sur son verre. Nous n'avons pas grand-chose à nous dire. Je crois pouvoir affirmer sans me tromper qu'elle n'a jamais mis les pieds chez un menuisier. Je ne veux pas enfermer les gens dans des catégories, mais il est clair que nous appartenons à deux classes très différentes de la société. Nous n'avons pas la même expérience ni la même vision du monde.

– On a eu un accrochage l'autre jour, intervient Haraldur après quelques secondes de silence. Je voulais m'arrêter à un feu rouge et puis, Dieu sait comment, la voiture a percuté celle de devant. C'est notre pare-chocs qui a tout pris, mais l'autre bagnole a été sacrément amochée. Une Yaris. Un vrai tas de ferraille.

Je suis à peu près certain qu'il a oublié que je suis menuisier, pas garagiste. Pour lui, il n'y a peut-être pas vraiment de différence. Après tout, ce sont deux métiers manuels. M'abstenant de le corriger, je renchéris avec un commentaire sur les petites voitures. Haraldur rit, et la page est tournée. La conversation peut revenir aux gens qu'ils connaissent, aux amis et aux associés en affaires.

Dans cette famille, il n'y a pas d'artisans. Chaque jour, ils enfilent une chemise et un costume, pas un bleu de travail et un gilet. Ils rentrent le soir aussi propres et élégants qu'ils sont partis le matin, pas couverts de sciure et de taches de peinture avec une odeur d'huile dans les narines.

– Comment se porte l'entreprise ? je demande à Ingvar.

– Très bien. C'est une…, répond-il avant d'hésiter. Une période plutôt bonne. Il y a ce qu'il faut de poissons dans la mer, et quand c'est comme ça, on est contents, pas vrai ?

– Si, si.

Ingvar se tourne vers son frère Haraldur et lui dit quelque chose.

Depuis le tout premier dîner, les conversations avec la famille d'Oddný m'ont semblé trop formelles, trop polies pour être sincères. Au début, je pensais que c'était parce que j'étais le nouveau venu, mais j'ai fini par comprendre qu'ils n'abordent certains sujets que lorsqu'ils sont entre eux.

J'ai souvent la sensation qu'ils me soupçonnent de chercher à profiter de leur situation, que c'est la seule raison pour laquelle je me suis mis en couple avec Oddný. Rien ne pourrait être moins vrai. Pour être honnête, je me fiche de l'argent, et ce depuis toujours. J'aime voir le fruit de mon propre travail et je ne tirerais aucun plaisir à n'être que le maillon d'une grande chaîne au profit d'une boîte quelconque. C'est pourquoi je me suis débrouillé pour rester indépendant durant la majeure partie de ma vie. Et je vis plutôt correctement de mon travail de menuisier, même s'il ne me permettra jamais d'être riche.

Selon moi, l'argent crée plus de problèmes qu'il n'en règle. J'essaie de ne le voir que comme un moyen d'acheter le strict nécessaire. J'ai tout de même réussi à accumuler une belle somme sur mon compte ces dernières années. L'atelier tourne bien, je suis toujours occupé et je dépense peu.

Malheureusement, Oddný s'est montrée assez négligente avec son argent au fil du temps. Voilà pourquoi je n'aime pas l'idée qu'elle vende sa part de l'entreprise, comme ses frères essaient visiblement de l'en convaincre. Je me demande quand elle compte m'en parler – si elle le fait, d'ailleurs. Oddný déteste parler d'argent, sûrement parce qu'elle n'a jamais eu besoin de s'en préoccuper.

– Allons danser ! me lance-t-elle lorsque la musique démarre.

Et nous dansons. Je la fais tournoyer, je la prends dans mes bras, la serre fort contre moi. Respire son doux parfum.

On est heureux, Oddný et moi, quoi que sa famille en pense.

# Lea Snæberg

Harpa est assise face à moi, à table. À intervalles réguliers, je la vois boire une gorgée dans le verre de son père. Soit il prétend ne rien remarquer, soit il s'en fiche – elle m'a dit que ça ne lui posait pas de problème. Que parfois, il achetait même de l'alcool pour elle.

Ce n'est sans doute pas si étonnant. Elle a bientôt dix-huit ans, la plupart des jeunes de son âge ont commencé à boire.

La vodka qu'elle m'a servie tout à l'heure semble avoir quitté mon corps. En tout cas, elle ne me fait presque plus d'effet. En retournant me préparer dans ma chambre, j'ai eu l'impression de sentir quelque chose, mais à présent, je me demande si ce n'était pas juste mon imagination. Peut-être que c'est l'excitation qui m'a tourné la tête.

Une vieille chanson islandaise passe et beaucoup se sont levés pour danser. Papa est parti, je ne le vois nulle part, et Maman est accoudée au bar avec Hákon.

– À qui tu penses ?

Harpa est venue s'asseoir à côté de moi. Un verre à la main, elle me dit de boire ; j'en déduis que ce n'est pas du soda. J'avale une petite gorgée pour lui faire plaisir, parce que j'essaie toujours de faire plaisir aux autres. À la seconde où cette pensée me traverse la tête, je me rends compte à quel point elle est vraie. Depuis des années, j'essaie de contenter tout le monde. Je travaille dur à l'école pour plaire aux profs, je fais tout ce que mes amies attendent de moi, dis tout ce qu'elles veulent entendre – qu'elles sont canon, que leurs vêtements leur vont bien, que tel ou tel garçon est sûrement amoureux d'elles.

Depuis quand n'ai-je pas fait quelque chose juste pour moi ? Sérieusement, quelle est la dernière fois où j'ai essayé de me faire plaisir à moi ?

– À personne, dis-je.
– Birgir ?
– Oui.
– Tu sais, répond Harpa en poussant le verre dans ma direction, je crois que tu devrais envisager les choses comme ça : s'il s'intéresse à toi, il te contactera. Si ce n'est pas le cas, on s'en fout. Il y a des milliards d'autres garçons, tu vois ? Pourquoi rester accrochée à un seul d'entre eux ?

– Oui, peut-être.

J'ai envie de lui rétorquer qu'elle a sans doute raison, mais qu'aucun ne fait le poids face à Birgir. La plupart des garçons que je connais sont puérils et égoïstes.

Le dernier avec qui je suis sortie m'a invitée chez lui et, pendant qu'on regardait un film assis sur son canapé, il a posé sa main moite sur ma cuisse. Chaque fois qu'il bougeait, il en profitait pour monter un peu plus. J'avais l'impression d'avoir un ver gluant sur moi. Je me suis levée avant la fin du film et je suis rentrée à la maison.

– Allons danser, me dit Harpa en m'attrapant le bras.

J'essaie de résister, mais elle n'abandonne pas.

Cela ne ressemble en rien aux bals auxquels j'ai assisté. Ici, on ne passe que de la musique islandaise, et j'ai l'impression de débarquer dans une réalité parallèle tandis que je regarde mes proches se déhancher autour de moi. C'est un peu bizarre de voir mes grands-parents danser ensemble.

Harpa et moi sautons comme des idiotes, on se fait des grimaces et on chante sur des chansons qu'on connaît à peine. Elle me tend un nouveau verre contenant une sorte de cocktail, et je me demande où elle l'a pris.

Soudain, quelqu'un m'attrape par-derrière. Une main sur ma hanche, l'autre dans ma main, on me fait tourner. Je ris, m'attendant à découvrir le visage de Papa, puis j'ai un mouvement de recul lorsque je me retrouve face à Hákon Ingimar.

Il ne dit rien, se contente de sourire en me faisant aller d'avant en arrière. Je sens son odeur lourde et forte et je ferme les yeux. Prise d'un vertige, je vacille sur mes jambes.

– Quoi, t'es pas contente de me voir ? me murmure-t-il à l'oreille.

Je déglutis, ouvre la bouche pour lui répondre, mais ma gorge se serre et je ne parviens pas à prononcer un mot. C'est autre chose qui veut s'échapper.

Sentant mon estomac se retourner, je me libère de son étreinte, m'enfuis en courant et ne m'arrête pas avant d'avoir atteint les toilettes.

# Petra Snæberg

– Je crois que ça suffit maintenant, Petra, murmure Gestur à mon oreille, tandis que je suis assise à table avec deux verres à shot devant moi.

Il saisit mon bras, que je ramène à moi d'un geste brusque.

– Tu te fous de moi, Gestur ?

Il agit comme si j'étais ivre morte, ce que je ne suis pas. Pas plus que lui.

– Tu devrais aller dormir, insiste-t-il avec calme.
– Très bien. Parfait.

Je m'éloigne à pas rapides. Quelque chose tombe derrière moi, mais je ne tourne pas la tête. Je ne veux pas croiser le regard choqué de mon mari, ni celui de ma mère.

Au lieu de monter, je m'installe dans le bar, au coin de la cheminée où le feu brûle encore, et je contemple les flammes. Je me sens soudain épuisée, le monde tourne autour de moi, la terre fait des vagues sous mes pieds, je voudrais juste que ça s'arrête. Peut-être que je suis un tout petit peu plus saoule que ce que je croyais.

– Je peux vous apporter quelque chose ? me demande la serveuse au prénom étrange, qui semble ne jamais me lâcher d'une semelle – *l'employée parfaite*, me dis-je, *invisible mais toujours disponible.*

– Un whisky. Sans glaçons.

Lorsqu'elle revient avec ma commande, j'aperçois soudain Maja, assise dans un coin reculé du salon. Le regard dans le vide, elle semble perdue dans ses pensées mais finit par sentir que je l'observe.

– Oh, salut, me lance-t-elle lorsque nos yeux se croisent. Je ne t'avais pas vue.

– Non, dis-je avec un petit rire.

D'abord hésitante, Maja se lève et me rejoint. Je prends le verre des mains de la serveuse, qui se met à essuyer les tables autour de nous. Le bar va sans doute bientôt fermer, tandis que dans le restaurant, les convives continuent de s'amuser au son de la musique islandaise, volume à fond.

– J'ai eu un petit coup de fatigue là-bas, me dit Maja.

– Moi aussi, je réponds en bâillant. Je ne vais pas tarder à aller me coucher, je pense.

– Mmh.

Baissant les yeux, elle se met à ronger ses cuticules. Assise là avec elle, je me rends compte qu'elle est probablement plus jeune que ce que je croyais.

– Tu as quel âge, Maja ?

– Vingt-deux ans, répond-elle presque timidement.

Je retiens une expression de surprise. Vingt-deux ans ! *C'est une enfant*, me dis-je. Viktor a mon âge, ce qui signifie qu'ils ont treize ans d'écart. Je me demande ce que les parents de Maja en disent.

Je me rappelle alors qu'au même âge, je partageais déjà la vie de Gestur, qui a presque dix ans de plus que moi, et Lea était née.

– Et tu viens d'où ?

J'ai l'impression d'avoir vieilli d'un coup. Maja est plus proche de l'âge de Lea que du mien.

– Innri-Njarðvík, répond-elle, en référence à une

petite ville du Sud, sur la péninsule de Reykjanes, non loin de l'aéroport international de Keflavík. J'ai toujours vécu là-bas. Enfin, jusqu'à ce que j'emménage avec Viktor il y a quelques mois. Mais mes parents y sont encore, et ma chambre n'a pas bougé, donc j'ai un pied là-bas et un autre à Reykjavík, en quelque sorte.

— Je ne savais pas que vous habitiez ensemble.
— Non.

Le regard plongé dans le feu de cheminée, Maja inspire profondément.

— Non, je... c'est tout récent.
— Et tu fais quoi, dans la vie ?

J'ai l'impression de faire subir un interrogatoire à cette pauvre fille.

— J'étudie à l'université pour devenir assistante sociale. Je voudrais postuler auprès de la protection de l'enfance, ou quelque chose comme ça. Ou peut-être dans un centre d'accueil pour adolescents.
— Waouh. J'ai toujours admiré les gens qui avaient ce genre de métier. Ça doit être terriblement difficile.

Le visage de Maja s'éclaire.

— Oui. Difficile mais gratifiant. Je... j'ai une petite sœur pour qui mes parents ont été famille d'accueil avant de l'adopter définitivement. Depuis, j'ai toujours eu envie d'aider les enfants dans la même situation.

Je hoche la tête. J'ai l'impression que Maja veut ajouter quelque chose, mais qu'elle a du mal.

— Lóa, ma petite sœur, elle... Elle avait cinq ans quand elle est arrivée et... et elle avait toutes ces marques sur les bras. Des ecchymoses et...

Elle ferme les yeux un instant.

— Bref, reprend-elle. Tu devrais la voir maintenant. Elle a dix ans, et ce n'est plus du tout la même enfant.

— C'est formidable, que vous ayez pu lui donner une meilleure vie, dis-je, une boule dans la gorge.

— Oui, acquiesce Maja avec un sourire. Tout ça pour dire que c'est le travail vers lequel je veux me diriger.

— Il te reste beaucoup d'années à étudier ?

— Non, mais...

Elle soupire.

— Mais je vais sûrement devoir faire une pause.

— Ah bon ?

Elle jette un coup d'œil autour d'elle, puis se penche et me murmure :

— Je suis enceinte.

Mon cœur fait un bond dans ma poitrine.

— Vraiment ? Viktor le sait ?

— Non, pas encore. Je ne sais pas comment lui annoncer. Ce n'était pas du tout prévu, je n'en ai parlé qu'à mon autre sœur, Líf.

— Il sera sûrement très heureux.

Je pense à Elín, sa mère, qui se plaint depuis des années de ne toujours pas être grand-mère – Harpa n'est sa petite-fille que par alliance, et elle ne la voit presque jamais. Oui, elle, elle sera très heureuse. Mais Viktor ?

— Oui. Oui, sûrement, répond Maja, l'air dubitatif, avant de passer mécaniquement la main sur son ventre et de se lever. Bon, je ferais mieux d'aller me coucher.

— Bonne nuit.

— Au fait...

Maja piétine un instant.

— Je voulais te poser une petite question au sujet de Viktor.

— Oui ?

— Tu crois que... Est-ce qu'il a déjà...

Elle baisse les yeux et masse nerveusement l'un de ses poignets.
– Non, laisse tomber, finit-elle par dire.
– Tu es sûre ?
Elle hésite.
– Je peux peut-être te parler demain ?
– Bien sûr.
– OK, répond-elle avec un sourire. Bonne nuit, alors.
Je la regarde s'éloigner et disparaître à l'angle, puis j'ouvre mon sac. J'y trouve un somnifère que j'avale avec le reste de mon whisky.

## Sævar
Inspecteur au commissariat d'Akranes

***Maintenant***
***Dimanche 5 novembre 2017***

Regardant par la fenêtre de la salle de pause, Sævar essayait de concentrer son attention sur l'âpre roche noire couverte de lichen et sur le corbeau qui décrivait des cercles au-dessus du champ de lave. Il s'efforçait de ne pas repenser au visage de l'homme en deuil. Observer ce corps sans vie plus tôt dans la journée représentait déjà une épreuve, mais voir le monde de quelqu'un s'effondrer ainsi était bien pire. Sævar savait que l'expression de l'homme à l'instant où il avait compris ce qui s'était passé resterait longtemps gravée dans sa mémoire.

– Comme s'est déroulé le week-end ? demanda Hördur.

– Très bien, répondit Edda. Nos clients ont fait la fête toute la nuit les deux soirs, je crois que les derniers couchés ont dû monter vers quatre heures. Le bar était évidemment fermé depuis longtemps, mais nous leur avons permis de rester dans la salle – il n'y avait pas d'autres clients dans l'hôtel qu'ils auraient pu perturber. Ils avaient réservé toutes les chambres, j'estimais n'avoir rien à dire.

– Je vois, acquiesça Hördur.

– Et pour ce qui est de l'ambiance hier soir ? Vous pourriez nous en dire un peu plus ? interrogea Sævar.

Lorsqu'il était petit, les réunions de famille avaient lieu en pleine nature, on dormait dans des tentes et on grillait de la viande au barbecue. Il se rappelait ses proches vêtus de pulls en laine islandaise, buvant au goulot d'une flasque qu'ils se faisaient passer. Autorisé à veiller tard, il observait avec fascination ces joyeux drilles qui chantaient et jouaient de la guitare au coin du feu jusqu'à l'aube. *L'ambiance ne devait pas tout à fait être la même ici*, songea-t-il. Il avait du mal à imaginer que les clients d'un hôtel aussi luxueux se passent des flasques de main en main et boivent au goulot. On trinquait plus probablement au champagne, en robe de soirée ou en chemise et cravate.

– L'ambiance était bonne, se contenta de répondre Edda.

– Beaucoup d'alcool ? insista Sævar.

– Assurément. Comme souvent, dans ce genre de rassemblement.

La voyant remuer sur son siège, Sævar se demanda s'il régnait la même confidentialité entre un hôtelier et ses clients qu'entre un médecin et ses patients. Il doutait qu'une loi comparable à celle sur le secret médical s'applique ici, néanmoins Edda semblait avoir du mal à parler de ses clients.

– À vrai dire..., reprit-elle. À vrai dire, ils ont beaucoup bu tout le week-end.

– Ah ? fit Hördur.

Edda saisit de nouveau son collier et le fit glisser entre ses doigts.

– Oui. Cela n'a sans doute rien de surprenant, mais c'était plus que ce à quoi je m'attendais. Nous avons presque épuisé notre stock au sous-sol, ce qui ne nous est jamais arrivé.

– Et avez-vous été témoin d'un ou plusieurs incidents ?

– Que voulez-vous dire ?

– Je veux parler de disputes. De tensions, de confrontations.

– Non, je ne me rappelle rien de tel. Du moins pas avant... pas avant ce qui s'est passé la nuit dernière.

Lâchant son collier, Edda croisa les mains sur la table.

– Enfin... à vrai dire, il y a bien eu quelque chose hier. Une jeune fille s'est présentée à l'accueil, elle cherchait sa sœur. Elle semblait beaucoup s'inquiéter pour elle et nous avait téléphoné plus tôt dans la journée. Elle s'appelait Maja – sa sœur, la fille qu'elle cherchait, je veux dire.

– María Sif ?

– C'est bien ça, confirma Edda.

Sævar et Hördur échangèrent un regard. Ils connaissaient tous les deux ce nom.

# Tryggvi

***Deux jours plus tôt***
***Vendredi 3 novembre 2017***

Haraldur pose deux verres sur la table et m'assène une tape dans le dos.
— Les hommes comme toi ne sont pas reconnus à leur juste valeur dans la société. J'ai toujours admiré les gens capables de travailler avec leurs mains. De créer quelque chose.

Hochant la tête, je me contente de marmonner. Lorsqu'on commence à me parler de la sorte, je préfère aller me coucher.
— Tu étais marié, pas vrai ? poursuit Haraldur.
— Oui. Pendant quinze ans.
— Oui, oui. Mais pas d'enfants ?
— Elle en avait déjà un.
— Et vous n'en avez pas eu ensemble ?
— Non.

Nanna et moi avons bien essayé, mais ça n'a jamais marché. Nous avons subi toutes sortes de tests, les médecins ne trouvaient rien d'anormal. Tout allait bien, nous affirmaient-ils. Pourtant, rien n'y faisait.
— Et il n'y a aucun mal à ça, reprend Haraldur. Aucun

mal à ne pas se lancer là-dedans si on n'a pas envie. Être sans enfant, ça a sans doute ses avantages.

Je pourrais lui rétorquer que ce n'était pas du tout comme ça. Lui dire que je ne me suis jamais vu comme « sans enfant ». Car Nanna et moi avions bien un enfant. Mais je n'ai aucune envie de lui expliquer notre situation.

– Ester a toujours voulu en avoir d'autres, dit Haraldur.

Autour de nous, les gens continuent de parler, mais quelqu'un a baissé le volume de la musique. Sûrement le personnel de l'hôtel qui essaie de mettre fin à la fête.

– Je lui ai dit non. Deux, c'est bien assez.

– On doit être reconnaissant pour ce qu'on a.

– Ouais, ouais, fait Haraldur en haussant les épaules. Mais Ester n'était pas d'accord. Elle m'a fait une de ces crises quand j'ai... quand j'ai demandé au médecin de sortir ses ciseaux et de me couper le fil.

– Ah, je vois...

– Ouais, bredouille Haraldur, penchant dangereusement vers moi. Je croyais bien que ce serait la fin de mon mariage, elle était hors d'elle, la patronne.

– Mais ça a fini par s'arranger.

– Hein ?

Il se redresse. Regardant le mur derrière moi, il semble perdu dans son monde.

– Oui, j'ai pris un paquet de décisions stupides à une époque. Mais c'est comme ça, on ne peut pas toujours être intelligent.

– Non, non.

Je n'ai rien d'autre à ajouter. De toute façon, je n'ai pas l'impression que Haraldur s'intéresse à mon point de vue.

– Oui, reprend-il, lâchant un petit rire avant de boire une gorgée de son verre. J'en ai fait, des conneries.

– Comme quoi ?
– Bah... ça reste entre nous, mais disons que je n'ai peut-être pas toujours pensé aux conséquences. J'avais beaucoup de pression sur les épaules à l'époque, et Ester était toujours énervée, et...

Se massant le menton, il grimace légèrement.

Je l'observe, essayant de deviner ce qu'il essaie de dire.

– Enfin... Rien que l'argent ne puisse pas arranger, ajoute-t-il avant de boire une généreuse gorgée.

Oddný apparaît à mes côtés avant que j'aie eu le temps de répondre.

– Bon, Tryggvi. On ferait bien d'aller se coucher.

Je ne me fais pas prier, et nous saluons les autres. Endormie à la seconde où sa tête touche l'oreiller, Oddný émet bientôt de discrets ronflements.

Moi, je reste assis un moment à contempler les ténèbres dehors. Ma conversation avec Haraldur a réveillé de vieux souvenirs. Sur Nanna et notre vie commune. Je me demande rarement ce qu'il aurait pu advenir, mais cette fois, je laisse mon esprit vagabonder.

Soudain, un cri me tire de mes pensées.

Je me lève d'un bond et regarde autour de moi. D'où venait-il ?

Par la fenêtre, je ne vois rien d'autre qu'une obscurité opaque, et je suis à peu près certain que le cri ne venait pas de dehors, mais de l'intérieur de l'hôtel. Je tends l'oreille, me dirige lentement vers la porte, osant à peine respirer. Rien. Je commence à me dire que j'ai peut-être rêvé, qu'il s'agit du même cri qui me réveille parfois en sursaut la nuit, mais je l'entends à nouveau. Moins puissant, pourtant parfaitement distinct.

Un cri non pas d'horreur ni de frayeur ; un cri de colère.

# Petra Snæberg

Après avoir avalé le comprimé, je prends mon sac à main et me lève. Le sol semble faire des vagues, je rentre dans une chaise et manque de tomber avant de retrouver heureusement l'équilibre. Je m'abstiens de regarder autour de moi pour voir si quelqu'un a assisté à la scène.

– Ari, dis-je en apercevant mon fils assis sur un canapé du hall, le nez plongé dans son téléphone. Tu ne devrais pas être dans ta chambre ? Il est si tard !

– Si, j'y vais.

– Gentil garçon.

Je me penche en titubant et l'embrasse sur le crâne.

Arrivée à l'étage, je sors mon téléphone et ouvre la porte de la chambre grâce à l'application.

Accueillie par un courant d'air glacial, j'ai le souffle coupé. Je passe la main sur le mur à la recherche d'un interrupteur avant de me souvenir que la lumière se contrôle aussi sur l'application. Si l'idée me paraissait brillante au début, ça commence à m'agacer sérieusement.

Lorsque je parviens enfin à allumer, je vois que la fenêtre est grande ouverte et que les rideaux battent dans le vent. Une petite flaque s'est accumulée par terre. Je m'empresse de refermer et attrape une serviette que j'étale sur le sol.

La météo s'est dégradée. Le vent siffle et la pluie s'abat sur les vitres comme si elle essayait de pénétrer à l'intérieur.

Je me déshabille, jette mes vêtements sur le dossier du fauteuil et me brosse les dents à une vitesse record. Me sentant sale, j'allume la douche. Compte dans ma tête le nombre de minutes écoulées depuis que j'ai pris le somnifère. Si je me dépêche, je devrais pouvoir être au lit avant qu'il ne fasse effet.

Le jet est puissant et l'eau chaude, mais j'accrois encore la température. Ma peau me brûle presque et le souvenir de cette soirée disparaît dans le siphon. Le regard de Maman, le sourire de Steffý et la déception sur le visage de Gestur. Je me sens instantanément un peu mieux.

J'entends soudain un bruit à travers l'écoulement de l'eau, comme si la porte de la chambre venait de claquer. Sûrement Gestur qui est monté.

Je coupe l'eau, essore mes cheveux. Prise d'un vertige alors que je sors de la douche, je me penche en avant et mets un petit temps avant de me ressaisir. L'eau brûlante, l'alcool et le somnifère ne font probablement pas bon ménage. Je tends l'oreille mais ne parviens pas à discerner ce que Gestur peut bien faire. Je l'imagine assis sur le lit à m'attendre. Peut-être veut-il me parler de mon comportement. De mon état.

C'est généralement lui qui veut parler des problèmes dans notre couple, qui veut toujours aller au fond des choses – comment je me sens, pourquoi ? Il croit que cela m'aide d'en discuter, mais il ne sait pas qu'il ne fait qu'empirer la situation. Ces conversations m'obligent à mentir, et chaque mot élargit le fossé entre nous.

J'ouvre le robinet d'eau froide et je bois. Essuyant la buée sur le miroir, je sursaute face à mon reflet.

Le mascara a coulé sur mes joues à cause de la douche, ce qui me fait ressembler à un personnage de film d'horreur. Après avoir nettoyé mon visage, j'ai meilleure mine, mais vraiment pas beaucoup. J'ai toujours le regard terne, et je sens les effets du somnifère augmenter à chaque minute. Il faut que je me mette au lit sans tarder.

La chambre est plongée dans les ténèbres, et je n'obtiens aucune réponse lorsque j'appelle Gestur.

Il n'est pas là. La lumière semble s'être éteinte toute seule, et je tâtonne pour me rapprocher du lit, où je sais que j'ai laissé mon téléphone.

– Gestur, je répète, la voix réduite presque à un murmure.

Bien que je sache pertinemment que je suis seule dans la chambre, je sens comme une présence. Je suis soudain persuadée que quelqu'un m'observe dans le noir.

N'ai-je pas entendu la porte claquer il y a quelques instants ? Était-ce mon imagination ?

Je tapote le lit jusqu'à retrouver mon téléphone. Ouvrant l'application, je rallume la lumière. Je regarde autour de moi : tout est exactement comme avant que j'aille prendre ma douche. Rien n'a bougé, la fenêtre est toujours fermée et les rideaux ne se soulèvent plus.

Je me glisse sous les couvertures avant d'éteindre la lumière. Mes paupières tombent lourdement et je sombre peu à peu dans un profond sommeil.

Je suis presque endormie lorsque la lumière se rallume d'un coup. Le plafonnier éclaire la chambre d'un faisceau si blanc et vif que je peux à peine ouvrir les yeux. Sûrement une défaillance dans le système informatique.

Je me redresse d'un bond, attrape mon téléphone et éteins la lumière. L'obscurité me semble encore plus épaisse que tout à l'heure. Dehors, pas de réverbères qui pourraient diffuser une faible lueur par la fenêtre. Je referme les yeux, mais je ne me sens plus aussi fatiguée. Mon corps est en état d'alerte. Mon cœur bat plus vite qu'il ne le devrait.

La chambre s'illumine de nouveau. Je grimace et porte la main à mes yeux.

– C'est une blague ou quoi…, dis-je à voix haute.

J'éteins avec l'application, mais cette fois la lumière se rallume aussitôt. Puis s'éteint et se rallume encore à trois reprises. Assistant impuissante à ce spectacle, je ne sais pas si je dois crier ou pleurer. Que se passe-t-il, au juste ? Demain, j'irai me plaindre à la réception. Quel intérêt d'avoir un hôtel à la pointe de la technologie si rien ne fonctionne normalement ?

L'instant d'après, la lampe de chevet émet un brusque claquement, suivi d'un bourdonnement, et je me retrouve plongée dans le noir. Je fixe un instant la lueur de l'ampoule qui pâlit jusqu'à s'éteindre complètement. Bien que j'aime dormir dans l'obscurité, j'attrape mon téléphone et essaie de rallumer la lumière. Rien ne marche. Ni les lampes, ni le plafonnier.

Un malaise s'empare de moi à l'idée d'être prisonnière de ces ténèbres, mais bientôt je sens mes paupières s'alourdir et mes pensées s'éparpiller. Je lutte un instant, essaie de m'y raccrocher, de les rassembler, mais elles s'évaporent et disparaissent aussitôt. Je finis par m'endormir d'un profond sommeil sans rêve.

\* \* \*

Lorsque je me réveille, c'est encore la nuit, cependant la chambre est éclairée. Une lumière aveuglante provenant du plafonnier m'éblouit. Je n'ai aucune idée du temps qui a passé, de l'heure qu'il est. Gestur n'est pas à côté de moi, je suis seule.

Dehors, la pluie a cessé et le vent semble également s'être calmé. Un silence total règne dans la chambre, d'un coup interrompu par un frottement et un imperceptible bruit métallique.

La poignée de la porte.

– Gestur ? je murmure.

J'essaie de me redresser, mais mon corps refuse d'obéir. Je demeure parfaitement immobile et distingue de nouveau ce bruit, cette fois comme s'il était tout contre mon oreille. Mon cœur cogne dans ma poitrine et je me force à bouger les doigts. Après un bref instant, je parviens à extirper mes jambes de sous la couverture et à me lever. Je me dirige vers la porte pour ouvrir à Gestur. Ou peut-être pour m'échapper.

Mais je m'arrête net lorsque mes yeux se posent dessus. Tous mes nerfs se tendent et j'entends mon propre souffle, faible et rapide.

La porte est entrouverte sur le couloir.

# Lea Snæberg

Je me sens affreusement mal, ma tête est au bord de l'implosion et j'arrive à peine à tenir sur mes jambes.

Harpa m'interpelle au moment où je m'éloigne, mais je fais comme si je n'entendais rien. Une fois enfermée dans les toilettes, j'agrippe le bord du lavabo et, croisant mon reflet dans le miroir, je constate à quel point j'ai une mine effroyable. Mes yeux écarquillés sont noyés de larmes, mon visage a perdu toute couleur.

Pourtant, personne ne m'a rien dit. Aucun des adultes n'a remarqué à quel point je suis ivre.

Et d'un coup, je n'arrive plus à me retenir. Je parviens tout juste à me pencher sur la vasque avant que le contenu de mon estomac jaillisse avec une telle violence que même les contours du lavabo se retrouvent souillés. J'entends des sons, d'horribles râles, et je me rends compte qu'ils viennent de moi. C'est moi qui émets ces bruits.

Je reste un long moment debout à essayer de maîtriser mes haut-le-cœur.

Enfin, je me déplace vers l'autre lavabo et m'asperge le visage d'eau froide avant de m'essuyer avec une serviette en papier. Jetant un coup d'œil par la porte, je ne vois personne et en profite pour me précipiter vers ma chambre. Pendant que je la déverrouille avec mon téléphone, j'entends la voix de ma grand-mère se rapprocher, et mon cœur s'emballe.

Je me glisse à l'intérieur avant de refermer prudemment la porte. Heureusement, je suis seule. Ari est encore à la fête.

Dans la salle de bains, je prends le temps de bien me brosser les dents et de me laver de nouveau le visage. Je rince les traces de vomi sur mes cheveux. Impossible de me débarrasser de l'odeur, mais je suis trop fatiguée pour m'en occuper.

Lorsque je m'allonge sur mon lit, tout tourne autour de moi.

J'attrape mon téléphone et je dois cligner des paupières à plusieurs reprises pour déchiffrer le message de Birgir.

*Comment est l'hôtel ? Aussi cool que sur les photos ?*

Il me l'a envoyé il y a plus d'une heure, mais je réponds quand même, en soignant particulièrement mon orthographe. Je lui dis que l'hôtel est incroyable, que tout y est génial.

J'attends un peu, mais pas de réponse. Il dort sans doute. En Suède, il est une heure de plus, la nuit est déjà bien entamée.

Je parcours ses photos. Il ne m'en a pas envoyé beaucoup, et elles ne montrent pas grand-chose – la plupart sont prises alors qu'il est assis devant son ordinateur.

Birgir ne fréquente pas beaucoup les réseaux sociaux, il a juste un profil Instagram sur lequel il ne publie presque jamais rien. On y trouve quelques photos de sa ville. La maison qu'il habite arbore une façade jaune avec un toit rouge-brun et des contours de fenêtre blancs. Très suédois. Il a aussi posté un portrait de son chien Capitaine, un croisement de labrador et de border collie au pelage noir et blanc. Birgir aime ce chien par-dessus tout.

*Peut-être parce que je suis enfant unique*, m'a-t-il dit un jour. *Capitaine est ce qui se rapproche le plus pour moi d'un frère ou d'une sœur.*

J'ai souvent l'impression qu'il se sent seul, ce qui est étrange, car il est très séduisant et a beaucoup d'amis. Mais je suis bien placée pour savoir qu'on peut éprouver de la solitude même bien entouré.

Il me raconte qu'il lui arrive de s'asseoir dans un café et d'observer les passants. Il s'invente des histoires à leur sujet, essaie de deviner ce qu'ils font dans la vie, où ils se rendent.

Observant le nom de Birgir sur mon écran, je me prends à rêver qu'il est près de moi. Le lien que je perçois entre nous ne ressemble à rien d'autre. Il est vrai, profond, et je veux lui prouver que je suis sérieuse.

Je fais défiler nos textos, relis notre conversation de tout à l'heure et tombe sur ce message : *Envoie-moi une photo.* Quand je lui ai demandé quel genre de photo, il m'a répondu « Une photo de toi, bien sûr », suivi de trois petits points.

Je souris toute seule et lève mon téléphone. Le selfie est flou, et le flash beaucoup trop puissant me donne un teint de fantôme.

J'allume la lampe de chevet et réessaie. Je prends plusieurs portraits de moi-même. Des photos où je souris, et d'autres. Où je me montre un peu plus. Des images qui lui donneront, j'espère, envie de sauter dans le prochain avion pour l'Islande.

# Irma
## Employée de l'hôtel

Courbaturée du dos jusqu'aux pieds, je n'ai qu'une hâte : que la soirée se termine pour pouvoir m'allonger dans mon lit.

La plupart des invités sont allés se coucher, et l'hôtel est plongé dans le silence. J'éprouve toujours une grande sérénité en parcourant ces couloirs le soir ou à l'aube, lorsque tout est calme.

La fête a été bien plus animée que ce à quoi je m'attendais. Je pensais qu'une famille comme celle-ci gérerait mieux l'alcool, qu'ils se comporteraient plus dignement. Naturellement, ils sont seuls dans l'hôtel, personne pour les regarder et raconter. Peut-être que par conséquent, ils s'autorisent plus de libertés, se permettent d'être plus désinvoltes dans leurs paroles et leurs actes.

– Quelqu'un a vomi dans les toilettes des femmes. Tu pourrais… ?

Edda arbore un air contrit, car elle sait que le ménage ne fait pas partie de mes fonctions. Mais depuis que je suis là, on m'a confié toutes sortes de missions qui ne répondent pas forcément à la description initiale de mon poste. Qu'y puis-je ? Je ne sais pas dire non.

– Bien sûr, je réponds. Je nettoie ça et je vais me coucher.

– C'était une soirée... haute en couleur ! s'exclame Edda en se massant la nuque.
– Les clients se sont bien amusés.
– Oui, n'est-ce pas ? dit Edda avec un sourire. Je crois que tout le monde était content.
– Je pense aussi.

Edda incline légèrement la tête et me salue. J'entends la porte d'entrée s'ouvrir, le vent souffler dehors, puis Edda refermer prudemment derrière elle. C'est une femme si agréable, et elle nourrit une telle passion pour cet hôtel. Elle est prête à tout pour ses clients, et elle s'illumine lorsqu'ils sont satisfaits. Je n'ai jamais compris comment elle a pu finir avec Gísli. La colère et la déception semblent gravées sur le visage de cet homme. Il ne s'est probablement jamais remis de la mort de sa fille, la mère d'Elísa.

Je pénètre dans les toilettes des femmes et vois que la majorité du vomi est concentrée dans une des vasques. Qui était assez ivre pour vomir dans un lavabo ? Lea, peut-être ? Elle était clairement saoule, même si je doute que ses parents l'aient remarqué.

C'est une jeune fille sensible, et je crois que ses parents ne se rendent pas compte à quel point elle est fragile, mais moi je le vois. Je le vois à des kilomètres.

Je dirais que j'ai toujours été spectatrice de la vie, plutôt qu'actrice, et ce depuis toute petite. À cause de ces sempiternels déménagements, je me suis habituée à ne jamais me rapprocher des gens. J'ai abandonné l'idée de me faire des amis, ne voyant aucune raison de m'accrocher à une amitié à laquelle je devrais mettre fin subitement. Dans chacune de mes nouvelles classes, j'observais mes camarades, j'essayais de me figurer quel genre d'existence ils menaient. Je tenais même un journal où j'inscrivais leurs noms et mes premières impressions à leur sujet.

*Anna – sourit peu, lit beaucoup et adore les animaux. Fille unique.*
*Thór – déteste perdre, bon en sport, mais mauvais à l'école. Il a des frères aînés et ses parents se disputent souvent.*

Ensuite, je les regardais vivre, et avant mon départ je comparais mes premières hypothèses à ce que j'avais fini par découvrir. Les dernières années, j'étais devenue si douée que la plupart de mes théories se révélaient justes.

– Hé.

Hákon Ingimar se tient sur le seuil des toilettes. Il a la voix rauque et semble lutter pour maintenir ses yeux ouverts.

– Bonsoir, dis-je en retirant mes gants en caoutchouc.

J'attends qu'il réponde quelque chose, mais il garde le silence. Se contente de rester là à me regarder, appuyé au mur avec un vague sourire aux lèvres. Un sourire qui me met mal à l'aise.

Je ressens soudain à quel point les toilettes sont petites. À ma connaissance, tous les autres clients sont couchés, et mes collègues sont rentrés chez eux. Nous sommes seuls ici, Hákon et moi.

Le sang se met à battre plus vite dans mes veines, mon pouls s'accélère, mais j'essaie de n'en rien laisser paraître.

– Bon, il est temps de se coucher, dis-je en soulevant le seau contenant les produits d'entretien.

Hákon ne bouge pas, il reste planté dans le cadre de la porte.

– Vous avez besoin de quelque chose ? je demande en me forçant à sourire.

Il laisse échapper un rire puis se mord la lèvre inférieure. Il a les yeux complètement noirs, les pupilles si dilatées que je ne peux distinguer la couleur de ses iris. On dirait un animal sauvage.

Dehors, le vent s'acharne contre la fenêtre, et je sursaute lorsque le hurlement de la tempête redouble brusquement. La pluie me donne l'impression que quelqu'un ne cesse de jeter des cailloux contre la vitre de toutes ses forces.

Il en profite pour se rapprocher. C'est si rapide : un instant, il se tient sur le seuil, celui d'après, il est tout contre moi. Ma main lâche le seau qui tombe par terre et bascule sur le côté, mais la pluie est si forte qu'elle noie même le bruit du choc contre le sol de béton.

Soudain, ses mains m'enserrent.

– Qu'est-ce que vous faites ?

Ma voix est étouffée, comme si elle venait de loin.

Je n'essaie pas de crier, je sais que c'est inutile. Et je finis par cesser de lutter.

# Petra Snæberg

*La veille*
*Samedi 4 novembre 2017*

La jambe de Gestur est posée sur la mienne et j'ai des fourmis lorsque je me réveille. J'observe son visage à moitié enfoncé dans l'oreiller, sa joue écrasée et ses lèvres entrouvertes. Les adultes ne sont pas beaux lorsqu'ils dorment, seuls les enfants bénéficient de ce privilège.

Je ramène tout doucement ma jambe à moi pour ne pas le réveiller. Remuant les orteils, je sens arriver le désagréable picotement caractéristique – ma circulation sanguine reprend. Étant donné la soirée d'hier, j'ai étonnamment peu mal à la tête, mais je meurs de soif.

Je regarde par la fenêtre en vidant une bouteille d'eau du minibar. Le soleil commence à se lever, le vent ne souffle plus et une fine couche de neige recouvre le paysage.

La nuit semble bien lointaine, pourtant je frissonne toujours en repensant à cette porte entrouverte. J'essaie de me rappeler les événements de la fin de soirée, de tout remettre dans l'ordre, mais mes souvenirs sont flous. Le somnifère m'assomme encore et m'empêche d'avoir les idées claires. Je me souviens que, pendant que je prenais ma douche, j'ai entendu un bruit dans la chambre, un claquement de porte. L'avais-je bien refermée derrière moi après être entrée ? Impossible à dire. Il y a aussi eu ce problème de lumière. Après ça, j'ai dû m'endormir rapidement. Oui, j'en suis presque certaine.

Mais est-ce vrai que je me suis réveillée en pleine nuit, incapable de bouger, comme cela me revient ? Ce bruit de poignée de porte, comme si quelqu'un jouait avec, semblait si proche de mon oreille qu'il ne peut pas avoir été réel. Pourtant, j'en garde un souvenir vif. Et je me rappelle aussi que, quand j'ai enfin pu me lever, la porte était entrouverte.

L'avait-elle été pendant tout ce temps ? Pendant ma douche, pendant que je dormais ? Cette idée a de quoi mettre mal à l'aise, mais c'est la seule explication logique. La porte ne s'est pas refermée correctement lorsque je suis entrée dans ma chambre. Cela expliquerait le bruit que j'ai entendu en me douchant, sans doute un courant d'air qui la faisait claquer.

Pendant que j'enfile mes vêtements de sport et mes chaussures pour aller courir, j'essaie de me convaincre que je n'ai aucune raison d'éprouver un quelconque malaise. Il n'y a que ma famille ici, je n'ai rien à craindre. Je doute que les employés de l'hôtel constituent une menace, même si l'homme que j'ai croisé dans le couloir hier me traverse l'esprit une seconde. Cela dit, je sais à présent que c'était le mari d'Edda, et il est sans doute parfaitement inoffensif.

Au rez-de-chaussée, un parfum de bacon et de gaufres me parvient depuis la cuisine, mais je passe devant le restaurant d'un pas rapide et sors. L'air frais qui emplit mes poumons dissout immédiatement le brouillard qui enveloppait mon cerveau, et les derniers lambeaux de sommeil disparaissent. J'observe les environs pour choisir une direction. Des champs de lave à perte de vue, ce qui ne me laisse finalement pas beaucoup de choix. Je décide donc de suivre l'allée qui relie l'hôtel à la nationale.

Pas une voiture alentour. Je cours vite, le vent siffle dans mes oreilles, entrecoupé du bruit de mes pas sur l'asphalte humide. Plus je m'éloigne de l'hôtel, mieux je me sens, et j'ai la sensation que je pourrais ne plus jamais m'arrêter.

Une voiture approche derrière moi et ralentit. Je ralentis à mon tour et me décale sur le bas-côté couvert de gravier. À peine y ai-je posé le pied que je me tords la cheville et tombe, parvenant tout juste à mettre mes mains devant moi. Les gravillons s'enfoncent dans mes paumes et mes genoux raclent le sol.

Putain de merde. Je grimace de douleur. La voiture me passe devant et, l'espace d'une seconde, je croise le regard du conducteur dans le rétroviseur. Puis il accélère d'un coup et la voiture disparaît de mon champ de vision.

Abandonnée à mon sort, j'essaie d'extraire les petits cailloux enfoncés dans mes plaies. Mon genou me brûle et je sens un liquide glisser le long de ma jambe, mais je m'abstiens de remonter mon pantalon. Je retourne vers l'hôtel en claudiquant, vidée de l'énergie accumulée durant ma course.

Cette fois, j'entends du brouhaha et le tintement de couverts en provenance du restaurant. Mon ventre gargouille, mais je décide d'aller d'abord prendre une douche. Edda, la directrice de l'établissement, m'interpelle alors que je me dirige vers l'escalier.

– Excusez-moi, vous pourriez m'aider une seconde ? me demande-t-elle en s'approchant d'un pas rapide.

Elle tient une feuille entre ses mains et mon regard s'arrête un instant sur ses doigts étonnamment longs et fins.

– Oui ? dis-je en essayant de me tenir droite.
– J'ai reçu un coup de téléphone d'une jeune femme prénommée Líf. Elle demandait à joindre une certaine Maja, m'explique-t-elle avec un sourire contrit. Mais je ne me souviens pas de qui il s'agit, et je ne la trouve pas sur ma liste. J'espérais que vous pourriez me renseigner.
– Bien sûr, elle loge dans la chambre au nom de Viktor. Viktor Ingvarsson Snæberg.
– Viktor Ingvarsson Snæberg. Parfait, merci.

Edda ouvre la bouche, comme si elle s'apprêtait à ajouter quelque chose, mais s'abstient finalement.

– Si vous voulez, je peux transmettre le message, dis-je, et je comprends immédiatement que c'est ce qu'elle espérait.
– Ce serait formidable, me répond-elle. Cela semblait urgent, et apparemment Maja ne répond pas au téléphone.
– Je m'en occupe.

Edda me remercie une nouvelle fois puis me donne le numéro de chambre de Viktor avant de s'en aller.

J'essaie de nettoyer la terre sur mon jogging et d'ajuster ma queue-de-cheval. C'est peut-être le parfait moment pour avoir une conversation avec Maja. Elle voulait discuter avec moi hier soir, et je suis curieuse d'en savoir plus. De découvrir aussi si elle a annoncé sa grossesse à Viktor, et comment il a pris la nouvelle.

Leur chambre se situe au rez-de-chaussée, comme celle de Lea et Ari. Appuyant mon oreille contre la porte de la chambre des enfants, je me demande si je ne devrais pas les réveiller. Peut-être pas tout de suite. Il est encore trop tôt pour les sortir du lit un samedi matin.

Viktor occupe la chambre 12. Arrivée devant, j'hésite une seconde. Il n'est vraiment pas tard, ils dorment peut-être encore. Mais d'après Edda, c'est une urgence, il vaut sans doute mieux que je prévienne Maja sans tarder. Je prends sur moi et frappe doucement. Peut-être un peu trop, car personne n'ouvre, et je ne discerne aucun son à l'intérieur. Je retente, plus fort cette fois, et la porte s'ouvre enfin.

Viktor se tient face à moi, habillé et, à en juger par l'odeur de savon, fraîchement sorti de la douche.

– Salut, dit-il en me regardant avec curiosité. Tu es matinale !

– Oui, j'aime bien aller courir le matin. Excuse-moi de te déranger à une heure pareille.

– Il y a une salle de sport dans l'hôtel ?

– Non, je suis sortie. À vrai dire, je voulais parler à Maja. Elle est là ?

– Maja ? demande Viktor en fronçant les sourcils.

– L'hôtel a reçu un coup de téléphone, dis-je avec précipitation. Quelqu'un essayait de la joindre.

– Je vois, répond Viktor, l'air soudain sérieux. En fait, Maja a dû rentrer chez elle.

– Ah bon ?

– Oui, un problème avec sa famille. Rien de sérieux, mais elle préférait rentrer. Elle est repartie pendant la nuit.

– Oh, OK.

– Tu voulais lui dire autre chose ?

– Non, je venais juste l'informer que... que Líf avait essayé de l'appeler.

– Ah, d'accord. C'est sa sœur.

– Mais... Elle n'a pas de téléphone ? Tu ne penses pas qu'il a pu lui arriver quelque chose sur la route ?

– Non, sûrement pas, réplique Viktor. On ne capte pas toujours très bien. Elle va se manifester.

– Oui, sans doute.

Dans mon souvenir, il n'y a pas eu de problème de réseau sur la route. Si c'était le cas, nous aurions clairement eu droit aux récriminations des deux adolescents à l'arrière. Mais je ne fais aucun commentaire et me contente de sourire.

– Tu lui transmettras le message si tu l'as au téléphone ?

– Bien sûr.

– Bon, je vais aller prendre une douche.

– Fais donc, me répond Viktor avec un sourire. On se retrouve tout à l'heure. Rien de tel qu'un petit tour en bateau par ce temps !

Après l'avoir entendu refermer derrière moi, je me retourne et observe la porte une seconde.

Si Maja est partie durant la nuit, elle devrait déjà être arrivée à destination, dans sa famille. Je m'étonne de la nonchalance de Viktor. A-t-il pu se passer quelque chose entre eux ? A-t-il si mal pris la nouvelle de la grossesse qu'il se fiche de savoir si elle est bien rentrée ?

Tandis que je monte l'escalier, le visage de Maja me revient en mémoire. L'étincelle dans son regard quand elle m'a avoué être enceinte, la manière qu'elle a eue de caresser son ventre en souriant jusqu'aux oreilles, tellement heureuse.

## Sævar
Inspecteur au commissariat d'Akranes

*Maintenant*
*Dimanche 5 novembre 2017*

– Rappelle-moi on t'a annoncé la disparition de la fille, dit Hördur lorsqu'ils furent seuls dans la salle de pause – Edda était partie leur chercher du café.

Sævar lui détailla l'appel téléphonique qu'il avait reçu la veille. La sœur de Maja avait d'abord contacté la police locale de la région de Sudurnes, leur expliquant que María, de son vrai prénom, passait le week-end dans un hôtel sur la péninsule de Snæfellsnes avec son petit ami. L'hôtel se situant dans la circonscription de la police du Vesturland, l'appel avait été transmis à Sævar.

Elle s'était présentée, avait dit s'appeler Líf et avoir parlé pour la dernière fois avec Maja le vendredi soir. Celle-ci semblait alors nerveuse, car elle comptait annoncer à son compagnon qu'elle était enceinte.

– Depuis, je n'ai plus de nouvelles, avait dit Líf.
– Et c'est inhabituel ? avait demandé Sævar en faisant défiler sur son écran le menu d'un restaurant situé à deux pas du commissariat, hésitant entre un hamburger et un plat plus sain.

Líf avait acquiescé et affirmé que Maja gardait toujours son téléphone allumé.

— Est-ce qu'elle aurait pu oublier son chargeur ?
— Non, rien de tout ça, avait répondu Líf, une pointe d'irritation dans la voix. J'ai appelé l'hôtel et son petit ami a prétendu qu'elle avait quitté les lieux pendant la nuit, à cause d'un problème familial.
— Ah ?
— Sauf que personne dans ma famille n'a contacté Maja. Il s'est clairement passé quelque chose.

Reniflant, elle semblait sur le point d'éclater en sanglots.

Sævar avait fermé le menu du restaurant et s'était levé.

— Qu'est-ce qui vous fait croire ça ?
— Maja est enceinte. Elle comptait en parler à son petit ami hier soir, et ça la stressait beaucoup, avait répété Líf. Et maintenant, elle a disparu. Apparemment, elle a quitté l'hôtel en pleine nuit alors qu'elle n'a pas de voiture, et son téléphone est éteint. Il lui est forcément arrivé quelque chose. Elle n'est pas rentrée chez nos parents à cause d'un problème familial, comme le prétend son petit ami. Aucun d'entre nous n'a eu de ses nouvelles.

Cela avait alerté Sævar. La jeune femme s'était-elle disputée avec son petit ami après lui avoir annoncé sa grossesse ? L'avait-il jetée dehors au beau milieu de la nuit ?

Sævar avait promis à Líf de se renseigner avant de raccrocher, puis il avait demandé à la police de Snæfellsnes de parcourir les environs de l'hôtel à la recherche de Maja. Mais ils étaient rentrés bredouilles. Les agents dépêchés sur place n'avaient détecté aucun signe de la jeune femme.

# Tryggvi

***La veille***
***Samedi 4 novembre 2017***

Oddný est en train de se préparer lorsque je me réveille.
– Bonjour mon chéri, dit-elle. Bien dormi ?
– Pas trop mal.
À vrai dire, j'ai à peine fermé l'œil de la nuit. Je suis resté un long moment allongé, parfaitement immobile et silencieux, tendant l'oreille pour essayer de discerner le moindre son.
Après avoir entendu le cri, je suis sorti dans le couloir où j'ai attendu quelques instants. J'avais l'impression de devoir faire quelque chose, mais je ne savais pas quoi. Ce n'était pas un cri normal – celui de quelqu'un qui se cogne un orteil, par exemple. Non, c'était un cri d'une tout autre nature. Un cri de fureur.
Oddný penche la tête sur le côté en attachant ses boucles d'oreilles. Elle est toujours si élégante lorsque nous voyons du monde – chemisier, bijoux et rouge à lèvres. Mon ex n'avait rien à voir avec elle. Je ne crois pas avoir vu Nanna se maquiller ou porter des talons hauts une seule fois. Ce n'était pas ce genre de femme. Non pas que je cherche à les comparer – j'ai toujours

voulu éviter ça – mais il est parfois difficile d'empêcher certains détails de remonter à la surface. Des détails qu'on aurait pourtant pu croire oubliés.

Bien que le divorce remonte à de nombreuses années, Oddný est ma première relation depuis Nanna. Je m'étais habitué à la solitude. Je pensais même ne jamais refaire ma vie.

– Tu n'as pas entendu du bruit hier soir ? je demande.
– À quelle heure ?

Oddný soulève un pull, l'examine, puis en choisit finalement un autre.

– J'ai entendu quelque chose juste avant de m'endormir, comme un cri.

Devant son expression, je regrette immédiatement d'en avoir parlé.

– Un cri ? répète-t-elle en s'approchant de moi et en s'asseyant au bord du lit. Tu es sûr de ne pas avoir rêvé ?
– Non, je ne crois pas. Ce n'était peut-être rien.

J'enfile un pantalon et déniche un tee-shirt dans mes affaires. Quelque chose dans la voix d'Oddný m'agace. Je suis sujet aux cauchemars, et elle le sait très bien. Je me réveille fréquemment en sursaut, couvert de sueur. Elle essaie toujours de me tirer les vers du nez, mais je refuse de lui raconter ce qui s'y passe.

– Tu sais que les rêves peuvent être prémonitoires, me dit-elle. Et parfois, les morts tentent de nous transmettre un message. Nous sommes particulièrement réceptifs dans les secondes qui précèdent le réveil. C'est là qu'ils se manifestent.

– Je t'en prie…

Je ferme les yeux et détourne la tête.

– Je te dis juste que…
– Pas maintenant, s'il te plaît.

Je me lève et m'enferme dans la salle de bains, où

je m'assieds sur le couvercle des toilettes et essaie de respirer calmement.

Je sais que je n'ai pas rêvé, que j'ai bien entendu ce cri, et je sais aussi que les morts ne se manifestent pas plus dans les secondes qui précèdent le réveil qu'aux autres moments de la journée. S'il existe un au-delà, j'espère pour nous tous qu'il n'a aucun lien avec le monde dans lequel nous vivons.

Et concernant mes cauchemars, ils sont moins intenses depuis que j'ai arrêté de boire. Je n'entends plus ces hurlements lorsque je m'assoupis. Je ne sens plus personne m'attirer à soi en me suppliant de l'aider.

# Lea Snæberg

Lorsque je me réveille, la première chose que je vois, c'est mon téléphone. Quelques notifications s'affichent à l'écran, mais aucune de Birgir. Il n'a pas répondu, n'a rien dit au sujet des photos que je lui ai envoyées cette nuit. Je suis mortifiée en les faisant défiler dans notre conversation.

*Qu'est-ce qui m'a pris ?*

Je repose mon téléphone, l'estomac noué. La bouche sèche, j'ai la sensation que je pourrais boire des litres d'eau. Peu à peu, les événements de la veille me reviennent en mémoire. Harpa et moi nous déhanchant comme des idiotes sur la piste de danse. Puis nous glissant dans les toilettes du rez-de-chaussée pour boire au goulot de la bouteille qu'elle cachait dans son sac. Puis moi, vomissant dans ces mêmes toilettes à la fin de la soirée. J'essaie de me rappeler si quelqu'un a pu remarquer mon état. J'ai du mal à croire que nous soyons passées inaperçues. Si c'est le cas, cela signifie que tous les membres de ma famille étaient au moins aussi ivres que nous.

Ari est en train de s'habiller à côté de moi.

– Je vais descendre manger, dit-il.

– OK. Je te rejoins tout de suite.

– Si j'étais toi, je prendrais une douche d'abord, me fait-il remarquer en fronçant le nez. Et un chewing-gum.

Je grimace et soupire.
- Ari...
- Oui ?
- Ne dis rien à Maman.
Il éclate de rire.
- Non, non. T'inquiète. Mais tu sais... si tu ne prends pas une douche, je n'aurai pas besoin de lui dire quoi que ce soit.

Lorsque je me lève, j'ai l'estomac si vide qu'il se contracte. Je sors une bouteille d'eau du petit réfrigérateur ; après en avoir bu la moitié d'une traite, je me sens un peu mieux. L'eau est si fraîche que je parviens à suivre son cheminement vers mon ventre.

Entendant mon téléphone vibrer, je sursaute et manque de lâcher la bouteille en voulant l'attraper.

Un sentiment de soulagement se diffuse tout mon corps et je me surprends à sourire. *Bien sûr*, me dis-je. Bien sûr, Birgir me recontacte. Je suis à la fois excitée et nerveuse de découvrir ce qu'il a à dire de mes photos. Mes mains tremblent légèrement lorsque je déverrouille l'appareil. Mais le message ne vient pas de Birgir ; il s'agit d'un pseudonyme que je ne reconnais pas. La déception me fait l'effet d'un coup de poing dans le ventre.

Où est Birgir, pourquoi ne me répond-il pas ?

J'observe ce pseudo, mélange de lettres et de chiffres sans aucun sens – on dirait qu'un enfant l'a tapé au hasard sur le clavier. Quand j'ouvre le message, j'ai l'impression que l'eau glacée de la bouteille s'est frayé un chemin dans mes veines et a envahi mon corps entier.

*Salut Lea. Il a dû y avoir un bug, car je ne peux plus t'envoyer de messages avec mon ancien compte. Mais ce n'est pas grave, j'en ai créé un nouveau et je t'ai retrouvée. Jolie, ta nouvelle photo ! Amitiés, Gulli.*

# Petra Snæberg

L'esprit encore préoccupé par Maja tandis que Gestur et moi descendons prendre le petit déjeuner, je sursaute lorsqu'il me tend la main. Il sourit, et je ne peux m'empêcher de penser qu'il cherche à se faire pardonner quelque chose. Je ne l'ai toujours pas interrogé sur ce qu'il a fait cette nuit et où il était pour se coucher aussi tard.

Voilà où en est notre mariage aujourd'hui, nous ne posons plus de questions. Nous ne réclamons plus d'explications, comme nous le faisions quand les enfants étaient petits. À l'époque, on demandait si ça ne posait pas de problème de boire un verre avec des collègues ou d'aller à la salle de sport après le boulot. Mais cela a changé. Désormais, je ne demande plus à Gestur où il va quand il sort le soir. Peut-être parce que je ne veux pas qu'il m'interroge en retour. Même si, lorsque moi je sors, je ne fais qu'errer au volant de ma voiture, dans un état second.

Je me retiens donc de poser la moindre question, mais je m'étonne du bien-être que j'éprouve en sentant sa main dans la mienne, comme si je rendais visite à un vieux souvenir.

La magie s'estompe lorsque j'aperçois mes parents, assis avec mon frère Smári et sa famille. Stefanía s'est installée à la table derrière eux avec Hákon Ingimar.

– C'est très appétissant, commente Gestur en observant le buffet.

Il charge son assiette de bacon, de pancakes et de saucisses cocktail.

De mon côté, je me sers une part d'omelette, du pain, de la marmelade et des fruits. Mais dès que nous sommes assis et que je goûte une première bouchée, je sens la nausée monter. Je me force néanmoins à manger du pain avec une épaisse couche de marmelade. Le sucre devrait me redonner un peu d'énergie.

– Bien dormi ? demande Papa.

Je mens :

– Très bien.

– Vous n'avez pas entendu du bruit hier soir ?

– À quel moment ?

Armée de ma fourchette, je remue mon omelette, qui me donne l'impression d'avoir déjà été digérée avant d'être servie.

– Il était quelle heure, Ester ? demande Papa à ma mère. Une heure, deux heures ?

– Oui, une heure et quart, répond Maman avec son assurance habituelle.

Même lorsqu'elle se trompe, elle a raison. Une caractéristique que je lui ai toujours connue, aussi loin que je me souvienne.

– Quel genre de bruit ? s'enquiert Gestur, la bouche pleine de saucisse.

– Bah… on aurait dit un cri, dit Maman. N'est-ce pas, Halli ? Ça ressemblait à un cri, non ?

Papa acquiesce dans un marmonnement.

– Et quelque chose s'est cassé, ajoute Smári.

Gestur et moi échangeons un regard.

– Je dormais, et toi ?

– Je n'ai rien entendu, répond Gestur, ne semblant pas remarquer mon ton accusateur.

– Bref, dis-je, décidant de ne pas insister. De mon côté, j'ai eu un gros souci avec les lumières de ma chambre. Elles n'arrêtaient pas de s'allumer et de s'éteindre, quoi que je fasse dans l'appli. Vous n'avez pas eu de problèmes, vous ?

Tout le monde secoue la tête.

– Tu devrais t'adresser à la réception, me conseille Papa.

– L'hôtel doit être hanté, me lance Smári avec un sourire amusé.

– Je vais réveiller les enfants, glisse Gestur en s'essuyant les lèvres avec une serviette en papier qu'il abandonne dans son assiette vide.

Mon frère et sa famille partent à leur tour chercher des vêtements chauds en prévision de l'excursion en bateau. Papa invoque le même prétexte, mais je sais très bien qu'il veut s'isoler pour priser du tabac. Maman et moi nous retrouvons seules.

– Café ? me propose-t-elle après un bref silence.

– Volontiers, merci.

– Alors, qu'est-ce qui se passe ? demande-t-elle une fois ma tasse remplie.

– Qu'est-ce qui se passe ?

– Je te parle d'hier. Je m'attendais à ce que Smári boive trop, mais pas toi, Petra. En général, tu sais mieux te tenir que ça.

Je sens mes joues s'empourprer. Je n'étais pas si ivre hier. Et pourquoi Smári peut-il toujours se permettre de dépasser les bornes, mais pas moi ? Cela dit, je suis consciente que je n'étais pas tout à fait moi-même, et que je n'ai pas bu pour m'amuser. Hier soir, j'ai bu parce que je me sentais mal, ce qui ne finit jamais bien.

– N'exagère pas, dis-je à Maman.

Elle sirote son café sans me lâcher des yeux.

– Ton père et moi avons traversé une période difficile il y a quelques années, enchaîne-t-elle.

– Tout va bien entre Gestur et moi, je réplique.

Évidemment, il faut qu'elle s'imagine un problème dans notre couple. Je bois mon café en essayant de ne pas me laisser déstabiliser par son regard inquisiteur.

– Tu ne t'en souviens sûrement pas, poursuit-elle, comme si elle ne m'avait pas entendue. Tu devais avoir six ou sept ans à peine.

– Qu'est-ce qui s'est passé ?

– Ton père m'a trompée, m'annonce Maman d'un ton neutre, comme si elle parlait de la météo.

– Quoi ? Vraiment ? Mais…

Je reste bouche bée.

Maman me dit « chut », puis elle s'étire le dos.

– Comme je te l'ai déjà dit, pour qu'un mariage fonctionne, il faut faire des sacrifices. Ce n'est pas toujours aisé.

– Mais…

Je ne sais pas par où commencer. Quand ? Avec qui ? Pourquoi ? Tandis que les questions se forment dans mon esprit, je me demande si j'ai vraiment envie d'en connaître les réponses.

– Ça n'a plus d'importance aujourd'hui, dit Maman avant de pincer les lèvres. L'essentiel, c'est que nous ayons réussi à traverser cette épreuve.

– Mais pourquoi tu me dis ça ? Gestur ne m'a pas trompée. Nous nous portons très bien. Hier, j'étais… j'étais juste fatiguée.

– Très bien, ma grande, me répond Maman sur le ton qu'elle emploie pour parler à des enfants en bas âge.

Son expression se fait en un instant plus chaleureuse et joyeuse lorsque Ingvar et Elín pénètrent dans le restaurant. Elle leur fait signe de s'installer avec nous. Ils se servent du café, puis Elín me demande comment se passe le travail. Viktor se joint bientôt à nous avec une assiette surchargée.

– Quel appétit ! s'exclame Elín.

– Je suis encore en pleine croissance, Maman, plaisante Viktor.

– Comment va ton dos, Ingvar ? demande Maman.

Ingvar nous détaille ses douleurs dorsales apparues après un accrochage sans gravité qu'il a subi il y a deux semaines.

– C'est à peine si la voiture a été rayée, dit Elín. Pas comme lors de ton accident, Viktor !

– Hmm ? fait l'intéressé avant de s'essuyer la bouche.

– La fois où tu as heurté un mouton, quand tu étais ado. Vu l'état de la carrosserie, on aurait cru que tu avais percuté un éléphant.

– Ah oui, c'est vrai, répond Viktor en secouant la tête.

– Tu as toujours été un chauffeur du dimanche, dis-je d'un ton taquin.

Il me répond d'un simple coup de coude.

Ne me sentant pas en état d'échanger des banalités, je m'excuse rapidement et rejoins le hall.

Dans mon esprit, mes parents ont toujours eu un mariage heureux. Mais à présent, j'ai la sensation qu'on m'a pris quelque chose, qu'on m'a volé le souvenir de mon enfance.

Papa a commis un adultère. Il n'a pas seulement trahi Maman, mais moi et Smári aussi.

Le hall se remplit peu à peu. Tous vêtus de vestes et de pantalons imperméables, ils semblent fin prêts pour affronter cette journée. Remontant dans ma chambre, je retrouve mes vêtements de randonnée. Le pantalon est encore humide de la veille, mais je l'enfile en m'efforçant d'ignorer le frisson qui parcourt mon corps.

Lorsque je redescends, Lea et Ari sont là. Ari dit quelque chose à sa sœur, qui sourit sans conviction. Elle a le visage terriblement pâle et l'œil terne.

– Tout va bien, ma chérie ? je lui demande en passant la main sur son front.

Elle a un mouvement de recul, comme si je venais de la brûler. Comme si ce simple contact l'avait mise mal à l'aise.

– Arrête, Maman, dit-elle.

– Je pensais que tu avais peut-être de la fièvre.

– Dans ce cas, je peux rester ici ? demande-t-elle, soudain plus lumineuse.

– Pas si tu n'es pas malade.

– Mais j'ai mal au ventre.

– Peut-être parce que tu n'as pas pris de petit déjeuner, lui rétorque Gestur en tirant sur sa queue-de-cheval.

Je n'avais pas remarqué sa présence et je sursaute lorsqu'il apparaît tout à coup à côté de moi.

– Je n'ai pas faim, marmonne Lea.

– Tu viens avec nous, c'est comme ça, je réplique, plus sévèrement que je n'en avais l'intention.

– De toute façon, il te faudra de la place pour les sushis tout à l'heure, dit Gestur.

– On va manger des sushis ? demande Ari.

– Oui, répond Gestur en riant. Des sushis de Viking. Un vrai repas d'homme.

L'air enjoué d'Ari fond comme neige au soleil.

– Je ne sais pas pourquoi, mais j'ai peur...

Je ne peux m'empêcher de sourire devant son expression de dégoût.

En dépit de tout, je me sens d'humeur plus légère lorsque nous nous dirigeons vers la voiture. Le soleil brille dans un ciel sans nuages, lumineux quoique froid, et il n'y a pas un souffle de vent. Cette histoire appartient au passé, si Maman a su pardonner Papa, je dois en avoir la force également. Gestur me sourit avant de prendre place derrière le volant, et je me dis que Papa et lui n'ont absolument rien à voir. Gestur a bon caractère, il se montre toujours agréable, tandis que Papa est autoritaire et obstiné. Il se laisse facilement déborder par la colère, de sorte que Maman marche sans cesse sur des œufs avec lui. Mon mari ne se comporterait jamais comme ça et il ne ferait jamais rien pour me blesser.

Alors que je m'apprête à ouvrir la portière, je remarque qu'un bout de papier est accroché à la poignée. Je m'en empare et passe la main dessus pour le lisser. C'est un petit Post-It jaune sur lequel quelqu'un n'a écrit que deux mots. Ou trois. Incrédule, j'observe ce message comme s'il était le fruit de mon imagination.

*Sois prudente. M.*

## Irma
### Employée de l'hôtel

Je ne compte pas faire d'histoires. Bien sûr que non. J'ai travaillé dans suffisamment de boîtes de nuit pour savoir que les hommes ne sont pas toujours eux-mêmes. Ils changent avec les substances qu'ils consomment, l'alcool qu'ils boivent. On dirait sans doute que je leur cherche des excuses et peut-être que c'est vrai. Peut-être que j'ai trop l'habitude des hommes insistants, des hommes qui veulent imposer leur volonté, quel qu'en soit le prix. Je suis devenue insensible à leurs actes. Ça ne m'affecte plus.

Je sors de la douche, j'enroule une serviette autour de mes cheveux et inspecte mon bras droit. L'ecchymose commence à bleuir, et je repère des traces de doigts sur ma peau, comme marquées au fer rouge. Quatre doigts bien distincts, et sous le bras, un pouce.

Tandis que j'examine mes stigmates, je me demande ce qui serait arrivé si on n'avait pas soudain entendu du bruit dans le couloir. Hákon s'est figé, a tourné la tête et desserré sa prise. Saisissant l'occasion, je me suis dégagée de ses bras et j'ai filé.

Évidemment, il ne s'est pas lancé à ma poursuite. On ne commet de mauvaises actions que dans des espaces clos, non ? Mais j'ai entendu son rire tandis que je m'enfuyais presque en courant le long du couloir. Un rire qui suggérait qu'on ne faisait que s'amuser, que tout ça n'était qu'une plaisanterie.

Toutes les familles abritent des moutons noirs, y compris celles qui semblent parfaites.

\* \* \*

Je me présente au travail avant que l'horloge ne sonne midi, et Edda sourit d'un air satisfait. Elle m'aime bien, ça se voit. En même temps, pourquoi ne m'aimerait-elle pas ? Je suis ponctuelle, consciencieuse, toujours de bonne humeur et je n'hésite généralement pas à faire plus que ce qu'on me demande. Une employée modèle à tout point de vue.

– Tiens, Irma ! me lance Edda. Tu veux bien vérifier si les chambres ne manquent pas de savon ou autre ? Les lits ont été faits, mais tu connais le refrain.

Se penchant vers moi, elle ajoute à voix basse :

– Parfois, ça laisse à désirer.

Elle m'adresse un sourire complice. Elle sait que nous sommes pareilles, que nous partageons la même vision du travail. Nous nous soucions des clients et voulons que l'hôtel représente plus qu'un lieu où dormir. Le séjour doit constituer une véritable expérience. Une expérience parfaite, et nous mettons tout en œuvre pour que ce soit le cas. Nous ne refusons presque rien.

– Bien sûr, dis-je avant de tourner les talons.

L'une des choses qui m'intéressent le plus dans ce métier, c'est de rentrer dans les chambres lorsqu'elles sont occupées. C'est incroyable, le nombre d'effets personnels que les clients laissent traîner, bien qu'ils sachent pertinemment que des employés vont passer. Depuis mes débuts à ce poste, j'ai trouvé toutes sortes d'objets destinés à pimenter la vie sexuelle, des sous-vêtements sales, des préservatifs, de la drogue et même une perruque. J'ai l'impression de regarder chez ces gens par la fenêtre, ou de lire leur journal intime. C'est si personnel.

Et ce matin, je dois avouer que j'ai drôlement hâte de découvrir ce que ces clients-là ont abandonné à la vue de tous dans leur chambre.

Malheureusement, il n'y a rien de très croustillant dans les premières. Par rapport à ce que j'ai pu voir, je les trouve même plutôt soigneusement rangées. Je m'assure que tous les lits ont bien été faits et que les serviettes sont propres, puis je remplis les distributeurs de gel douche et de shampooing au thym arctique et au bouleau qu'Edda fait fabriquer spécialement pour l'hôtel.

Arrivée dans la chambre de Hákon Ingimar, je reste un instant figée à regarder autour de moi. La pièce est imprégnée de son odeur, un puissant parfum masculin, teinté d'une note plus sucrée. J'observe la veste en cuir accrochée dans la penderie et la trousse de toilette posée sur le bureau. Elle est ouverte, et j'aperçois une bouteille de parfum, un flacon de gel pour cheveux et un paquet de préservatifs. Alors que je m'apprête à ouvrir prudemment sa valise, j'entends un bruit provenant du couloir. Des pas. Je sursaute et mon pouls s'accélère. Je jette un rapide coup d'œil circulaire en quête d'une issue, avant de me rappeler qu'il n'y a rien d'anormal à ce que je me trouve dans sa chambre. Le bruit de pas s'éloigne et tout redevient silencieux, en dehors de ce battement dans mon crâne et de ma respiration haletante.

Reprenant mon travail, je sens mes mains trembler et je dois m'interrompre une seconde pour me ressaisir. Je passe les doigts sur l'ecchymose de mon bras et ferme les yeux. Me concentre sur mon souffle, essaie de retrouver une respiration normale. Je me dis que je ne dois pas en faire un drame, que ce n'était qu'une plaisanterie innocente.

Déconnectée, absorbée par mes pensées, j'inspecte les chambres suivantes en mode automatique.

Ce n'est que lorsque j'arrive dans une des chambres du rez-de-chaussée que je remarque quelque chose d'inhabituel. Tout est en ordre, aucun vêtement ni déchet ne traînent. Ce qui attire mon attention, c'est l'absence du large vase censé se trouver sur le bureau. Je regarde autour de moi. Où est-il passé ? Une famille aussi privilégiée que celle-ci n'irait tout de même pas voler un vase ?

Je regarde sous le lit. Je n'y trouve pas le vase, mais des morceaux de verre brisé.

J'attrape un balai et les ramasse avec une petite pelle. C'est alors que j'aperçois un vêtement sous le lit, peut-être oublié par de précédents clients. Munie du balai, je parviens à l'extirper. Il s'agit d'un débardeur sur lequel s'étale une énorme tache. Pas besoin d'un spécialiste pour en déterminer la nature. Il s'agit clairement d'une coulure de sang séchée, comme si quelqu'un avait abondamment saigné du nez.

Je glisse le débardeur dans un sac en plastique et m'assure qu'il ne reste plus de verre brisé sous le lit avant de me rendre à la réserve où sont stockés les draps, les parures de lit et, je l'espère, un vase supplémentaire. Alors que je passe devant la réception, le téléphone sonne.

La jeune femme au bout du fil semble bouleversée.

– Je cherche ma sœur, Maja. Je veux dire María Sif Pálsdóttir, mais on l'appelle toujours Maja.

– Un instant, dis-je, m'apprêtant à jeter un œil à l'ordinateur, lorsque Edda me rejoint.

– Elle demande cette Maja ? me murmure-t-elle avant

de m'expliquer que l'intéressée a quitté l'hôtel durant la nuit.

Lorsque je transmets le message à la jeune femme au téléphone, elle paraît surprise.

– Vous êtes sûre ? Je... personne n'a de ses nouvelles depuis hier soir.

Elle hésite un instant puis ajoute :

– Vous pouvez revérifier, juste pour être sûre ?

– Je ne sais pas...

– Mais comment ? me demande-t-elle soudain.

– Pardon ?

– Comment a-t-elle pu quitter l'hôtel ? précise-t-elle, la voix sur le point de se briser. Maja n'a pas le permis. Ni de voiture. Vous pouvez m'expliquer comment elle est censée être partie au beau milieu de la nuit ?

# Lea Snæberg

– Accroche-toi à la rambarde, ma grande, les marches risquent de glisser.

Me retournant, j'aperçois Tryggvi, le compagnon de ma grand-tante Oddný, au pied de la passerelle menant au pont du bateau.

– OK, dis-je en m'emparant de la rambarde.

Je sens sa présence derrière moi pendant que je monte. Je ne supporte pas que les hommes m'appellent « ma grande » ou « ma chérie », surtout ceux que je ne connais pas du tout, comme Tryggvi.

L'autre jour, quand Mamie est venue nous rendre visite, je l'ai entendue critiquer Oddný auprès de Maman. Elle ne comprenait pas ce que sa belle-sœur faisait avec un homme sans éducation et aussi négligé.

Avant de le rencontrer, j'estimais qu'elle le jugeait trop sévèrement, mais maintenant, je vois ce qu'elle voulait dire. Avec ses cheveux gris trop longs, tout secs et qui semblent sales, je doute qu'il utilise du shampooing – les soins nourrissants, n'en parlons même pas. Quant à ses vêtements, je ne sais pas par où commencer. Il porte toujours des jeans trop larges et usés, des tee-shirts à l'effigie de groupes de musique obscurs et un manteau d'une marque dont je n'ai jamais entendu parler. Pour ne rien arranger, il agrémente le tout d'étranges bottes de cow-boy. Mais le pire, c'est son odeur. Une odeur de cheveux gras, de sueur et d'autre chose que je ne parviens pas à identifier. Peut-être un produit chimique. De l'huile ou de la peinture, ce qui pourrait coller, car d'après Maman il est menuisier.

Cela dit, aujourd'hui, la puanteur de la mer submerge tout le reste. Arrivée à bord du bateau, je grimace. Ça sent les viscères de poisson et le sel.

– Ne fais pas cette tête-là, me dit Mamie en passant un bras par-dessus mon épaule. Ce n'est pas si terrible. Tu sais que tes ancêtres ont toujours vécu dans ces conditions. Naviguant quelle que soit la météo…

Elle me guide à travers le pont en me racontant sa jeunesse et la fois où elle est sortie en mer avec son père, qui était pêcheur.

– Tu n'as pas été malade ? je lui demande, car j'ai déjà la nausée, alors que nous sommes encore à quai.

– Oh que si, me répond-elle dans un rire. J'ai gardé la tête par-dessus le bastingage pendant tout le voyage. C'est pourquoi je ne l'ai fait qu'une fois et jamais retenté l'expérience.

J'ai du mal à imaginer Mamie en pleine mer. Grand-mère Ester est toujours si apprêtée, avec ses talons hauts et ses bijoux, que l'idée de la voir en salopette de marin-pêcheur et pull en laine islandaise a de quoi faire sourire. C'est à peu près aussi absurde que d'imaginer mon grand-père en tutu, en train de danser un ballet. J'essaie de coller le visage actuel de Mamie sur un corps d'enfant, et le résultat me donne juste des frissons.

Le bateau se stabilise tandis que nous nous mettons en route, et ma nausée disparaît avec le vent froid. Lorsque Mamie s'en va parler à quelqu'un d'autre, j'agrippe le bastingage et tourne la tête vers le soleil.

Je supporte mieux l'air marin à présent, et la vue est magnifique. L'écume jaillit tout autour du bateau et le ciel d'un bleu limpide nous permet de distinguer toutes les îles du large fjord Breidafjördur, des petits rochers émergeant timidement de la mer jusqu'aux îlots plus imposants, couverts de végétation. Toutes sortes d'oiseaux planent au-dessus de nous ou se reposent sur les rochers.

Je ferme les yeux et inspire.

– Tu sais qu'on ne peut pas les compter ?

– Hein ?

Lorsque je rouvre les paupières, Tryggvi se tient à côté de moi.

– Les îles du Breidafjördur. On dit qu'on ne peut pas les compter. En fait, on en dénombre entre deux mille sept cents et deux mille huit cents, donc ce n'est pas tout à fait vrai.

– Ah. OK.

Je connaissais cette anecdote, mais je ne dis rien. À nouveau, je suis prise d'un malaise que je ne peux pas m'expliquer.

– Oui, poursuit Tryggvi, comme s'il se parlait à lui-même. En tout cas, elles sont nombreuses.

Il pose ses coudes sur le bastingage et regarde droit devant lui. Soudain, je repense à cet homme qui n'arrête pas de m'envoyer des messages et se fait appeler Gulli58. Un vieux qui écrit à une fille de seize ans. C'est bizarre, et gênant.

Qu'est-ce qu'il a bien pu faire quand il a vu que je l'avais à nouveau bloqué ?

Gulli58 sait où je suis ce week-end et il loge quelque part dans le coin. Je l'ai toujours imaginé comme un vieil homme seul, mais si ce n'était pas le cas ? S'il avait une famille et même des enfants ? S'il ne ressemblait pas du tout au genre d'homme qui envoie des messages à une fille de seize ans sur Internet ?

Et si c'était Tryggvi ?

La pensée jaillit si soudainement dans mon esprit que je sursaute presque. Le dénommé Gulli pourrait-il être Tryggvi ? Si 58 est son année de naissance, l'âge collerait, non ? Je compte dans ma tête et me dis que ça pourrait être le cas, même si Tryggvi est vraisemblablement un peu plus vieux que ça. Un homme né en 1958 aurait cinquante-neuf ans. J'ai du mal à deviner l'âge de Tryggvi. C'est juste un vieux, plus vieux que Papa, probablement aussi vieux que Papy, je crois. Papy et lui sont tellement différents que je n'arrive même pas à comparer leur âge.

Mon téléphone se met à sonner, me donnant une bonne excuse pour m'éloigner.

– Lea ?

C'est mon amie Solla, et à sa voix, je comprends qu'elle est bouleversée.

– Qu'est-ce qu'il y a ?

Jetant un coup d'œil derrière moi, je vois Tryggvi qui contemple toujours la mer.

– Lea, tu es là ?
– Oui, dis-je.
– J'ai été sélectionnée !
– Quoi ?
– Dans l'équipe nationale. Des moins de seize ans, je veux dire.
– Oh.

Un instant, je suis si soulagée que j'en oublie de partager mon enthousiasme. Je m'empresse d'ajouter :

– Waouh, félicitations, Solla ! C'est génial.

Elle continue de parler un moment, me liste les autres joueuses sélectionnées et celles qui ne l'ont pas été. Abritée par une cloison blanche, j'essaie de me concentrer sur ce qu'elle me raconte, mais ses mots rentrent par une oreille et ressortent par l'autre.

J'observe Tryggvi, qui discute avec Smári et Papa. Il ne me cherche pas du regard une seule fois, et je retrouve un peu mon calme. Je suis sûrement en train de devenir à moitié dingue. J'ai les nerfs à vif après tout ce qui s'est passé ces dernières années, et je suis à cran parce que je n'arrête pas de penser à Birgir. Depuis ce matin, je vérifie mon téléphone toutes les deux minutes, sursaute à chaque fois que je crois l'entendre sonner ou le sentir vibrer dans ma poche.

– Lea ? fait la voix de Solla, qui semble un peu énervée. Tu es là ?

– Oui.

– Je te demandais si tu revenais bien demain ? Parce que je ne compte pas y aller toute seule avec Tara. Elle peut être tellement autoritaire.

– Je ne sais pas exactement quand je rentre.

Je sens soudain à quel point je préférerais être à la maison. La nature, qui quelques instants auparavant me paraissait si belle, est devenue tout à coup assez sinistre. Le vent n'est plus frais, mais glacial, et l'odeur me submerge de nouveau depuis que le bateau a ralenti son allure. *Je suis coincée ici*, me dis-je. Je ne pourrais pas m'en aller, même si je le souhaitais.

Lorsque je raccroche d'avec Solla, le froid a commencé à s'insinuer sous ma doudoune, et je me mets bientôt à trembler. Me penchant par-dessus le bastingage, j'essaie de me concentrer sur autre chose que la température et l'épouvantable puanteur.

Nous passons devant une petite île, un rocher pour ainsi dire, qui pointe à la surface de l'océan. Quelques oiseaux, principalement des mouettes, se tiennent fièrement dessus et observent la mer de leur regard perçant. J'aperçois alors un autre oiseau parmi elles, qui ne leur ressemble pas du tout. Il est noir, a le cou long et des plumes ébouriffées sur la nuque. L'animal tourne la tête vers moi et j'ai la sensation qu'il me regarde, même si je sais que ce n'est pas possible. Il déploie soudain ses ailes et les fait battre à toute vitesse, sans pour autant s'envoler. Le mouvement a quelque chose de menaçant, comme s'il me faisait signe de m'éloigner, et malgré moi je recule, fais quelques pas en arrière jusqu'à me retrouver dos au mur, cachée dans l'ombre.

L'oiseau s'envole enfin et je l'aperçois tout là-haut, bien au-dessus de ses congénères.

Je balaie le trouble qui s'est emparé de moi, remonte la fermeture de ma doudoune jusqu'au menton et jette encore un coup d'œil à mon téléphone. Birgir a beau ne pas répondre, voir son visage sur l'écran et savoir qu'il est là, quelque part, me rassure. Je parcours souvent ses photos lorsque je me sens triste ou seule. Un geste simple qui me redonne le sourire et me remplit d'un sentiment de hâte.

Je tape son nom dans le moteur de recherche d'Instagram, mais au lieu de son profil, c'est un tout autre Birgir qui s'affiche. J'essaie encore ; impossible de retrouver sa page. Je vérifie que j'ai bien épelé son nom, même si je sais déjà que c'est le cas.

Mon cœur s'emballe et un mauvais goût m'emplit la bouche, comme si quelque chose remontait le long de mon œsophage. Ma respiration accélère au point de me donner le tournis. Je n'arrive pas à inspirer assez profondément pour que l'oxygène atteigne mes poumons.

Je réécris son nom, encore et encore. Fixe l'écran. Fais défiler la liste à la recherche de Birgir, mais rien. Son profil n'existe plus.

Il a disparu.

# Petra Snæberg

Le bateau ralentit et je contemple la surface de la mer qui ondoie paisiblement sous nos pieds. On dirait un matelas doux, sur lequel on pourrait s'allonger et s'endormir.

*Sois prudente, M.*

Les mots résonnent dans ma tête et je me demande ce que Maja veut dire. Car ce M doit bien être son initiale, non ? Qui d'autre aurait pu m'adresser ce message ?

Je soupçonne que c'est lié à ce dont elle voulait me parler hier soir. Puisqu'elle n'en a pas eu l'occasion, elle a décidé de me laisser un mot. Mais pourquoi aussi court, aussi flou ?

La seule explication qui me vienne à l'esprit, c'est qu'elle craignait que quelqu'un d'autre le trouve. Elle voulait que je sois la seule à le comprendre, mais je ne le comprends pas. Je ne vois pas pourquoi je devrais être prudente.

J'essaie de me mettre à sa place. De l'imaginer quittant l'hôtel dans la nuit et m'écrivant ce mot dans la précipitation. Le collant à la poignée de ma voiture dans l'espoir que je le trouve.

*Sois prudente.*

Elle a dû penser que je devinerais immédiatement de qui je devais me méfier, mais le seul candidat auquel je pense est Gestur. Parce qu'il est le plus proche de moi, parce que c'est lui en qui j'ai le plus confiance.

– Tout va bien ? me demande-t-il.

Il se serre contre mon dos et m'entoure de ses bras en posant les mains sur le bastingage et le menton sur mon épaule.

– Très bien, dis-je en me demandant si je devrais lui parler de ce petit mot – mais je décide de garder ça pour moi.

Il pose une main sur la mienne et je sens la chaleur qui émane de lui.

– Il va falloir qu'on mette cette chambre d'hôtel à profit en rentrant, murmure-t-il à mon oreille.

Je ne réponds rien, le laisse se coller à moi et respirer mes cheveux. Et à mon propre étonnement, je sens le désir s'éveiller.

Maja ne peut pas avoir fait référence à Gestur dans son message. Je n'ai aucune raison de m'en méfier, je n'en ai jamais eu. Peut-être qu'elle ne voulait pas du tout me prévenir d'un danger, simplement m'encourager à être prudente en général. Comme des parents inquiets le disent à leurs enfants lorsqu'ils sortent.

Nous sommes si proches de l'île à présent que je distingue les oiseaux perchés sur les rochers – mouettes, fulmars et macareux. J'oublie toujours à quel point les macareux sont petits d'aussi près, avec leur bec ramassé rouge et bleu et ces marques rouges autour de leurs yeux ronds. Je les observe avec fascination, et ils me regardent eux aussi depuis leurs saillies rocheuses.

Quelqu'un s'écrie qu'il a aperçu un aigle, et Gestur me lâche immédiatement pour attraper ses jumelles. Il nourrit pour les oiseaux une passion bizarre que je ne peux même pas prétendre partager. Malgré tout, je lève les yeux au ciel comme les autres et vois l'aigle étendre ses ailes loin au-dessus de nous. Il semble voler sans le moindre effort, son amplitude est telle que les courants ascendants le maintiennent longtemps en l'air. Il se rapproche de plus en plus, jusqu'à s'installer au sommet d'une île tout près de nous. Posé sur un rocher, il contemple le fjord avec dignité.

Parcourue d'un frisson, je lâche la rambarde d'acier glaciale. J'ai soudain l'impression qu'on m'observe. Lorsque je me retourne, j'aperçois Viktor.

– Ils sont magnifiques, dit-il en souriant.

– Oui. Vraiment beaux.

Mais je ne relève pas les yeux. J'examine plutôt le visage de Viktor, son expression parfaitement insouciante.

Il me semble improbable que Maja ait pris le volant pour quitter l'hôtel. Je me rappelle notre rencontre à la station-service Hyrnan : ils sont tous les deux remontés dans la voiture de Viktor. Elle n'a quand même pas pris sa voiture à lui pour partir ? Soit quelqu'un est venu la chercher, soit elle a marché jusqu'au village le plus proche, ce qui lui aurait tout de même pris une bonne heure, si ce n'est plus. Vu la météo de la nuit dernière, j'espère que la première option est la bonne, même si elle me semble moins vraisemblable. Si quelqu'un était passé la prendre à l'hôtel, sa famille ne serait sans doute pas à sa recherche. Elle aurait donné de ses nouvelles. À moins qu'elle ait fait du stop. Peut-être qu'elle comptait marcher, mais que quelqu'un lui a proposé de l'emmener.

Mon corps se couvre de sueur froide lorsque je pense à ce que cela pourrait signifier, étant donné qu'on est sans nouvelles d'elle depuis son départ.

Je sais que c'est probablement stupide de ma part, mais je ne peux m'empêcher de frissonner en pensant à l'histoire sinistre des lieux. Axlar-Björn, un des tueurs en série les plus tristement célèbres d'Islande, a vécu un temps à Búdir, non loin de notre hôtel. Il volait les biens des voyageurs qui passaient devant sa ferme avant de les assassiner et de les enterrer dans le champ de lave à proximité des rochers de Knarrarklettir. Bien que tout cela se soit passé il y a des centaines d'années, je me demande parfois si les os de ses victimes gisent encore là, sans jamais avoir trouvé le repos dans une vraie tombe. J'ai beau aimer Snæfellsnes de tout mon cœur, j'ai la sensation que ces événements effroyables se sont insinués dans la terre où ils se sont déroulés. Après l'exécution d'Axlar-Björn, son corps a été coupé en trois et enterré près de Hellnar, où nous nous trouvions hier – trois morceaux pour l'empêcher de revenir hanter la région. Je n'ai pas peur de son fantôme, mais plutôt du mal qui pourrait bien avoir infiltré ces paysages autour de nous.

Impossible de rester indifférente à cette histoire, surtout quand j'imagine Maja seule dans ce champ de lave en pleine nuit.

# Tryggvi

Lassé de rester debout sur le pont, je descends à la cafétéria où j'achète deux tasses de café et un cookie d'avoine aux pépites de chocolat. Je m'assieds près d'Oddný, qui n'a dû passer que quelques minutes dehors avant de venir ici pour s'abriter du froid.

— Comment ça va ? je lui demande en lui tendant une des deux tasses.

— Bien, très bien, répond-elle avec un sourire reconnaissant pour le café. J'étais frigorifiée, là-haut.

— Oui, il ne fait pas chaud.

Oddný ne me demande pas comment je vais et, bien que je ne veuille surtout pas me plaindre, je dois avouer avoir connu des jours meilleurs. Il fallait s'attendre à ce que ce soit difficile. Ça fait dix-sept ans que je n'ai pas traversé cette journée sans boire une goutte d'alcool, mais il y a une première pour tout. On n'est jamais trop vieux pour s'améliorer.

Ces derniers temps, je me suis beaucoup interrogé sur la façon de devenir un homme meilleur. Quand on a commencé le processus et que ça se passe bien, ça motive à continuer. J'ai beau avoir abandonné l'alcool pour le moment, je ne me suis pas encore débarrassé de quelques mauvaises habitudes. Je ne dors pas assez, je travaille trop, j'avoue rarement ce que j'ai sur le cœur. La vie a passé et j'ai fini par oublier de réaliser certains rêves auxquels je tenais. Comme de parcourir la campagne écossaise ou le sud des États-Unis.

– Je ne me sens pas très en forme, soupire Oddný. J'ai hâte qu'on rentre à l'hôtel pour m'allonger un peu.

– Oh oui, ça me ferait du bien aussi.

Je casse un morceau de cookie et le glisse entre mes lèvres. Pendant que je mange, je me rends soudain compte que je ne me vois pas effectuer ces voyages avec Oddný.

Je pousse ma petite assiette dans sa direction.

– Tu ne veux pas grignoter un peu ?

Elle observe le cookie un instant, comme pour évaluer ma proposition, puis elle se sert un morceau à son tour. Lorsqu'elle tourne la tête, j'aperçois une blessure sur son front, juste au-dessus de la tempe. Une petite coupure et une ecchymose qui a commencé à bleuir. Le maquillage ne les dissimule pas très efficacement.

Rongé de culpabilité, j'arrête de manger. Comme si me priver de sucreries allait changer quoi que ce soit.

– Vous en avez marre de l'air marin ? demande Haraldur en s'asseyant avec nous.

Les mains chargées de mignonnettes de vin achetées au bar, il les distribue comme s'il assignait à chacun un boulot. C'est étrange, comme les proches d'Oddný s'inquiètent de sa consommation d'alcool tout en continuant de lui en offrir avec autant d'insistance. Je décline, mais pas elle.

– Bah alors, vous êtes bien calmes ! s'exclame Haraldur dans un éclat de rire viril avant de vider sa mignonnette d'un trait.

Ils parlent un moment de la formation d'un nouveau gouvernement, des attaques répétées des médias contre la droite et des absurdités de la gauche.

– Je ne pige pas comment cette midinette a réussi à finir Premier ministre, assène Haraldur en s'emparant d'une boîte de tabac à priser et en la secouant légèrement. Les gens croient vraiment que les choses vont s'améliorer comme ça ? Que dissoudre le gouvernement pour un petit scandale de rien du tout va régler les problèmes ? T'en penses quoi, toi ?

Haraldur plonge soudain son regard dans le mien. Son ton est vif, comme s'il s'attendait au pire et se préparait à un débat houleux.

– Ben...

Je pourrais lui dire que j'ai toujours voté à gauche, que je me suis toujours considéré comme un socialiste, pas un capitaliste. Mais ça ne ferait probablement que semer la discorde.

– Je n'ai pas encore vraiment d'opinion là-dessus, mais il me semble qu'elle a fait ses preuves pour mériter ce poste, non ?

– Épargne-moi ces conneries, Tryggvi, réplique Haraldur en grimaçant avant de s'adresser à sa sœur : Dis-moi, Oddný, il est de quel bord, ton mec ?

Oddný esquisse un sourire timide.

– Nous ne parlons presque jamais de politique.

– Et tant mieux, glisse Ester tandis qu'elle se joint à la tablée avec Ingvar, le frère de son mari, et sa femme Elín. Parlons d'autre chose, Halli.

Haraldur dépose une petite quantité de tabac sur le dos de sa main avant de le renifler bruyamment.

– Ça alors, qu'est-ce qui t'est arrivé, Oddný ? demande Ester en voyant le visage de sa belle-sœur.

– Oh, rien du tout, répond l'intéressée. Je me suis cognée.

Ester hausse les sourcils, et je crois savoir ce qu'elle pense. Elle a bien vu dans quel état Oddný se trouvait hier. Elle change immédiatement de sujet, lançant d'une voix exagérément joyeuse :

– J'ai entendu dire que la cuisine est excellente là-bas.

– Comment s'appelle ce restaurant, déjà ? demande Elín.

– Vidvík. Apparemment, ils proposent une soupe de fruits de mer à tomber. Tu es déjà venu dans le coin, Tryggvi ? me demande ensuite Ester, comme pour rattraper le comportement de son mari que je soupçonne d'avoir un peu trop bu – il a le visage rougeaud.

– Hé ! lance Haraldur en faisant signe à la jeune employée derrière le comptoir.

Je doute que le service se fasse à table, néanmoins la jeune fille s'approche et prend sa commande, puis va nous chercher un nouveau stock de mignonnettes.

– Et sinon, vous pensez quoi de l'hôtel ? demande Elín. J'ai tellement bien dormi cette nuit. Comme un bébé.

– C'est vraiment très beau, approuve Ester. Et la puissance de la douche ! Je crois que je n'ai jamais été aussi propre. Je voulais justement te féliciter pour cette proposition.

– Me féliciter ? s'étonne Elín en secouant la tête. Je n'avais jamais entendu parler de cet hôtel.

– Ce n'est pas toi qui l'as suggéré sur la page Facebook ? Tu sais, le groupe qu'on a utilisé pour organiser le week-end.

– Non, c'était quelqu'un d'autre. Je ne suis pas sur Facebook, Ingvar s'est occupé de tout.

– Ah bon… En tout cas, excellent choix. Je n'ai rien à redire.

– L'odeur des savons est très spéciale, quand même, glisse Ingvar. On dirait du… du…

– Du bouleau, complète Ester. Ils sont faits à partir de bouleau et de thym arctique.

— Ils mettent du thym arctique dans tout ? demande Elín. Il y en avait déjà dans le thé qu'ils nous ont offert à notre arrivée. Excellent, d'ailleurs.

— Je suis d'accord avec Ingvar. C'est dégueulasse, à l'odeur comme au goût. C'est à qui ça ? fait Haraldur en pointant du doigt le cookie resté sur la table.

— Sers-toi, dis-je.

Il en prend la moitié qu'il enfourne dans sa bouche. Les miettes tombent en cascade sur sa doudoune bleu roi.

— On n'a pas à se plaindre du service, cela dit, enchaîne Ingvar. La jeune fille qui travaille à l'hôtel est très aimable.

— Aimable, ouais, lâche Haraldur. J'espère que c'est elle qui s'occupera de mon massage tout à l'heure.

— Arrête un peu, Halli, lui lance Ester avec un coup de coude.

Haraldur laisse échapper un nouveau rire tonitruant et, ne semblant pas se formaliser que personne ne se joigne à lui, vide une énième petite bouteille d'un trait.

J'ai bien envie de lui rappeler que nous avons encore de la route à faire. Ce matin, nous avons laissé nos voitures à Stykkishólmur, du côté nord de Snæfellsnes, pour embarquer sur le ferry. Après notre balade en mer, nous récupérerons les voitures et rejoindrons la pointe ouest de la péninsule pour déjeuner au restaurant Vidvík de Hellissandur, réservé à quatorze heures. Suivra une promenade sur la plage de Djúpalónssandur avant que nous regagnions l'hôtel. En tout, cela doit faire plus d'une centaine de kilomètres. Mais je sais que les hommes comme Haraldur s'estiment au-dessus des lois. Différents du commun des mortels, par conséquent libres de faire ce que bon leur semble. Et peut-être est-ce le cas, quand on a le pouvoir de l'argent. Une amende salée ne lui ferait ni chaud ni froid. Il n'hésiterait même pas à avoir recours à des pots-de-vin si nécessaire. J'ai beau avoir du mal à croire que quelqu'un accepterait un pot-de-vin en Islande, je sais bien que ça arrive.

Cette suffisance, ce manque grossier de considération me met dans une telle fureur que j'en tremble presque. Les salauds qui conduisent ivres au mépris du droit de chacun à circuler en toute sécurité. Je n'accepte pas un tel manque de respect pour la vie des autres.

Je regarde Oddný accepter une nouvelle bouteille offerte par Haraldur et je ressens soudain un désir incontrôlable de m'enfuir le plus loin possible. Je voudrais pouvoir descendre de ce bateau. Je ne suis pas à ma place ici, je ne peux pas rester assis une minute de plus.

– Ils ne vont pas tarder à jeter le chalut, dis-je en me levant.

Bien qu'en moi bouillonne une colère tout à fait justifiée, je me sens horriblement hypocrite. Parce que lors de mes périodes sombres, j'ai fait exactement ce pour quoi je les juge aujourd'hui, et même bien, bien pire.

## Sævar
Inspecteur au commissariat d'Akranes

*Maintenant*
*Dimanche 5 novembre 2017*

Edda revint avec des chocolats et du café.
– Bien, retraçons la soirée d'hier, commença Hördur.
– Oui, d'accord, acquiesça Edda en se massant les mains. En fait, j'étais rentrée chez moi quand ça s'est produit. Quelques employés étaient présents, notamment pour prendre les commandes des clients au bar et… et bien sûr, nous avons toujours du personnel de service la nuit.
– Quand avez-vous été informée de la disparition ?
– J'ai reçu un appel téléphonique à quatre heures du matin : on m'a dit que quelqu'un était sorti et n'était toujours pas revenu. Naturellement, les gens s'inquiétaient. Il faisait un temps désastreux, beaucoup de vent, un froid glacial, ce n'était clairement pas une bonne idée d'aller dehors dans ces conditions. Par ailleurs, l'obscurité est presque totale la nuit dans le coin, ça peut être difficile de retrouver son chemin si on ne connaît pas les lieux. Facile de se perdre…
– Qui vous a appelée ? demanda Hördur.
– L'un de mes employés. Arne, un garçon qui travaille comme serveur chez nous. Il m'a dit que trois

personnes étaient sorties dans la tempête pour une raison qu'il ignorait, mais que seules deux étaient revenues.

– Que s'est-il passé ensuite ?

– J'ai demandé à Arne d'appeler immédiatement les secours, ce qu'il a fait. Ils sont arrivés rapidement et ont tout de suite entamé des recherches.

Edda baissa les yeux sur sa tasse avant d'ajouter :

– Je n'ai sans doute pas besoin de vous préciser que, par un temps pareil, cela peut être une question de minutes.

Elle se tut et but une gorgée de café. Mais Sævar connaissait de toute façon la suite des événements. Il savait que les secours n'avaient découvert le corps qu'au lever du jour. Qu'en l'occurrence, personne n'avait été piégé par les éléments, comme cela arrivait parfois la nuit lorsqu'une tempête de neige faisait rage, surtout dans les temps anciens. Cette fois, la nature avait joué un rôle minime, voire inexistant, dans la mort de la victime.

# Petra Snæberg

*La veille*
***Samedi 4 novembre 2017***

— Ma petite nièce s'intéresse beaucoup à la décoration d'intérieur, me dit Mist, la femme de mon frère Smári. Elle habite dans un appartement d'étudiant pour le moment, mais tu devrais voir ce qu'elle en a fait ! Je te jure, elle a l'œil pour les détails.

Mist écarquille les yeux et gesticule beaucoup lorsqu'elle parle.

— Bref, je lui ai dit que je te demanderais si tu engageais du monde pour l'été. Franchement, tu aurais à peine besoin de la payer. Elle accepterait de travailler gratuitement.

— Oh, génial ! je réponds. On n'a jamais engagé d'étudiants pour l'été jusqu'ici, mais je vais voir ce que je peux faire.

— Ce serait super. Elle serait tellement contente.

Je souris en feignant d'être intéressée, mais en réalité je me demande quelle excuse je vais pouvoir inventer. Mist et moi ne nous sommes jamais particulièrement entendues. Smári et elle ont commencé à sortir ensemble à l'époque où j'habitais encore chez mes parents. La première fois que je l'ai rencontrée, je rentrais plus tôt que prévu de l'école et je pensais que la maison était vide. Je m'apprêtais à rejoindre ma chambre quand j'avais entendu un bruit. Je m'étais arrêtée dans le couloir et avais appelé Smári, mais pas de réponse. Mist était alors sortie de ma chambre, le visage pivoine et la mine honteuse.

– Excuse-moi, avait-elle dit. Je... je cherchais une brosse.

– Une brosse ?

– Oui. Je... euh... Je suis Mist.

Smári nous avait parlé d'elle. Mist, c'était cette fille qui appelait sans cesse à la maison, qui lui valait les taquineries de ses amis. Je ne sais pas à quoi je m'attendais, mais certainement pas à la fille que j'avais devant moi. Vêtue d'un tee-shirt arborant un dessin de Minnie avec un petit trou au niveau du nombril, elle avait les cheveux d'une sorte de châtain incolore, un menton proéminent et des lunettes rondes. Et elle se tenait là, les joues en feu, après avoir fouillé dans ma chambre – nous savions toutes les deux que cette histoire de brosse était un mensonge. J'ai tout de suite eu une dent contre elle.

Je ne lui ai jamais pardonné son indiscrétion, même si rien ne semblait avoir bougé dans ma chambre. Et peut-être que je ne lui ai jamais pardonné non plus d'avoir mis le grappin sur mon frère, qui aurait pu faire tellement mieux.

À mon grand soulagement, un homme à la poupe du bateau nous interpelle.

– On va remonter le chalut, dit-il en faisant signe à tout le monde de se rassembler.

J'abandonne Mist et retrouve Ari à l'avant du groupe.

– Tu vas goûter ? je lui murmure.

Il grimace mais hausse finalement les épaules.

– Oui, oui.

Le filet remonte tellement chargé qu'il déborde. Le marin le hisse sur la longue table devant lui ; de l'autre côté, les passagers l'observent tandis qu'il l'ouvre et libère la pêche du jour.

– Et voici des sushis de Viking, directement depuis le fond de l'océan – on ne peut pas faire plus frais.

L'homme étale son butin sur la table.

– Nous avons de délicieuses coquilles Saint-Jacques et des oursins que vous allez pouvoir goûter. Et bien sûr, quelques beaux spécimens de crabes se sont joints à la fête, mieux vaut les écarter avant qu'ils ne causent des dégâts – leurs pinces peuvent faire très mal. Ah, j'aperçois aussi des étoiles et un concombre de mer.

Des membres d'équipage en ciré sortent des couteaux et commencent à ouvrir les coquillages.

– Bon, c'est l'heure de goûter, dit Viktor.

Il se tient tout contre moi, si près que je sens la chaleur qui émane de lui.

– Oui..., dis-je en m'emparant d'une coquille ouverte.

J'observe une seconde la chair blanche et gluante à l'intérieur, puis m'exécute sans plus de question.

Il me regarde, à l'affût d'une réaction.

– Hmm, fais-je en hochant la tête. Délicieux. Goûte.

Ce n'est pas particulièrement bon, mais je parviens à le convaincre.

Il attrape une coquille, l'approche de son visage et en examine le contenu d'un air dubitatif.

– C'est vraiment bon ? demande-t-il.

– Oui, vraiment, je réponds avec mon expression la plus innocente. Vas-y, goûte.

– C'est bien pour te faire plaisir.

Fermant les yeux, il fait glisser le contenu de la coquille dans sa bouche. Un instant, on dirait qu'il s'apprête à recracher. Il tressaille mais finit par avaler avec difficulté.

– Traîtresse, lâche-t-il avec une colère feinte. J'avais oublié à quel point tu pouvais être malveillante.

J'éclate de rire. Les larmes aux yeux, je n'arrive même plus à articuler un mot.

– Je peux vous inviter à goûter ceux-ci ? propose le pêcheur en nous tendant des œufs de poisson. Un délice pour les fins gourmets !

– Non merci, répond Viktor. Impossible.

– Non merci, dis-je à mon tour.

– Hé, viens prendre un verre dans ma chambre avant le repas tout à l'heure, me glisse Viktor lorsque le marin a abandonné l'idée de nous faire ingurgiter de nouveaux fruits de mer crus. Je ne peux pas repartir demain sans avoir eu une vraie conversation avec toi.

– Oui, avec plaisir, dis-je – peut-être veut-il me parler de ce qui s'est vraiment passé entre Maja et lui.

– Super. J'ai le champagne que tu adores.

Il sourit jusqu'aux oreilles, et je rougis. Il est venu me rendre visite avec ce champagne il y a quelques années, alors que Gestur était parti en Pologne pour le travail. Nous avons bu une bouteille entière à deux, puis une autre de vin rouge. Je me suis endormie sur le canapé pendant que Viktor était encore là, et c'est Lea qui m'a réveillée le lendemain matin en me secouant. *Maman, pourquoi tu as dormi sur le canapé ? Tu es malade ?*

Heureusement, Viktor avait jeté les bouteilles et débarrassé les verres, éliminant les preuves. Il avait aussi étalé une couverture sur moi et rapporté un oreiller de mon lit pour le glisser sous ma tête.

– Oh, je ne suis pas sûre que je devrais en reboire…

Viktor garde le silence. Dans son regard s'allume une lueur que je n'ai jamais vue auparavant. Quelqu'un nous rentre dedans et nous nous rapprochons. Nous sommes si près l'un de l'autre que je sens son corps contre le mien.

Je ris, un peu gênée. J'essaie de m'éloigner, mais je suis bloquée par la table accueillant la mixture marine. Des oursins marron et violets, des crabes retournés qui frétillent, des coquilles Saint-Jacques béantes, leurs entrailles prêtes à la dégustation.

L'odeur me jaillit soudain au visage, une lourde puanteur salée qui me donne l'impression que mon crâne est rempli d'une substance gluante. Autour de moi, j'entends des rires et des bruits de bouche. Notre famille n'est pas seule sur le bateau, il y a aussi des touristes, étrangers pour la plupart. Quelqu'un sert des verres de vin blanc, ajoutant une odeur doucereuse d'alcool à ce cocktail. Je sens la nausée me monter à la gorge et je déglutis. Je ne peux pas m'éloigner. Viktor se tient derrière moi, semblant déterminé à ne pas me laisser le moindre espace. Bien au contraire, il se rapproche encore, toujours plus près, au point que je parviens à peine à respirer.

# Lea Snæberg

Nous nous garons sur le parking de la plage de Djúpalónssandur. Le soleil décline déjà, et il y a un fin crachin dans l'air. Je suis souvent venue ici. Petite, je harcelais mes parents pour qu'on s'y arrête chaque fois que nous allions sur la péninsule de Snæfellsnes. J'adorais les galets. Tous parfaitement lissés et arrondis par la mer, presque comme des perles. Je passais beaucoup de temps à sélectionner les plus beaux pour les rapporter à la maison. Je les alignais dans ma chambre ou je les offrais en cadeau à mes copines.

– Tu viens ? m'interpelle Papa qui tient la main de Maman, quelques mètres devant moi.

Je descends le sentier jusqu'à me retrouver encadrée par des murs de roche volcanique aux formes singulières. Je continue et bientôt la mer m'apparaît. Je retire mon bonnet pour mieux l'entendre, mieux discerner les vagues qui s'écrasent puis le ruissellement de l'eau qui se retire.

On se croirait dans un autre monde, et pendant quelques instants je recouvre un peu de sérénité. J'arrive à respirer. Contemplant les galets et l'infini de la mer, je me rends compte que ça fait une éternité que je n'ai pas été heureuse. Vraiment heureuse.

J'éprouve toujours de la culpabilité lorsque ces

pensées m'assaillent. Je ne manque de rien, alors de quoi je me plains ? Je devrais être contente.

Je vis dans de meilleures conditions que beaucoup de gens. Quand j'y réfléchis, je revois toujours la petite fille avec qui je m'étais liée d'amitié lorsque j'avais neuf ans. Elle s'appelait Dagbjört et avait rejoint notre classe à l'automne. Un jour, j'ai proposé qu'on aille jouer chez elle plutôt que chez moi et elle a fini par céder devant mon insistance.

En entrant dans son appartement, j'ai eu un choc. Je me suis figée dans l'entrée et j'ai regardé autour de moi. On aurait dit un débarras. Pire que ça, même. Des objets de toutes sortes recouvraient le sol, du moins c'est ce que j'ai d'abord cru, avant de me rendre compte qu'il s'agissait de déchets : des boîtes à pizza, des cannettes de soda et autres emballages. La seule lumière provenait de la télé allumée. Les rideaux étaient tirés devant les fenêtres malgré le soleil qui brillait dehors. Le pire, c'était l'odeur, âcre et lourde, comme de la pourriture. Le père de Dagbjört est apparu dans une étrange tenue, avec une étrange expression sur le visage. Il nous a ordonné de ne pas faire de bruit, puis s'est de nouveau enfermé dans une chambre.

À chaque fois que je recevais des amis, mes parents discutaient avec et nous offraient des encas.

Lorsque Dagbjört m'a demandé si je comptais retirer mes chaussures, j'ai tressailli, inventé une excuse et je suis retournée chez moi en quatrième vitesse. Après ça, nous ne nous sommes plus jamais reparlé, sauf si nous y étions obligées. Dès que je l'apercevais, je lui tournais le dos ou bien je m'éloignais.

Je pense encore à Dagbjört, à cet appartement, à l'odeur qui y flottait et à l'expression de son père. Je ne sais pas pourquoi, mais elle reste quelque part dans un coin de mon cerveau et refuse de s'en aller, alors que je ne la connais presque pas et que je ne l'ai pas vue depuis des années. C'est sans doute la culpabilité qui me ronge et me rappelle à quel point je suis ingrate, mauvaise et pleine de préjugés d'avoir abandonné Dagbjört dans cet affreux appartement. Je l'ai parfois vue rentrer chez elle après ça, rester un instant sur le trottoir et nous observer, moi et mes copines. Je faisais semblant de ne rien remarquer.

À l'époque, je n'étais qu'une enfant, une enfant heureuse qui évitait tout ce qui la gênait. Quelques années plus tard, j'ai enfin compris ce que cela faisait, d'être à la marge, comme Dagbjört.

Tout le monde disait que j'étais devenue très calme tout à coup. Je restais à l'écart durant les récréations, je ne levais plus la main en classe pour demander de l'aide aux enseignants. Je ne voulais plus jouer après l'école. Mes copines croyaient que je cherchais à les éviter, et par je ne sais quel cheminement, tout est devenu ma faute. Parfois, je me dis qu'elles ont repéré une faiblesse chez moi et en ont profité. Qu'elles ont vu là une occasion en or de me mettre à terre.

Maman a toujours cru que j'avais changé à cause de ce qui se passait à l'école, que c'étaient les filles qui avaient cet effet sur moi. Je ne lui ai jamais confié la véritable raison. Elle n'a jamais appris que, au Noël de mes douze ans, je me suis endormie dans un lit chez Mamie et, lorsque je me suis réveillée, quelqu'un avait sa main sous mon pull, sous mon débardeur. J'ai sursauté en me rendant compte de ce qui se passait, mais j'étais incapable de bouger.

Hákon Ingimar a ri quand il a remarqué que j'étais réveillée.

– Ça commence à pousser, a-t-il dit.

Aussitôt, j'ai eu la sensation qu'il avait détruit quelque chose de fragile que je ne pouvais expliquer. En un geste, un instant, il m'avait privée d'une innocence dont j'ignorais même l'existence avant qu'elle me soit arrachée.

Et maintenant, je me demande ce qui va se passer si Birgir, ou quel que soit le nom de ce garçon avec qui j'ai discuté, publie les photos que je lui ai envoyées, ou nos conversations. Que vont dire mes parents ? Les élèves de mon lycée ?

J'ai l'impression d'avoir des pierres dans l'estomac, comme si tous ces galets que je collectionnais petite y étaient réunis.

Je me mets alors à penser à tout autre chose : Papa me préparant du chocolat chaud quand je rentrais de l'école enfant et que j'avais si froid que mes dents claquaient. Ou bien nos sorties à la piscine en famille le soir, pendant lesquelles Ari et moi avions l'autorisation de veiller bien plus tard que d'habitude. Papa me bordant, si serré que je ne pouvais plus bouger les bras. Je ne sais pas pourquoi toutes ces pensées s'abattent sur moi, mais les souvenirs défilent dans ma tête et ma gorge se noue.

J'inspire à fond, expire lentement. Ferme les yeux. Oublie les gens autour de moi. Et si tout disparaissait, tout simplement ? Et si…

Je marche jusqu'à la mer. Une vague s'étire jusqu'à mes chaussures et lèche les galets avant de se retirer.

Je continue. La vague suivante atteint mes chevilles et s'insinue dans mes tennis, mouillant mes chaussettes. Au début, j'ai terriblement froid, mais petit à petit mes pieds s'habituent.

J'avance encore.

# Petra Snæberg

Bon, j'ai bu du vin pendant le repas et je me sens un peu mieux. Je n'ai plus la tête aussi lourde. Je suis certaine de m'être imaginé des choses avec Viktor sur ce bateau. Il n'a pas sciemment essayé de se coller à moi. Le mot de Maja m'a bousculée et rendue paranoïaque. Peut-être qu'il n'était même pas de Maja, ou qu'il ne m'était pas destiné. Elle ignore quelle voiture nous avons, Gestur et moi, et comment était-elle censée deviner que c'était lui qui prendrait le volant, et que je serais assise du côté passager ?

Lorsque Gestur se gare sur le parking près de la plage de Djúpalónssandur, je sens la douce torpeur de l'alcool s'emparer de moi. Je n'ai pourtant pas bu tant que ça, seulement deux verres, mais cela suffit à rendre tout un peu plus facile. À auréoler le monde d'une agréable lumière.

– Oups.

Je dérape légèrement sur la mousse glissante alors que j'emprunte le chemin qui rejoint la plage.

Gestur attrape mon bras.

– Attention ma chérie, me dit-il et je me mets à rire – un peu trop fort, car Ari se tourne vers moi et lève un sourcil interrogateur.

Gestur sourit jusqu'aux oreilles. Il me trouve amusante lorsque je bois – du moins, la plupart du temps. En général, il en profite pour se rapprocher, car il sait qu'il a moins de chances de se faire rejeter.

Peu m'importe. Tout à l'heure, il a réveillé en moi un désir que je n'ai pas éprouvé depuis longtemps.

Lorsqu'on est mariés depuis des années, on apprécie ces rares moments où l'étincelle se manifeste de nouveau. Nous descendons main dans la main vers la plage, et je me dis que j'ai terriblement hâte de me retrouver seule avec lui.

– Tu es belle, me dit-il.

– Menteur, je réponds dans un rire. Mais merci de mentir !

– Je ne mens pas.

Il se mord la lèvre inférieure. Tandis que ses yeux examinent mon visage puis mon cou, je sens une chaleur m'envahir tout entière.

– Où est le collier que je t'ai offert ? me demande-t-il ensuite.

– Le collier ?

– Oui, le collier.

Il n'a pas besoin d'en dire plus. Ce collier, il me l'a offert alors que nous venions de nous mettre en couple et je l'ai porté pendant presque seize ans. Il y a quelques mois, je l'ai retiré avant de prendre une douche et il a dû glisser quelque part, car je n'ai pas réussi à remettre la main dessus. J'ai retourné toute la salle de bains, mais rien. On dirait qu'il s'est évaporé.

– Oh, je l'ai oublié à la maison, dis-je en me caressant le cou.

Après l'avoir porté pendant toutes ces années, j'ai l'impression qu'il manque quelque chose. Je suis toujours surprise de ne saisir que le vide lorsque je veux prendre ce petit cœur en or dans ma main.

– Ce n'est pas plus mal, répond Gestur avec un sourire. De toute façon, il serait temps de te trouver quelque chose de nouveau.

Je soupire de soulagement, et nous continuons de marcher.

J'ai beau être souvent venue à Djúpalónssandur, la vue me coupe toujours autant le souffle. Cette plage, c'est l'un de mes endroits préférés. Plus jeunes, Steffý et moi nous y baladions avec nos grands-parents et nous remplissions nos poches de ces jolis galets tout lisses, que nous alignions sur les appuis de fenêtre dans le chalet d'été. Nous nous cachions dans les grottes de roche volcanique, prétendant être des elfes. Plus tard, j'y suis revenue avec Ari et Lea, et je les observais tandis qu'ils ramassaient des galets à leur tour et couraient pour éviter les vagues.

Malgré le souffle incessant de la houle et les cris des oiseaux, il règne ici un calme apaisant. Le quotidien s'estompe, le point de vue change. Ce qui nous importe vraiment devient soudain plus clair.

Je m'arrête devant un panneau décrivant l'échouage d'un bateau sur cette plage en 1948. Seuls cinq des dix-neuf membres de l'équipage ont survécu. On aperçoit encore des morceaux d'épave çà et là, rouges de rouille, comme des monuments commémorant cette tragédie.

Je contemple la surface de l'océan qui se soulève et s'affaisse, comme si le monde prenait sa respiration. Le soleil brille encore dans le ciel, mais l'horizon s'assombrit déjà. La nuit semble attendre sagement l'heure de s'étendre sur le paysage.

Mon regard se pose sur Steffý qui, à quelques pas de moi, contemple elle aussi la mer, comme hypnotisée.

Elle porte un imperméable vert bouteille et des chaussures de randonnée qui paraissent trop luxueuses pour être vraiment utiles. Ses cheveux auburn sont maintenus en arrière par un bandeau en fourrure et sa queue-de-cheval remue doucement sous l'effet de la brise.

Peut-être ai-je été trop sévère à son égard. J'ai projeté sur elle tout ce qui n'allait pas comme si c'était sa faute, oubliant parfois combien nous étions jeunes. À seize ou dix-sept ans, on a l'impression d'avoir le monde entre les mains. Je croyais savoir ce que je voulais et qui j'étais. Je croyais que tout était clair dans ma tête. Aujourd'hui, il me suffit de regarder Lea pour me rendre compte que nous n'étions que des enfants convaincus d'être des adultes. Et pourtant, je punis Steffý depuis dix-huit ans.

*Dix-huit ans.* Comment est-ce possible ? La plupart du temps, j'ai la sensation d'être au même point qu'à l'époque. Comme si rien n'avait changé, comme si j'étais toujours cette jeune fille rentrant chez elle ce soir-là, il y a tant d'années.

Steffý ne me remarque pas au début puis, semblant percevoir ma présence, elle finit par se retourner.

– Rien n'a changé ici, dit-elle.

– Non. Tu te souviens, quand on venait avec Papy et Mamie ?

– Bien sûr, répond-elle avec un sourire. On passait une éternité à ramasser des galets.

– Et à nous cacher dans les grottes.

– À imaginer les elfes qui y vivaient, poursuit Steffý.

Je souris puis tourne mon visage vers le soleil, mais la brise froide en provenance de la mer prive ses rayons de toute chaleur.

– Tu sais quoi ? Je comptais t'appeler l'autre jour, reprend Steffý. Je rangeais de vieilles affaires et je suis

tombée sur le livre que nous avions fabriqué. Celui où on demandait à tous nos amis d'écrire des mots marrants.
– Comme *Vis dans la chance, pas dans le rance* ?
– Oui, ou *Souviens-toi de moi, je me souviendrai de toi, jusqu'à... jusqu'à...* ?
– *Jusqu'à ce que je périsse, et si besoin voilà mon 06.*
Nous prononçons les derniers mots en chœur et explosons de rire.
– J'avais complètement oublié ça, dis-je.
– J'ai apporté le livre.
– C'est pas vrai ?
Steffý a soudain l'air gêné, ce qui ne lui ressemble pas. Je crois que je ne l'ai jamais vue embarrassée.
– Oui, au cas où tu voudrais le récupérer.
– Ce serait génial, dis-je avant d'hésiter. Et euh... si tu veux, Viktor et moi avons l'intention de nous retrouver dans sa chambre pour boire un verre avant le dîner.
– Avec plaisir.
Elle grimace, puis ajoute :
– Enfin... si tu étais bien en train de m'inviter.
– Oui, je suis bien en train de t'inviter.
– Merci, répond-elle en souriant, puis le silence retombe quelques secondes.
– Tu as trouvé d'autres choses ? finis-je par demander. Dans ces vieilles affaires ?
Steffý s'illumine et nous nous remémorons nos collections d'images d'elfes et d'anges sur papier glacé, de poupées à découper et à habiller, de timbres.
– Il fallait toujours qu'on se prenne de passion pour quelque chose, non ? dis-je. On ne pouvait pas se contenter de jouer aux Barbie ?
– C'était le cas aussi, rétorque Steffý. Mais tu voulais toujours y jouer de manière... inappropriée.

— Pas du tout ! C'est toi qui les déshabillais tout le temps.

Je commence à lui rappeler la fois où elle avait abandonné les poupées nues dans leur lit Barbie et où sa mère, Oddný, nous avait fait asseoir pour nous demander des explications, lorsque j'entends soudain qu'on crie le nom de Lea.

Regardant autour de moi, je mets un petit instant à comprendre ce qui se passe et à apercevoir ma fille.

Mon cœur s'emballe. Complètement habillée, Lea avance dans la mer glacée, qui lui atteint maintenant les genoux. Elle ne semble pas entendre les cris de Gestur. Elle marche lentement, calmement, un pas à la fois.

Je lis le désespoir sur le visage de Gestur au moment où nos regards se croisent. Il ne comprend pas plus que moi ce qui se passe. Que fait Lea, bon sang ?

Devant son absence de réaction, Gestur cesse de l'appeler et se lance à sa poursuite. Elle ne se retourne pas avant que son père lui attrape l'épaule. Elle lève alors les yeux sur lui, et je suis frappée par l'incongruité de cette vision : mon mari et ma fille se regardant, debout dans la mer gelée qui atteint désormais la taille de Lea. Je ne les vois pas échanger un mot, mais ils doivent bien communiquer d'une manière ou d'une autre car elle finit par emboîter le pas de son père et revenir sur le rivage.

— Qu'est-ce que tu faisais, ma chérie ? je lui demande d'une voix tremblante lorsque je les ai rejoints.

Lea s'arrête et fixe ses grands yeux sur les miens, pourtant j'ai l'impression qu'elle voit à travers moi.

— Je voulais juste toucher l'eau, répond-elle après un instant. Je voulais juste savoir ce que ça ferait.

# Irma
## Employée de l'hôtel

Tout est prêt pour leur dernière soirée à l'hôtel. J'ai du mal à cacher mon excitation. À mon avis, on ne va pas s'ennuyer.

Tout à l'heure, j'ai entendu les cuisiniers dire que les réseaux sociaux de l'hôtel ont explosé. Des tas de nouveaux abonnés nous ont rejoints et les réservations se multiplient. Nous sommes désormais complets jusqu'à la fin décembre. Dire qu'une seule famille peut avoir un tel effet.

En réalité, je crois que ce sont surtout Hákon Ingimar et Petra qui ont provoqué ce déferlement. Leurs réseaux sociaux sont parmi les plus suivis en Islande, et je sais qu'ils ont posté un paquet de photos de l'hôtel et de ses environs. Je les suis tous les deux depuis longtemps, mais je doute qu'ils s'en soient rendu compte. Pour eux, je ne suis qu'un nom parmi des milliers.

– Quelle folie ! lance Edda en entrant.

Elle se laisse tomber sur un fauteuil, se masse les genoux et grimace.

– Vous avez mal ? je lui demande.
– Oui, ils ont décidé de m'embêter aujourd'hui.

Je m'assieds face à elle et remplis deux tasses de café.

– Je te remercie, dit-elle. Je ne devrais pas boire autant de café à cette heure-ci, je risque d'avoir du mal à m'endormir ce soir. Et si j'y arrive, je sais que ça ne va pas durer. Mais c'est comme ça, ça fait des années que j'ai le sommeil léger.

– Vraiment ? Pourquoi ?

Edda réfléchit.

– Je souffre d'insomnie depuis que la mère d'Elísa est morte. Je sais que c'était il y a longtemps, mais j'ai sans doute perdu le sommeil en même temps que je l'ai perdue elle.

Elle sourit, ce qui allège un peu le poids de ses mots, et donnerait presque l'impression qu'elle parle d'un sujet anecdotique.

– Il me semble qu'Elísa n'avait qu'un an quand... quand...

– Quand sa mère est morte ? devine Edda.

Je m'en veux d'avoir autant de mal à mettre des mots sur ces choses-là, mais Edda ne semble pas s'en formaliser.

– Oui, en effet, Elísa avait un an lorsque Marta s'est suicidée, reprend-elle.

– Oh.

Elle me regarde d'un air interrogateur.

– C'est juste que... Elísa m'a dit qu'elle avait eu un accident.

Le sourire d'Edda n'atteint pas son regard.

– Tu sais comment elle est. Elle a une imagination débordante.

Je ris puis, me rendant compte que c'est sans doute inapproprié, j'essaie de me justifier :

– J'étais pareille. J'inventais toujours des histoires. Par exemple sur mon père, que je n'ai jamais connu.

– Oui, c'est le pouvoir des enfants, dit Edda en se levant. Malheureusement, l'imagination semble s'affaiblir avec l'âge. Parfois, ça ferait du bien de se laisser bercer d'illusions.

Je hoche la tête et pose ma tasse dans l'évier. Cette dernière phrase me semble soudain d'une tristesse infinie, car lorsque j'étais jeune et pleine d'imagination, la vie me paraissait un peu plus facile. Je pouvais me mentir, faire comme si tout allait mieux.

Dans le couloir, je surprends Elísa en train de regarder par la fenêtre. Je m'approche d'elle à pas de loup.

– Tu as vu quelque chose d'intéressant ? je murmure à son oreille.

Elle ne sursaute pas, ne se retourne même pas.

– Oui.
– Quoi donc ?
– C'est sans importance, tu ne peux pas le voir.

Je jette un œil dehors et ne remarque effectivement rien ; je tire doucement sur sa tresse et l'abandonne à sa contemplation pour rejoindre le restaurant.

La salle est magnifique, avec ses chaises parfaitement alignées et les bougies chauffe-plat ornant chaque table. À présent que la lumière décline, l'hôtel est nimbé d'une atmosphère mystérieuse, presque lugubre. Par automatisme, on baisse la voix, comme si quelqu'un pouvait nous entendre. S'il y a bien quelque chose que j'aime dans cet hôtel, ce sont les soirées. La pénombre. Certains soirs, je parcours les couloirs, m'installe dans les fauteuils et prétends que je suis dans un autre monde, un lieu où tout peut arriver.

Je pénètre dans la cuisine, où j'observe les plateaux des entrées. Ce soir, c'est la grande fête du week-end, et le menu est encore plus fabuleux que celui d'hier.

– Je peux en piquer une ? je demande en pointant du doigt les fraises nappées de chocolat.

– Sers-toi, me répond Arne. Tu as goûté les crevettes, aussi ?

– Non, elles sont à quoi ? dis-je, la bouche pleine.

– Ce sont des tempura de crevettes, répond-il en me tendant un petit récipient en plastique. Avec de la mayonnaise pimentée.

– Oh, waouh ! C'est délicieux.

Je ferme les yeux et lâche un soupir, ce qui provoque l'hilarité d'Arne.

– Maintenant, je sais le bruit que tu fais quand tu…
– Tais-toi.

Je lui donne un coup de coude et sors de la cuisine.

Assis en train de boire un verre au bar, Hákon Ingimar me regarde comme s'il croyait que ce qui s'est passé hier soir a eu un effet aphrodisiaque sur moi. Écœurée, je souris malgré tout et le fixe jusqu'à ce qu'il détourne les yeux. Mais tandis que je passe derrière le comptoir, je sens que mes genoux vacillent. Je prends sur moi et range les verres propres.

Je repense à Elísa et au monde imaginaire qu'elle s'est créé, dans lequel sa mère est morte dans un accident et ne l'a pas volontairement abandonnée lorsqu'elle n'avait qu'un an. Prise de pitié pour la pauvre fillette, je me rends compte que nous sommes peut-être moins différentes que ce que je croyais.

Maman disait toujours que je me laissais trop emporter par mon imagination. Enfant, je vivais dans un monde à part, caché des autres. Mon monde à moi brillait de mille feux, comme un conte ou une aventure, parce que lorsque je feuilletais des livres, je *devenais* les personnages. Je parvenais tant à m'immerger dans l'univers de l'auteur que j'étais capable de poursuivre l'histoire une fois la dernière page tournée.

Mais en vieillissant, c'est devenu de plus en plus dur. J'ai commencé à me comparer aux autres. À comprendre que l'appartement que nous habitions Maman et moi n'était peut-être pas si beau, la vie que nous vivions peut-être pas si passionnante. Peut-être qu'il n'y avait rien d'enviable à déménager aussi souvent, changer d'école et rester seule à la maison la plupart des soirs.

Une petite voix en moi a soudain gagné en puissance. Une voix qui disait vouloir recevoir ce qu'elle méritait. Recevoir ce dont j'avais été privée, et à quoi j'avais pourtant droit.

# Tryggvi

Oddný est un peu remuée depuis l'incident sur la plage de Djúpalónssandur. Pendant tout le chemin du retour, elle ne parle que de Lea, et je crois qu'elle a complètement oublié l'existence de la flasque dans son manteau.

– Petra est exactement comme sa mère, assène-t-elle une fois que nous sommes remontés dans notre chambre d'hôtel.

– Comment ça ?

– Ester a toujours été centrée sur elle-même. Trop égocentrique pour se préoccuper du bien-être des gens qui l'entourent. Elle ne voit jamais plus loin que le bout de son nez.

Je me demande si l'arrivée d'Ester dans la famille n'a pas ravivé de vieilles blessures chez Oddný. Apparemment, quand Haraldur a ramené sa nouvelle petite amie chez lui, son père Hákon est tombé en admiration devant elle et l'a rapidement traitée comme sa fille préférée, ce qui a dû être difficile pour Oddný.

– Et tu penses que Petra est pareille ? je lui demande.

– Clairement. Petra est le portrait craché de sa mère. Elle est complètement aveugle aux souffrances de sa fille. Lea a l'air tellement perdue. Tu te rappelles, comme elle était mignonne, petite ?

– Non...

Lea avait quinze ans lorsque j'ai fait sa connaissance. Pour moi, elle n'a jamais été une mignonne petite fille. Je l'ai toujours trouvée plus belle que mignonne, et plutôt adulte, compte tenu de son âge.

– Elle était adorable, poursuit Oddný. Elle semblait toujours heureuse. Aujourd'hui, elle paraît si... triste. Tu ne trouves pas ?

Je marmonne quelque chose qui pourrait être interprété comme de l'approbation, mais pour être honnête je n'ai pas vraiment d'opinion sur la question. Rien d'étonnant à ce que des adolescents ne soient plus les petits êtres simples et joyeux qu'ils étaient enfants.

– C'est tellement dommage, balbutie Oddný en enlevant ses chaussettes. Petra était comme ça aussi.

– Comment ?

– Plus jeunes, elle et Stefanía étaient inséparables. Pendant toute leur scolarité, en fait. Elles passaient leur temps ensemble, toujours à trafiquer je ne sais quoi, soit chez nous, soit chez Halli et Ester. J'ai presque été une deuxième mère pour Petra.

Oddný poursuit sur un ton désapprobateur :

– Ensuite, elle a fait la connaissance de Gestur, et c'était comme si Stefanía n'existait plus. Elle a disparu et remisé sa cousine au placard. Steffý était inconsolable, je crois même que c'est pour ça qu'elle est partie faire ses études à l'étranger.

– Je vois.

J'acquiesce en me demandant si cette désapprobation que je perçois dans son ton est vraiment liée à Petra. Oddný a toujours eu du mal à accepter le fait que Stefanía vive au Danemark, mais j'ignorais qu'elle considérait Petra comme responsable.

– Oui, soupire Oddný. Ça ne me surprend donc pas tellement.

– Quoi donc ? je demande, un peu perdu.
– Cette histoire avec Lea, le fait qu'elle aille si mal. J'ai l'impression que Petra se préoccupe trop d'elle-même et de son succès pour penser à sa fille. Pauvre Lea.

Oddný se rend dans la salle de bains et bientôt j'entends le bruit de la douche.

Je me demande si sa théorie tient la route. Si Ester et Petra manquent vraiment d'empathie et d'affection à l'égard de leurs enfants. Je revois le visage figé de Lea tandis qu'elle remontait vers la plage et les regards qu'elle lançait à sa mère. Exprimaient-ils le dégoût ? Le reproche ? Je n'en ai pas eu l'impression. De ce que j'ai pu constater, Petra me semble être une bonne mère.

Le problème avec Oddný, c'est qu'elle juge facilement, et ne se voit pas toujours elle-même de manière très juste. Parfois, je m'interroge sur l'éducation que Stefanía et Hákon ont reçue, si l'alcool faisait partie du quotidien de leur mère comme c'est le cas aujourd'hui. J'ai l'impression que Hákon Ingimar n'a pas vraiment eu de cadre dans sa jeunesse, et que Stefanía a peut-être fui autre chose que sa cousine qui la délaissait pour un garçon.

Mais toutes ces questions sont probablement inutiles. De nos jours, il faut toujours qu'on s'étende sur ses sentiments, tout le monde a vécu un drame et veut le raconter. Autrefois, on s'accordait à dire que rien ne sert de se complaire dans le malheur. Aujourd'hui, la moindre pichenette vous vaut un diagnostic de stress post-traumatique ou de trouble anxieux, ou quel que soit le nom qu'on donne à ça. Parfois, je me dis que le plus traumatisant, ce n'est pas le traumatisme lui-même, mais la conversation qui suit. Les réactions.

Mais bien sûr, on peut débattre de tout, y compris de ça. Des gens bien plus sages que moi affirmeraient sans doute qu'il faut affronter ses démons. D'après mon expérience, je suis d'avis qu'on peut vivre avec. Je n'ai jamais ressenti le besoin de porter mes problèmes sur la place publique. J'ai appris à vivre avec le chagrin qui fait partie de moi, comme tout ce que j'ai traversé.

J'ouvre mon portefeuille, en extrais la photo et l'observe. Elle est encore lisse, en parfait état, car je l'ai glissée dans le compartiment plastifié il y a des années, pour pouvoir la contempler chaque fois que ces pensées me viennent.

J'entends dans la salle de bains qu'Oddný a fini sa douche. Elle ressort quelques instants plus tard, enroulée dans une serviette. La chambre est désormais plongée dans la pénombre – nous n'avons pas allumé la lumière en entrant et le soleil s'est couché.

Oddný s'installe au bord du lit à côté de moi et pose la main sur ma joue, tournant ma tête vers elle pour que je la regarde dans les yeux.

– J'ai tellement de chance que tu sois là, Tryggvi, me dit-elle. Je ne sais pas ce que je ferais sans toi.

Je ferme les yeux et nous nous embrassons. Ce sont de belles paroles, elles devraient me réchauffer le cœur, pourtant je suis parcouru d'un frisson.

# Lea Snæberg

Je n'ai pas froid, ce qui est étrange, car la température de l'eau avoisinait zéro degré. Je le savais, je sentais le froid, mais ça ne m'affectait pas.

Lorsque je me glisse sous la douche, mes pieds s'engourdissent sous l'effet de la chaleur. Dans un premier temps, c'est douloureux, mais je m'habitue, et bientôt le sang se remet à circuler dans mes jambes. Mes orteils se réchauffent, presque au point de me brûler.

Bizarrement, je ne me souviens pas de l'instant où j'ai décidé d'entrer dans l'eau. Je me rappelle l'avoir fait, me rappelle la sensation des vagues qui s'insinuaient dans mes chaussures, trempaient mes chaussettes puis mon pantalon. Mais je ne me rappelle pas avoir pris une décision, c'est comme si quelqu'un l'avait prise pour moi et me contrôlait.

Durant un court moment, j'ai eu l'impression que je flottais au-dessus de moi, regardant mon corps pénétrer dans cette eau glacée. Et dans mon esprit, cela ne me concernait pas, je n'étais plus reliée à moi-même mais à quelque chose de plus grand.

Ça semble dingue, je sais. Je ne peux pas l'expliquer autrement.

Sur le chemin du retour, Maman a dit que je n'avais pas besoin de me comporter de manière aussi dramatique, mais ce n'était pas mon intention. Je percevais juste de la beauté dans le simple fait de me tenir là. Face à la mer et au ciel, tout le reste n'avait soudain plus aucune importance. Je n'étais plus qu'un point insignifiant dans un vaste univers, rien de ce que je faisais ou disais ne comptait, et c'était bien. Plus que bien. C'était incroyable.

Car toutes les mauvaises choses me semblaient insignifiantes, elles aussi.

Fermant les yeux, je laisse les gouttelettes s'abattre sur mon visage, puis j'ouvre la bouche pour sentir le goût de l'eau.

Je me trouve si stupide de laisser Hákon Ingimar avoir un tel effet sur moi. Et d'avoir eu confiance en Birgir, d'avoir cru que je lui plaisais vraiment. Un garçon que je n'ai jamais rencontré, je ne sais même pas s'il existe réellement. Et surtout, je me sens si bête d'avoir envoyé ces photos.

Elles sont désormais entre les mains d'un inconnu. Je m'imagine un vieil homme, comme dans le documentaire que j'ai vu à télévision sur les gens qui se font passer pour quelqu'un d'autre sur le Net. Ce serait si humiliant d'être tombée dans un tel piège.

Je sors de la douche et me sèche. J'espère seulement que ces photos ne finiront pas par circuler, sinon... Sinon, je ne sais pas.

— Pourquoi tu as fait ça ? me demande Ari lorsque je ressors de la salle de bains.

Il est assis sur son lit, comme s'il m'attendait. Devant son expression sincère, presque terrifiée, je suis frappée par la différence entre sa question et celle que m'a posée Maman tout à l'heure, bien que les mots soient pratiquement les mêmes. Le ton d'Ari n'est qu'amour et chaleur. Celui de Maman était accusateur.

— Je ne sais pas, dis-je en toute honnêteté.

Il me regarde sans prononcer un mot. Puis il me tend un sachet de bonbons :
– Tu en veux ?
– Merci, je réponds en en attrapant une poignée.
– Je... je vais sortir. À moins que tu préfères que je reste un peu ici ?
– Ari, dis-je en riant. Tu n'as pas besoin de t'occuper de moi.
– Non, je sais. C'est juste...
– Sérieusement, Ari. Je n'avais pas l'intention de... Je ne comptais pas aller très loin.
– Tu es quand même allée assez loin, me rétorque-t-il.
– Oui, mais...
J'essaie de trouver une explication qui ne semble pas trop dramatique.
– J'ai juste eu d'un coup l'envie de savoir ce que ça faisait. Tu n'as jamais voulu faire quelque chose d'un peu fou, juste pour voir comment c'est ?
– Non, répond Ari dans un rire avant de se lever. Tu es dingue, Lea.
– Je sais, dis-je en souriant. Complètement dingue.
– Bonne à enfermer.
– Folle à lier ! renchéris-je.
Ari me sourit et, l'espace d'un instant, je le soupçonne de vouloir me prendre dans ses bras. Mais il finit par sortir et je me retrouve seule dans la chambre.

Après avoir enfilé un jean et un pull, je passe un coup de brosse dans mes cheveux. Pas maquillée, pas apprêtée, j'ai l'air d'une gamine. J'ai presque l'impression de me revoir à douze ou treize ans, lorsque je me demandais ce que je pourrais améliorer chez moi. De quoi j'aurais l'air avec de plus grosses lèvres et des pommettes plus hautes.

En y réfléchissant, je me rends soudain compte à quel point c'est idiot. Et je suis furieuse contre moi et contre la société, parce que les jeunes filles ne devraient pas avoir à se poser ce genre de questions. Elles ne devraient pas se préoccuper autant de leur apparence. Avant que j'aie eu le temps d'aller au bout de cette pensée, on frappe à la porte. Je crois d'abord qu'il s'agit de Maman, mais elle appelle toujours en même temps qu'elle frappe. Et ses coups sont affirmés, tandis que ceux-ci m'ont semblé légers et timides, comme si la personne qui se trouvait de l'autre côté voulait à peine qu'on les entende.

– Oui ? je m'écrie. Qui est-ce ?

Pas de réponse.

Je reste un moment à observer la porte. Dehors, le vent s'est de nouveau levé, et la fenêtre émet un sifflement. La gorge serrée, j'attends sans vraiment savoir pourquoi mon cœur bat aussi vite. Ce n'est pas comme si j'avais peur de quelqu'un dans cet hôtel. Il n'y a que ma famille ici.

Mon téléphone s'illumine ; j'ai reçu un nouveau message. Encore un pseudonyme composé d'un mélange incompréhensible de lettres et de chiffres. Je l'ouvre : pas un mot, seulement une vidéo.

L'image est sombre, filmée dehors dans les ténèbres. Par réflexe, j'approche l'écran de mes yeux. Puis j'augmente le son. Les haut-parleurs crachotent à cause du vent et je distingue un bruit de gravier. Des pas. Quelqu'un marche à l'extérieur, le long d'un sentier gravillonné. La vidéo s'achève sur un raclement de gorge suivi d'une toux. Ma peau se couvre de sueur froide tandis que je jette un œil par la fenêtre. N'y a-t-il pas un sentier identique qui mène à l'hôtel ?

J'entends à nouveau du mouvement derrière la porte, puis quelqu'un frappe. Deux coups, comme tout à l'heure.

*Toc, toc.*

## Sævar
Inspecteur au commissariat d'Akranes

*Maintenant*
*Dimanche 5 novembre 2017*

– Voilà la chambre, dit Edda.

Sævar se sentit gêné lorsque, au lieu d'ouvrir la porte, elle sortit son téléphone et se mit à bricoler Dieu savait quoi dessus. Elle comptait vraiment les laisser plantés là pendant qu'elle répondait à un message ou jetait un œil à son fil d'actualité Facebook ?

Il sursauta presque en entendant un déclic, et Edda poussa la porte.

Remarquant son expression, elle expliqua :

– Les chambres s'ouvrent avec une application. On peut évidemment aussi utiliser une clé, mais c'est plus pratique comme ça.

– Ah, OK.

Sævar observa la pièce.

– Comme vous le voyez, poursuivit Edda, le ménage n'a pas été fait.

Quelques bouteilles de champagne jonchaient le bureau, ce qui conforta Sævar dans sa théorie : ici, on ne buvait pas de la vodka au goulot, mais du champagne dans d'élégantes flûtes. L'une d'elles était encore à moitié pleine, ce qui expliquait probablement l'odeur d'alcool. La fenêtre fermée n'aidait pas à alléger l'atmosphère. Pourtant, ils savaient que personne n'avait dormi ici la nuit dernière.

– Est-ce qu'il faut… fouiller la chambre ? demanda Edda.

Hördur hocha la tête.

– Pour l'instant, on va la garder fermée. Je vais convoquer la police scientifique pour qu'ils l'examinent tout à l'heure.

Jetant un œil dans la salle de bains, Sævar ne remarqua rien d'intéressant à première vue. Tout était en ordre. Une serviette usagée pendait à une patère, la corbeille était presque vide.

À l'exception d'un déchet qui attira son attention. Une petite plaquette de comprimés. Il la souleva et lut : *Sertraline*. Un antidépresseur et anxiolytique dont il avait déjà entendu parler. Rien de notable en soi, mais peut-être que cela avait son importance.

Ouvrant le placard, il vit des produits d'hygiène pour hommes et femmes sur les étagères. Puis son regard se fixa soudain sur l'intérieur de la porte. Il interpella son supérieur par-dessus son épaule :

– Hördur, il faut que tu viennes voir ça.

# Petra Snæberg

*La veille*
*Samedi 4 novembre 2017*

– Ça fait longtemps que quelque chose la tracasse, dit Gestur. Tu t'en rendrais compte si tu...
– Si je quoi ? je demande.
Il baisse les yeux, mais il n'a pas besoin de finir sa phrase. Je sais très bien ce qu'il sous-entend.
L'étincelle que j'ai perçue entre nous tout à l'heure s'est éteinte. Bien que nous nous trouvions dans la même chambre, nous pourrions difficilement être plus éloignés l'un de l'autre à cet instant. L'euphorie, la douce torpeur de l'alcool que j'éprouvais plus tôt a cédé la place à un sifflement ou un grincement constant dans mon crâne.
– Si tu lui montrais un peu d'intérêt, répond finalement Gestur en secouant la tête. Tu ne le vois donc pas, Petra ?
– Voir quoi ?
– Qu'elle passe son temps à essayer !
Je ne décèle plus de colère dans sa voix. Il me regarde à présent comme s'il avait pitié de moi. Ou comme s'il était déçu.
– Lea fait tout pour te plaire.
– Et moi, je fais tout pour lui plaire à elle, je réplique

– mais en m'entendant le dire, je sais que mon ton est celui d'une adolescente obstinée.

Gestur se masse la tempe et ferme les yeux.

– Je crois que le mieux, ce serait qu'elle aille voir un psychologue.

*Un psychologue*, me dis-je. Me voilà au même point que mes parents : prête à confier les problèmes de mes enfants à un inconnu plutôt que les affronter moi-même.

– Peut-être qu'on devrait juste lui parler. Voir si elle a des choses à nous dire. Peut-être que ce n'est pas si sérieux. Peut-être…

– Tu trouves normal qu'elle entre dans la mer comme ça, en plein hiver, Petra ? me rétorque Gestur. Et si on n'avait pas été là ? Jusqu'où elle serait allée ?

– Elle nous a assuré qu'elle ne comptait pas aller plus loin, dis-je à voix basse et, avant qu'il n'ait le temps de déverser sa fureur sur moi, je m'empresse d'ajouter : Mais je sais qu'elle a besoin d'aide. Bien sûr. Et on va lui en fournir. Je vais me renseigner dès lundi.

Gestur hésite, puis finalement, ses épaules s'affaissent.

– Bien. Il faut qu'on le fasse, Petra. J'ai peur pour elle.

– Moi aussi.

Je le laisse m'enlacer. Reste figée pendant qu'il m'entoure de ses grands bras. Il recule légèrement, s'apprête à m'embrasser, mais je détourne la tête, feignant de ne pas avoir compris son geste, sa tentative d'enterrer la hache de guerre.

Je le regrette aussitôt. Gestur me lâche et s'éloigne, assez brusquement pour me signifier qu'il est vexé.

– Je vais prendre une douche, dis-je.

Il ne me regarde pas. Tandis que je ferme la porte de la salle de bains, je le vois ouvrir le minibar.

Une fois seule, je commence à avoir vraiment peur pour Lea. Et si elle avait de graves problèmes ? Jusqu'ici, j'ai toujours imaginé que sa mauvaise humeur et ses coups de sang étaient liés aux fluctuations hormonales de l'adolescence, mais si c'était autre chose ? Je croyais qu'elle s'était remise des soucis que cet horrible groupe d'amies lui causait dans son ancienne école. Peut-être n'arrive-t-elle pas à remonter la pente ? Peut-être que Gestur a raison, que je suis une mère négligente. Que je suis trop égocentrique.

Gestur me trouve à la fois distante et égoïste, même s'il ne l'a jamais dit explicitement. Je le vois bien à la manière dont il me regarde. Il ne m'a jamais vraiment fait confiance en tant que mère. Je me rappelle un incident lorsque Lea avait trois ans. Je préparais le repas et je me suis retournée une seconde pour aller chercher un ingrédient dans le réfrigérateur lorsque j'ai entendu le cri de Lea – un cri d'effroi. Elle avait tendu la main vers le plan de travail et attrapé la lame affûtée d'un couteau dont je m'étais servi pour émincer un oignon.

Contrairement à ce que son hurlement suggérait, je ne crois pas qu'elle se soit fait si mal ; elle a surtout eu peur en voyant le sang s'écouler de sa blessure et goutter par terre. Elle avait toujours la main serrée sur la lame et je me suis précipitée pour écarter prudemment ses doigts.

À ce moment-là, Gestur est entré dans la cuisine, et son premier réflexe a été de me demander : « Qu'est-ce que tu as fait, Petra ? »

Pas *qu'est-ce qui s'est passé*, mais qu'est-ce que j'avais fait.

Prenant Lea dans ses bras, il a enroulé un torchon autour de sa main et s'est précipité avec elle dans la voiture. Il ne m'a pas attendue, il est juste parti, et je suis restée là, à regarder la voiture s'éloigner, les mains couvertes de sang, le dîner dans le four.

Jamais je ne me suis sentie aussi inutile qu'à cet instant.

La distance dont je peux faire preuve ne vient pas d'un manque d'intérêt, mais de la crainte de commettre une erreur. De dire ou de faire quelque chose de mal qui pourrait me faire perdre Lea.

Ouvrant mon sac, j'y retrouve une mignonnette de vodka, oubliée là lors d'un voyage professionnel à Londres l'année dernière. Je la bois d'un trait et savoure la brûlure dans ma gorge, la chaleur dans mon ventre. Je me dis que, ce soir, je vais arrêter de me faire du souci pour Lea, j'aurai bien le temps de me battre contre ses problèmes plus tard.

Normalement, je profite du moindre moment de répit pour mettre mes réseaux sociaux à jour, mais je me rends compte que j'ai à peine sorti mon téléphone aujourd'hui. Trop préoccupée, je n'ai pas pensé à documenter tous mes faits et gestes, et la dernière chose dont j'ai envie à cet instant est de partager les événements de la journée avec mes abonnés.

Lorsque je ressors de la salle de bains, Gestur est parti. Une odeur de parfum flotte dans l'air, et ses vêtements sont pliés sur la chaise du bureau. Sa chemise de costume et ses chaussures de soirée ont disparu du placard. Il s'est préparé et est descendu sans prendre de douche ni m'avertir.

# Lea Snæberg

– Salut, me lance Harpa en entrant. Désolée, je savais pas si t'étais seule ou pas.

– Je suis seule, dis-je en feignant d'être détendue – comme si je n'avais pas été sur le point de me pisser dessus tellement j'avais peur de découvrir qui se trouvait derrière cette porte.

À qui je pensais exactement ? L'inconnu qui se fait appeler Gulli ? Birgir ?

Reposant mon téléphone, je me demande si c'est ce Gulli qui m'a envoyé la vidéo. Après tout, ses messages ont toujours été courtois et il n'a jamais affiché un comportement déplacé. Je veux dire, en dehors du fait qu'il est probablement inapproprié pour un homme âgé de contacter une adolescente qu'il ne connaît pas sur le Net.

M'approchant de la fenêtre, j'ouvre légèrement le rideau et observe les ténèbres, mais je ne vois rien à cause de la lumière de la chambre.

– Tu fais quoi ? demande Harpa. Il se passe quelque chose d'intéressant dehors ?

– Non, rien, dis-je en me retournant. Il commence à faire moche.

– Et ? réplique Harpa en riant. On ne va pas sortir, non ?

– Non, probablement pas.

Elle m'observe d'un air intrigué.

– Tu es malade ?

– Non, je réponds en passant une main dans mes cheveux. Je sors juste de la douche.

– OK.

Tout sourire, Harpa s'assied sur le lit d'Ari. Vêtue d'une robe noire et de collants en nylon à pois noirs, elle tient dans sa main un sac à dos de la même couleur, orné d'un pompon rouge accroché à la fermeture Éclair.

– Quoi ? je demande, tandis qu'elle ne me lâche pas des yeux.

– Rien du tout.

Quelque chose a changé depuis hier. Harpa me regarde différemment, et je finis par me dire que c'est sûrement lié à l'incident sur la plage de Djúpalónssandur. Elle se demande sans doute quel est mon problème. Si je ne suis pas un peu bizarre.

Je ne me suis pas posé la question jusqu'ici, mais ma famille doit être en train de parler de moi. Ils pensent probablement que je suis à moitié folle.

Cela dit, le regard de Harpa n'exprime pas de l'inquiétude, mais plutôt de l'intérêt.

– Vous rentrez chez vous demain ? je lui demande.

– Non. On doit rester en Islande jusqu'à la semaine prochaine.

– Et tu n'as pas envie ?

– Non. Enfin, si, mais…

Elle caresse le pompon de son sac à dos.

– Mais c'est fatigant de ne pas être chez soi, tu vois ce que je veux dire ? De devoir dormir dans le lit d'un autre, d'avoir ses affaires dans une valise. Et puis, il y a toutes ces visites chez des gens que je ne connais pas. Enfin pas vraiment.

– Je comprends.
– Ouais, soupire-t-elle. Mais c'est toujours comme ça, avec Papa.
– Ça t'ennuie de devoir l'accompagner ?
– Non, non. Pas cette fois, en tout cas.
Nous échangeons un sourire.
– On devrait y aller, dis-je.
– Oui. Oui, probablement.
Son expression sérieuse cède la place au rire et son visage se fait malicieux.
– À vrai dire, je suis déjà allée au bar tout à l'heure. Avec... tu sais, l'employé.
– La fille ?
– Quelle fille ? réplique Harpa en haussant les sourcils. Non, le garçon. Celui qui est mignon.
– Hein ? Qu'est-ce que tu faisais avec lui ?
– Rien de spécial. Je voulais discuter, c'est tout.
– De quoi ?
– De quoi ? répète Harpa en jouant avec la fermeture Éclair de son sac à dos. Du fait qu'il va ajouter de l'alcool dans nos verres chaque fois qu'on ira commander un soda. Sans que personne ne le voie.
– Hein ? dis-je en la fixant, incrédule. Vraiment ? Mais... mais...
– Je l'ai payé d'avance. Tout ce que nous avons à faire, c'est commander un Sprite ou... tu sais... n'importe quelle boisson sans alcool.
Je sens mon cœur s'emballer. Je n'arrive pas à croire qu'elle ait osé demander une chose pareille. Et que ce garçon ait accepté ! Il doit bien être conscient de ce qu'il risque si nos parents apprennent ça.
– Il m'a dit que c'était son dernier week-end ici, de toute façon, m'explique Harpa. Il se fiche de se faire griller.

– Et nous ?
– Nous quoi ?
– Si quelqu'un découvre…
– Lea.

Harpa ouvre son sac, dévoilant une bouteille de vodka.

– Tu te rappelles la soirée d'hier ? Même si on était entrées dans le restau en vomissant, ils n'auraient rien remarqué. Ils étaient trop bourrés.
– J'imagine…
– Je pense donc qu'on devrait faire ce que bon nous semble, assène Harpa. D'accord ?

Je hoche la tête.
– D'accord.

## Petra Snæberg

Lorsque je descends pour rejoindre la chambre de Viktor, il est déjà prêt et tient dans sa main une flûte remplie d'un liquide pétillant doré. Le fameux champagne, à n'en pas douter.

– Tu t'es mis sur ton trente-et-un ! je m'exclame en admirant son costume bleu cintré et son gilet agrémenté d'une élégante pochette.

On le dirait découpé dans une publicité avec sa barbe noire parfaitement taillée, ses cheveux méticuleusement coiffés en arrière et ses chaussures vernies couleur cognac.

Viktor a toujours été doué pour composer une tenue. Plus jeune, il s'habillait déjà avec beaucoup de goût. Si je voulais un avis sincère sur ce que je portais, je l'interrogeais lui, pas Steffý.

– Je te renvoie le compliment, répond Viktor en me tendant une flûte semblable à la sienne.

– Où as-tu eu ces verres ? je lui demande en m'asseyant sur le fauteuil de bureau pendant que lui s'installe sur le lit.

– Je les ai réclamés au bar.

– Sympa, dis-je avant de boire une gorgée du doux vin pendant que j'observe la chambre.

Elle ressemble à la nôtre, mobilier et tapis identiques,

mais elle est un peu moins grande et beaucoup mieux rangée. Chaque objet a sa place, le manteau sur un cintre, pas un intrus sur les tables. En revanche, ici, pas de vase sur le bureau.

— C'est dommage que Maja ait dû partir. Tu sais ce qui s'est passé dans sa famille ? je demande.

Viktor hausse les épaules.

— Un truc avec sa sœur.

— Ils l'ont retrouvée ?

Au lieu de répondre à la question, il sourit et dit :

— Pour être honnête, je ne suis pas sûr que ça va marcher entre nous.

— Ah bon ?

— On est trop différents.

— Oh, OK.

Je finis mon verre et Viktor le remplit de nouveau.

— Je pense que tu es différent de beaucoup de femmes…, dis-je.

— Oh, tu sais…

Il regarde dans son verre et ses lèvres esquissent un vague sourire lorsqu'il ajoute :

— Je ne suis pas pressé.

— Non, vous les hommes, vous avez tout le temps du monde, dis-je avant de me rendre compte que cela peut sembler amer. Je veux dire, pour avoir des enfants.

— Est-ce que tu changerais quelque chose à ta vie ? me demande Viktor. Si tu pouvais ?

— Oui, je réponds, rongée de culpabilité dès que le mot s'échappe de mes lèvres. Enfin, tu sais… Pour rien au monde je ne changerais Ari et Lea, mais j'aurais peut-être aimé les avoir un peu plus tard…

— Et Gestur ?

— Gestur ? je répète en le regardant avec surprise. Tu veux dire, est-ce que je me serais mise en couple avec lui ?

Il hoche la tête.

– Je... je...

Les mots restent coincés dans ma gorge. J'ai envie de répondre oui, bien sûr que je l'aurais à nouveau choisi, mais est-ce la vérité ? Je me suis souvent dit que Gestur était le choix de la sécurité. C'est un homme de confiance, la plupart des gens l'apprécient. Mais il n'y a jamais eu de feu d'artifice entre nous, de passion dévorante, en tout cas pas de mon côté. Ça ne m'a jamais dérangée, cela dit, je ne suis pas spécialement romantique, et ces histoires d'amour brûlant m'ont toujours semblé aussi puériles qu'irréalistes. Je pense que ce qui s'embrase vite s'éteint aussi rapidement.

Gestur cochait toutes les cases, pour moi comme pour ma famille. Un bon emploi, une personnalité plaisante et fiable.

Mais ces derniers temps, il n'a pas été si fiable que ça, n'est-ce pas ? Son comportement a changé. Il s'énerve plus facilement et on dirait qu'il manque quelque chose lorsqu'il me regarde. Une indulgence que je lisais autrefois dans ses yeux. Mes certitudes ont laissé place au doute, et je me demande s'il n'a pas renoncé à moi. S'il n'en a pas assez.

– Tu n'es pas obligée de répondre, dit Viktor.

Il boit et m'observe un instant. Il a sûrement remarqué à quel point sa question me pose des difficultés. Il arbore un sourire un peu taquin, comme si quelque chose l'amusait.

– Quoi ? je demande, déstabilisée.

C'est étrange parce que, plus jeune, j'étais toujours très sûre de moi en compagnie de Viktor. Soudain, j'ai l'impression que l'équilibre des pouvoirs s'est en quelque sorte inversé entre nous.

– Rien.

Il garde le silence un moment, puis reprend :
– Ça me rappelle juste l'époque où l'on passait nos soirées à se raconter des ragots, assis sur mon lit.
Je souris.
– On s'amusait toujours beaucoup.
– On n'avait pas besoin de grand-chose, renchérit-il.
Je me replonge dans le passé. Il a raison, nous n'avions besoin de personne d'autre. Généralement, on se voyait plutôt chez lui, car ses parents toléraient presque tout.
Viktor était cet enfant dont ils rêvaient mais qui s'était fait attendre. Elín avait eu Jenný lors d'une précédente relation alors qu'elle n'avait que dix-neuf ans, puis elle avait rencontré Ingvar ; mais ensuite, leurs tentatives d'avoir un enfant ensemble avaient échoué. Viktor est enfin arrivé des années plus tard par le biais d'une agence d'adoption. Elín et Ingvar, au comble du bonheur, n'ont jamais rien pu lui refuser.
Je porte le verre à mes lèvres, mais il est vide. Viktor attrape la bouteille pour me resservir. Je bois beaucoup trop vite et je sens que ça me monte déjà à la tête. Et pas qu'un peu – la chambre tourne autour de moi.
Je me rappelle l'époque où je n'avais pas à porter seule le moindre secret. Tout ce que j'étais, tout ce que je ressentais, je le partageais avec Viktor et Steffý.
– J'ai invité Steffý, dis-je.
– Ah oui ? répond-il, l'air surpris. Je croyais que vous étiez… euh, en fait, je ne sais pas vraiment ce que vous êtes.
– Moi non plus.
– Tu ne m'as jamais raconté pourquoi vous ne vous voyez plus, dit Viktor en me regardant droit dans les yeux. J'ai toujours cru que vos chemins s'étaient simplement séparés, mais maintenant, en vous voyant ici, j'ai plutôt l'impression qu'il s'est passé quelque chose entre vous.

Je baisse les yeux sur mon verre, le penche jusqu'à ce que le champagne en frôle le bord.
– Qu'est-ce qui s'est passé ? insiste Viktor.
– Rien du tout, je réponds sans conviction.
– Bien sûr que si. Allez, crache le morceau.
– Rien, je te dis.

Je bois une gorgée et lève les yeux sur Viktor. Il me fixe, comme s'il voulait me faire parler par la seule force de son regard. Je ne peux me retenir de rire, et l'espace d'une seconde j'ai l'impression qu'on est redevenus comme avant.
– Petra...
– OK, OK...

Je cède, mais dès que je commence à parler, je sens les effets de l'alcool changer et mon humeur s'assombrir. D'un coup, je n'ai plus du tout le cœur à rigoler. Je déglutis et dis :
– Tu te souviens de Teddi ?
– Oui.

Bien sûr, qu'il s'en souvient. C'est Viktor qui, pendant des mois, m'a tenue dans ses bras lorsque je pleurais à chaque fois que je me saoulais. C'est lui qui m'a consolée, qui m'a caressé les cheveux en me murmurant que tout irait bien. Je souris en y repensant, bien que le souvenir soit douloureux. Viktor rendait tout plus supportable, même si je doute qu'il m'aurait consolée s'il avait su la vérité.
– OK.

Je vide le reste de mon verre d'un trait et lui redemande du champagne.
– Tu te souviens de ce qui s'est passé ? je poursuis.
– Évidemment, acquiesce Viktor, cette fois beaucoup plus sérieux. Nous ne sommes pas obligés de...
– Non, mais j'en ai envie.

Je ferme les yeux dans l'espoir que cela me facilite la tâche, puis je pose mon verre, car mes mains se sont mises à trembler.

– Bref, tu vois. Le soir où… où c'est arrivé.

J'inspire profondément et me prépare à avouer pour la première fois ce dont je n'ai jamais parlé. Ce à quoi je pense cependant tous les jours. Ce que je ne parviens pas à oublier, malgré tous mes efforts.

# Tryggvi

Je dis à Oddný de descendre avant moi, puis je reste assis à contempler mon téléphone comme si c'était plus qu'un simple objet de plastique et de métal.

C'est mon inconscient qui m'a fait prendre la décision de boire un verre, mais je n'essaie même pas de lutter contre. La première gorgée de bière est si rafraîchissante et délicieuse que je ferme les yeux pour la savourer. Suivent une deuxième, puis une troisième. Quelques petits instants plus tard, je fixe la canette vide et me demande si cela valait la peine. Tout ce temps passé sobre valait-il vraiment le sacrifice ? À une époque, cela aurait peut-être été le cas. À vrai dire, je suis même certain qu'arrêter de boire aurait été une sage décision autrefois, mais plus maintenant. Il est trop tard.

Lorsque je saisis enfin mon téléphone, deux canettes vides sont posées sur le bureau et j'ai déjà bu la moitié de la troisième. Il n'en reste plus qu'une dans le réfrigérateur, et pas d'autre alcool. Je devrai donc descendre si je veux boire davantage.

Regardant l'heure, je songe qu'il faut que je me dépêche. Oddný risque de remonter bientôt pour me dire de venir dîner.

J'ai pensé à cet appel toute la journée. C'est une tradition annuelle ce jour-là, et je sais que Nanna attend.

D'ailleurs, elle décroche aussitôt, comme si elle avait eu le téléphone dans la main.
— Comment ça va ? je lui demande.
— Bien. Ça va bien.
Comme à chacun de mes appels, elle semble indifférente. Mais elle était déjà comme ça quand nous nous sommes rencontrés. J'étais certain que je ne l'intéressais pas, les premières fois où je lui ai téléphoné. Elle se montrait si sèche, comme si elle avait hâte de raccrocher. J'ai compris plus tard qu'elle me testait. Qu'elle voulait s'assurer que *mon* intérêt était sincère. Elle n'avait pas de temps à perdre avec des hommes qui se contentaient de jouer. Mère d'un petit garçon, elle voulait un partenaire qui soit prêt à endosser le rôle de père. Qui ne s'enfuirait pas au moindre obstacle.
— Tu as fait quelque chose pour l'occasion ? je demande.
— Pas grand-chose, non, répond Nanna. J'ai préparé un gâteau, bien sûr. Aux amandes, tu te rappelles ? Celui avec un glaçage rose.
— Oui, je me rappelle, dis-je, souriant à l'évocation du souvenir. Il ne déçoit jamais.
Nous gardons le silence un moment, puis Nanna commente :
— Tu es sur Snæfellsnes.
Ce n'est pas vraiment une question, mais je réponds :
— Oui, nous logeons dans un bel hôtel.
— Évidemment.
Je ris intérieurement. Nanna a toujours eu un comportement un peu étrange à l'égard d'Oddný. Lorsqu'elle a découvert qu'on sortait ensemble, elle s'est d'abord montrée extrêmement curieuse, me harcelant de questions sur sa famille. Des questions bizarres, comme ce que nous mangions ou comment ils me traitaient.

Nanna n'a jamais beaucoup aimé les gens avec de l'argent. Elle part toujours du principe qu'ils ont dû truander. Comme si personne ne méritait d'être riche.

L'argent était un sujet de conversation récurrent dans notre couple. Ou plutôt son absence. On devait économiser chaque couronne, dépenser le moins possible, sinon on n'arrivait pas au bout du mois. Nanna n'était jamais aussi heureuse que lorsqu'elle achetait un produit en promotion et pouvait préparer un repas consistant à moindre coût. À vrai dire, elle avait un talent unique pour créer des festins avec trois fois rien. Son ingéniosité était l'une des qualités que j'aimais le plus chez elle.

– Oui, c'est un très bel hôtel, dis-je en m'imaginant Nanna à côté de moi, secouant la tête devant tant d'opulence. Nous y restons jusqu'à demain.

– Je suis allée lui rendre visite tout à l'heure, enchaîne-t-elle, ignorant ce que je viens de dire.

– Ah oui ? Il faut que j'y aille à l'occasion.

– C'est toujours aussi beau.

– Oui, oui. Tu sais, je lui parle encore, dis-je en ouvrant une nouvelle canette de bière. Le soir, généralement.

– Je sais. Moi aussi.

Silence.

– J'ai demandé... hum... j'ai demandé à mon frère Tóti de scanner des photos, reprend Nanna d'un ton un peu plus léger. C'est comme des photos de photos, pour ainsi dire. Tu veux que je te les envoie ?

– Avec plaisir. Tu as mon adresse mail, n'est-ce pas ?

– Oui, je dois l'avoir quelque part, répond Nanna avant d'ajouter : Tu es en train de boire ?

– Ça fait très longtemps.

– Je ne te juge pas.

Je discerne un son qui ressemble à celui d'un verre qu'on pose sur une table et me dis que Nanna boit aussi. Je l'imagine soudain assise sur la terrasse de la maison que nous possédions. Je me rappelle que, lorsqu'elle buvait du vin blanc, elle savourait chaque gorgée. Fermait les yeux et tournait son visage vers le soleil. Je me rappelle combien elle riait dans ces moments-là. Nanna avait le rire facile. On s'amusait toujours en sa compagnie. Elle me faisait penser à un papillon, parlait beaucoup, et souvent sans réfléchir à ce qu'elle disait.

Mais avec le temps, l'alcool est devenu un autre sujet de discussion entre nous. Ma consommation, surtout. Dès que je commençais à boire, je ne parvenais plus à m'arrêter. Le problème, c'est que l'alcool me transforme : je fais des choses dont je serais normalement incapable.

Nous restons au téléphone un moment, mais nous parlons peu. Cela dit, le silence n'est pas désagréable entre nous. Je sais que, comme moi, Nanna n'est pas vraiment là, qu'elle est perdue dans ses souvenirs. Dans ces instants disparus que nous avons partagés. Malgré tout ce qui s'est passé, la plupart de mes souvenirs sont heureux. Peut-être n'ai-je voulu conserver que les bons. Je ne me rappelle pas vraiment les disputes, ni le divorce. Je garde le rire et l'amour. Les soirs où je respirais furtivement ses cheveux pendant que nous regardions la télévision, allongés sur le canapé, ou lorsque Nanna me réveillait après que je m'étais endormi en berçant notre fils.

Nous aurions pu être heureux ensemble, elle et moi. Souvent, je me dis que la séparation n'aurait été que temporaire, sans tout ce qui a suivi. J'en suis même certain.

Lorsque je raccroche, je me sens vide. Je me lève, trébuche sur une valise restée par terre, mais parviens à retrouver l'équilibre et à ne pas tomber. J'ouvre le minibar. Plus rien à boire, comme je le savais déjà.

Debout au milieu de la chambre, je me demande quoi faire. Peut-être que je devrais simplement partir. L'idée ne me semble pas si mauvaise.

Un vent violent s'est levé, faisant trembler ces grandes baies vitrées, pourtant je préférerais être dehors plutôt qu'ici, entre ces murs.

– Et toi, tu ne sais pas du tout comment les choses se sont terminées entre nous, hein ? je lance à voix haute à quelqu'un qui n'existe plus – pourtant, j'ai l'impression de l'entendre me répondre ; il me dit d'arrêter de me comporter comme un imbécile.

# Petra Snæberg

À mon grand soulagement, Steffý frappe à la porte avant que j'aie eu le temps de raconter à Viktor ce qui s'est passé ce soir-là. En général, je n'ai pas de mal à parler. Je sais présenter les choses sous un jour flatteur lorsque je me lance dans mes grands discours commerciaux ou quand je décris mes idées aux clients. Mais cette fois, je sais que tout serait sorti de travers, si j'avais même été capable de prononcer un mot.

Steffý porte un haut doré à manches longues qui semble changer de couleur selon la lumière. Son rouge à lèvres est particulièrement vif et, à ses poignets maigres, elle arbore toute une collection de bracelets dorés.

– Allez, levons nos verres ! ordonne-t-elle dès que Viktor lui a tendu une flûte.

Obéissants, nous trinquons et buvons. J'ai bu bien trop vite, et je dois cligner des paupières plusieurs fois pour que tout redevienne net autour de moi.

– Tu aurais de l'eau ? je demande à Viktor.

Il sort une bouteille du minibar et me la donne. J'en avale la moitié, mais je ne me sens pas mieux. Pendant qu'ils discutent, je me demande ce que j'aurais dit à Viktor, si Steffý ne nous avait pas interrompus. Si j'aurais eu raison de commencer mon récit par la fameuse soirée.

S'il n'aurait pas mieux valu commencer par le jour de ma rencontre avec Teddi.

Teddi a rejoint notre lycée alors que nous entamions notre deuxième année – nous avions seize ans, bientôt dix-sept. Ce jour-là, je cherchais la salle du cours de mathématiques et je suis arrivée en retard, essoufflée et écarlate. Je me suis assise sur la première chaise vide que j'ai aperçue. À peine étais-je installée que la professeure s'est approchée de moi.

– Votre nom ? m'a-t-elle demandé, un vague sourire aux lèvres, mais sans une trace de joie dans les yeux.

Elle avait une belle voix grave, comme celles qu'on entend à la radio.

– Petra, suis-je parvenue à bégayer.

– Levez-vous, Petra, et tournez-vous vers la classe.

J'ai d'abord cru qu'elle plaisantait mais, devant son regard insistant, j'ai obéi avec hésitation. Mes mains tremblaient et mon cœur battait si fort que j'étais persuadée que tout le monde l'entendait.

– Vous pouvez maintenant vous excuser auprès de vos camarades pour votre retard et pour avoir perturbé le déroulement du cours, a-t-elle dit du même ton, toujours avec ce sourire aux lèvres.

Si possible, mes joues sont devenues encore plus rouges. Mon visage brillait comme une ampoule et une sueur froide coulait dans mon dos et sous mes aisselles. Je savais – plus que je ne le pressentais – que mon déodorant ne parviendrait pas à en cacher l'odeur.

– Pa... pardon d'être arrivée en retard.

Je reconnaissais à peine cette voix faible et tremblante.

Pendant quelques secondes, un silence total a envahi la pièce puis, dans mon dos, la professeure a repris la parole :

– Merci, Petra.

Humiliée, je me suis rassise en essayant de retenir mes larmes. Après ça, impossible de me concentrer ou de suivre le cours. C'est pourquoi je ne me suis pas immédiatement aperçue que mon voisin de table avait posé une feuille devant moi.

Il avait dessiné une caricature comme j'en voyais souvent dans les journaux. Je n'ai pas mis beaucoup de temps à reconnaître la professeure, même si Teddi en avait exagéré les traits, agrandissant son nez et réduisant ses lèvres à une simple ligne. Il l'avait si bien croquée que j'ai dû porter la main à ma bouche pour me retenir d'éclater de rire.

Teddi était un dessinateur brillant. J'ai découvert plus tard qu'avec ces caricatures, il ne faisait que s'amuser. Chez lui, il composait plutôt des portraits précis et réalistes, qui montraient les gens sous un autre jour qu'en photographie. Il semblait capable de capturer leur essence, faisant ressortir des nuances qui disaient tout d'eux. Des nuances qu'on ne remarquait pas, mais qui paraissaient familières dès que Teddi les soulignait avec son crayon.

La première fois que je l'ai vu dessiner, avec son visage concentré et ses mouvements si vifs, je ne pouvais pas détacher mon regard de lui. Le crayon dansait sur la feuille blanche et les images apparaissaient comme par magie. Je ne comprenais pas tout à fait ce qui se passait, mais je me rendais bien compte qu'il possédait un talent rare, et que je commençais à beaucoup l'apprécier. Il était capable de me faire rire à en avoir le souffle coupé. Et son sourire avait le même effet sur moi.

– Allô, Petra ?

La voix de Viktor me ramène au présent.

– Oui ? dis-je en faisant comme si de rien n'était. Quoi ?

– Tout va bien ? demande Viktor, les sourcils froncés. Donne-moi ton verre, il a besoin d'être rempli !

J'essaie de protester, mais j'entends moi-même mon manque de conviction. Car, en vérité, je n'ai pas du tout envie d'être sobre. Me retrouver enfermée dans cette petite chambre avec Steffý et Viktor me rend nostalgique et m'étouffe à la fois. J'ai l'impression d'être revenue dans le passé. Nous pourrions aussi bien être dans la chambre de Viktor au tout début des années 2000.

Viktor me redonne mon verre et me demande à quoi je pensais.

– À rien de spécial, dis-je avant de boire une gorgée.

Il ne me croit pas, ça se voit, néanmoins il n'insiste pas et se tourne vers Steffý.

– À part ça, qu'est-ce qui s'est passé entre toi et… et…

– Per, devine-t-elle. T'inquiète, moi-même je me rappelle à peine son prénom.

– Qu'est-ce qui s'est passé ? La dernière fois qu'on s'est parlé, vous envisagiez d'acheter une maison, c'est ça ?

– Oui, on en était arrivés là, acquiesce Steffý en riant avant de soupirer. Enfin, pas une maison, un appartement. On comptait acheter un appartement, on en avait même visité plusieurs. Dont un absolument magnifique dans le centre de Copenhague, avec une belle hauteur sous plafond, des portes et des fenêtres en arc de cercle. Un style romantique, vous voyez : rosaces, moulures et fenêtres à la française. Sérieusement, Petra, tu aurais adoré.

– Et ensuite ? interroge Viktor.

– Et un beau jour… j'ai vu un mail dans l'ordinateur de Per, poursuit Steffý, qui lève son verre en riant. Je veux dire… quitte à tromper quelqu'un, autant avoir l'intelligence de se déconnecter de sa boîte mail et d'éteindre son ordinateur, non ?

Je la regarde avec surprise. Quelqu'un l'a vraiment trompée ? Elle qui menait toujours les garçons par le bout du nez ? Elle ne se laissait jamais marcher sur les pieds – toujours une longueur d'avance.

– C'est pas vrai ? s'exclame Viktor. Quel crétin !

– Et oui, répond Steffý avant de lui tendre son verre vide pour qu'il la resserre. À la santé de ce connard de Per !

– Je ne vais certainement pas trinquer à sa santé, rétorque Viktor.

– OK, alors à qui on va trinquer ? demande Steffý. Une proposition, Petra ?

– À...

Je cherche quelque chose de neutre.

– À nos retrouvailles.

– À nos retrouvailles, répète Steffý. OK, je peux trinquer à ça. Puisse cette soirée être la première d'une longue série.

Nous levons nos verres et le cristal tinte lorsqu'ils se touchent.

– Et maintenant, je sais ce qu'on va faire, dit Steffý.

Elle prend soudain la pose, comme si elle s'apprêtait à prononcer un discours :

– Je n'ai jamais...

Elle ne va pas plus loin, car Viktor éclate de rire.

– Sérieusement, Steffý, l'interrompt-il. Je n'ai jamais ? On n'est pas un peu trop vieux pour ce jeu ?

– Chut ! rétorque Steffý. Ne dis pas ça. On ne peut pas faire comme si on avait de nouveau seize ans, rien qu'un petit moment ?

Viktor et moi échangeons un regard.

– Allez, insiste Steffý en faisant la moue. J'ai

tellement besoin d'oublier Per et sa traînée le temps d'une soirée.

Nous abandonnons toute lutte.

— D'accord, dis-je. À toi de commencer.

— *Yes*, lance Steffý avec un large sourire avant de poser son index sur ses lèvres, feignant de réfléchir. Je ne me suis jamais pissé dessus lorsque j'étais ado.

Je bois une gorgée en lui envoyant un regard furieux.

— Donc, tous les coups sont permis, c'est ça ?

— Là, il va falloir m'expliquer…, glisse Viktor.

Je soupire.

— C'était quand on avait douze ans.

— Treize, me corrige Steffý.

— Treize, d'accord, dis-je. On était allées au cinéma voir je ne sais plus quel film.

— *Clueless*, complète Steffý. Alicia Silverstone était notre modèle à toutes les deux.

— Très juste.

Je revois immédiatement la foule réunie devant le cinéma, les garçons et les filles qui se piétinaient en avançant avec peine vers la billetterie, une vitre située juste à l'extérieur du hall d'entrée à travers laquelle les clients glissaient leur argent en échange d'un ticket. Je me rappelle l'odeur dès qu'on pénétrait dans la salle, le sentiment qui nous envahissait lorsqu'on s'asseyait sur les sièges rouges moelleux et que le film commençait. En fond sonore, le bourdonnement à peine perceptible du projecteur et le froissement des sachets de pop-corn.

— Nous avons tout de suite remarqué que les garçons les plus mignons de l'école étaient assis juste derrière nous. Des mecs de troisième. À qui on n'aurait jamais osé adresser la parole. Pendant l'entracte, Steffý veut aller aux toilettes et… et on se retrouve nez à nez avec ces gars-là, devant la porte, et l'un d'eux demande…

Steffý prend le relais, car je ne parviens plus à contrôler mon rire :

– L'un d'eux nous demande : « Vous avez du feu, les filles ? » Comme si des gamines de treize ans se baladaient avec un briquet dans la poche.

– Et ensuite ? dit Viktor en fronçant les sourcils. Tu t'es pissé dessus ?

– Petra était dans tous ses états, elle a piqué un fard et s'est mise à glousser, poursuit Steffý. Tu te rappelles comme elle riait toujours quand elle était nerveuse ?

– Je me souviens, acquiesce Viktor avec amusement.

– Donc, elle n'arrivait plus à se maîtriser et elle venait de boire un énorme gobelet de Coca…

– Bref, dis-je à voix haute sans pouvoir m'empêcher de rire.

Nous continuons de jouer et faisons quelques tours, avec des propositions plutôt innocentes. Je n'ai jamais triché à un contrôle, jamais pleuré devant un film diffusé en classe. Nous rions aux éclats et j'oublie tout ce qui ne va pas. Je ne pense plus à Teddi. Ne repense qu'aux bons moments, bien plus nombreux que les mauvais. Je commence même à me dire que tout va peut-être changer. Steffý va revenir vivre en Islande et nous allons nous retrouver régulièrement tous les trois, reprendre le fil comme si de rien n'était. Une idée qui me fait du bien, me donne la sensation d'avoir repris pied après des années en suspens.

Je songe au fait qu'ils m'ont terriblement manqué lorsque Steffý me regarde avec un sourire triomphant et lance :

– Je n'ai jamais embrassé mon cousin !

Oh ! mon Dieu ! Je sens mes joues s'embraser en repensant au baiser échangé avec Viktor.

À un moment, Steffý a commencé à émettre des inquiétudes quant à ma capacité à m'y prendre, le jour où je serais confrontée à mon premier baiser. Elle a donc proposé que je m'entraîne avec Viktor. C'était hors de question, mais un soir, alors que nous buvions chez moi, elle est parvenue à nous convaincre que ça ne posait aucun problème. Que Viktor était le cobaye parfait, qu'il pourrait me dire ce que je devais améliorer.

Elle nous a observés d'un œil critique, nous a même donné des instructions. Sur le moment, j'arrivais à justifier ce geste, et Viktor n'a pas protesté non plus. Je me rappelle même avoir vu une bosse grandir sous son pantalon pendant que nous nous embrassions, mais j'ai décidé de garder le silence pour ne pas l'embarrasser.

Je me disais que c'était simplement dû à son manque d'expérience de la sexualité. Il n'avait jamais été avec une fille. Ça ne l'intéressait pas. Les seules filles pour qui il montrait le moindre intérêt, c'étaient Steffý et moi, mais nous n'avons jamais vu Viktor comme un garçon. Il était l'un des nôtres. Nous n'hésitions pas à nous changer devant lui, à parler de sexe, de nos règles, de tout ce dont des amies peuvent discuter. Et il ne semblait jamais s'en formaliser, il se contentait de nous écouter sans vraiment contribuer à la conversation.

Je jette un œil à Viktor, qui ne paraît pas aussi effroyablement gêné que moi. Il lève son verre et le remue dans tous les sens pendant qu'il parle :

– Techniquement, je ne suis pas votre cousin, dit-il, sans se soucier des gouttes qui s'échappent de la flûte.

– Techniquement, bien sûr que tu es notre cousin, rétorque Steffý.

– Pas lié par le sang.

– Non, mais par la loi.

– OK, OK, concède-t-il en levant les mains en l'air.

Dans ce cas, j'ai connu mon premier baiser avec ma cousine. Plutôt déprimant, non ?

– Oh, mon Viktor adoré, dit Steffý. C'était ton premier baiser ? Évidemment, comment ai-je pu l'oublier ? Mais attends, Petra, c'était le tien aussi, pas vrai ?

– Si, si, dis-je. Mais est-ce qu'on peut parler d'autre chose, s'il vous plaît ?

Steffý éclate de rire. Viktor, lui, semble déstabilisé. Visiblement, cette révélation le met mal à l'aise, et je perçois de nouveau en lui un peu du Viktor que j'ai connu. Le Viktor timide. Qui n'osait pas parler aux autres filles ou aller seul à la piscine.

Je soupire et Steffý le remarque.

– Tu penses à Lea ? me demande-t-elle.

– Lea ?

Il me faut un petit instant pour comprendre où elle veut en venir. Puis je revois ma fille se glissant dans l'eau glaciale de la mer et la culpabilité m'étreint.

– En fait, oui. Je ne sais pas ce qui s'est passé.

– C'est un âge difficile, dit Steffý. Elle fréquente un garçon ?

– Non, je ne crois pas.

En fait, je soupçonne que c'est le cas. Je l'ai vue sourire devant son téléphone et écrire des messages avec plus d'intensité que lorsqu'elle discute avec ses copines.

– C'est sûrement une histoire de garçon, poursuit Steffý. Elle vient peut-être de rompre avec quelqu'un ? Je me rappelle ton état après...

Elle s'interrompt et me sourit d'un air contrit en voyant mon expression.

– Excuse-moi.

Un frisson me parcourt et je me lève d'un bond. Steffý m'attrape le bras.

– T'en va pas, Petra.

— Je ne m'en vais pas, dis-je en me forçant à sourire. Je vais juste aux toilettes.

Dans la salle de bains, je m'agrippe au lavabo. Un chagrin d'amour. Est-ce la raison pour laquelle je n'arrête pas de penser à Teddi ? Nous étions si jeunes, des gamins, et à cette période les émotions sont si intenses, si écrasantes. Tout est excitant, beau et fragile.

Non, je n'étais pas en proie à un chagrin d'amour. Je ne savais pas ce qu'était l'amour.

Ouvrant mon sac à main, je cherche quelque chose pour me calmer. Il reste un comprimé dans ma plaquette de Sertraline, que je m'empresse d'avaler avant de jeter l'emballage à la poubelle. Il faudra que je repasse par ma chambre pour récupérer un paquet neuf. Je voudrais m'asperger le visage d'eau froide, mais ça ruinerait mon maquillage. Je me contente donc de laisser l'eau glaciale couler sur mes mains, en espérant qu'elles cessent d'être aussi moites. Sentant ma propre odeur de sueur, j'ouvre le placard de Viktor à la recherche de quelque chose pour la dissimuler. Je trouve un déodorant féminin que Maja a dû abandonner et l'applique sous mes aisselles.

Maja. Je l'ai complètement oubliée depuis que je suis arrivée ici. Je voulais interroger Viktor à son sujet, lui demander ce qui s'est passé entre eux, pourquoi il ne s'inquiète pas plus de son sort, mais la seule chose à laquelle je pense, c'est moi. Moi et encore moi.

Égoïste. Gestur a raison.

Je replace minutieusement le déodorant dans le placard, que je m'apprête à refermer lorsque je remarque une tache sur l'intérieur de la porte. Une sorte de traînée marron.

Passant le doigt dessus, je l'étale et sa couleur change, devient plus claire. Plus rouge.

# Irma
## Employée de l'hôtel

Le vent souffle fort à travers le petit interstice de la fenêtre dans la salle de pause. Il s'est rapidement accru au fil de la dernière heure. Personnellement, je pense que ce temps est parfait pour la soirée à venir, mais il faut dire que j'ai toujours aimé cette période de l'année. L'hiver est ma saison préférée. Il n'y a rien de plus agréable que d'être à l'intérieur, au chaud et en sécurité, pendant qu'une tempête fait rage dehors. Il y a comme une tension dans l'air, avec ces bruits et ces ombres inexplicables. De quoi créer une certaine atmosphère, pas vrai ? J'imagine que j'ai toujours eu un penchant pour les côtés sombres de l'existence.

M'approchant de la fenêtre, je respire l'odeur de l'humidité, une odeur familière qui me rappelle celle de ma chambre, dans l'appartement où Maman et moi avons vécu le plus longtemps. La fenêtre était imprégnée de moisissure, le cadre gonflait et la peinture s'écaillait. Lorsque je n'avais rien à faire, je m'amusais à la gratter. Par mauvais temps, elle sifflait de la même manière que celle-ci, et elle exhalait toujours cette même odeur de bois mouillé. D'humidité. Étrange, tout bien réfléchi, car l'hôtel est récent et ne devrait pas souffrir de ce problème.

– Irma, tu veux bien fermer la fenêtre ? me demande Edda en entrant dans la salle de pause.

Elle enroule un châle autour de ses épaules et allume la bouilloire. Je m'exécute, puis essuie avec un torchon les gouttes qui se sont accumulées sur l'appui de fenêtre.

– Il fait un froid de canard là-dedans, dit Edda.

– Excusez-moi, j'avais envie d'un peu d'air frais.

Elle se masse les bras, les épaules presque remontées jusqu'aux oreilles.

– Le temps se gâte. J'espère juste que la tempête sera passée d'ici demain midi, quand tout le monde doit repartir.

– J'en suis certaine.

En pensant à demain, je sens ma respiration s'accélérer, parce qu'ils seront partis. À la même heure, leurs chambres seront vides ou occupées par de nouveaux clients.

Je suis toujours un peu triste quand je dois dire au revoir. À chaque fois que Maman et moi déménagions, je contemplais notre appartement ou la salle de classe en me disant : Je ne remettrai plus jamais les pieds ici. Et cette perspective me remplissait toujours du même sentiment de vide, comme si quelqu'un était mort.

Je ne supporte pas les au revoir.

Cela dit, j'ai souvent recroisé d'anciens camarades au fil des années, même s'ils n'en sont pas conscients. Je suis très physionomiste, je n'oublie jamais un visage, mais de mon côté, je ne marque visiblement pas les esprits.

L'autre jour, j'ai aperçu une ancienne camarade qui trouvait hilarant de prononcer mon prénom dans un bêlement chaque fois que je passais devant elle – *Irmaa-a-a*. Quelle originalité.

Je l'ai vue dans un magasin d'alimentation, accompagnée de deux petits garçons qui ne cessaient de geindre. Elle semblait fatiguée, en dépit de sa tenue élégante et de son maquillage. J'ai remarqué des détails : les croûtes de mascara au coin de ses yeux, la ceinture sale de son manteau, comme si elle avait traîné dans une flaque d'eau. Elle m'a percutée au rayon lait, a esquissé un sourire forcé et s'est excusée sans m'accorder un regard.

J'ai croisé bien d'autres anciennes connaissances dans les rues de la ville. Il m'est aussi arrivé de les chercher sur Internet. Je m'intéresse beaucoup à ce que les gens deviennent, aux chemins qu'ils empruntent et aux traces qu'ils laissent derrière eux. Voir lesquels se sont déniché un bon boulot, ont eu des enfants et maintiennent leurs réseaux sociaux à jour. Lesquels se sont fourvoyés et ont déraillé, avant d'apparaître un beau jour dans les dernières pages des journaux, une petite photo à côté de leur nom et d'une légende signée de leurs proches : *À notre fils bien-aimé, à notre frère.*

Edda me tapote l'épaule.

– On devrait se mettre au travail.

– Oui, vous avez raison, dis-je en me levant.

Edda sourit, puis son expression se fait plus grave.

– Au fait, j'ai remarqué quelque chose d'étrange tout à l'heure.

– Quoi ?

– Un homme qui tournait autour de l'hôtel. Je ne l'ai pas assez bien vu pour être absolument certaine que ce n'est pas un de nos clients, mais son comportement m'a intriguée.

Edda hésite un instant avant de poursuivre :

– Je me demande si c'est un proche des Snæberg, ou simplement un curieux qui veut les voir de plus près. Après tout, leur séjour ici n'est un secret pour personne.

– Je garderai les yeux ouverts, dis-je en jetant un œil par la fenêtre.

– Merci, ma grande. Autre chose dont je voulais te parler : je sais que ton contrat se termine à Noël, mais aurais-tu la possibilité de rester un peu plus longtemps ? On reçoit beaucoup de réservations et j'ai l'impression qu'on va avoir besoin d'aide.

– Oui. Oui, bien sûr. Vous pouvez compter sur moi.

– Merci !

Edda quitte la pièce. Je la regarde s'éloigner en songeant que je serais heureuse de continuer à travailler ici. Mais la vérité, c'est que ça dépend de la manière dont la soirée va se dérouler. Je ne peux rien promettre.

Je me dirige vers la réception pour m'assurer que le réglage des lampes est correct. L'éclairage fait toute la différence dans ce genre de soirée. Sans la pénombre, je ne suis pas sûre que les gens s'amuseraient autant. L'obscurité convient mieux à certaines choses qui, en pleine lumière, prennent une autre forme, deviennent plus incommodantes.

J'ai réussi le parfait réglage nocturne pour les couloirs qui mènent aux chambres lorsque la porte d'entrée s'ouvre avec fracas et que quelqu'un entre. Mon premier réflexe est de penser à l'homme qu'Edda a remarqué devant l'hôtel, mais ce n'est pas lui. Il s'agit d'une jeune fille d'à peine vingt ans, coiffée d'un bonnet et enveloppée dans un large manteau.

– Excusez-moi, dit-elle en s'approchant à pas rapides avant de poser les mains sur le comptoir. Je m'appelle Líf, j'ai eu quelqu'un au téléphone tout à l'heure.

– Oui ?

– Je cherche ma sœur.

– Elle n'est pas ici, dis-je.

Je comprends immédiatement qu'il doit s'agir de la sœur de Maja, injoignable selon sa famille.

– Je vous assure que si, réplique Líf d'un ton abrupt.

Sa voix se brise, mais elle s'éclaircit la gorge et redresse les épaules avant d'ajouter :
– Son portable est toujours là. J'ai utilisé cette… cette appli qui permet de le localiser, et il est ici. Son téléphone est dans cet hôtel, alors Maja doit bien l'être aussi.

# Lea Snæberg

Harpa rit tellement fort que je crains qu'on l'entende dans tout l'hôtel. J'ai essayé de lui dire que ce n'était pas une bonne idée de sortir de la chambre, mais elle l'a exigé, m'assurant que personne ne le remarquerait, qu'on était pour ainsi dire invisibles. Alors j'ouvre prudemment la porte sur le couloir et vérifie qu'il n'y a personne avant de me mettre en route.

– Encore un tout petit peu plus, dit Harpa, manquant de tomber en se prenant les pieds dans le tapis.

Je la rattrape.

– Harpa, les gens vont nous entendre.

– Entendre quoi ? Que je suis complètement…

Quand la porte d'une autre chambre s'ouvre, elle serre les lèvres, secouée par un rire étouffé. Moi, ça ne m'amuse plus du tout lorsque je discerne la voix de Maman.

Mais Harpa a tôt fait de se redresser et sa démarche presque normale n'attire pas l'attention lorsque nous croisons ma mère accompagnée de Viktor et Stefanía.

Ils ont tous le regard un peu brouillé. Stefanía fait un pas de côté et s'accroche à Viktor qui secoue la tête. Dans le même état, Maman paraît néanmoins plus sérieuse, et quand elle pose ses yeux sur moi, on dirait qu'il lui faut un petit temps avant de me voir vraiment.

– Lea, me lance-t-elle alors d'une voix chantante.
– Maman.
Un sourire au coin des lèvres, elle me regarde de haut en bas et me demande :
– Tu n'as pas une autre tenue ?
– Je la trouve super, intervient Viktor en m'adressant un clin d'œil. Très je-m'en-foutiste.

Je lui souris, reconnaissante. J'ai toujours bien aimé Viktor, même si ça fait longtemps qu'il n'est pas venu à la maison. La dernière fois, il est passé par ma chambre et nous avons longuement parlé des musiciens qu'on aime. Il a aussi regardé les photos accrochées au-dessus de mon bureau et, pointant du doigt un portrait de moi au parc d'attractions de Copenhague, il a dit que je ressemblais énormément à ma mère. Je ne peux pas le contredire. J'ai hérité de ses cheveux, de ses yeux et de ses lèvres. Lorsque je regarde de vieilles photos d'elle, la ressemblance est frappante, même si Maman était plus ronde et grande, alors que je ne mesure même pas un mètre soixante-cinq.

– C'est exactement le look qu'elle avait à l'esprit, commente Harpa en me fixant avec sérieux.

Je secoue la tête.

Nous levons tous les yeux en entendant des voix en provenance de la réception, puis deux femmes apparaissent – l'employée de l'hôtel, accompagnée d'une jeune femme, ou plus exactement d'une jeune fille.

– Vous ne pouvez pas…, dit l'employée avec autorité, avant de se taire lorsqu'elle nous aperçoit.

La fille doit avoir à peine quelques années de plus que moi. Elle porte une doudoune, un bonnet rouge et des chaussures de randonnée qui laissent des traces sur le sol. Ses narines se dilatent lorsqu'elle respire, et ses yeux écarquillés semblent à l'affût, comme ceux d'un chiot apeuré.

Voyant Viktor, elle s'arrête et le fixe.
- Maja, dit-elle. Où est Maja ?
- Líf, répond l'intéressé. Je ne sais pas...

Il s'interrompt au milieu de sa phrase, car Líf se rue soudain sur lui. Reculant d'un pas, Viktor lève les mains comme pour se protéger, et pendant un instant je suis convaincue que la fille va le frapper. Mais elle s'arrête juste devant lui, se penche et lui dit à voix basse :
- Qu'est-ce que tu as fait à Maja, espèce d'ordure ?

# Petra Snæberg

J'abandonne Viktor avec la sœur de Maja, qui a fini par s'effondrer, secouée d'amers sanglots. J'essaie encore de comprendre ce qui s'est passé tandis que je me dirige vers le restaurant. La famille de Maja doit être désespérée de ne toujours pas avoir de nouvelles. Mais pourquoi Viktor ne semble-t-il pas du tout s'inquiéter ? Et pourquoi la sœur de Maja est-elle aussi furieuse contre lui ?

Au moment où Steffý et moi sommes parties, Viktor essayait d'apaiser Líf. Je n'ai pas entendu ce qu'il lui a dit, mais cela a semblé fonctionner. En tout cas, les larmes s'étaient transformées en un simple hoquet à notre départ.

J'ai tout de même entendu Líf dire qu'elle avait localisé le téléphone de Maja à l'hôtel. Si c'est vrai, je ne sais pas quoi en penser. Impossible que cette dernière se trouve encore ici. Aurait-elle oublié son téléphone ? Est-elle partie en pleine nuit sans voiture ni moyen de contact ? Je l'imagine au bord de la route dans la tempête qui faisait rage la nuit dernière, et je suis prise d'un frisson.

Me reviennent à l'esprit les traces que j'ai aperçues derrière la porte du placard de la salle de bains. S'agissait-il de sang ?

— D'après toi, elle est où ? je demande à Steffý lorsque nous sommes arrivées au bar.
— Attends.
Steffý fait signe au barman et commande deux cocktails avant de me répondre :
— Aucune idée.
— Tu ne trouves pas ça étrange que Viktor n'ait pas du tout l'air préoccupé ?
— J'avoue que je n'ai pas du tout suivi ce qui s'est passé.
Visiblement, Steffý ne s'inquiète pas autant que moi. Elle ne semble même pas envisager que quelque chose de grave ait pu arriver.
— Viktor a dit que Maja avait dû rentrer à cause d'un problème familial la nuit dernière, poursuis-je. Mais ce n'est pas vrai. Sinon, sa sœur ne serait pas ici, en train de la chercher.
— Qu'est-ce que tu veux dire ?
— Je veux seulement dire : si Maja n'est pas rentrée chez elle, où est-elle allée ?
Je prends le cocktail que le barman me tend. Steffý sourit.
— Elle va refaire surface, ne t'inquiète pas.
— Mais Viktor...
— Petra, ne commence à te faire des idées. Maja et Viktor ne sont pas ensemble depuis très longtemps. C'est peut-être pour ça que Viktor n'en fait pas tout un drame.
— Mais... et s'il lui était arrivé quelque chose ?
— Comme quoi ?
J'hésite. Dois-je parler à Steffý de la grossesse de Maja et de ce que j'ai vu dans la salle de bains ? Si c'est bien Maja qui a laissé ce mot sur ma voiture, celui où elle me disait d'être prudente, peut-être avait-elle peur de quelqu'un. A-t-elle pris la fuite ?

Steffý me regarde, attendant une réponse.
- Je ne sais pas, dis-je enfin. Je croyais que leur relation était plus sérieuse que ça.
Steffý hausse les sourcils.
- Je pense que ce n'est pas près d'arriver.
- Comment ça ?
Elle n'approfondit pas, se contente de sourire et de boire une gorgée.
Une paille entre les doigts, je mélange le reste du cocktail rouge-orange que Steffý m'a commandé. Je l'ai presque terminé, alors que je n'avais pas l'intention de boire davantage ce soir. Ma tête tourne et j'ai du mal à y voir clair.
Je repense à Maja, à l'excitation que j'ai lue sur son visage lorsqu'elle m'a annoncé sa grossesse en se caressant le ventre. Que voulait-elle me dire de plus ?
Du coin de l'œil, j'aperçois Viktor qui entre dans le restaurant. Il nous lance un large sourire et s'apprête à nous rejoindre. Je soupire de soulagement lorsque son père l'arrête en chemin. En reposant mon verre, je le cogne dans la bougie qui orne le bar, et il me glisse des mains avant de s'écraser par terre dans un fracas qui attire tous les regards.
Je m'excuse et me lève, sentant mes joues s'empourprer. L'aimable serveuse attrape un torchon et se met à ramasser les débris tandis que je fixe avec fascination le liquide qui s'étale rapidement. Sur le sol, il semble épais et d'un rouge flamboyant.

# Lea Snæberg

Trop occupés à parler, rire et boire, les autres ne nous remarquent pas spécialement, Harpa et moi. Passant devant la cuisine, j'entends les employés bavarder et je sens l'odeur de la nourriture. Soudain affamée, je me rends compte que je n'ai presque rien avalé de la journée.

Au bar, Harpa passe commande auprès d'Arne, un garçon mignon vêtu d'une chemise noire. Il me sourit, mais je baisse les yeux. Je prends le verre que Harpa me tend et nous allons nous installer à la table la plus éloignée des festivités, cachée dans un coin.

La boisson est si forte que je ne peux m'empêcher de grimacer.

– Ne fais pas cette tête, me murmure Harpa. Les autres vont se rendre compte que ce n'est pas que du Coca.

– Pardon.

Je repose mon verre et feins de m'intéresser à ce qu'elle raconte au sujet d'un garçon de son lycée.

Je jette un œil autour de moi à la recherche de Frans, son père, qui ne ressent visiblement pas le besoin de la surveiller. Harpa vit chez sa mère, elle ne se rend que de temps en temps chez son père et Jenný. Tout à l'heure, elle m'a dit que sa belle-mère lui avait récemment demandé si elle n'était pas trop vieille pour leur rendre visite aussi souvent.

– ... et pourtant on a couché ensemble..., entends-je Harpa me dire.

Je l'interromps :

– Vous avez couché ensemble ?

– Oui, répond-elle en buvant une gorgée, semblant amusée par mon expression. Tu ne l'as jamais fait ?

– Non. Je... j'ai fait d'autres choses mais...

– Comme quoi ?

– Ben...

Je ne sais pas pourquoi j'ai tant de mal à lui avouer que j'ai seulement embrassé un garçon, rien de plus.

– Tu vois, dis-je.

– Non, je ne vois pas.

J'abandonne :

– J'ai roulé des pelles, quoi.

Harpa éclate de rire, mais pas moi.

– Désolée, dit-elle en retrouvant son sérieux. Mais... pourquoi tu ne l'as pas fait ?

Pourquoi ? Peut-être parce qu'à chaque fois que ça va un peu plus loin qu'un baiser, la panique m'envahit. Comme si je revenais dans le passé, comme si j'avais de nouveau douze ans et me réveillais avec ces mains dégueulasses sur mon corps.

Un bruit de verre brisé attire notre attention, me dispensant de répondre. Je vois Maman debout devant le bar, et les employés qui s'affairent autour d'elle. À quelques tables de nous, je croise un regard que je ne connais que trop bien. Hákon Ingimar lève son verre dans ma direction. Je baisse les yeux, prétendant ne pas l'avoir vu.

Birgir me revient en mémoire et la nostalgie s'empare de moi, ce qui est stupide, car il n'existe probablement pas. Il y avait pourtant quelqu'un derrière cet ordinateur, et parler avec lui me manque. Mais plus j'y repense, plus l'angoisse m'étreint. Jusqu'ici, j'ai été furieuse et un peu blessée. J'ai eu honte. Je n'ai pas trop réfléchi au fait que, bien que Birgir n'existe peut-être pas, quelqu'un m'a répondu et parlé pendant tout ce temps. Et je me dis : un parfait inconnu quelque part sait tout de moi.

– Tout va bien ? demande Harpa. Tu es tellement pâle.

– Oui. Il faut juste que j'aille aux toilettes.

– Tu veux que je t'accompagne ?

– Non, je réponds – trop vite – avant d'ajouter avec un sourire : Je vais me débrouiller.

Mais je ne vais pas aux toilettes, je marche vers la réception et ouvre la porte de l'hôtel. Elle m'échappe des mains et une bourrasque glaciale m'accueille, cependant l'air frais me fait du bien. J'inspire profondément, ferme les yeux et laisse le vent souffler sur mon visage.

*Plus rien n'a d'importance*, me dis-je, en essayant de retrouver l'émotion que j'ai ressentie en me glissant dans l'océan. De me séparer de moi.

– Ça alors, bonsoir !

J'ouvre les yeux en entendant la voix. Je jette un rapide coup d'œil autour de moi, mais je ne vois rien si ce n'est le trottoir éclairé par de faibles lumières. Peut-être venait-elle de l'intérieur de l'hôtel ?

Je me retourne. Personne.

Me tournant de nouveau, je sursaute en me retrouvant face à un homme. Un sourire se dessine dans son épaisse barbe, il a les mains dans les poches et le visage rouge, comme s'il était dehors depuis longtemps.

– Lea, dit-il. On se rencontre enfin, Sigrún Lea.

J'ouvre la bouche, mais aucun mot ne sort.

– Tu n'as pas reçu mes messages ? Ma vidéo ?

Il s'approche et je fais un pas en arrière. Une pensée me frappe avec une telle violence que mon corps se raidit tout entier : je suis seule, ici, avec cet homme.

Et je ne peux pas bouger.

# Sævar
Inspecteur au commissariat d'Akranes

*Maintenant*
*Dimanche 5 novembre 2017*

Après avoir inspecté la chambre, Sævar et Hördur reprirent place dans la salle de pause pour discuter des étapes à venir. Ils se demandèrent s'ils ne devaient pas commencer par interroger les clients sortis durant la nuit, mais Sævar n'était pas sûr que ce soit la meilleure stratégie. Peut-être valait-il mieux d'abord parler avec les autres, pour s'assurer de poser les bonnes questions, car il était clair que les derniers à avoir vu la victime étaient les premiers suspects. Restait encore à déterminer avec certitude s'il s'agissait bien d'un meurtre, même si les cheveux retrouvés dans la main de la victime ainsi que la position de son corps le suggéraient fortement.

– Donc, tout ça a commencé par la disparition de Lea ? demanda Sævar à Edda.

Elle hocha la tête.

– En effet. J'ai cru comprendre qu'elle avait eu des soucis ces derniers jours, mais je n'en connais pas la cause.

Edda eut soudain l'air gêné et ses joues pâles se teintèrent de rose. Sævar se demanda si elle n'en avait pas dit plus qu'elle ne le voulait – peut-être avait-elle discrètement écouté les conversations de ses clients.

– Qu'est-ce qui vous fait dire ça ?

– Eh bien…, hésita Edda en se massant les paumes. Hier, elle est revenue toute mouillée de leur excursion, et j'ai entendu… non pas que je les aie espionnés, mais parfois on entend des choses malgré nous… Bref, j'ai entendu dire qu'elle était entrée dans la mer sur la plage de Djúpalónssandur. Je ne sais pas exactement comment ça s'est passé, mais… mais c'était un peu étrange. La pauvre enfant était trempée jusqu'aux os.

Sævar regarda Hördur. Entrée dans la mer à Djúpalónssandur ? Bizarre. Il s'était déjà rendu sur cette plage à une lointaine époque et ne se souvenait pas d'un endroit constituant un risque de chute dans l'eau. En tout cas, pas sur la plage elle-même. Il n'avait jamais entendu parler de courants dangereux non plus, comme sur certaines côtes islandaises où les vagues, d'une puissance imprévisible, pouvaient emporter les gens s'ils se tenaient trop près de l'eau.

Hördur semblait aussi intrigué que lui.

– Donc, Lea a disparu, et pendant la nuit ils sont partis à sa recherche, dit Hördur. Et à leur retour, finalement, elle était avec eux ?

– Non, fit Edda en secouant la tête. Non, Lea n'était pas avec eux.

Sævar soupira. Il ne savait pas quoi penser.

Après un court silence, Edda leur demanda s'ils souhaitaient qu'elle mette une chambre à leur disposition afin qu'ils puissent mener leurs interrogatoires. Ils acceptèrent et la remercièrent.

– Bon, on s'y met ? demanda Hördur lorsque Edda eut disparu.

– Oui, allons-y, pas de temps à perdre, répondit Sævar.

Au moment où ils se levaient, le téléphone de Hördur sonna dans sa poche. Il s'éloigna pour répondre, et Sævar patienta. Lorsqu'il revint, son expression était impénétrable.
— C'était qui ? demanda Sævar.
— C'étaient..., soupira-t-il. C'étaient les parents de Maja.

# Tryggvi

*La veille au soir*
*Samedi 4 novembre 2017*

Le repas est juste passable – une déception, car l'odeur m'avait mis l'eau à la bouche. Ce sont les entrées que j'ai préférées, même si elles n'avaient rien d'exceptionnel. L'agneau servi en plat principal est trop cuit et il n'y a pas assez de sauce. Cela dit, personne d'autre n'a l'air de se plaindre, je garde donc mon avis pour moi. Parfois, la nourriture, c'est juste de la nourriture, et ça ne sert qu'à remplir un estomac vide.

Assis face à moi, Haraldur coupe sa viande avec ardeur. Il mâche vite et, dans le clair-obscur qui nous entoure, les ombres se déposent bizarrement sur son visage. Elles accentuent ses traits, les rendent plus grossiers.

– Tryggvi, m'interpelle Ester, et je me réveille de ma contemplation.
– Oui ?
– Tu as toujours vécu à Reykjavík ?
– Non, j'ai grandi à Ísafjördur. J'y ai habité jusqu'à mes trente ans, à vrai dire.
– Oh, ça devait être merveilleux. Une si charmante petite ville. Tu te rappelles notre voyage dans les fjords

du nord-ouest, il y a trois ans, Halli ? Nous avions dormi là-bas, dans cet hôtel, là... Hôtel Horn, c'est bien ça ?

– C'est ça, acquiesce Haraldur avant d'avaler sa bouchée avec une gorgée de bière. L'hôtel Horn, ouais. Plutôt sympa, mais le lit n'était pas confortable.

– Qu'est-ce que tu lui reproches ? Il était très bien.

Ester sourit. Parfois, j'ai la sensation qu'elle ne peut pas s'en empêcher. Son sourire semble apparaître à la moindre occasion.

Elle continue de vanter les mérites de l'hôtel, et tout le monde sauf Haraldur approuve ses propos. Autour de la table, les conversations sont polies, mais les verres s'enchaînent à toute vitesse. Les bouteilles de vin se vident les unes après les autres et les serveurs sont toujours à l'affût pour les remplacer – impossible de dire combien ont été bues.

Nous sommes arrivés au dessert lorsque je sens mon téléphone vibrer dans ma poche. Je le sors, même si je sais que cela me vaudra un regard réprobateur d'Oddný. Elle et le reste de sa famille ne supportent pas qu'on consulte son téléphone à table. Mais ce week-end, j'ai l'impression que les règles ont changé, de nombreux invités ont leur téléphone à la main et s'amusent à prendre des photos de leurs plats ou à se tirer le portrait.

Je ne pense pas que quiconque trouve à redire au fait que je jette un œil à mes messages. En général, je ne passe pas beaucoup de temps sur mon téléphone – pour moi, ce n'est qu'un outil de communication. Mais je sais que, de nos jours, c'est bien plus que ça. Je n'ai appris que récemment à installer mes mails et Facebook dessus et maintenant je reçois des notifications à toute heure de la journée. Il va falloir que je trouve un moyen de désactiver ces vibrations incessantes.

Cette fois, c'est Nanna qui m'a envoyé les photos par mail. Les faisant défiler, j'oublie tout ce qui se passe autour de moi.

# Petra Snæberg

Gestur m'adresse à peine un mot au cours du repas, ce n'est que lorsque nous avons terminé le plat principal qu'il se penche enfin vers moi et me demande :
— Tu étais où, avant le dîner ?
— Tu sais bien que j'ai rejoint Viktor dans sa chambre. Et toi ?
— J'ai eu besoin de sortir, répond-il avant de soupirer. Excuse-moi pour tout à l'heure, je n'aurais pas dû reporter la faute sur toi.
*Mais c'est ce que tu fais systématiquement*, ai-je envie de lui rétorquer, au lieu de quoi je serre les lèvres. Se penchant encore plus près, il pose la main sur ma cuisse.
— Petra, que penses-tu de l'idée d'aller consulter quelqu'un à notre retour ?
— Comme qui ?
— Un spécialiste qui pourrait nous aider, me dit-il en me regardant dans les yeux. Je crois que… que ça nous ferait du bien.
Je ris, mais j'entends moi-même à quel point cela sonne faux.
— Pourquoi ?
Gestur n'esquisse pas un sourire.
— Parce que tu… *nous* n'avons pas été nous-mêmes,

ces derniers temps. J'ai l'impression que tu ne me supportes plus.

Le fait que nous ayons cette conversation ici, en plein dîner familial, me dit que Gestur a dû beaucoup boire, même si cela ne se voit pas. Je lui prends la main, observe nos doigts entremêlés sur ma cuisse et je sens ma tension s'apaiser.

– On pourra y réfléchir, dis-je. À trouver quelqu'un pour nous aider, je veux dire.

Gestur me fixe sans prononcer un mot. Après des années de mariage, il sait quand je suis sincère et quand je ne le suis pas. Il sait que quelque chose me pèse depuis longtemps. Les premières années, il pensait qu'avec le temps, je finirais par lui raconter ce que c'est, mais à présent, il a conscience que c'est improbable. Que je ne serai jamais vraiment là, que je garderai toujours une certaine distance. La question est de savoir s'il est prêt à l'accepter.

Lorsqu'il retire sa main, une sensation de froid envahit ma cuisse là où elle se trouvait. Dès qu'il commence à bavarder avec quelqu'un à la table voisine, je tâtonne dans mon sac à la recherche de ma plaquette neuve de Sertraline, pousse un comprimé hors de son emballage et l'avale discrètement avec une gorgée de vin rouge.

Au cours du dessert, mon frère Smári prend place sur la chaise de Gestur, qui est probablement allé au bar.

– Salut la bourrée ! me lance-t-il.
– Ça se voit tant que ça ?
– Oui.

Attrapant le pichet d'eau sur la table, il remplit un verre qu'il me tend.

– Merci.
– Qu'est-ce qui se passe, Petra ? me murmure-t-il.
– Rien du tout.

À sa grimace, il est évident qu'il ne me croit pas.
— C'est juste… dis-je avant de finir mon verre d'eau. Tout. Absolument tout.
— Tout quoi ?
— Tout ! je m'exclame d'une voix si stridente que Maman lève la tête de l'autre côté de la table.

Mon Dieu, je suis tellement saoule. Je me rapproche de Smári et lui chuchote :
— Je suis en train de tout rater.
— Rater quoi ?
— Tout.
— Arrête ça, Petra. Ce n'est pas le moment.

Je me rappelle soudain la dernière fois où Smári m'a fait des reproches. Le souvenir est plus net que les gens autour de moi : je grimpe jusqu'à la fenêtre de ma chambre pour y entrer, ma chemise se prend dans la poignée et se déchire. Je tombe par terre à l'intérieur et je reste allongée, riant aux éclats malgré une douleur à la tête. Passant la main sur mon front, je sens quelque chose d'humide. Puis le visage de Smári apparaît au-dessus de moi. Il me dit : *Arrête ça, Petra. Ce n'est pas le moment.* J'entends alors Papa frapper à la porte : *Qu'est-ce qui se passe, là-dedans ?*

Quelqu'un frappe une cuillère contre un verre, et le bruit du cristal domine le brouhaha dans la salle. Smári ne me lâche pas immédiatement des yeux, comme pour s'assurer que je vais me tenir à carreau. Dès qu'il se tourne, je balaie la table du regard à la recherche d'alcool, trouve un verre et le descends d'un trait.

Toutes les têtes sont tournées vers Grand-Père, visiblement arrivé à l'hôtel sans que je l'aie remarqué. Grand-Père Hákon est si affaibli qu'il a besoin d'aide pour se lever. Maman éloigne son assistante médicale d'un geste et le soutient elle-même. Prenant position devant les tables, il attrape un morceau de papier rangé dans la poche intérieure de sa veste. Ses mains tremblent, faisant onduler la feuille, et un instant je crains qu'il ne la lâche. Finalement, il parvient à se reprendre et à se redresser. Ses veines sont gonflées et il contracte ses mâchoires à plusieurs reprises avant de s'éclaircir la gorge.

Un silence de mort s'abat sur l'assemblée et tout le monde le regarde. Même le vent, dehors, semble s'être calmé. Grand-Père prend alors la parole d'une voix enrouée :

*Sur la péninsule de glace déferlent des flots*
*Dont nul ne peut maîtriser la vigueur*
*À moins de pactiser avec le seigneur*
*Qui dompte les marées et les eaux.*
*Un corbeau s'est envolé du sommet d'Enni.*
*Quiconque a vu du monde chaque îlot*
*Ne prendra peur devant un esprit.*

*Les huttes au bord du fjord ont été désertées,*
*Oubliés les corps tombés sous les coups d'épée,*
*Sombrés dans les marais, par les vers grignotés.*
*Mais tes ancêtres démunis contre le déluge,*
*Quand un simple bout de tissu était hors de portée,*
*Y ont trouvé refuge.*

La voix de Grand-Père s'insinue en moi, sous ma peau, jusqu'à la moelle de mes os. Je ne peux détacher mon regard de lui, je n'ai plus de place dans mon cerveau pour mes propres pensées. Quelque chose dans ses mots et le ton de sa voix éveille un frisson en moi. Je ne me rends compte que j'ai retenu mon souffle qu'à la fin de sa lecture.

Regardant autour de moi, je remarque que je ne suis pas la seule à avoir été bouleversée. Mon frère Smári secoue la tête avant de se mettre à applaudir. Les autres se joignent rapidement à lui, et quelqu'un siffle.

Grand-Père ne réagit pas vraiment. Repliant la feuille, il la glisse de nouveau dans sa poche, puis Maman l'aide à se rasseoir.

– C'était magnifique, me murmure Smári lorsque les applaudissements se sont tus et ont cédé la place au brouhaha.

Je hoche la tête. Grand-Père a eu une vie riche en accomplissements et nous lui devons presque tout. Je ne peux m'empêcher d'éprouver un sentiment d'infériorité. Et moi, qu'ai-je fait ? Qu'ai-je vraiment accompli ?

Je contemple un instant les ténèbres par la fenêtre. Des gouttes d'eau se frayent un chemin à travers la pellicule de givre qui s'est formée sur la vitre, comme autant de lits de rivières.

Soudain, j'ai l'impression que les sons autour de moi s'éloignent et que les lumières s'éteignent une à une. Cette vitre devient mon unique champ de vision, comme si j'étais seule dans la salle, tout contre la fenêtre dans l'obscurité. C'est alors que je la vois. Cette main. Une paume collée contre l'extérieur de la vitre.

Le souffle coupé, je parviens de justesse à étouffer le cri naissant dans ma gorge.

– Quoi ? Qu'est-ce qui se passe ? entends-je quelqu'un demander.

Incapable de prononcer un mot, je continue de fixer la fenêtre. Lorsque je cligne des paupières, la main disparaît et les gouttes coulent de nouveau à travers le givre.

# Irma
## Employée de l'hôtel

C'est d'abord le froid qui attire mon attention, un courant d'air qui traverse la réception. Je vois alors que la porte d'entrée est ouverte et que Lea se tient dans l'embrasure, d'où elle observe quelque chose à l'extérieur. Ce n'est qu'en arrivant à sa hauteur que je remarque l'homme.

– Tout va bien ? je demande.

L'inconnu qui se tient juste devant l'entrée est petit et trapu. Le visage rougi par les éléments, la barbe et les cheveux couverts de givre, il attend visiblement dehors depuis un moment.

– Oui, tout va bien, répond-il d'une voix rauque et, en dépit du vent, je sens une nette odeur d'alcool émaner de lui. Je venais seulement saluer mon amie.

Je comprends immédiatement qu'il doit s'agir de l'homme qu'Edda a vu rôder autour de l'hôtel.

– Vous le connaissez, Lea ? je demande.

Elle secoue la tête.

– Non, dit-elle d'une voix si basse que je l'entends à peine.

– Je vois.

J'adresse un sourire poli à l'homme et me place dans le cadre de la porte, devant Lea.

– Malheureusement, je ne peux pas vous autoriser

à entrer. L'hôtel accueille un événement privé et il est fermé.

– Je voulais seulement…, commence l'homme, mais je claque la porte et la verrouille avant qu'il ait eu le temps d'ajouter quoi que ce soit.

– Ça devrait faire l'affaire, dis-je avec un clin d'œil à Lea.

Elle sourit timidement, mais je vois bien à quel point elle est soulagée.

– Tout va bien ? je lui demande. Vous avez eu peur ? Vous connaissez cet homme ?

– Non… Enfin, oui. Il m'a envoyé des messages.

– Quel genre de messages ?

Elle baisse les yeux.

– Sur les réseaux sociaux. Mais je ne le connais pas du tout. Il est… vieux.

– Je vois, dis-je en posant une main sur son épaule. Il y a beaucoup de gens louches sur Internet, croyez-en mon expérience. Il vaut mieux prendre garde à ce qu'on partage sur les réseaux sociaux.

Lea hoche la tête. Je m'empresse d'ajouter :

– Mais… je ne suis pas en train de suggérer que c'est de votre faute, pas du tout. Je veux simplement dire que le monde est peuplé de gens bizarres. En fait, on ne peut faire confiance à personne.

Elle rit, mais ses mains tremblent encore un peu.

– Je vois exactement ce que vous voulez dire.

– Bon, et si on oubliait tout ça pour retourner à la fête ? Je vous promets de m'assurer que personne n'entre, vous n'avez rien à craindre.

– Merci, répond Lea avec un sourire avant de s'apprêter à rejoindre sa famille.

– Vous devriez peut-être adopter un chien, dis-je.

– Quoi ? demande-t-elle en se retournant.

– Vous devriez adopter un chien. Plus jeune, quand je ne me sentais pas en sécurité, je laissais mon chien dormir à côté de mon lit. Ça me rassurait toujours.

– Oh. Oui, peut-être, acquiesce-t-elle en me lançant un regard étrange, avant de cligner des yeux et de sourire. Encore merci.

Je la regarde s'éloigner, jusqu'à ce qu'elle tourne à l'angle pour regagner le restaurant.

# Tryggvi

J'ai pris l'habitude de parcourir ces photos au moins une fois par an. Au début, ça me coûtait, mais avec les années, c'est devenu plus facile. J'imagine que la douleur s'est estompée.

Les premières années suivant l'accident, ouvrir l'album de photos représentait une telle épreuve que je la repoussais pendant des jours, me convainquant que j'avais d'autres choses à faire avant de m'y atteler. Aujourd'hui, ça ne me cause plus la moindre difficulté ; je le fais même de plus en plus souvent. Ça remplit mon cœur de tendresse et oui, de chagrin aussi, un peu, mais surtout de reconnaissance. Tout le monde n'a pas la chance d'avoir des enfants, surtout des enfants bonus. J'ai toujours détesté le mot « beau-père ». Il paraît qu'en Scandinavie, on emploie l'expression « papa bonus », que je trouve beaucoup plus amusante. Mais en fait, j'étais simplement « Papa », sans réserve.

Datant d'avant mon arrivée, les premières photos du dossier n'éveillent pas la même familiarité que les autres. Voilà Nanna à la maternité, avec dans ses bras un beau petit garçon aux traits déjà frappants et au crâne presque complètement chauve. Suivent des photos de ses premiers pas, premières vacances en camping et premiers Noëls. Je m'arrête un instant sur un portrait de lui à cinq ans. Là, je le revois tel que je l'ai connu la première fois, vêtu d'un costume de cow-boy avec un Stetson et un revolver.

Sur les dernières photos, il est adolescent. Après le lycée, il projetait de faire des études de médecine. Il était doué à l'école et aurait fait un excellent médecin. Pas seulement par son intelligence, mais aussi par son humanité, son souci de l'autre. Il savait communiquer avec les gens. Il aurait aussi fait un très bon artiste, un acteur par exemple, comme il l'avait prouvé avec son rôle dans la pièce de l'école, une adaptation de *La Petite Boutique des horreurs*. Sans parler de son talent pour le dessin, peut-être sa plus grande passion. Il savait tout faire de ses mains.

Je m'arrête à nouveau sur une photo de lui, sur scène à l'école. Elle est prise depuis le public, sûrement par moi ou Nanna. Nous éprouvions tant de plaisir à le voir jouer son rôle que nous avons assisté à quatre représentations. Je souris en le voyant là, sur scène. À côté de lui se tiennent quelques filles aux cheveux crêpés vêtues de hauts ornés de dentelles.

– Qu'est-ce que tu regardes, mon Tryggvi ? demande Oddný en se penchant sur moi.

Elle a le souffle coupé en voyant la photo et porte la main à sa bouche.

– Je ne me suis pas rendu compte de la date d'aujourd'hui, Tryggvi. Je suis désolée.

– Ce n'est pas grave, je réponds lentement – mais ce serait mentir de dire que cet oubli ne m'a pas blessé un peu.

Tandis qu'elle s'approche encore pour mieux regarder les photos, je me crispe. Je peux facilement me replonger dans le passé malgré le bruit et l'agitation autour de moi – je n'ai jamais eu de mal à m'isoler du monde –, mais je ne peux pas consulter ces photos avec la tête d'Oddný sur mon épaule.

Je décide de garder ça pour plus tard ce soir, quand je serai de nouveau seul. Alors que je m'apprête à éteindre mon téléphone, Oddný m'arrête.

– Attends… C'est quoi ça ? demande-t-elle.
– Des images. Des dessins.
– Je sais, mais ce visage, là… Je le reconnais.

Je jette un œil. C'est un des dessins issus de son carnet de croquis. Nanna et moi y avons trouvé des portraits de toutes sortes de gens que nous ne connaissions pas forcément, bien que nous les ayons croisés. En l'occurrence, il s'agit d'une jeune fille en col roulé, les cheveux bouclés et le sourire timide. Elle semble se mordre légèrement la lèvre inférieure, comme pour retenir un plus large sourire.

– C'est Petra ! s'exclame Oddný après une petite pause. Tu ne le vois pas ? Quand elle était plus jeune et encore ronde, avec ces épais cheveux bouclés. J'en suis certaine, c'est elle.

J'observe le dessin et, assurément, je note une ressemblance avec Petra, la fille de Haraldur et Ester. Cependant pas suffisante pour que je sois sûr. Avant même que j'aie eu le temps de réagir, Oddný s'empare de mon téléphone et interpelle sa belle-sœur.

– Regarde, Ester ! lance-t-elle en lui tendant l'appareil. On ne dirait pas Petra ?

Ester se penche en avant et acquiesce.

– C'est quoi ?
– Un dessin du fils de Tryggvi.

Ester me regarde d'un air indéchiffrable, puis me demande comment s'appelle mon fils.

– Teddi, je réponds – son seul nom suffit à éveiller un sentiment de fierté en moi. Mon fils s'appelait Theódór.

# Irma
## Employée de l'hôtel

Après le dîner, je vais jeter un œil aux toilettes. Elles sont plutôt propres, mais j'attrape tout de même une bougie parfumée et m'assure que les toilettes des hommes sont vides avant de l'installer à côté de la vasque. Je remarque alors des restes de poudre blanche sur le bois foncé du meuble et passe mon doigt dessus.

Elle est toute fine, je vois très bien de quoi il s'agit.

Je ne peux pas dire que cela me surprenne. J'ai vu une certaine personne se frotter le nez dans le hall. J'ai vu ses yeux écarquillés et les mouvements anarchiques de ses mâchoires. Ce qui me surprend, en revanche, c'est qu'il cherche à peine à se cacher, comme eux tous d'ailleurs.

Je n'aurais jamais pensé que cette famille se comporterait de la sorte. Je me disais que ces gens feraient autant attention ici qu'ailleurs. Mais peut-être que justement, dans le doux cocon familial, ils peuvent s'autoriser à lâcher les rênes. Ici, ils n'ont pas à craindre ce que les autres vont penser ou dire d'eux. Le personnel ne représente bien sûr aucune menace, ils savent que nous ne révélerons jamais rien. Pour eux, nous faisons partie des meubles, nous nous confondons avec l'hôtel.

Je m'apprête à sortir des toilettes des hommes lorsque je me retrouve nez à nez avec une silhouette imposante. *Haraldur*, me dis-je. Il a des taches de sueur sous les aisselles, et un sourire amusé se dessine sur ses lèvres lorsqu'il me voit.

– Vous ne vous seriez pas perdue ?
– Je m'assure juste que tout est propre.
– On a tout saccagé, c'est ça ? On vous donne du boulot ?
– Non, pas du tout, je voulais juste…
– Papa, arrête d'embêter cette pauvre jeune fille, intervient son fils qui le suit de près.

Smári a retiré sa cravate et défait les deux premiers boutons de sa chemise. Il ne ressemble pas du tout à son père. Beaucoup plus mince, il a le regard bienveillant. C'est le genre d'homme qu'on aimerait avoir pour médecin, tandis que Haraldur fait plutôt penser à quelqu'un qui prend plaisir à donner des ordres.

Tandis que je me glisse devant eux pour sortir des toilettes, Haraldur tapote mon bras nu de sa paume moite. Il sent la sueur et a mauvaise haleine, des odeurs qu'il essaie de cacher derrière un nuage de parfum coûteux qui à cette heure tardive ne fait plus beaucoup effet.

La porte s'est à peine refermée que j'entends un bruit de liquide. Je déguerpis pour ne pas avoir à écouter le père et le fils uriner.

Au bar, Arne me tend un verre à shooter, et nous buvons discrètement, dos aux clients. Lorsque je me retourne pour prendre – avec le sourire, évidemment – la commande d'un homme inutilement bruyant et insistant, je vois que Haraldur a refait son apparition et qu'il serre sa fille Petra dans ses bras.

Je les regarde danser tout en remplissant une pinte de bière. Petra semble si menue dans l'étreinte de son père. Je vois les sourires qu'il lui lance, je vois leurs yeux briller, et ça me fait un pincement à l'estomac. Bien que j'aie vécu mon enfance dans une sorte de réalité parallèle où je m'étais convaincue que tout allait à la perfection, je ne suis jamais vraiment parvenue à m'imaginer un père.

Parfois, je prétendais que mon père revenait très tard le soir et qu'il repartait systématiquement avant mon réveil le matin. Dans un des endroits où Maman et moi avons vécu, je racontais à tout le monde qu'il travaillait à l'étranger, où il occupait une fonction importante au sein de l'armée. C'était avant que je découvre que l'Islande n'avait pas d'armée.

Mais je n'arrivais jamais à visualiser mon père. Était-il brun ou blond, avait-il le visage souriant ou sévère ? Je ne pouvais pas imaginer sa voix non plus.

Parfois, je suppliais Maman de me parler de lui, je lui demandais si on se ressemblait, s'il savait que j'existais. Elle me répondait que je ne ressemblais qu'à moi et que mon père ne valait pas mieux que n'importe quel homme croisé dans la rue. Son rôle dans mon histoire n'avait duré qu'une nuit.

OK, cette dernière phrase, elle ne me la disait peut-être pas aussi explicitement quand j'étais enfant, mais en grandissant, j'ai fini par comprendre. Ce n'est que vers la fin de l'adolescence que j'ai appris que mon géniteur, mon père, était au courant de mon existence. Il savait où j'habitais et aurait pu me rendre visite n'importe quand.

La vérité, c'était qu'il n'avait jamais cherché à prendre contact simplement parce qu'il se contrefichait de moi.

# Tryggvi

Un léger malaise s'installe dès que je prononce le prénom de Theódór. Ester commence par me demander ce qu'il fait dans la vie. Parfois, j'ai l'impression que c'est le seul critère avec lequel cette famille juge les gens – ils déterminent leur valeur en fonction de leur travail. Lorsque je lui annonce que Teddi est décédé, elle pousse des « oh » et des « ah » désolés, avant de lancer un regard mauvais à sa belle-sœur pour ne pas l'avoir prévenue. Elle est encore plus surprise en apprenant que Theódór vivait à Akranes au moment de sa mort.

Ester se rappelle avoir entendu parler de l'accident, du moins c'est ce qu'elle prétend, mais je ne suis pas sûr que ce soit la vérité.

Certaines personnes pourraient s'étonner du fait que Theódór n'ait jamais été mentionné dans les conversations avec la famille d'Oddný, mais depuis à peu près un an que nous formons un couple, nous n'avons que très rarement vu Ester et Haraldur et nos discussions ont toujours été relativement superficielles. Ils ne posent aucune question, ne semblent pas nourrir le moindre intérêt pour ma situation familiale en général. Quant à moi, je n'ai jamais ressenti le besoin de parler de Theódór avec des gens qui ne l'ont pas connu. Je ne saurais pas lui rendre justice, et les autres ne comprendraient pas la perte immense que j'ai subie, ni le chagrin qui a suivi.

Nanna et moi venions d'emménager à Akranes quand nous nous sommes séparés, j'y ai vécu à peine un mois et plus tard, après l'accident, Nanna est repartie habiter à Ísafjördur. Ni l'un ni l'autre, nous n'avons ressenti de liens particuliers avec cette ville. Nous nous y étions installés seulement parce que Nanna avait trouvé un travail là-bas, et nous estimions que la proximité avec la capitale pourrait constituer un avantage lorsque Teddi intégrerait l'université. Le prix de l'immobilier était bien moins cher qu'à Reykjavík et, depuis la construction du tunnel sous le fjord Hvalfjördur, ouvert l'année précédente, le trajet ne prenait plus que quarante-cinq minutes.

Après le repas, je me dirige vers le bar où je commande une bière, puis m'assieds seul un instant.

Du coin de l'œil, je vois qu'Oddný m'observe, rongée de culpabilité pour avoir oublié que cela fait aujourd'hui dix-huit ans que Theódór est mort. La raison pour laquelle je ne suis pas tout à fait moi-même depuis ce matin et ne peux m'abstenir de boire ce soir.

Ma bière terminée, je retourne dans le restaurant où les tables et les chaises ont été poussées pour former une piste de danse.

J'aperçois immédiatement Petra, en train de danser avec son père. Lui-même trop ivre, Haraldur ne remarque pas à quel point sa fille titube et a le regard vide.

Nanna et moi nous sommes énormément demandé qui Teddi comptait rejoindre ce soir-là. Lorsqu'il est parti, elle le soupçonnait d'aller voir une fille.

De mon côté, j'ignorais même qu'il prévoyait de sortir. Par la suite, je me suis beaucoup reproché mon absence en ce jour fatidique. Je savais qu'il en pinçait pour une fille, il me l'avait annoncé la dernière fois où nous nous sommes vus et m'avait promis de me la présenter rapidement. J'étais heureux qu'il me fasse une telle confidence. Il rayonnait, son amour pour cette jeune fille se voyait de loin.

Non que des gamins de dix-sept ou dix-huit ans sachent ce qu'est l'amour. D'ailleurs, peu de gens le savent, quel que soit leur âge. Mais Teddi n'était pas comme les autres. Il ne perdait pas son temps pour des choses futiles, il était ambitieux, résolu et toujours fidèle à lui-même.

La seule chose que Nanna et moi savions, c'était que quelqu'un était venu le chercher ce soir-là. Nous n'avons jamais découvert pourquoi sa vie s'est achevée comme ça, sur la route n° 1, au pied du mont Akrafjall. Un mystère avec lequel nous avons dû vivre toutes ces années, et parfois je me dis que le plus terrible, c'est cette incertitude, ne pas savoir ce qui s'est passé, ne pas savoir pourquoi.

Les yeux fixés sur Petra, je me demande si ce n'est pas la fille que mon Teddi voulait retrouver. Si elle ne garde pas le silence depuis des années sur les réponses à toutes nos questions.

Lorsque je croise son regard, on dirait que je suis transparent. Elle est complètement ivre, ça ne fait aucun doute. Et soudain, je songe que, comme moi, elle pleure peut-être quelqu'un aujourd'hui.

# Petra Snæberg

Papa me lâche et attire Steffý à lui. Il a toujours eu une affection toute particulière pour elle, l'a toujours mise sur un piédestal. Quand Maman et lui partaient en voyage à l'étranger, il achetait tous les cadeaux en double, et Steffý et moi recevions des vêtements ou des jouets identiques. J'étais jalouse, ce qui me faisait culpabiliser. Pourquoi refusais-je d'accepter que Steffý ait droit aux mêmes cadeaux ? Je ruminais dans mon coin sans oser le montrer, et ça me rongeait.

M'éloignant de la piste de danse, je trouve refuge contre un mur d'où je fixe la fenêtre, mais je ne vois rien. J'ai encore l'impression que le monde tournoie autour de moi. Je devrais aller me coucher. Quelque part au fond de mon cerveau, ma raison m'assure que la vision de cette main était une simple hallucination, probablement due au mélange d'anxiolytiques et d'alcool que j'ai ingurgité.

Des hallucinations, j'en ai déjà eu, même si elles ont rarement été aussi nettes et réalistes que tout à l'heure. Une nuit, certaine d'avoir aperçu un homme sur notre terrain, j'ai réveillé Gestur brusquement. En proie à une insomnie, je m'étais installée sur le canapé de la salle de télévision à l'étage, dont la fenêtre donne sur le jardin. Je me rappelle encore à quel point la nuit était paisible. Les arbres avaient revêtu leur feuillage d'automne marron, rouge et jaune, mais pas un souffle de vent ne les faisait frémir. En Islande, on a tellement l'habitude d'entendre le vent qu'on ne remarque même plus le bruissement des feuilles dans les arbres. Sauf quand il se tait.

Et puis soudain, l'arbre près de la fenêtre a bougé. De manière suspecte, comme si quelqu'un l'avait secoué. Je me suis approchée de la vitre, j'ai inspecté le jardin, mais rien. Au début.

Quelques mois plus tôt, nous avions été victimes d'un cambriolage, et depuis je me réveillais régulièrement en pleine nuit, convaincue que quelqu'un s'était introduit dans notre maison. J'entendais la porte d'entrée s'ouvrir en bas, j'entendais le parquet grincer et les portes des placards s'ouvrir. Rien de tout cela n'était réel. Le système d'alarme que nous avions installé ne s'était jamais mis en route, il ne pouvait donc pas y avoir quelqu'un dans notre maison. Ce qui ne m'empêchait pas d'être terrorisée à chaque fois. Incapable de bouger, je restais allongée dans mon lit, l'oreille tendue, dans l'attente qu'il se passe quelque chose.

Mais ce soir-là, tandis que je regardais par la fenêtre en me demandant si le froissement des feuilles était le fruit de mon imagination, j'ai soudain vu une silhouette se dessiner dans le jardin. Habillée de vêtements sombres, une capuche sur la tête, elle a disparu aussi rapidement qu'elle était apparue. Je suis sûre qu'elle m'a vue. Gestur ne me croyait pas, persuadé que c'était à cause des médicaments. Il a lu la notice de ma boîte de Sertraline, ainsi que celle de mes somnifères, et a pointé du doigt les effets secondaires. Les hallucinations en faisaient partie.

Je sors dans le hall et me dirige vers le bar, même si je n'ai soudain plus envie de boire.

– On est en train de parler du boulot de Steffý au Danemark, me dit Smári en me faisant signe de m'asseoir avec eux. Tu savais qu'elle bosse chez Chanel ?

– Oui, j'étais au courant.

– Je n'ai pas fait de grande annonce, dit Steffý en enroulant une mèche de cheveux autour de son index. Je n'ai commencé que cet automne, après un processus de sélection de plusieurs mois. Mais si tu as besoin de produits de beauté, n'hésite pas à me passer un coup de fil !

– Merci.

Smári se lève.

– Bon, je vous laisse bavarder toutes les deux.

Il s'en va et Steffý et moi nous retrouvons seules. Le barman demande si on veut commander quelque chose, mais je secoue la tête, sentant qu'il vaut mieux que je m'abstienne.

Le silence s'installe entre nous un moment, puis je dis :

– On aurait dû tout avouer.

– Petra, réplique Steffý avec un geste évasif de la main. Ce que tu peux être mélodramatique.

Je sens la nausée me monter à la gorge. *Mélodramatique*, me dis-je. Steffý m'a trouvée mélodramatique quand j'ai perdu le sommeil et l'appétit. Elle m'a trouvée mélodramatique quand j'ai cessé de pouvoir venir à l'école et voir des gens. Pour elle, se taire n'était pas un problème. Mais elle se contrefichait de Teddi. Son sort lui était égal.

Je me lève et l'abandonne. Je l'entends m'interpeller. Me suivre.

Mais je continue de marcher, les yeux fermés, et peut-être que les médicaments aident. L'image de Teddi est soudain si nette dans mon esprit. Je me rappelle exactement ce qu'il portait le soir où Steffý et moi sommes venues le chercher. Un sweat Adidas et un coupe-vent bleu marine. Des Converse neuves qu'il avait reçues en cadeau d'anniversaire quelques semaines plus tôt. Assise dans la voiture, je n'ai pas pu m'empêcher de sourire lorsque nos regards se sont croisés. C'était plus fort que nous, on se mettait à sourire dès qu'on se voyait, et on n'aurait pas pu contrôler ce réflexe même si on avait été payés pour. Le souvenir de deux adolescents qui se croyaient amoureux. Un souvenir qui aurait dû éveiller de la tendresse, mais ne génère que de l'effroi.

– Excuse-moi Petra, me lance Steffý lorsqu'elle me rattrape dans le couloir. Je ne voulais pas te blesser.

Elle s'apprête à me prendre le bras mais j'ai un mouvement de recul. Elle me jette un regard las, comme face à un enfant capricieux.

– Qu'est-ce qui t'arrive ? me demande-t-elle. Pourquoi tu te comportes comme ça ?

Elle se penche en avant pour m'observer de plus près.

– Tu es… tu as pris quelque chose ?

Elle me regarde droit dans les yeux. Dans le couloir, où la lumière est plus vive, on voit probablement que mes pupilles ne réagissent pas normalement. Elles sont dilatées sous l'effet des médicaments. Me donnent une mine de déterrée.

– Qu'est-ce qui m'arrive ? je répète avec lenteur. C'est toi qui agis comme si c'était une vaste blague. Comme si… comme si c'était drôle.

– Je ne trouve pas ça drôle du tout, rétorque Steffý en regardant autour d'elle. Je n'ai jamais dit ça.

– Teddi est mort à cause de nous.

Je me fiche qu'on nous entende, d'ailleurs je hausse encore le ton :

– Il est mort à cause de nous, Steffý. À cause de toi !

– Tu veux bien te taire ?
Elle fait un pas en avant et ajoute :
– Je voulais t'aider, tu le sais très bien.
– M'aider ? je lâche avec un rire ironique. M'aider ?
Installés sur la banquette arrière de la voiture, Teddi et moi nous embrassions lorsque j'ai senti ma respiration s'accélérer et mon cœur s'emballer. Mais je ne voulais pas nous interrompre, j'espérais pouvoir traverser cette crise d'angoisse sans trop de difficulté. Au bout d'un instant, je ne parvenais cependant plus à respirer et je commençais à voir des points noirs. J'ai demandé à Teddi d'arrêter, mais il a continué, continué à m'embrasser et à me serrer dans ses bras. Le volume de la musique était élevé dans la voiture. Soit il ne m'a pas entendue, soit il n'a pas compris que j'étais sérieuse. Il ne s'est pas arrêté avant que je le repousse de toutes mes forces.
Après ça, tout est allé très vite. Steffý a freiné d'un coup sec et a ordonné à Teddi de sortir. J'ai essayé de parlementer avec elle tout en luttant pour retrouver ma respiration.
Il ne voulait pas me faire de mal. Jamais il n'aurait pu. Je l'ai vu pour la dernière fois à travers la lunette arrière tandis qu'il se tenait au milieu de la route, l'air perdu, les mains serrées autour de son torse, le vent faisant battre les pans de son manteau ouvert.
C'est cette vision qui m'assaille la nuit.
– Nous l'avons abandonné, Steffý, dis-je.
– Par pitié ! grogne-t-elle. Tu sais quoi ? Tu as toujours rejeté la responsabilité sur moi et j'en ai ma claque. C'était un accident, Petra ! Quand vas-tu enfin l'accepter et arrêter de t'apitoyer sur ton sort ? On n'a pas tué Teddi. On ne l'a pas renversé. C'était un accident.
– Tu estimes donc n'avoir aucune responsabilité ?
– Non.

– Comment tu peux dire une chose pareille ?
– On serait allées le rechercher, voyons.

À notre retour en ville, je suppliais toujours Steffý de faire demi-tour. Comme elle ne m'écoutait pas, j'ai fini par lui attraper le bras. La voiture a fait une embardée et s'est retrouvée sur l'autre voie alors qu'un véhicule arrivait en face.

Nous n'avons rien eu de grave, mais la police est venue, puis une ambulance nous a transportées à l'hôpital pour un examen complet. Puis nos parents nous ont rejointes. Papa sentait l'alcool et le tabac. Maman portait un pull par-dessus le tee-shirt qui lui servait de pyjama.

Le lendemain, à mon réveil, Maman préparait du porridge qui embaumait la cuisine.

– J'ai appris une terrible nouvelle de Sigrún ce matin, m'a-t-elle dit en me servant un bol.

Tandis que je contemplais la bouillie d'avoine, Maman m'a raconté qu'on avait retrouvé un garçon mort au bord de la route n° 1.

– La police pense qu'il a été renversé et que le chauffard a pris la fuite. Mais je ne comprends pas ce qu'il faisait là au beau milieu de la nuit. Une fugue, peut-être ? Qu'est-ce que tu en penses, Petra ? Il avait des problèmes à la maison, ce garçon ?

Au lieu de répondre, j'ai vomi dans mon porridge.

Steffý est venue me voir plus tard dans la matinée.

– Il ne faut pas qu'on raconte ce qui s'est passé à qui que ce soit, Papa me tuerait, a-t-elle dit en glissant ses pieds sous ma couverture. Promets-le-moi, Petra !

Et je le lui ai promis. J'ai promis de ne rien dire. Promis de passer sous silence le fait que nous l'avions abandonné là, simplement parce que Steffý était convaincue que ses parents se mettraient en colère.

– On aurait dû aller le rechercher, dis-je tout haut en me massant les tempes – je sens un mal de crâne naître entre mes yeux.

Dans le restaurant, j'entends le volume de la musique monter. Les gens se sont remis à danser. Le rire tonitruant de Papa me parvient depuis le bar, bientôt il va manger ses mots et renverser le contenu de son verre sur sa chemise. Je n'en peux plus. Je vais monter. Je me retourne vers Steffý, déterminée à avoir le dernier mot :

– On aurait au moins dû avertir sa famille.

– J'ai demandé à Viktor d'aller le chercher. Qu'est-ce que je pouvais faire de plus ? N'oublie pas que Papa ne m'aurait jamais laissée ressortir après ce qui s'était passé, avec la voiture foutue et tout le reste...

Je reviens soudain à moi.

– Quoi ?

– La bagnole était bonne pour la casse. Je...

– Non, l'interromps-je. Je veux parler de Viktor. Tu lui as demandé d'aller le chercher ?

– Oui, je l'ai appelé juste après notre accident, Petra. Pourquoi crois-tu que j'ai demandé à utiliser le téléphone de l'épicerie d'à côté ?

– Je croyais que tu voulais joindre ton père.

– Oui, bien sûr, mais j'ai aussi appelé Viktor. Je lui ai demandé d'aller chercher Teddi, parce que je ne voulais pas le laisser là-bas en plein milieu de la nuit. Papa a ensuite contacté la police.

– Mais...

– Viktor n'a pas trouvé Teddi. Il l'a cherché, mais ne l'a pas trouvé. Alors OK, peut-être que c'est de notre faute à tous, mais je ne comptais pas... ça ne devait pas se terminer comme ça. Ce n'était pas mon intention.

– Mais...

Steffý fait un pas vers moi, et cette fois, je ne recule

pas. Elle se penche vers moi, me regarde droit dans les yeux et me dit avec détermination :

– Teddi a été renversé par une voiture et il est mort, mais ce n'était pas de ma faute. C'était un accident.

– Si tu as la conscience tranquille... Pourquoi on ne raconte pas ce qui s'est passé ?

## Irma
### Employée de l'hôtel

Mes collègues et moi avons passé la soirée à courir et la fatigue commence à se faire sentir. Tout à l'heure, j'ai vu Edda entrer dans la cuisine, fermer les yeux et compter jusqu'à dix avant de ressortir.

– Si quelqu'un claque des doigts pour attirer mon attention encore une fois…, dit Vala, l'une des serveuses appelées en renfort pour la soirée.

Elle pousse un soupir bruyant.

– Oh, ne fais pas attention à ça, dis-je. Ils ne sont pas si méchants.

– Pas si méchants ? réplique-t-elle. Pendant que j'étais en train de servir ce type, là-bas, il a passé sa main sur ma hanche et m'a appelée *chérie*. Chérie ! Tu imagines ?

Secouant la tête, je feins d'être choquée. Certaines filles sont plus sensibles que d'autres.

Vala frissonne de dégoût puis repart vers le restaurant.

Il faut dire qu'ils sont exigeants. Je peux à peine faire deux pas sans qu'on me tapote l'épaule ou qu'on m'attrape le bras pour commander une boisson ou m'annoncer qu'un verre a été renversé. Mon dos est couvert de sueur et ma chemise colle à ma peau.

Mais je prends plaisir à les observer. Pour moi, il n'y a rien de plus intéressant qu'une famille, ce rassemblement de gens qui passent du temps ensemble uniquement parce que le même sang coule dans leurs veines. C'est fascinant, à bien y réfléchir, ce qui relie des individus entre eux, et jusqu'où ils sont prêts à aller à cause de ces liens.

C'était comme ça, avec Papa. J'étais prête à lui pardonner son indifférence. Je lui aurais pardonné toutes ces années de silence s'il m'avait accueillie à bras ouverts.

Quand Maman m'a enfin révélé son identité, je me suis lancée à sa recherche. Je lisais tout ce que je trouvais sur lui et j'ai déniché son adresse. J'ai découvert qu'il parlait fort, j'ai remarqué qu'il veillait souvent tard et se couchait longtemps après sa femme.

On croirait que je suis restée devant chez lui à l'espionner tous les soirs, mais ça ne s'est pas du tout passé comme ça. Il m'arrivait simplement de passer devant sa maison quand j'avais le temps. Les week-ends où j'étais libre et les soirs où je m'ennuyais. J'ai toujours aimé observer les gens, et le faire de manière aussi intentionnelle, avec cet objectif précis en tête, m'apportait encore plus de satisfaction. C'est incroyable ce que l'on peut apprendre, ce que les gens se permettent quand ils pensent que personne ne les regarde.

Quand mon père se curait le nez, il en éliminait le produit d'une pichenette. Je ne l'ai jamais vu lever le petit doigt à la maison. La seule exception, c'était le barbecue, et je suis à peu près certaine qu'il ne s'en occupait que pour que ses voisins le voient et pour avoir une excuse pour descendre quelques bières. Les soirs où il veillait, il restait assis dans le salon, tout près d'une grande baie vitrée, à boire verre après verre en errant sur Internet.

Et je le regardais sans qu'il en ait la moindre idée, sans qu'il soupçonne le moins du monde qu'on le surveillait.

Plus je l'observais, plus je me disais que je ne manquais peut-être pas grand-chose, finalement. Je n'avais pas très envie de faire sa connaissance ni de l'intégrer à ma vie. D'autres options me semblaient bien plus attrayantes.

## Lea Snæberg

Harpa ne cesse de me forcer à boire avec elle, et je n'ose pas dire non. Plus elle est ivre, plus elle insiste. Pour ne pas lui déplaire, j'avale de toutes petites gorgées en prétendant boire davantage. J'ai choisi les chaises les plus éloignées de mes parents et grands-parents, mais personne ne nous surveille. Les adultes sont eux-mêmes complètement saouls. La lumière tamisée et la musique assourdissante donnent l'impression qu'on est en discothèque.

– Un autre ? me demande Harpa avant de filer au bar sans attendre ma réponse.

Elle doit patienter un instant, car le barman est en train de servir d'autres clients. Il commence à en avoir marre de nous et jette toujours un regard nerveux autour de lui avant de nous tendre nos verres. Et de s'exclamer : « du soda pour les demoiselles », afin que personne n'ait de soupçons.

– Je crois que je vais coucher avec lui, dit Harpa en prenant l'une des deux boissons.

– Hein ? Qui ça ?

– Le barman. Je sais qu'il en a envie. Tu devrais voir la manière dont il fixe mes seins.

Pas étonnant qu'il les fixe, c'est tout juste s'ils ne s'échappent pas de la robe qu'elle porte.

– Il n'est pas beaucoup plus vieux que toi ?
– Nan, il doit avoir la vingtaine grand max.
Elle s'essuie les lèvres et se penche vers moi.
– Mais si j'avais le choix, je préférerais largement Hákon Ingimar.
Elle jette un coup d'œil à la table voisine, où celui-ci est assis. Remarquant notre présence, il sourit. Mon estomac se noue et je baisse immédiatement les yeux, le visage brûlant. Je bois une grande gorgée, ce qui semble réjouir Harpa.
– Il a quel âge, d'ailleurs ? demande-t-elle.
– Vingt et des poussières, je réponds, bien que je sache qu'il a vingt-cinq ans.
– Ça passe.
Je grimace.
– Oh allez, fais pas cette tête, me dit-elle en m'assénant un coup de coude. Même si c'est ton cousin, tu dois bien voir qu'il est canon. Il me rappelle cet acteur, là… comment il s'appelle, déjà ?
– Je ne sais pas.
Harpa jure en essayant de se remémorer son nom. Je profite de l'occasion pour sortir mon téléphone et me rends compte que, pendant une seconde, j'avais oublié que Birgir n'existait pas. J'espérais un message de sa part. Ça me semble hautement improbable à présent. Mais lorsque l'écran s'allume, une notification m'annonce un nouveau mail. Mon corps se met à trembler quand je vois le nom de l'expéditeur.
Quelqu'un m'attrape les épaules avant que j'aie eu le temps de le lire.
– Hé cousine !
Penché sur moi, Hákon Ingimar m'a murmuré ces mots à l'oreille. Sentant son souffle sur ma joue, je sursaute et fais tomber mon téléphone.

Je marmonne un « Hé » à peine audible en retour, tandis que le visage de Harpa s'éclaire lorsqu'elle le salue d'une voix stridente.

Mon téléphone a atterri loin sous la table et je dois ramper pour le récupérer. Alors que je me penche, ma main se pose sur quelque chose de collant par terre. Je perçois un effleurement dans mon dos, si léger au début que je me demande si je n'ai pas rêvé. Puis je me rends compte que ce sont les doigts de Hákon qui me caressent. On dirait qu'un petit insecte me grimpe dessus, et je me crispe immédiatement.

– Besoin d'aide ? me demande-t-il.

Harpa rit.

– Non, je réponds en m'éloignant pour ne plus sentir sa main sur moi.

Quand je me redresse, Harpa et Hákon sont en pleine conversation. Il a approché sa chaise à quelques centimètres d'elle et aucun des deux ne m'accorde la moindre attention.

Je me recoiffe et balaie des miettes de mon pantalon.

– Je te suis sur Instagram, entends-je Harpa dire d'une voix séductrice.

Hákon Ingimar lui tend son téléphone et lui demande d'ouvrir son profil afin qu'il la suive en retour. Je m'éclipse.

Alors que je passe devant le bar, Papa m'attrape le bras. Il a les yeux qui brillent et parle anormalement fort.

– Ma petite Lea, tu vas te coucher ?

– Non, je… Enfin oui, je suis à moitié fatiguée.

– Très bien, ma chérie. Fais-nous signe si on fait trop de bruit.

Il m'adresse un clin d'œil et ajoute :

– Je débrancherai les enceintes pour toi !

Je souris, le serre dans mes bras et lui souhaite une bonne nuit.

Il ne remarque pas que je ne me dirige pas vers ma chambre mais vers le hall. Je m'assois sur une chaise et reprends mon téléphone. Le souffle court, un battement dans le crâne, j'ouvre le mail de cette mystérieuse personne qui se fait appeler Birgir.

# Petra Snæberg

Je reste figée après le départ de Steffý. Au loin, j'entends le brouhaha et l'écho de la musique dans le restaurant. Dehors, les bourrasques frappent les fenêtres et un frisson me parcourt.
*Pas de notre faute.*
Steffý est convaincue que nous n'avons aucune responsabilité dans la mort de Teddi, mais c'est faux. Nous l'avons abandonné au milieu de nulle part en plein hiver. À minuit passé, sur une route sans réverbère ni abri. Il aurait fallu deux heures à Teddi pour parcourir les dix ou douze kilomètres qui le séparaient de chez lui, mais son corps a été retrouvé pas très loin de là où nous l'avons laissé. Aux informations, on disait qu'il gisait sur le bas-côté et que ses blessures suggéraient qu'une voiture l'avait renversé. Le conducteur n'a jamais été identifié – soit il avait pris la fuite, soit il ne s'était pas rendu compte de ce qui s'était passé. En cette nuit du vendredi au samedi, il était fort probable que le chauffard ait été saoul.

Je cours aux toilettes, la tête baissée pour que personne ne remarque mes yeux rouges. Je ne veux pas qu'on m'arrête, qu'on me demande ce qui ne va pas. Devant la porte, je me cogne à quelqu'un et murmure des excuses sans lever les yeux. Je reconnais toutefois Tryggvi, le mari d'Oddný, à ses bottes de cow-boy. À mon grand soulagement, il me laisse tranquille.

Dieu merci, il n'y a personne à l'intérieur. Debout au milieu de la pièce, je me demande ce que je dois faire, si je dois vraiment continuer comme ça.

J'ai deux adolescents, un mari avec qui je ne suis pas sûre de vouloir être et un secret qui pèse sur mes épaules depuis des années et a ruiné tant de choses. Il m'a transformée, a changé celle que j'aurais pu devenir. Parce que tout au fond, je n'ai jamais cessé d'être cette adolescente apeurée. J'ai la sensation de ne pas pouvoir me détacher d'elle, malgré tous mes efforts.

Je m'essuie le visage et bois au robinet. Lorsque je ressors, Viktor m'attend.

– Comment tu te sens ? me demande-t-il. Steffý m'a dit que tu étais patraque.

– Patraque ? dis-je en secouant la tête avant de m'éclaircir la gorge. Non, je vais très bien.

Je m'apprête à passer devant lui, mais il m'arrête.

– Qu'est-ce qui se passe, Petra ?

Je ne réponds pas immédiatement. J'ai l'impression de voir Viktor sous un nouveau jour. Comment a-t-il pu être au courant de ce qui est arrivé et ne jamais aborder le sujet ?

Après la mort de Teddi, Steffý et moi n'avons jamais reparlé de cette soirée. Elle me l'avait interdit et je croyais que c'était un secret entre nous. J'ignorais que Viktor savait. À vrai dire, je ne les ai pas revus pendant un moment. J'allais au lycée, ou je faisais comme si, puis je rentrais chez moi et je restais dans ma chambre à écouter de la musique. Je dormais mal. Lorsque je parvenais à sombrer, mon sommeil était léger, je me réveillais en sursaut à intervalles réguliers, ou bien je ne faisais que somnoler.

Plus tard, quand nous nous sommes retrouvés tous les trois, plus rien n'était pareil. Du moins pour moi. Puis j'ai fait la connaissance de Gestur, Steffý est partie étudier à l'étranger et je suis tombée enceinte.

Viktor et moi avons continué de nous voir, mais de moins en moins souvent, et jamais il n'a évoqué cette nuit.

– Pourquoi tu ne m'as rien dit ? je lui demande.
– De quoi tu parles ?
– De Teddi. Tu ne m'as jamais dit que tu étais parti à sa recherche.
– Nous avons décidé de ne pas en parler. Et je ne l'ai pas retrouvé. Qu'est-ce que j'étais censé te dire ?

Je repense à nos conversations, toutes ces conversations si sincères, si profondes. Viktor sait que je prends des anxiolytiques depuis des années et que je me rends régulièrement chez un psychologue. Mais maintenant que j'y réfléchis, il ne m'a jamais demandé pourquoi.

J'ai tant voulu partager ça avec quelqu'un. Pendant tout ce temps, Viktor était au courant, et il ne m'a rien dit. J'ai l'impression que tout tourne dans ma tête, tout se brouille et j'ai la nausée.

– Viktor, je... je n'en peux plus.

Il commence à rire avant de se rendre compte que je suis sérieuse.

– Comment ça ?
– Je n'en peux plus, c'est tout.

De nouveau, il m'arrête alors que je m'apprête à lui passer devant.

– Et quoi ? Tu as l'intention de tout raconter ?
– Peut-être, dis-je, songeant que c'est sûrement la meilleure solution, une nécessité pour clore enfin ce chapitre de ma vie.
– Mais Petra... tu ne peux pas faire ça maintenant.
– Pourquoi pas ?

Viktor est si près de moi que je sens son souffle sur mon visage lorsqu'il me parle.

— Qu'est-ce que ça peut te faire, à toi ? je lui demande.

— Rien, rien du tout, répond-il en se grattant la nuque – un vieux réflexe dès qu'il est nerveux.

Je le regarde un instant puis je dis :

— Si tu es parti à sa recherche tout de suite, pourquoi tu ne l'as pas trouvé ? Comment est-ce possible ?

Teddi devait déjà être mort quand Viktor est arrivé sur place, sinon ils se seraient forcément croisés. Viktor l'aurait vu. Teddi n'a-t-il vraiment tenu que quelques minutes avant qu'on le renverse ?

— Petra, répond-il, tu te souviens qu'il a été retrouvé sur le bas-côté ? Je n'aurais pas pu le voir dans le noir.

Il a raison, pourtant je n'arrive pas à me débarrasser du sentiment que quelque chose cloche.

— OK, donc peu importe que je raconte ce qui s'est passé, dis-je. Je crois vraiment qu'il le faut.

— Oui, acquiesce Viktor. Oui, peut-être.

— Oui, dis-je avec un bref sourire. Bon, je vais me coucher.

L'air absent, Viktor ne me répond pas.

Tandis que je m'éloigne, je repense tout à coup à ce que sa mère a dit pendant le petit déjeuner.

Lorsque je me retourne, il n'a pas bougé et son regard est fixé sur moi. Il a les sourcils froncés, et pendant un instant, c'est à peine si je le reconnais. Puis il se ressaisit et redevient le Viktor habituel.

— Au fait... Ta mère a dit quelque chose ce matin.

— Quoi donc ? demande Viktor.

— Une histoire de voiture. Elle disait que tu avais percuté... quoi, déjà ?

— Un mouton, répond-il dans un rire. Où veux-tu en venir, Petra ?

– Quand ça ?
– Hein ?

Viktor se frotte le nez sans me lâcher du regard.

– C'est arrivé quand ? j'insiste. Ta mère ne l'a pas précisé, elle a juste dit que tu étais ado. C'était quand, exactement ?

Adolescents, nous savions tout les uns des autres, mais je ne me rappelle pas avoir entendu parler d'un accident de la route. Je ne m'en suis pas rendu compte ce matin, mais c'est bizarre. Si Viktor avait heurté un mouton, j'en aurais sûrement eu vent à l'époque.

– Je ne m'en souviens pas, Petra. Mon Dieu, ne commence pas à t'inventer des histoires !

– Très bien. Je vais poser la question à ta mère.

– Waouh, lance-t-il en se massant le front. Steffy avait raison.

– Quoi ?

– Tu es en train de perdre pied, Petra. Et c'est quoi le problème, avec tes yeux ? Tu es sous médicaments ou quoi ? Qu'est-ce que tu as pris ce soir ?

Je sens mes joues rougir de honte, puis soudain une violente colère s'empare de moi et je n'en ai plus rien à faire qu'on remarque que j'ai pris des médicaments. Plus rien à faire de ce que Viktor peut bien penser de moi.

– C'est toi qui as renversé Teddi, dis-je à voix basse.

– Non, Petra…

Viktor éclate d'un rire creux, mais je vois clair dans son jeu. Je l'ai percé à jour.

– C'était toi, pas vrai ? Je parie que si je demande à ta mère, elle va me répondre que tu as abîmé la voiture cette nuit-là. N'est-ce pas, Viktor ? Et si elle ne s'en souvient pas, je peux sans doute obtenir le renseignement auprès de la compagnie d'assurances. Ils conservent toujours ce genre d'informations.

– Non, écoute...
– C'est pour ça que tu refuses que j'en parle. C'est pour ça que tu n'as jamais évoqué Teddi. Tu l'as renversé !
– Tu veux bien baisser d'un ton ? siffle-t-il.
Il s'empare soudain de mon bras et le serre.
– Lâche-moi, dis-je en me dégageant.
Baissant la voix, je m'efforce de paraître calme :
– Dis-moi la vérité, Viktor. Pourquoi mentir, hein ? C'était un accident, non ?
Viktor s'humecte les lèvres mais garde le silence.
– C'était un accident, pas vrai ?
Il se gratte la nuque, et soudain je prends conscience que la mort de Teddi n'était pas un accident du tout.

## Lea Snæberg

Quelques verres encore à moitié pleins ont été abandonnés sur la table à la réception, et j'en vide un bien que j'aie mal à la gorge et que ça me donne la nausée. Puis j'ouvre le mail, qui ne contient pas de texte. Seulement les photos que j'ai moi-même envoyées.

Tandis que je me regarde prendre la pose, les yeux absents et la bouche en cœur, je sens mon estomac faire des vagues. Je n'arrive pas à croire que je les ai trouvées belles sur le moment. À présent, je me vois sous mon vrai jour – une gamine stupide et puérile qui se prend pour quelqu'un d'important. Au fond de moi, une voix ne cesse de répéter : *idiote, idiote, idiote*...

Je me demande qui a bien pu vouloir me piéger. Qui me déteste au point d'être prêt à passer des semaines, des mois à me parler ? Un inconnu ne se donnerait pas cette peine. Ce doit être quelqu'un de mon entourage.

Dans ma tête, je fais la liste de tous mes camarades de classe et des gens que je fréquente. Mes amis, mes ex. L'un d'entre eux pourrait-il mettre en place un tel stratagème ? Ai-je fait quelque chose à quelqu'un sans m'en apercevoir ?

Ou peut-être que ce sont mes anciennes copines d'école qui ne veulent pas que je m'en tire à si bon compte, qui trouvent trop facile de changer d'établissement et de me débarrasser d'elles comme ça ? Tandis que tous les visages que je connais défilent dans ma tête, j'essaie d'en repérer un en particulier, de déterminer qui aurait pu avoir une raison de me haïr, mais personne ne me vient à l'esprit.

Pourtant, quelqu'un possède désormais ces photos de moi et peut en faire ce qu'il veut. Les envoyer à tous ceux que je connais, les publier sur Internet. Le but de ce mail est probablement de me montrer qui détient le pouvoir.

Et soudain, je n'en peux plus. Je cache mon visage dans mes mains et me mets à sangloter comme une gamine. Je me fiche de mon apparence, des sons qui s'échappent de ma bouche. À cet instant, je me fiche absolument de tout.

# Irma
## Employée de l'hôtel

Assise sur une chaise, son téléphone posé sur la table devant elle, Lea est visiblement bouleversée. Comme ses cheveux tombent devant ses yeux, je ne parviens pas à distinguer son visage mais je l'entends pleurer.

– Tout va bien ? je lui demande.

Elle lève les yeux et mon cœur se serre en voyant son expression dévastée et les larmes qui coulent sur ses joues.

Elle ressemble tellement à sa mère avec ses cheveux sombres bouclés – quand elle ne les lisse pas, bien sûr. Je la trouve encore plus jolie quand elle les laisse onduler naturellement. De même, je la préfère de loin sans maquillage, surtout sans ce noir qu'elle applique parfois autour de ses yeux.

– Je... Je..., bafouille-t-elle. Je vais être malade.

– Attendez, suivez-moi.

Je la conduis vers une des premières chambres du couloir, restée inoccupée, et lui indique les toilettes. À travers la porte, j'entends deux haut-le-cœur, puis elle vomit.

– Vous voulez quelque chose à boire ? je lui demande en ouvrant le minibar lorsqu'elle ressort. De l'eau ? Du Coca ? J'ai aussi de l'orangeade.

– Du Coca, merci.

Je lui fais signe de s'asseoir et lui tends une bouteille. Elle en boit la moitié avant de s'essuyer les lèvres.

– Ça va mieux ? je demande.

– Hmm, marmonne-t-elle en me regardant avec de grands yeux, comme si elle me voyait pour la première fois. Ne dites rien à mes parents.

– Non, bien sûr que non. La première fois que j'ai bu, j'ai vomi dans un grand vase posé par terre chez moi en plein milieu de la nuit. Le lendemain, j'avais complètement oublié, je n'ai même pas fait le lien en voyant mon chien, Capitaine, tourner autour du vase. Ça ne m'est revenu que quand ma mère a demandé ce que c'était que cette horrible odeur dans l'entrée.

– Vraiment ? dit Lea en retroussant le nez. Beurk.

– Hmm. C'était affreux. Vous ne pouvez pas imaginer l'épreuve que ça a été de nettoyer ce vase...

– Non, répond-elle, le regard à nouveau triste. Non, je ne peux pas.

– Il est arrivé quelque chose ? je lui demande avec prudence.

– Non... enfin si. C'est juste... J'ai fait une grosse bêtise.

– Plus grosse que de vomir dans un vase ?

Lea laisse échapper un faible rire.

– Oui. Beaucoup, beaucoup plus grosse.

Elle me raconte l'histoire, même si j'ai du mal à comprendre tout ce qu'elle me dit. Son récit est décousu et elle peine à articuler, mais je l'écoute avec attention. Elle pleure de nouveau quelques instants, puis je remarque que ses paupières se font lourdes et je lui dis qu'elle peut s'allonger sur le lit.

– Capitaine, reprend-elle tandis que je l'aide à s'installer. Votre chien s'appelait Capitaine ?

— Chut, dis-je en étalant la couverture sur elle. Essayez de vous reposer.
— Merci de m'avoir aidée.
— De rien.
— Joli collier.

Sa voix n'est bientôt plus qu'un marmonnement inintelligible et ses yeux se ferment avant que j'aie eu le temps de répondre. Ses lèvres s'entrouvrent et sa poitrine monte et descend paisiblement. L'observant un moment, je souris pour moi-même. Lea semble si innocente, si jeune, allongée là devant moi, j'ai envie de la protéger.

Faisant glisser mon collier entre deux doigts, je me demande s'il est possible d'éprouver de la tendresse pour quelqu'un qu'on ne connaît pas vraiment.

# Petra Snæberg

J'ai beau avoir envie de fuir Viktor, je n'arrive pas à bouger. Mes jambes refusent d'obéir et ma bouche est terriblement sèche.

– Est-ce qu'on peut discuter dans un lieu tranquille, Petra ? Ma chambre est juste là, dans le couloir, dit-il.

– Discuter de quoi ?

– De ça. De nous.

– Nous ?

Se grattant de nouveau la nuque, Viktor fait un pas vers moi.

– Je t'en prie, Petra.

– Ce n'était pas un accident, n'est-ce pas ?

– Bien sûr que c'était un accident ! s'écrie Viktor avant de regarder furtivement autour de lui.

Nous sommes toujours seuls et la musique résonne encore dans le restaurant. Je jette un œil alentour, priant pour que quelqu'un apparaisse.

– Très bien, Viktor, dis-je avec un sourire. Je te crois. Mais maintenant, je vais aller me coucher. Tu peux te pousser, s'il te plaît ?

Il ne bouge pas.

– Où vas-tu ?

– Là-haut, dans ma chambre. Dormir.

J'essaie de respirer calmement.

Viktor garde le silence et nous nous fixons pendant ce qui semble durer une éternité. Je suis coincée contre le mur, je ne peux plus m'éloigner, et son visage est si près de moi que je sens son haleine et distingue chaque nuance de couleur dans ses iris.

Mes pensées défilent à toute vitesse, comme des flashs devant mes yeux : Viktor qui venait chez moi tard le soir parce qu'il n'avait pas envie de dormir chez lui, Viktor qui me cherchait à chaque fois qu'on sortait en boîte, qui repoussait tous les garçons qui me parlaient. Toujours si proche, si protecteur. À l'époque, je le croyais attentionné.

Je me rappelle son visage après notre baiser, ses mots : « Tu sais que nous ne sommes pas parents, pas pour de vrai. »

D'un autre côté, l'idée me paraît tellement tirée par les cheveux, tellement ridicule. Je l'aurais su, non ?

Et puis je revois Maja, son sourire, la main posée sur son ventre. M'a-t-elle laissé un message pour m'avertir au sujet de Viktor ?

Il tend soudain la main et balaie une mèche de mon visage. Caresse ma joue tendrement du bout des doigts.

– Arrête, dis-je d'une voix à peine audible.

C'est alors qu'enfin, quelqu'un nous appelle. Viktor se retourne et j'en profite pour me dégager de son étreinte et m'éloigner d'un pas rapide.

# Tryggvi

Mes mains tremblent tellement que j'ai du mal à les maintenir immobiles sous le jet d'eau. Je me sens un peu bizarre pendant que je les lave. Une sensation pas si différente de celle qui m'a envahi quand on m'a appris la mort de Teddi. La même torpeur, en quelque sorte.

Oddný se dirige vers moi tandis que je sors des toilettes.

– Ah, te voilà. On monte ? La fête est en train de se terminer.

– Non, dis-je.

Elle écarquille les yeux.

– Ah bon ?

– Vas-y, monte, toi. Je te rejoins dans un instant.

Elle me regarde une seconde, puis m'abandonne sans ajouter un mot. Elle n'a jamais aimé la confrontation et évite généralement les sujets difficiles. Et pour une fois, ça m'arrange, parce que je ne veux pas de sa compagnie maintenant.

J'ai un petit quelque chose à régler. Il y a une différence majeure par rapport au désespoir que j'ai éprouvé à la mort de Teddi. Cette fois, je peux agir.

# Irma
## Employée de l'hôtel

Viktor se retourne au moment où j'interpelle Petra, mais celle-ci s'échappe et se dirige d'un pas rapide vers les chambres.

– Petra ! je répète en lui emboîtant le pas.

– Quoi ? me demande-t-elle en me faisant face.

Elle a l'air préoccupé et ne me regarde pas. Elle fixe Viktor, qui nous a suivies.

– C'est au sujet de Lea…, dis-je en voyant ce dernier se poster derrière Petra – elle se crispe, ou est-ce mon imagination ?

– Qu'est-ce qu'elle a ? demande Petra en serrant les bras contre sa poitrine.

– Elle s'est enfuie dehors. Je ne savais pas quoi faire, mais je voulais au moins vous en informer. Elle… elle m'a paru bouleversée.

– Comment ça, elle s'est enfuie dehors ? Pourquoi ?

– Elle…

J'hésite et baisse la voix :

– Je crois qu'elle était ivre. Je l'ai trouvée dans le hall d'entrée, elle avait vomi.

– Lea ? Ivre ?

Pour la première fois, j'ai l'impression d'avoir toute son attention.

Je hoche la tête, à contrecœur.

– Je voulais l'aider. Je lui ai donné du Coca dans une des chambres, puis je me suis absentée, mais quand je suis revenue, elle était partie.
– Dehors ?
J'acquiesce de nouveau.
– Mais…, commence Petra en me scrutant un instant. Comment savez-vous qu'elle est sortie de l'hôtel ?
– J'ai entendu la porte d'entrée claquer, et je l'ai aperçue par la fenêtre.

Petra ne semble pas me croire. J'inspire profondément et j'ajoute une information que j'aurais préféré taire :
– Lea m'a avoué qu'elle avait envoyé des photos à un garçon avec qui elle discutait en ligne. Elle était un peu en état de choc.
– Quel genre de photos ?

Je ne réponds pas et, devant mon silence, Petra comprend de quoi je veux parler. Elle ouvre la bouche puis la referme.
– On devrait partir à sa recherche, dis-je. Avant que le temps se gâte.

Dehors, les sifflements du vent se mêlent à la musique et aux éclats de voix de ceux qui continuent de faire la fête derrière nous. Petra jette un coup d'œil en direction du restaurant, où quelqu'un rit si fort que cela couvre un instant la musique.
– Vous voulez que j'aille chercher quelqu'un ? je demande.
– Je crois…

Elle s'interrompt, puis semble se décider :
– Non, on n'en a pas pour longtemps. Elle ne doit pas être partie bien loin.
– Elle vient de sortir. Dépêchons-nous.
– Très bien, dit Petra en se dirigeant vers le hall presque au pas de course.

– Je viens avec vous.

Tandis que Viktor lui emboîte le pas, elle ne montre aucune réaction.

J'attrape deux manteaux suspendus dans le couloir sans savoir à qui ils appartiennent et tends l'un d'eux à Petra. Je la vois hésiter, mais elle l'enfile et remonte la fermeture jusqu'au cou. Viktor se couvre aussi, semblant presque pressé d'affronter les éléments.

Je ne peux m'empêcher de sourire lorsque j'ouvre la porte et qu'un courant d'air glacial nous gifle. Le ciel est lourd, noir et sans étoile, presque effacé derrière des rideaux de neige battante.

– Par là, dis-je en leur faisant signe de me suivre.

# Petra Snæberg

Dehors, le blizzard fait rage et on peine à voir à plus d'un mètre, mais Irma, notre guide, semble bien connaître le coin.

Sortir à la recherche de Lea sur un coup de tête n'était peut-être pas la plus sage décision. Il aurait sans doute mieux valu appeler les secours, ou au moins alerter le reste de la famille. J'ai bien songé à prévenir Gestur, mais immédiatement j'ai revu son regard accusateur après que Lea est entrée dans la mer. Lui donner une nouvelle raison de me faire des reproches est la dernière chose dont j'aie besoin. Il aurait sûrement trouvé un moyen de rejeter la faute sur moi encore une fois.

Alors je ne compte pas rester les bras croisés comme je l'ai fait plus tôt dans la journée, ou lorsqu'elle a attrapé ce couteau à l'âge de trois ans. Cette fois, je vais prendre les choses en main, retrouver Lea et la ramener à la maison.

Mais plus les ténèbres s'obscurcissent, plus le froid s'accroît, plus ma conviction diminue. Ce n'était peut-être pas le bon moment pour faire mes preuves.

– Vous êtes sûre qu'elle est partie dans cette direction ? je lance à Irma.

Elle tourne la tête sans s'arrêter.

— Oui, en tout cas quelqu'un a marché ici. Vous ne voyez pas les empreintes dans la neige ?

Baissant les yeux, je ne remarque aucune empreinte qui pourrait appartenir à Lea, juste celles des grosses bottes d'Irma. Mais je continue de la suivre, me demandant ce que portait ma fille. Si elle s'est contentée de sortir en pull dans ce froid glacial. Combien de temps peut-on survivre à une tempête pareille si on n'est pas équipé ? La température est négative, peut-être moins deux ou moins trois, et le vent ne fait qu'accentuer le froid. Sans un abri, je ne suis pas sûre qu'un homme tiendrait une heure dans ces conditions. Alors une adolescente fluette...

Qu'est-ce qui a bien pu lui traverser l'esprit ?

Mon inquiétude cède un instant la place à la colère. Comment a-t-elle pu se précipiter dehors en pleine nuit, par ce temps, dans un endroit pareil ?

Même si elle a envoyé des photos à un garçon, ce n'est pas la fin du monde.

En y réfléchissant, je me dis toutefois que ça doit bel et bien être une sorte de fin du monde pour elle. Comme moi, elle peut se révéler timide et peu sûre d'elle, bien qu'elle soit douée pour le cacher. Elle est aussi à cet âge où notre ego dépend beaucoup de ce que les autres pensent. Dans sa tête, la diffusion de ces photos signifierait probablement l'effondrement de sa vie. Ses camarades de classe la verraient sous un nouveau jour, ils se moqueraient d'elle, l'humilieraient.

Sont-elles si terribles, ces photos ? Qu'y montre-t-elle, au juste ?

Je préfère ne pas y penser, mais je ne peux m'empêcher d'imaginer les yeux libidineux de vieux pervers fixés à leur écran, observant ma fille même pas encore majeure.

Il faut que je la trouve, quel qu'en soit le coût. Voyant

qu'Irma a pris beaucoup d'avance sur moi, j'accélère pour la rattraper.

Derrière moi, j'entends le crissement des pas de Viktor dans la neige.

# Tryggvi

Les premières années qui ont suivi la mort de Teddi, la fureur brûlait en moi comme de la lave en fusion. Je buvais, sortais, me battais, rien ne pouvait éteindre ce feu ardent. Ces dernières années, j'ai trouvé la paix dans mon âme et j'ai enfin accepté le destin, mais aujourd'hui je sens le magma remonter à la surface. Il commence tout doucement à bouillonner et gagne en puissance avec chaque verre que je termine.

Assis à la fenêtre, je regarde dehors pendant que les gens autour de moi poursuivent leurs bavardages sans intérêt. Ces gens ne m'importent plus. La seule chose qui compte, c'est Teddi et ce qui lui est arrivé. Alors j'attends patiemment qu'ils reviennent dans le restaurant, car je compte bien leur parler. Les regarder dans les yeux et apprendre la vérité.

Mon corps entier me démange, il faut que je fasse quelque chose pour me débarrasser de cette sensation. Mais ce n'est pas le genre de démangeaison qu'on peut soulager en se grattant.

Je remarque du mouvement dehors et discerne tout à coup trois silhouettes qui s'éloignent de l'hôtel. Lorsqu'elles passent devant les lumières extérieures, leurs visages s'éclairent et je vois de qui il s'agit.

Aussitôt, je me lève, abandonne les quelques fêtards restants et me dirige vers la porte.

# Irma
## Employée de l'hôtel

Le temps est pire encore que ce à quoi je m'attendais. Les bourrasques agressives semblent déterminées à nous faire tomber.

– On devrait faire demi-tour ! lance Viktor.

Il fixe Petra, qui semble éviter son regard.

– Non, proteste-t-elle. Je veux retrouver Lea.

– Mais il faut qu'on aille chercher une voiture. C'est complètement fou de continuer à pied dans une tempête pareille. Elle pourrait être n'importe où.

– Exactement, acquiesce Petra. Elle pourrait être n'importe où. Et probablement pas sur le bord d'une route.

– Vous êtes sûre de l'avoir vue sortir ? me demande Viktor.

– Oui, dis-je. Je l'ai vue partir dans cette direction. Il y a une ferme tout près, peut-être qu'elle s'y est réfugiée.

Nous continuons d'avancer. Je ne sais pas exactement depuis combien de temps nous sommes dehors. Discrètement, je sors mon téléphone pour vérifier notre localisation, mais le petit point sur la carte ne me dit pas grand-chose.

Derrière moi, j'entends Petra sangloter. Elle est mal habillée, son manteau est trop fin et elle n'a pas de bonnet, même si elle essaie de se protéger avec sa capuche.

– Vous voulez mon bonnet ? je lui propose.

Elle me regarde comme si elle n'avait pas compris la question.

– Vous voulez un bonnet ? je répète.

– Non. Non, ça va.

Mais je vois bien que ça ne va pas du tout, ses dents claquent. J'essaie d'imaginer ce que ça me ferait d'avoir un enfant perdu dans cette tempête. Ce doit être insupportable.

– Et merde, on ne va jamais retrouver Lea comme ça ! s'exclame Viktor après quelques minutes. Il faut qu'on appelle à l'aide.

– Vas-y, dans ce cas, s'écrie Petra par-dessus le vent. Fais demi-tour. Moi, je cherche ma fille.

– Petra, tu n'es pas habillée assez chaudement, lui fait remarquer Viktor, plus doux. On peut aller chercher ma voiture. Parcourir la zone et...

– Non, assène Petra avant d'ajouter, plus lentement : Je n'irai nulle part avec toi.

Ils se fixent un instant.

– C'était un accident, dit Viktor.

– Vraiment ? Alors pourquoi tu n'as rien dit ? Pourquoi tu l'as abandonné ? Pourquoi tu n'as pas appelé la police ?

– Je...

Viktor fait un pas vers elle et elle recule d'autant.

– Je ne pouvais pas.

– Pourquoi tu ne m'en as pas parlé ? insiste Petra, sa voix se brisant sur le dernier mot.

Constatant que la situation est en train de m'échapper, je les interromps.

– J'ai trouvé quelque chose ! dis-je en me penchant.

J'attrape l'objet et en balaie la neige.

Petra porte la main à sa bouche.

– C'est... ? demande Viktor.

– Le téléphone de Lea, répond Petra.

# Sævar
## Inspecteur au commissariat d'Akranes

*Maintenant*
*Dimanche 5 novembre 2017*

Edda mena Sævar et Hördur à la chambre qu'ils allaient utiliser pour leurs interrogatoires. Elle eut même la gentillesse de leur préparer du thé. Sævar n'en raffolait pas, mais la boisson chaude avait quelque chose de réconfortant après avoir passé la majeure partie de la journée dehors au pied d'un précipice. Malgré le soleil et le temps en apparence clément, le froid demeurait mordant, s'insinuant sous les vêtements sans qu'on le remarque.

La première cliente avec laquelle ils comptaient s'entretenir entra dans la chambre après un bref instant. Une grande femme séduisante. Lorsqu'elle s'assit, Sævar remarqua ses faux ongles impeccables et deux bagues probablement coûteuses – d'après lui, même s'il n'y connaissait rien.

– Votre nom complet, s'il vous plaît ? demanda Hördur.
– Stefanía Hjaltadóttir Snæberg.
– Merci. Vous pouvez nous raconter la soirée d'hier ?
– Bien sûr. Je... euh... par quoi dois-je commencer ?
– Ce qui vous arrange.

– OK.

Stefanía baissa la tête et Sævar put presque voir ses méninges se mettre en marche. Elle était stressée, cela ne faisait aucun doute.

– Vous pourriez par exemple commencer par votre arrivée au dîner, proposa Hördur.

– Je suis descendue au restaurant à dix-neuf heures. Petra et moi avions déjà bu quelques verres avec Viktor dans sa chambre.

Stefanía tressaillit et essuya une larme invisible.

– Pourquoi vous êtes-vous retrouvés tous les trois ? demanda Sævar.

– C'est Petra qui m'avait invitée. On voulait bavarder.

– De quoi avez-vous parlé ?

– De tout et de rien. Nous nous sommes remémoré le passé, ce genre de choses. Plus jeunes, on était inséparables, et puis… et puis chacun a fait sa route.

– Je vois, acquiesça Sævar avec un sourire. Avez-vous été témoin d'une certaine tension entre Viktor et Petra ?

Stefanía ouvrit la bouche avant de la refermer aussitôt.

– Non, pas à ce moment-là, dit-elle finalement.

– Plus tard dans la soirée ?

– Je n'ai pas bien vu…

– Qu'est-ce que vous n'avez pas bien vu ?

– C'était juste…, commença-t-elle en remuant sur sa chaise. Je crois que Petra s'inquiétait pour cette fille, là. La copine de Viktor.

– Maja ?

– C'est ça.

Sævar regarda Hördur.

– Et vous, aviez-vous des raisons de croire que Viktor pouvait être impliqué dans la disparition de Maja ? demanda ce dernier.

Stefanía se mit à rire, comme si cette idée était ridicule,

mais elle s'interrompit dès qu'elle vit les visages graves des deux policiers.

– Non, je... pas du tout. Ça ne m'a pas traversé l'esprit une seule seconde.

– Mais ça a traversé celui de Petra ?

– Elle trouvait bizarre que Viktor ne s'inquiète pas plus.

– Je vois, répondit Hördur. Vous a-t-elle semblé furieuse envers Viktor ?

– Furieuse ? répéta Stefanía avant de secouer la tête. Non, je ne crois pas.

– Il s'est passé autre chose ? Quelque chose qui aurait attiré votre attention ?

– Non, rien du tout, répondit Stefanía d'un ton résolu.

Ils lui posèrent quelques questions supplémentaires, mais rien de ce qu'elle leur dit ne les avança sur ce qui avait pu arriver.

Lorsqu'elle fut ressortie, Sævar tira deux feuilles d'un dossier et les parcourut.

– Petra n'avait pas complètement tort, commenta-t-il.

– Ah ? À quel sujet ?

– Ses inquiétudes étaient fondées. Ces deux derniers mois, la police de Reykjavík a dû se rendre chez Viktor et Maja deux fois. La première fois, leurs voisins ont été alertés par des bruits de dispute venant de leur appartement. La deuxième fois, c'est un passant qui a appelé les secours en entendant un cri.

# Petra Snæberg

*Nuit du samedi 4
au dimanche 5 novembre 2017*

J'ai perdu toute notion du temps, ainsi que de la distance qui nous sépare de l'hôtel. On n'en distingue plus la lumière depuis longtemps. Les tourbillons de neige qui s'abattent du ciel me fouettent les yeux, rendant ma visibilité presque nulle et m'empêchant de respirer. Je ne sais pas où nous nous rendons, mais je crois que nous allons devoir faire demi-tour sans tarder. Et faire confiance à Irma pour retrouver son chemin.

Je continue de crier le nom de Lea, mais le vent emporte le son de ma voix. Je sens le poids de son téléphone dans ma poche, et je sais qu'elle ne l'aurait jamais abandonné, à moins que quelque chose de terrible se soit produit. Son téléphone est comme une extension, un membre de son corps, au moins aussi important pour elle qu'une main ou une jambe. J'essaie d'éloigner ces pensées sombres, d'imaginer qu'elle est déjà de retour à l'hôtel, bien au chaud dans son lit, ignorant que nous sommes dehors, à sa recherche.

Lea a passé sa soirée avec Harpa et elles semblaient bien s'amuser, toutes les deux.

Mais pour être parfaitement honnête, je ne me rappelle pas vraiment l'avoir vue ce soir, trop absorbée par ma petite personne et par tout ce qui se passait pour penser à elle. Je me demande d'ailleurs si ce n'est pas constamment le cas. Je me préoccupe trop de mon travail, de mes soucis, pour prêter attention à ceux de ma fille. Je les ai toujours considérés comme des problèmes typiques d'adolescente qui se résoudraient avec le temps. Je me disais qu'elle traversait juste une période difficile, comme la plupart des jeunes de son âge.

À présent, je suis convaincue que j'aurais pu faire plus d'efforts. Que j'aurais dû l'écouter davantage, essayer de discuter avec elle. On aurait dû faire ce voyage mère-fille que je projetais depuis toujours. On ne fait jamais rien ensemble. Rien de ce que je m'imaginais quand elle était petite ne s'est réalisé.

Lea est née prématurée, avec un bras tendu au-dessus de la tête, comme un petit Superman. Lorsque je l'ai prise dans mes bras, que j'ai vu ses toutes petites mains et sa bouche grimaçante, j'ai compris que les clichés étaient vrais : plus rien d'autre n'avait d'importance, mon cœur avait doublé de taille et je l'aimais plus que je n'avais jamais aimé qui que ce soit.

Ces dernières années, on dirait que j'ai oublié tout ça. J'ai laissé le fossé se creuser entre nous, je n'ai pas été présente pour elle. Je n'ai pas été une bonne mère.

Je laisse mes larmes couler librement, ce n'est pas comme si quelqu'un pouvait les voir dans l'obscurité qui nous entoure.

– C'est ridicule, entends-je Viktor marmonner derrière moi. On est où, exactement ?

Irma s'immobilise et nous jette un regard en arrière. C'est la seule à porter une tenue appropriée, elle ne semble même pas essoufflée.

Je tourne sur moi-même dans l'espoir d'apercevoir Lea. Dans mon esprit, elle gît quelque part, tremblante de froid dans ses vêtements humides. *Ma petite fille adorée*, me dis-je, et mes larmes redoublent.

— Je vais téléphoner, dit Viktor en s'éloignant de quelques pas.

Il n'a pourtant pas besoin d'intimité, avec les assauts du vent, c'est à peine si on s'entend.

— Qui comptez-vous appeler ? lui lance Irma.

— Je ne sais pas, répond Viktor, agitant le bras avec grandiloquence en signe d'incertitude. Les secours, l'hôtel. Peut-être que Lea est déjà de retour là-bas.

— Il n'a pas tort, dis-je à Irma une fois qu'il nous tourne le dos. Peut-être que Lea est revenue à l'hôtel.

— C'est possible, répond-elle, étonnamment calme.

Elle n'a sans doute pas d'enfants, elle ne peut pas comprendre à quel point j'ai besoin de retrouver ma fille de toute urgence.

J'essaie de tirer sur ma capuche pour qu'elle me protège mieux. Mes oreilles sont gelées, et j'ai l'impression que mon cerveau se transforme lui aussi en glace, petit à petit.

— Est-ce qu'on ne devrait pas faire demi-tour ? je demande en observant Viktor qui semble lutter pour obtenir du réseau.

Il continue de s'éloigner en tenant son téléphone en l'air, et sa silhouette s'efface toujours un peu plus dans les tourbillons de flocons.

— Pas tout de suite, répond Irma avec un sourire avant d'ajouter : Tu ne me reconnais donc pas ?

— Hein ?

Viktor réapparaît dans notre champ de vision, son téléphone à l'oreille, l'air frustré.

Le désespoir s'abat soudain sur moi. Comme si on

n'allait pas réussir à regagner l'hôtel. Comme si on allait même mourir ici.

– Qu'est-ce que vous dites, Irma ?
– Tu ne me vois pas, poursuit-elle, et son sourire s'élargit. Regarde-moi, Petra. Tu ne comprends donc pas qui je suis ?

# Sævar
## Inspecteur au commissariat d'Akranes

*Maintenant*
***Dimanche 5 novembre 2017***

Assise le dos parfaitement droit, la jeune fille attendait leurs questions.
– Votre nom complet ? demanda Hördur.
– Sigrún Lea Gestsdóttir Snæberg.
– Bien, Sigrún…
– Lea, le corrigea-t-elle. On m'appelle toujours Lea.
– D'accord, acquiesça Hördur. Lea, dans ce cas. Vous pouvez nous raconter la soirée d'hier ?
– Oui, je…, commença-t-elle avant de baisser les yeux et d'inspirer profondément. J'ai passé toute la soirée avec Harpa. Elle est venue dans ma chambre avant le dîner et… et nous avons bu.
Elle leva les yeux, comme si elle s'attendait à une réaction, mais devant leur silence elle reprit :
– Ensuite, on s'est rendues au bar, Harpa était à moitié ivre. Moi aussi. Elle allait tout le temps chercher de nouveaux verres et je… euh…
– Tout va bien, glissa Sævar. Nous ne sommes pas là pour parler de ça.
Il lui sourit et attendit qu'elle poursuive.
– Oui, bref…

Elle ferma les yeux, comme si elle avait du mal à reprendre.

– Je comptais aller me coucher, mais j'ai reçu un message. Un mail.

Sævar savait que trois personnes étaient parties à la recherche de Lea, mais il ignorait pourquoi la jeune fille avait ressenti le besoin de s'enfuir de l'hôtel par un temps pareil.

– Je... euh... j'avais discuté avec ce garçon. Birgir, du moins c'est le prénom qu'il m'avait donné. Il disait habiter en Suède depuis tout petit. J'ai été stupide, je n'ai jamais soupçonné qu'il puisse mentir. Je veux dire... Il avait une page Instagram et tout semblait normal dessus. Plein de photos, d'amis et...

– Mais il n'existait pas, c'est ça ?

– Non, répondit-elle, les joues écarlates.

– Que disait-il, ce mail ?

– Rien du tout. C'étaient juste des photos. De moi...

Sævar et Hördur échangèrent un regard. Lea n'avait pas besoin de donner davantage d'explications. Ils avaient déjà été confrontés à des affaires de jeunes filles ayant envoyé des photos à caractère sexuel à des garçons qui les avaient ensuite partagées. Souvent, ce n'étaient même pas des garçons, mais des hommes qui payaient pour obtenir ces photos. Et dans la plupart des cas, les jeunes filles étaient encore mineures : ces hommes profitaient de leur innocence et de leur envie de gagner un peu d'argent facilement.

– Que s'est-il passé ensuite ?

– Je me suis installée à la réception, j'étais complètement saoule. Je croyais que j'allais vomir, et puis la femme qui travaille ici est venue me voir. Je ne me rappelle plus comment elle s'appelle. Elle m'a aidée, m'a donné du Coca, après ça je me suis sentie très fatiguée.

La femme a dit que je pouvais me coucher là, dans une des chambres inoccupées, j'ai dû m'endormir aussitôt.

Lea releva la tête.

– La fin de soirée est un peu floue dans mon esprit, mais elle a dit… elle a dit quelque chose.

Elle fronça soudain les sourcils, semblant en profonde réflexion.

– Quoi donc ?

– Elle a dit… qu'elle avait eu un chien qui s'appelait…

Lea déglutit.

– Un chien ?

Elle secoua la tête.

– Oh, ce n'était rien.

– D'accord, dit Sævar. Donc, si je vous suis, vous n'êtes pas sortie de la nuit ?

– Non, pas du tout, répondit-elle en secouant de nouveau la tête. Je me suis simplement réveillée ce matin dans cette chambre et mon téléphone avait disparu.

Sævar s'appuya au dossier de sa chaise. Si Lea disait bien la vérité, Irma, l'employée de l'hôtel, savait donc pendant tout ce temps que l'adolescente dormait dans une des chambres, parfaitement en sécurité. L'affaire prenait un tournant inattendu. Il fallait qu'il en sache un peu plus sur cette Irma.

# Irma
## Employée de l'hôtel

*Nuit du samedi 4
au dimanche 5 novembre 2017*

Viktor essaie toujours de téléphoner. Je pourrais lui dire que c'est sans espoir : il n'y a pas de réseau ici.

– Tu ne me reconnais pas ? je demande à Petra, mais pas besoin de réponse, je vois bien à son visage que ce n'est pas le cas.

Pourquoi me reconnaîtrait-elle ? On ne se ressemble pas du tout. Je tiens de Maman, on me l'a répété de plus en plus souvent à mesure que je grandissais. Nous avons toutes les deux le visage plutôt rond et la peau pâle. Des yeux trop rapprochés pour être considérés comme beaux. La seule chose héritée de mon père, ce sont mes cheveux bruns. De ce que j'en sais. J'ai aussi pu hériter de son caractère, de ses tics, des expressions de son visage, sans en avoir conscience. On ne se connaît pas du tout.

Lorsqu'il est apparu à la porte de l'hôtel vendredi, j'ai retenu mon souffle en me demandant s'il me reconnaîtrait, même s'il ne m'avait pas vue depuis que j'étais toute petite. Pourrais-je déceler le moindre signe sur son visage ? Mais non, je n'ai rien vu de tel, ce qui prouve qu'il ne s'est pas du tout intéressé à moi depuis ma petite enfance – à supposer qu'il se soit intéressé à moi à cette époque.

Je ne m'attendais pas vraiment à autre chose. Ayant observé mon père pendant quelque temps, j'avais compris que tout ce qui lui importe, c'est lui-même et son argent.

Je n'avais pas plus envie que ça de faire sa connaissance, mais il n'était pas le seul qui comptait. Quand un enfant naît, il ne gagne pas qu'un père et une mère, il se lie à tout un arbre généalogique. A toute une collection d'oncles et de tantes, de cousins et de cousines, de grands-parents. De frères et sœurs.

Depuis toute petite, je rêvais d'avoir un frère ou une sœur, quelqu'un qui me suivrait où que j'aille. Les amis que je me faisais, il fallait que je m'en sépare chaque fois que Maman et moi déménagions. Un frère ou une sœur aurait déménagé avec nous. Avec le temps, j'ai pris de plus en plus conscience de ce que je manquais. De ce dont j'avais été privée, simplement parce que mon père ne voulait pas entendre parler de moi.

Un jour, alors que j'étais dans ma voiture devant la maison de mon père, j'ai vu Petra et Gestur pénétrer dans la cour avec leurs enfants Lea et Ari. Ils étaient si beaux, la parfaite famille de ces campagnes publicitaires qui font chaud au cœur. Je me rappelle précisément ce que portait Petra ce jour-là : une chemise bleu clair, ses cheveux indomptables retenus par une paire de lunettes de soleil, et les jambes de son jean retroussées révélant ses chevilles minces. Pieds nus dans ses sandales, elle avait verni ses ongles d'orteils.

J'ai tout de suite voulu faire partie de leur vie.

J'avais beau vivre seule, la maladie de Maman continuait d'affecter mon existence. J'avais du mal à garder un travail et à recevoir un salaire suffisant pour payer mon loyer.

Petra et Gestur menaient une vie tellement éloignée de la mienne. Ils fréquentaient les soirées mondaines de Reykjavík et ne pouvaient presque pas sortir sans que leurs visages souriants apparaissent dans les médias en ligne. Grâce à leurs réseaux sociaux, j'ai aussi pu constater qu'ils ne tenaient pas en place : voyages à l'étranger, fêtes fastueuses, triomphes au travail comme ailleurs. Tout ce glamour, ces vêtements fabuleux, ces maisons de luxe, ces voitures et... je voulais tout ça. J'y avais droit.

Alors je me suis garée devant chez eux et, assise dans ma voiture, j'ai observé ce qui se passait par leurs fenêtres. J'ai appris comment se structuraient leurs journées, ce qu'ils faisaient le week-end et avec qui. J'ai essayé de rassembler le courage d'aller frapper à leur porte pour me présenter, mais je ne savais pas quoi dire.

J'ai longtemps attendu la bonne occasion, puis elle est enfin arrivée.

– Je suis censée vous reconnaître ? me demande ma sœur en me regardant d'un air surpris.

Elle semble nerveuse, comme si j'avais dit quelque chose qui l'avait mise mal à l'aise. Elle croise les bras, se penche légèrement en arrière et regarde dans la direction de Viktor, comme pour s'assurer qu'il est encore là.

Petra est quelqu'un de sensible, c'est quelque chose que nous partageons. J'ai hâte de découvrir nos autres points communs.

# Sævar
Inspecteur au commissariat d'Akranes

*Maintenant*
*Dimanche 5 novembre 2017*

On leur offrit un repas à l'hôtel, et Sævar accepta avec reconnaissance, car il s'efforçait depuis des heures d'ignorer les gargouillements de son ventre. Depuis que Hördur l'avait réveillé pour lui annoncer la découverte du corps, il n'avait mangé qu'un petit pot de *skyr* sur la route depuis Akranes.

Edda arriva dans la chambre avec deux menus.

– Choisissez ce que vous voulez, dit-elle. C'est offert par la maison, bien sûr.

– Merci beaucoup, répondit Sævar.

Il parcourut le menu et demanda un hamburger, tandis que Hördur commanda un sandwich au poulet. Ils n'avaient pas beaucoup de temps pour manger, mais Sævar savait qu'il ne tiendrait pas la journée sans refaire le plein d'énergie.

Le fil des événements demeurait assez flou. Il ne comprenait pas pourquoi Irma s'était sentie obligée de mentir et de raconter que Lea était sortie.

Leurs repas arrivèrent rapidement, et ils restèrent silencieux jusqu'à ce qu'il ne reste que quelques frites sur leurs assiettes.

Sævar but une gorgée de soda et demanda :
— Tu crois qu'elle a prémédité ça ?
— Qui ?
— Irma. L'employée de l'hôtel.
— Ah… Bonne question, répondit Hördur en reposant ses couverts.
— Pourquoi avoir inventé ce mensonge au sujet de Lea ?

Edda entra et débarrassa.
— Café ? demanda-t-elle.

Ils acceptèrent tous les deux et la regardèrent ramasser les assiettes d'un geste expert avant de sortir en fermant la porte derrière elle.

— Elle est brune. La mèche retrouvée dans la main de la victime était brune aussi. Ça pourrait être ses cheveux, suggéra Sævar.
— Mais pourquoi ? demanda Hördur.

Sævar ne répondit pas. Il se posait la même question. Pourquoi l'employée de l'hôtel avait-elle mené deux clients au sommet des rochers de Knarrarklettir ? Et comment l'un d'eux avait-il fini par tomber du haut du précipice ?

Il ne pouvait s'empêcher de penser que tout cela avait été méticuleusement planifié.

# Petra Snæberg

***Nuit du samedi 4***
***au dimanche 5 novembre 2017***

– Ma sœur, dis-je d'une voix si faible qu'elle s'entend à peine à travers les sifflements du vent. Mais ce n'est pas possible.
– Vraiment ? demande Irma.
Je m'apprête à nier, à lui dire qu'elle se trompe, lorsque les mots de Maman me reviennent à l'esprit. *Personne n'a jamais dit qu'un mariage était simple.* Je la revois, s'essuyant les lèvres avec sa serviette en me racontant que Papa l'avait trompée.
Les fragments de souvenir s'assemblent comme un puzzle, chaque pièce prend enfin sa place. Irma sourit en voyant mon expression, mais Viktor revient avant que j'aie eu le temps de répondre.
Il a abandonné l'idée de joindre les secours et nous regarde l'une après l'autre.
– Qu'est-ce qui se passe ? demande-t-il.
Le sourire d'Irma a disparu dès qu'il nous a rejointes.
– Je ne sais pas, Viktor, dit-elle. Peut-être que tu devrais nous le dire. Peut-être que tu devrais expliquer à Petra ce qui se passe.
Viktor la fixe un instant avant de secouer la tête.

– De quoi parlez-vous ? Et pour qui vous vous prenez ?

Irma fait un pas vers moi et me dit à voix basse, afin que je sois la seule à l'entendre :

– Il n'est pas celui que tu crois, Petra.

– Qu'est-ce que vous racontez ? lance Viktor en s'approchant.

– Je t'ai observé depuis ton arrivée, répond Irma. J'ai vu ce que tu as fait à Maja. J'ai trouvé le vase brisé sous votre lit, et son débardeur plein de sang.

Viktor se met à rire.

– Putain, mais qu'est-ce que… ?

Je ferme les yeux un instant et inspire profondément pendant qu'Irma poursuit :

– Je t'ai vu entrer dans la chambre de Petra la nuit dernière. Je t'ai vu rester debout près de son lit, à la regarder dormir.

– C'est un mensonge !

Les narines de Viktor se dilatent et à nouveau je perçois sur son visage quelque chose de sinistre. Quelque chose qui ne ressemble pas au Viktor que je connais.

– Si j'avais su de quoi tu es capable, j'aurais agi bien plus tôt, lui dit Irma, puis elle ajoute en se tournant vers moi : Jamais je ne le laisserai te faire du mal, nous sommes sœurs. J'ai allumé la lumière de ta chambre pour le faire fuir.

– Comment es-tu entré ? je demande à Viktor.

– La porte était ouverte, répond-il. Je voulais juste…

– Juste quoi ? l'interrompt Irma. Rester planté là et la fixer alors que tu venais d'assassiner Maja ?

J'ai la nausée.

– Ce petit mot sur ma voiture… ? dis-je.

Irma sourit.

– C'était moi. J'aurais dû être plus claire, mais je ne pouvais pas prendre le risque que tu en parles à Viktor ou à quelqu'un d'autre. Je voulais seulement que tu restes sur tes gardes.

– Mais il était signé M.

– Je me suis dit que le message aurait plus d'impact si tu croyais qu'il venait de Maja, m'explique Irma.

Depuis notre départ précipité de l'hôtel, j'étais si inquiète pour Lea que je n'ai pas pensé une seconde à Viktor ou Teddi. Ou Maja. Que lui est-il arrivé ? Viktor n'a quand même pas pu la tuer ?

Mon cœur cogne contre ma poitrine, mais cette fois ce n'est plus parce que je m'inquiète pour Lea ; une peur totale me paralyse. Sans doute la même émotion qu'un animal ressent face à un prédateur.

Viktor commence à s'approcher de moi mais je l'arrête immédiatement.

– Qu'est-il arrivé à Maja ? je lui demande.

En vérité, ce n'est pas à elle que je pense. Je suis retournée presque deux décennies en arrière. L'image qui m'a obsédée pendant toutes ces années me revient à l'esprit. Teddi sur la route au pied du mont Akrafjall. Teddi faisant des signes avec ses bras. Une lumière vive, aveuglante.

En général, ma vision s'arrête ici. Aujourd'hui, elle se poursuit, et j'imagine les mains de Viktor sur le volant, ses yeux qui croisent ceux de Teddi. Cette expression sur son visage que j'ai perçue tout à l'heure et que je ne connaissais pas, bien que mon cousin ait toujours fait partie de ma vie.

Et je visualise le pied de Viktor qui appuie sur l'accélérateur.

# Sævar
Inspecteur au commissariat d'Akranes

*Maintenant*
*Dimanche 5 novembre 2017*

Leur repas terminé, ils reprirent leurs recherches.

Sævar ne comprenait toujours pas ce qui avait pu pousser Irma à mener ses deux clients vers les rochers de Knarrarklettir. Il envisagea la possibilité qu'elle n'ait pas su qui était Lea lorsqu'elle l'avait aidée dans la soirée – qu'elle se soit trompée, qu'elle ait pensé qu'ils cherchaient une fille différente – mais cela semblait hautement improbable. Peut-être y avait-il eu un incident, un différend entre Irma et la famille, et qu'elle avait voulu se venger, mais cette hypothèse ne le convainquait pas davantage. Il penchait pour une autre explication.

Il se demanda alors pourquoi la famille avait réservé l'hôtel dans lequel Irma travaillait – était-ce un hasard, ou cela cachait-il quelque chose ? Quelque chose qui pourrait les renseigner sur Irma. Il confia ces réflexions à Hördur, et ils se mirent d'accord pour avoir une nouvelle conversation avec Edda.

Il s'avéra qu'Irma avait envoyé une candidature spontanée à l'hôtel. Très motivée et ne recevant pas de réponse immédiate, elle avait téléphoné pour se présenter. C'était son enthousiasme qui avait plu à Edda.

– C'est une excellente employée, même si elle sort un peu des sentiers battus. Elle est toujours ponctuelle et anticipe tout ce qu'elle doit faire sans que j'aie besoin de lui dire.
– Quand était-ce ? demanda Sævar.
– Quand a-t-elle postulé, vous voulez dire ? Au printemps. Avril ou mai, je crois.
– Vous vous rappelez si la famille Snæberg avait déjà réservé l'hôtel ?
– Il me semble que c'était à peu près à la même période. Heureusement, nous n'avions qu'une chambre réservée pour un couple, et ils ont annulé lorsque nous leur avons expliqué qu'une grande réunion de famille allait avoir lieu.
– Qui a fait la réservation ?
– La femme de Haraldur, Ester, répondit Edda. Elle a téléphoné pour réserver tout l'établissement. C'est elle qui a organisé les excursions et repas du week-end.

\* \* \*

– Nous avons créé un groupe sur Facebook pour tout planifier, et notamment pour décider ensemble quel hôtel j'allais réserver, leur dit Ester quelques minutes plus tard.

Edda était sortie, et Sævar et Hördur avaient fait venir Ester en lui expliquant avoir besoin de renseignements sur l'organisation du week-end. Les yeux rouges, elle tenait un mouchoir dans sa main.

– Il était ouvert à tous ou privé ? demanda Sævar.
– Je n'en sais rien. C'est mon fils Smári qui s'est occupé des détails techniques. Je ne me suis pas posé la question.

Elle réfléchit un instant.

– Attendez une seconde, ajouta-t-elle. Maintenant que

j'y repense, il fallait demander une autorisation pour y accéder.

– Vous pourriez nous la montrer ? demanda Hördur.

– Si vous avez un ordinateur, oui, je devrais y arriver.

Sævar sortit un ordinateur portable, ouvrit Facebook et tourna l'écran vers Ester. Il lui fallut plusieurs tentatives pour retrouver son mot de passe et accéder aux paramètres du groupe.

– Voilà, dit-elle. La Réunion de la Famille Snæberg.

– Je peux ? demanda Sævar.

Elle acquiesça et il reprit l'ordinateur.

Ouvrant la liste des membres du groupe, il fit défiler les noms des nombreux descendants d'Ingólfur, de leurs conjoints et de leurs enfants.

– Vous reconnaissez tout le monde ? demanda-t-il.

– Voyons voir.

Ester prit le temps de lire chaque nom avec attention.

– Oui, ce sont tous des membres de la famille ou des conjoints.

Sævar éprouva une pointe de déception.

– Vous avez discuté de l'organisation du week-end sur d'autres plateformes ?

– Non, pas que je sache.

– Des membres de la famille auraient-ils pu partager des détails de cette réunion avec des personnes extérieures ? demanda Hördur.

– Ça, je ne sais pas…, hésita Ester. J'imagine que oui.

Sævar comprit qu'il allait être impossible de déterminer avec précision comment Irma avait appris l'événement – si c'était bien le cas. Peut-être que tout ça n'était qu'une coïncidence.

– Vous souvenez-vous de circonstances particulières au cours desquelles le sujet a pu être abordé en dehors de ce groupe Facebook ? demanda-t-il.

– Eh bien... Nous abordions le sujet chaque fois nous nous voyions. Et Elín, la femme d'Ingvar, nous téléphonait de temps en temps pour avoir des précisions, parce que son mari n'est pas très actif sur Facebook. Il ne la tenait jamais au courant de ce qui avait été décidé. Elle refuse d'utiliser les réseaux sociaux. D'ailleurs...

Ester fronça les sourcils et jeta un nouveau coup d'œil à la liste des membres.

– J'aurais pu jurer qu'elle n'avait pas de compte Facebook. Oui, en y repensant, on en a même parlé ce week-end, parce que j'étais persuadée que c'était elle qui avait suggéré cet hôtel, et il me semble qu'elle m'a bien répété qu'elle n'était pas sur le réseau. Mais son nom est là...

Sævar cliqua sur le profil d'Elín et l'étudia un moment. Inscrite depuis quelques mois, elle n'avait qu'une poignée d'amis, dont un seul était un membre de la famille : Lea, la fille de Petra. Sa photo de profil était celle d'une femme portant des lunettes de soleil et un chapeau, prise de trop loin pour qu'on distingue vraiment ses traits. Une femme qui pourrait être Elín, ou quelqu'un qui lui ressemble à une certaine distance.

– Vous pourriez l'appeler et lui demander si c'est bien sa page Facebook ? proposa Sævar.

Cela prendrait moins de temps que de devoir courir après Elín pour qu'elle se joigne à eux.

– Où voulez-vous en venir ? rétorqua soudain Ester, plissant les yeux. Pourquoi toutes ces questions sur notre groupe Facebook ? Quel rapport avec l'accident ? Je n'aime pas l'idée que notre famille soit interrogée comme de vulgaires criminels. Surtout pas après le choc que nous venons de subir...

– Nous devrions être en mesure de vous l'expliquer plus tard dans la journée, je l'espère, répondit Hördur avec calme. Si vous pouviez nous rendre ce service ?

Tandis qu'Ester les regardait avec suspicion, Sævar songea qu'elle ne se laisserait pas manipuler aussi facilement. Mais elle finit par soupirer et sortir son téléphone. Puis, avec leur permission, elle s'éclipsa un instant afin de passer l'appel.

– Elín n'a jamais ouvert de compte Facebook, annonça-t-elle à son retour, sa fureur ayant cédé la place au trouble. J'insiste pour que vous me disiez ce qui se passe.

Hördur lui assura que la famille serait informée dès que Sævar et lui auraient terminé d'interroger l'ensemble du personnel et des clients. Ester devait l'accepter, mais elle ne se priva pas de leur envoyer un regard perçant en quittant la chambre.

*  *  *

Sævar et Hördur étaient assis face à Irma. Sur la table devant elle, ils avaient placé un petit tas de feuilles imprimées.

– Quand avez-vous planifié tout cela, Irma ? demanda Sævar.

– Planifié quoi ? répondit-elle sans jeter un regard aux feuilles.

– Dès que vous avez été engagée dans cet hôtel ? insista Sævar en lui présentant de nouveaux documents. À moins que vous ayez postulé précisément parce que les Snæberg envisageaient d'organiser leur réunion de famille ici ?

– Je ne vois pas de quoi vous voulez parler, asséna Irma.

– Ou bien vous aviez commencé à échafauder votre plan avant ? poursuivit Sævar. À l'époque où vous avez commencé à écrire à Lea, la fille de Petra âgée de seize ans, en vous faisant passer pour un certain...

Il se pencha pour lire le nom :
– Birgir ?
– Je ne comprends pas, répondit Irma sans ciller. Je ne lui ai jamais écrit.

La certitude de Sævar vacilla un instant. Peut-être faisaient-ils fausse route. À ce stade, ils ne pouvaient pas prouver qu'Irma était bien Birgir. Afin de tracer son adresse IP, il leur faudrait l'aide du département informatique de la police de Reykjavík, le mandat d'un juge et un peu plus de temps. Mais il garda confiance tandis qu'il poursuivait son interrogatoire :

– Lea a eu la gentillesse de nous montrer les messages qu'elle a reçus de Birgir. Ils ont entamé leur correspondance au printemps, à peu près à la période où la famille a commencé à organiser le week-end dans cet hôtel.

Irma resta silencieuse, mais Sævar crut déceler un léger tressaillement au coin de ses lèvres. À part ça, ses mots ne semblaient pas avoir eu le moindre effet sur elle.

Il demeurait cependant convaincu qu'il y avait de bonnes chances qu'elle soit le véritable Birgir. Il ne comprenait toujours pas ses motivations, mais tous les indices suggéraient qu'elle avait prémédité l'ensemble, à un ou deux détails près. Restait à savoir pour quelle raison elle avait prétendu que Lea s'était enfuie et entraîné Viktor et Petra avec elle à sa recherche.

Il décida de ne pas la pousser davantage à ce sujet pour le moment, mais d'emprunter un nouvel angle d'attaque.

– Vous avez postulé auprès de cet hôtel peu de temps après, alors que les propriétaires n'avaient pas publié d'annonce. Qu'est-ce qui vous a motivée ?

– J'ai toujours voulu travailler dans un hôtel, répondit Irma. Et celui-ci est incroyable. Je veux dire… Regardez autour de vous. Qui n'aurait pas envie de travailler dans un environnement pareil ?

– Donc, c'est une pure coïncidence ?

Irma acquiesça, l'air presque amusé.

– Nous avons remarqué que, peu de temps après la création du groupe Facebook familial, un nouveau profil est apparu au nom d'Elín, la femme d'Ingvar Snæberg. Pourtant, elle ignorait son existence. Ça vous dit quelque chose ?

– Non, répondit-elle, semblant réprimer un bâillement.

– Et le nom Capitaine, ça ne vous dit rien non plus ?

Sævar observa sa réaction de près. Elle parut soudain plus éveillée, comme si quelque chose s'était allumé dans son cerveau. Il poursuivit :

– Ce n'est pas le plus courant en Islande, mais on le donne parfois à des animaux de compagnie. Des chiens, par exemple...

C'était la source des soupçons de Sævar. Soupçons qu'elle venait de confirmer avec sa réaction. Lorsqu'ils avaient de nouveau interrogé Lea, un peu plus tôt, elle leur avait raconté que Birgir parlait souvent de son chien Capitaine. Et que lorsque Irma s'était occupée d'elle la nuit précédente, elle avait mentionné un chien portant le même nom. Il pouvait s'agir d'une coïncidence mais, comme Sævar l'avait appris au fil de son expérience au sein de la police, les véritables coïncidences sont rares.

– Vous vous rappelez peut-être avoir parlé de votre chien Capitaine à Lea pendant que vous l'aidiez à se coucher dans une des chambres de l'hôtel, juste avant que vous ne partiez à sa recherche avec deux autres clients, dit Sævar. C'est ce que j'ai du mal à comprendre, Irma. Pourquoi avoir prétendu que Lea était sortie ? Quel était votre plan ?

Irma baissa enfin les yeux sur la table et contempla les feuilles contenant tout l'historique des messages entre Lea et Birgir. Sævar attendit une réponse, mais elle demeurait obstinément silencieuse.

– Nous pouvons continuer à bavarder aussi longtemps qu'il le faudra, reprit-il d'un ton décontracté. Mais la vérité finira par éclater. En ce moment même, notre police scientifique établit l'empreinte numérique de Birgir. Avec Internet, voyez-vous, il est presque impossible de ne pas laisser de traces, et je me demande quel genre de traces vous avez laissé derrière vous, Irma.

Ce n'était pas exactement la vérité, mais ce n'en était pas si loin. Selon lui, ils avaient un dossier assez solide pour demander l'autorisation d'identifier la personne qui se faisait passer pour Birgir *via* son adresse IP, et cela les mènerait droit à Irma.

– Alors, quel était votre plan ? répéta-t-il.
– Mon plan ? dit Irma en regardant par la fenêtre. Je voulais juste apprendre à les connaître.
– Qui ?
– Ma famille. La famille Snæberg.

Sævar arqua un sourcil.

– Mais vous n'appartenez pas à cette...
– À cette famille ? Oh que si, le coupa-t-elle. Je n'en ai peut-être pas l'air, mais c'est bien le cas. Il y a à peu près un an, ma mère m'a enfin avoué qui était mon père.

Un sourire aux lèvres, Irma sembla prendre plaisir à ajouter :

– Petra et moi sommes sœurs. Son père, Haraldur, est également le mien.

Cette fois, ce fut Sævar qui garda le silence. Il ne s'était pas attendu à ça.

– Je suis prête à faire un test ADN pour le prouver, poursuivit-elle. Il a eu une liaison avec ma mère il y a un peu plus de trente ans. Je connaissais évidemment la famille Snæberg. Je veux dire... qui ne la connaît pas ?

– Peu de gens, admit Sævar.

Irma l'ignora :

– J'ai longtemps pensé à aller le voir, pour découvrir ce qu'il aurait à me dire mais... mais finalement, je n'ai pas pu. J'étais certaine qu'il ne m'accueillerait pas à bras ouverts, ce n'est pas ce genre d'homme. Pas du genre tendre et affectueux.

Sævar pouvait difficilement la contredire.

– Mais je voulais faire la connaissance de certains d'entre eux, comme Petra, par exemple, continua Irma. Ma sœur. J'ai passé beaucoup de temps devant chez elle à essayer de rassembler le courage d'aller frapper à sa porte mais... je n'ai pas pu non plus. Je n'y arrivais pas.

– Alors, vous avez décidé de duper sa fille ?

– Ce n'était pas..., répondit-elle d'un ton vif, avant de marquer une pause et de reprendre d'une voix plus douce : Ça n'a jamais été le but. Je pensais seulement qu'en apprendre plus sur eux me faciliterait la tâche. Que j'aurais moins de mal à créer du lien quand je me déciderais enfin à me présenter.

– Mais vous ne l'avez jamais fait ?

– Non, répondit Irma en glissant une mèche de cheveux derrière son oreille. Je pensais que ce week-end serait l'occasion parfaite.

– C'était le cas ? demanda Sævar.

– Oui, acquiesça-t-elle avec un grand sourire. Oui, je l'ai annoncé à Petra cette nuit.

– Comment l'a-t-elle pris ?

– Elle a été surprise, comme il fallait s'y attendre.

– Très bien, dit Sævar, qui commençait à se faire une idée du fil des événements. Donc, vous avez créé le profil d'un adolescent pour pouvoir discuter avec Lea, découvert que la famille comptait organiser une réunion, vous avez réussi à vous faire engager dans un hôtel et vous avez rejoint le groupe Facebook des Snæberg sous le nom d'Elín afin de recommander votre établissement. Le but de tout ça, c'était d'apprendre à mieux les connaître ?

— Vous devez comprendre qu'ils ne m'auraient jamais laissée entrer si je m'étais contentée de frapper à leur porte. Ils m'auraient rejetée. Je ne pouvais pas prendre ce risque.

— OK, et que s'est-il passé ensuite, Irma ? Vous n'avez toujours pas répondu à ma question : pourquoi avoir prétendu que Lea était sortie ?

S'appuyant au dossier de sa chaise, Irma garda le silence un instant. Puis :

— La famille est différente de ce à quoi je m'attendais, beaucoup plus dysfonctionnelle. En les observant tout le week-end, je me suis rendu compte à quel point certains d'entre eux sont brisés. Je savais tout de Lea, mais j'ai été surprise de voir le nombre de moutons noirs qu'abrite cette famille. De voir à quel point ils sont malheureux.

« Et ils sont tous tellement égocentriques qu'ils ne m'ont jamais remarquée, ne m'ont jamais vue, alors que j'étais témoin de tout ce qui se passait entre eux. J'ai entendu ce qui est arrivé dans la chambre de Maja et Viktor. J'ai trouvé le vase et le débardeur couvert de sang sous leur lit.

Irma s'apprêta soudain à se lever.

— J'ai gardé le débardeur, je vais...

— Irma, l'interrompit Sævar en lui faisant signe de rester assise. Nous n'en avons pas besoin.

— Mais Viktor était dangereux... Il a tué Maja et il menaçait Petra. Je les ai surveillés hier soir, j'ai vu comme elle avait peur de lui.

— Vous pensez que Petra courait un risque avec lui ?

Sævar commençait à soupçonner qu'Irma était prête à aller très loin pour sa toute nouvelle famille.

— Il était amoureux d'elle, dit-elle. Vous auriez dû le

voir, quand il était avec elle. Mais bien sûr, elle ne remarquait rien. Dans la nuit de vendredi à samedi, il est entré dans sa chambre et il est resté planté là à l'observer. J'ai dû allumer les lumières pour le faire fuir.

– Donc, vous avez décidé de prendre les choses en main ? Pourquoi ? Pour protéger Petra, cette sœur que vous ne connaissiez même pas ?

Un instant, Sævar eut la sensation d'avoir touché un point sensible. Une vague de douleur traversa le visage d'Irma. Puis elle sourit et dit :

– Je les connais mieux qu'ils ne l'imaginent.

– Vous avouez donc avoir assassiné Viktor ?

– Bien sûr que non, asséna Irma. Mais j'ai voulu les faire sortir pour montrer à Petra qui il était vraiment. Je voulais seulement lui donner une bonne leçon.

– Une bonne leçon ?

– Je voulais qu'il avoue ce qu'il a fait à Maja. Et je pensais que, au milieu de nulle part, sans issue de secours, il finirait par tout cracher.

Sævar ne la croyait pas. Il était persuadé qu'elle les avait menés vers ce précipice dans un tout autre but.

– Vous savez quoi ? dit-il en s'adossant à sa chaise. Maja a été retrouvée saine et sauve, tout à l'heure. Elle a enfin appelé ses parents pour leur donner des nouvelles. Elle avait demandé à son ex-compagnon de venir la chercher vendredi soir, après s'être disputée avec Viktor. Dans la précipitation, elle a oublié son téléphone à l'hôtel et n'a repris contact avec ses proches qu'aujourd'hui.

Irma ne prononça pas un mot, mais la nouvelle l'avait clairement déstabilisée. S'emparant de son collier, elle se mit à triturer le petit cœur en or qui y pendait.

Hördur, resté silencieux pendant leur échange, se pencha en avant et lui demanda :

– Que s'est-il passé cette nuit, Irma ?

# Irma
Employée de l'hôtel

*Nuit du samedi 4*
*au dimanche 5 novembre 2017*

Je me suis figuré ce moment un million de fois. J'ai imaginé d'innombrables versions – certaines finissaient bien, d'autres mal.

Je comprends que la nouvelle que je viens d'annoncer à Petra est loin d'être réjouissante. Personne ne veut entendre parler des péchés de ses parents, n'est-ce pas ? Nous voulons garder intacte l'image que nous nous sommes faite d'eux dans notre enfance. C'est toujours un choc d'apprendre que nos parents sont humains et commettent des erreurs.

J'ignorais quelle serait sa réaction si j'allais frapper chez elle et me présentais comme sa sœur. Mais je ne me considérais plus comme une spectatrice, qui suivait de loin sans agir.

C'était comme une addiction. Quand je ne les voyais pas de mes yeux, je pensais à eux. À la maison, je fixais constamment l'écran de mon ordinateur à attendre qu'ils partagent une nouvelle photo, une nouvelle publication. Je n'en avais jamais assez. Je n'en savais jamais assez. Je ne me sentais jamais assez proche. Je voulais m'introduire chez eux, inspecter chaque objet, mais c'était trop difficile. Dès qu'ils sortaient, ou même simplement la nuit, quand ils se couchaient, ils activaient l'alarme. Ils fermaient toujours leur porte à clé, sauf quand ils étaient tous présents – ce qui empêchait toute intrusion. Malgré ça, j'ai réussi à m'immiscer chez eux une fois. Seule à la maison, Petra était allée prendre sa douche. Je suis entrée par la porte de derrière, restée ouverte. Je comptais seulement prendre quelques photos avant de ressortir. Mais il y avait tant de choses à voir que je me suis enfoncée toujours plus loin dans la maison. À l'étage, j'entendais l'eau couler, je savais donc que Petra n'apparaîtrait pas tout de suite.

Tout à coup, je me suis retrouvée dans la chambre de Petra et Gestur. Ouvrant l'armoire, j'ai effleuré du doigt toutes ces belles robes et ces pulls si doux. Je n'avais jamais vu une penderie aussi pleine. L'eau a cessé de couler et j'ai compris qu'il fallait que je me dépêche. Sans réfléchir, je me suis emparée d'un collier trouvé sur la table de chevet, une chaîne ornée d'un petit cœur en or, et je me suis précipitée dehors.

Cette visite n'a fait qu'accroître mon envie de les connaître. Et j'ai fini par trouver le moyen.

Je n'ai jamais voulu que ça aille aussi loin, au point de recevoir des photos dénudées de Lea. La seule idée de les avoir regardées me donne la nausée. Immédiatement, j'ai supprimé le faux profil de Birgir.

Au début, je n'avais créé cette identité que pour pouvoir me rapprocher de la famille. Je savais que Lea serait la plus facile à aborder.

Sérieusement, les enfants ont confiance en n'importe qui. Ils ne comprennent pas à quel point il est facile de prétendre être quelqu'un d'autre.

Pour moi, ce n'était qu'une manière de réunir les informations dont j'avais besoin avant d'intégrer cette famille. Après tout, Lea est ma nièce, j'avais le droit de faire sa connaissance. Par ailleurs, je voulais l'aider à gagner en assurance. J'avais vu son comportement sur les réseaux sociaux, sa façon de toujours vouloir plaire à tout le monde. Elle n'avait pas confiance en elle, et Birgir l'a soutenue. Il est devenu son confident, celui qui lui remontait le moral et la complimentait.

Je n'ai jamais voulu la blesser.

Lorsque j'ai compris à quel point Viktor était dangereux, lorsque je l'ai vu menacer Petra, Lea est devenue un outil. Je n'en suis pas fière, mais j'avais besoin d'elle pour parvenir à mes fins. Il me fallait une adolescente troublée, un peu de somnifères et une bonne dose de chance pour arriver à attirer Petra et Viktor hors de l'hôtel. Je suis même surprise que mon plan ait si bien fonctionné.

– Il n'est rien arrivé à Maja ! s'écrie Viktor. Absolument rien. On s'est disputés, elle s'est mise en colère parce que je n'ai pas réagi comme elle l'aurait voulu quand elle m'a annoncé qu'elle était enceinte. Je veux dire, et puis quoi encore ? Je suis censé sauter de joie lorsqu'elle me dit qu'on va avoir un enfant, alors que ça fait cinq minutes qu'on est ensemble ? Cinq minutes ! Sérieusement, Maja est loin d'être aussi fragile que vous le croyez. C'est *elle* qui a lancé les hostilités et s'est mise à hurler. Hurler comme… comme une folle furieuse. La seule chose que j'ai faite, c'est de reculer. C'est là qu'elle est tombée. Elle a atterri la tête la première sur le bureau, ça a fait basculer le vase et il s'est cassé. Le sol est en béton, putain ! Il y avait du sang partout. Après ça, elle est partie. Comme une furie. Je n'ai aucune idée d'où elle est allée, mais j'étais censé faire quoi ? La suivre ?

– Oui ! crie Petra, si fort que je sursaute. Évidemment que tu aurais dû la suivre. Elle était enceinte, n'avait pas de voiture, et on est au milieu de nulle part, Viktor ! Tu t'en fichais ?

– Bien sûr que non, je ne m'en fichais pas.

Il retire son bonnet et passe la main dans ses cheveux.
– Je ne te crois pas, dit Petra.

Malgré sa voix enrouée, elle semble avoir oublié le froid. Elle n'essaie même pas de protéger sa tête, bien que ses cheveux volent dans tous les sens et se recouvrent peu à peu de flocons.

– Jusqu'ici, tu n'as fait que raconter des mensonges, Viktor, ajoute-t-elle.

– Petra.

Il secoue la tête, comme si ce qu'elle disait n'avait pas de sens.

– Tu as assassiné Teddi, lâche Petra tout doucement.

Puis elle hausse soudain le ton, comme si quelque chose en elle ne se laissait plus dompter.

– Tu l'as tué !

– OK ! s'écrie Viktor. OK, je l'ai tué ! Mais seulement parce qu'il n'était pas assez bien pour toi. Steffý m'a raconté ce qui s'est passé. Qu'il ne te lâchait pas, même quand tu as essayé de te dégager. Il refusait de s'arrêter alors que tu le lui avais demandé.

– Ce n'était pas de sa faute. Je… J'ai juste eu une crise d'angoisse. Oui, j'ai fini par le repousser, mais il s'est immédiatement arrêté quand il a compris que je ne voulais pas. Ce n'était pas de sa faute.

– Petra.

Viktor fait un pas vers elle.

– Tu méritais mieux que lui. Je voulais seulement te protéger.

– Tu l'as tué, répète-t-elle.

– Ne dis pas ça.

Viktor tend une main suppliante vers elle, comme pour essayer de l'apaiser. Mais elle n'a pas le temps de réagir, car quelqu'un accourt vers eux, surgissant d'entre les tourbillons de neige.

# Sævar
Inspecteur au commissariat d'Akranes

*Maintenant*
***Dimanche 5 novembre 2017***

Petra tremblait en attrapant son verre d'eau. Elle le vida d'un trait, puis le reposa et essuya ses lèvres du dos de la main.

– Excusez-moi, je... je...

– Ne vous inquiétez pas, dit Hördur avec un sourire. Vous n'avez qu'à commencer quand vous serez prête.

– Oui, d'accord, euh...

La voix rauque, elle s'éclaircit la gorge.

– Quelle était la question, déjà ?

– Pourriez-vous nous expliquer ce qui s'est passé à partir du moment où Irma, Viktor et vous êtes sortis de l'hôtel ?

– Oui, bien sûr.

Petra balaya une mèche de cheveux de son visage, puis souffla.

– Irma est venue nous trouver pour nous dire que Lea était sortie. C'est ma fille. Elle n'a pas toujours eu... pas toujours eu le moral au beau fixe.

Sævar hocha la tête.

– Bref, nous sommes partis à sa recherche et la météo

était désastreuse. Un vrai blizzard. Je me suis contentée de suivre Irma, elle semblait savoir où elle allait.

– Vous ne trouviez pas étrange qu'elle paraisse si sûre de la direction à prendre ?

– Si... enfin non. Au début, oui, mais après on a retrouvé le téléphone de Lea, répondit Petra avant de hausser les épaules. Je ne sais pas. J'étais un peu ivre. Nous l'étions tous les deux.

Sævar savait qu'Irma avait pris le téléphone de l'adolescente, sans doute par sécurité, au cas où elle devrait persuader Viktor et Petra de continuer à la suivre.

– Viktor et vous ? demanda-t-il.

– Oui.

S'humectant les lèvres, Petra regarda son verre vide.

– Vous voulez encore de l'eau ? proposa Sævar.

Elle acquiesça, et il remplit son verre.

– Merci, dit Petra avant de boire – cette fois une petite gorgée. D'un coup, on s'est retrouvés sur une espèce de plateau. Ou une montagne. Je ne me rappelle pourtant pas avoir eu l'impression de grimper une côte abrupte, c'était plutôt une pente douce. Je ne comprenais pas du tout où nous nous trouvions. J'avais envie de faire demi-tour, je me disais qu'on aurait plus de chances de localiser Lea avec l'aide des secours. J'avais tellement peur. Les gens meurent dehors dans un temps pareil, s'ils ne sont pas suffisamment couverts.

– Très juste, acquiesça Hördur. Mais Lea n'est jamais sortie, c'est bien ça ?

– Non, jamais.

– Que s'est-il passé ensuite ? demanda Hördur. Quand avez-vous appris qui était réellement Irma ?

– Elle a fini par me dire que nous étions sœurs.

Petra semblait loin d'être aussi enthousiaste qu'Irma à cette idée.

– Vous savez que c'est elle qui a envoyé tous ces messages à votre fille, je crois ? En prétendant être un garçon de son âge ? dit Hördur.

Elle hocha la tête.

– Et ensuite ? Que s'est-il passé après qu'Irma vous a annoncé être votre sœur ?

– On...

Petra se mit à ronger l'ongle de son pouce. Puis elle sembla se reprendre, écarta sa main et la posa d'un geste déterminé sur sa cuisse.

– Il faisait vraiment un temps catastrophique. Viktor s'est éloigné pour essayer de capter du réseau et nous l'avons perdu de vue dans la tempête.

– C'est vrai ?

– Nous l'avons cherché, mais impossible de le retrouver. Finalement, on est parvenues à faire demi-tour et à revenir à l'hôtel.

– Irma et vous ?

Petra hocha la tête.

– On a immédiatement appelé la police en voyant que Viktor n'était toujours pas rentré, puis les secours sont arrivés et...

– Et ils ont retrouvé le corps ce matin, compléta Hördur.

Sævar observa Petra. Disait-elle la vérité ? Peinant à croire à une explication aussi simple, il se demanda si Irma et Petra n'avaient pas profité du chemin du retour pour faire coïncider leurs témoignages. Elles avaient raconté exactement la même chose. Étaient-elles prêtes à aller aussi loin pour se protéger mutuellement alors qu'elles se connaissaient à peine ? Il avait du mal à se figurer ce qui poussait Petra à couvrir Irma, après tout ce que cette dernière avait fait subir à sa fille. Concernant Irma, c'était une autre histoire. Il avait déjà constaté jusqu'où elle était prête à aller pour sa sœur Petra. Avait-elle vu là une occasion de se faire accepter ?

– D'après vous, pourquoi Irma vous a menti au sujet de Lea ? demanda-t-il.

– Parce que..., hésita Petra. Parce qu'elle voulait m'avertir.

– Vous avertir de quoi ?

– Du danger que représentait Viktor. Elle le considérait comme dangereux.

– Et vous ?

– Quoi ?

– Vous pensiez que Viktor était dangereux ?

Petra baissa les yeux, passant un doigt sur la chair à vif autour de l'ongle de son pouce.

– Je ne savais pas quoi penser.

– Irma n'aurait pas pu vous avertir autrement qu'en mettant en place un tel stratagème ? demanda Hördur. Vous faire sortir par ce temps, vous emmener en haut d'une montagne... C'est beaucoup d'efforts pour un simple avertissement.

– Je crois... Je crois qu'elle voulait que Viktor tombe.

– Dans ce précipice, vous voulez dire ?

– Oui. Je crois qu'elle nous a emmenés sur ce sommet parce qu'elle était persuadée que je courais un risque avec lui. Elle était persuadée que Viktor avait fait du mal à Maja.

– Donc, elle l'a poussé dans le vide ? demanda Sævar.

– Non. Ce n'est pas ce que j'ai dit. J'ai dit qu'elle voulait qu'il tombe, mais quand l'occasion s'est présentée, elle ne l'a pas poussé. Comme je vous l'ai dit, je crois qu'elle n'a pas toute sa tête. Sa vie a été difficile. Sa mère est malade, elle est seule et...

– Et pourtant, la vie de Viktor s'achève exactement comme elle le souhaitait. Vous ne trouvez pas la coïncidence un peu énorme ? insista Hördur. Nous sommes censés croire qu'aucune de vous deux n'a joué un rôle là-dedans ?

Petra se pencha sur la table.

— Irma estimait devoir me protéger. Elle pensait que Viktor était dangereux, mais pour finir, c'était un accident. Nous avons perdu Viktor et il est tombé du haut d'un précipice. Croyez ce que vous voulez, c'est la vérité.

Sævar posa sur la table une photo montrant le poing de Viktor serré sur quelques longs cheveux bruns.

— Dans ce cas, comment expliquez-vous ça ?

Petra observa le cliché un moment avant de détourner le regard, une expression de douleur au visage. Elle ferma les yeux, inspira profondément puis fixa Sævar d'un air résolu.

— Irma avait raison au sujet de Viktor, dans une certaine mesure. Ce n'était pas un homme bien. Il...

Sævar patienta, mais Petra ne semblait pas parvenir à finir sa phrase.

— Que voulez-vous dire ? demanda-t-il finalement.

— Visiblement, Viktor avait des sentiments pour moi depuis longtemps. Des sentiments...

Elle inspira par le nez avant de poursuivre :

— Des sentiments dont j'ignorais l'existence. Je l'ai toujours vu comme mon cousin, mais il ne semblait pas de cet avis. Cette nuit, il a essayé de... de...

Petra déglutit et baissa la tête. Ses yeux se remplirent de larmes.

— Je vois, dit Sævar.

Elle acquiesça. Puis elle releva la tête, le regard désespéré.

— Faut-il que ça aille plus loin que ça ? S'il vous plaît, je ne veux pas que ma famille en entende parler...

Sævar et Hördur échangèrent un regard. Ils ne pouvaient rien promettre.

– À qui appartiennent ces cheveux, alors ?

– À moi. Viktor a essayé de m'apaiser, de me dire que tout irait bien. C'est ce qu'il faisait toujours, il me consolait quand j'allais mal.

La voix de Petra se mit à trembler d'une fureur soudaine lorsqu'elle ajouta :

– Mais en fait, c'était de sa faute si rien n'allait, et depuis le début.

# Petra Snæberg

*Maintenant*
*Dimanche 5 novembre 2017*

Le désordre est le même que quand nous sommes partis vendredi, mais à présent, je m'en fiche. Un peu de bazar n'a pas grande importance, avec le recul. J'ai les larmes aux yeux en sentant cette odeur familière, celle qui caractérise notre maison, mais qu'on ne perçoit qu'après avoir été absents quelque temps. Les lumières s'allument à l'intérieur et mon regard se dirige vers la fenêtre. Dehors, l'obscurité est totale, on n'aperçoit que le haut des buissons au pied du mur extérieur.

Je tire les rideaux. Gestur ne dit rien.

– J'ai faim, lance Lea en ouvrant le réfrigérateur. Il n'y a rien à manger.

– Je peux aller chercher quelque chose, propose Gestur.

– Des sushis ? demande Lea.

– Des sushis, ça me va, dis-je.

Ari hausse les épaules pour signifier son indifférence.

– Je m'en occupe, dis-je. Lea, tu viens avec moi ?

Elle ouvre la bouche comme pour protester, mais sourit finalement.

– D'accord, je viens. On peut acheter des bonbons sur le chemin ?

\* \* \*

Après le repas, je me glisse sous la douche. Je n'ai pas pris de douche depuis hier, mais on croirait que ça fait des mois. Ma peau est étrangement sensible et j'ai l'impression de sentir encore le vent glacial sur mon épiderme.

Je reste un long moment sous le jet, laisse l'eau couler directement sur mon visage jusqu'à ce que je me réchauffe enfin.

À chaque fois que je ferme les yeux, je revois l'instant où Viktor a disparu. Une seconde il se tenait devant moi, la suivante il s'était volatilisé, comme si la terre l'avait avalé.

Il ne me reste que la nostalgie. Il me manque. Ce que nous étions me manque. Appartenir à ce petit trio. Être ado et ne jamais réfléchir au fait que tout a une fin.

Lorsque je ressors de la douche, un épais nuage de condensation flotte dans la salle de bains, m'enveloppant d'une douce chaleur. Je n'ai pas envie d'ouvrir la fenêtre tout de suite, je me contente d'essuyer le miroir afin d'inspecter mon reflet. Comme ça, les cheveux mouillés, sans maquillage, je me sens vulnérable. J'ai l'impression de me voir telle que je suis, avec quelques racines grises et de fines ridules autour des yeux. Je n'ai plus dix-sept ans. Dieu merci.

Malgré tout ce qui s'est passé, je suis débarrassée d'un poids. Je dois toujours porter des secrets, peut-être encore plus qu'avant, mais étrangement, cela me semble plus supportable à présent. Peut-être parce que cette fois, j'ai la conviction qu'une forme de justice a été rendue.

Je songe que cette façon de penser a peut-être vieilli. Quelle était l'expression, déjà ? Ah oui : un œil pour un œil finira par rendre le monde aveugle. Que donne une vie pour une vie, dans ce cas ? En l'occurrence : deux meurtres.

Je crois cependant que Tryggvi n'avait pas l'intention de tuer Viktor. Il est soudain sorti des ténèbres et l'a attrapé par le col de son manteau, l'éloignant de moi. Il l'a poussé par terre dans la neige, puis il est resté au-dessus de lui pendant qu'il lui parlait.

Je n'ai pas immédiatement entendu ce qu'il lui disait, mais j'ai fini par comprendre.

Tryggvi était le père de Teddi. Je me rappelle que Teddi parlait souvent de lui. Ses parents venaient de se séparer quand on s'est connus, et il allait souvent voir son père le week-end. Il disait être convaincu que cette séparation n'était que temporaire. En tout cas, il l'espérait.

Viktor s'est relevé avec difficulté, mais Tryggvi ne cessait de se rapprocher, l'obligeant à reculer. Et puis tout à coup, il a disparu. Je pense sincèrement que Tryggvi n'avait pas vu le précipice.

Une fraction de seconde avant la chute, Viktor et moi avons échangé un regard, et j'ai eu l'impression qu'il savait ce qui allait se passer. Il avait les yeux écarquillés de terreur et de désarroi. Il ne voulait pas mourir.

Après ça, Tryggvi a disparu à son tour. Il s'est enfoncé dans les tourbillons de neige et personne ne s'est interrogé sur son absence aujourd'hui. Dans l'agitation, tout le monde semblait l'avoir oublié.

Je me demande où il est passé. S'il est retourné à l'hôtel pendant la nuit ou s'il est allé ailleurs. J'ai vu Oddný assise seule ce matin. Elle ne semblait pas le chercher, j'en déduis donc qu'elle ne s'inquiétait pas pour lui. Je n'ai pas voulu lui poser de questions.

\* \* \*

Le soir venu, Gestur et moi nous installons dans le canapé. Aucun de nous n'allume la télévision. Nous savourons le silence. De l'étage inférieur nous parvient l'écho du film que Lea et Ari sont en train de regarder. Il vient à peine de commencer mais, les connaissant, ils doivent déjà avoir vidé la moitié de leur stock de sucreries.

– Comment tu te sens ? me demande Gestur après un moment. Je peux faire quelque chose ?

– Non, ça va. Je ne me sens pas si mal.

C'est vrai. Compte tenu des circonstances, je vais plutôt bien. Gestur pense que je suis triste parce que Viktor est mort, mais je ne peux pas lui avouer la vérité. Je ne peux pas lui dire que la mort de Viktor m'a surtout soulagée.

Ma famille n'est pas parfaite. Nous n'avons jamais prétendu l'être. Nous ne sommes pas responsables du regard que les autres portent sur nous. Les gens s'imaginent qu'avoir de l'argent et de jolies choses fait le bonheur. Pour moi, ça n'a jamais été le cas. De mon point de vue, notre richesse a toujours été un poids plus qu'autre chose.

Je repense à Irma, qui semblait chercher mon approbation avec tant d'ardeur. Je pense à tout ce qu'elle a entrepris pour faire notre connaissance, ma connaissance. Elle désire tant faire partie de cette famille que je ne me sens pas capable de le lui refuser.

En fait, je n'ai pas le choix. Nous nous sommes mises d'accord sur ce que nous comptions dire à la police. Je ne voulais pas dénoncer Tryggvi et, en remerciement de son silence, j'ai promis à Irma que nous garderions contact. Je l'ai même invitée à déjeuner le week-end prochain. Je n'en ai aucune envie, après tout ce qu'elle a fait à Lea, et je ne peux certainement pas obliger ma fille à s'asseoir à table avec elle. Lea a déjà subi tant d'épreuves. Non seulement Birgir, le garçon dont elle était amoureuse, s'est révélé imaginaire, mais en plus j'ai appris qu'un vieil homme la harcelait sur Internet. Un homme qui est allé jusqu'à la pourchasser à l'hôtel. Nous ne savons pas de qui il s'agit, mais nous avons donné un signalement à la police de Snæfellsnes, qui semble avoir identifié un suspect.

Je suis sûre que je finirai par réussir à me débarrasser d'Irma. Elle va bien comprendre que nous n'avons rien en commun, si ce n'est notre père. Nous ne pourrions pas être plus différentes.

Gestur me tend la main, comme pour enterrer la hache de guerre. Il n'essaie pas d'attraper la mienne, il attend simplement de voir si je veux la lui donner.

Je m'exécute et, immédiatement, j'ai la sensation qu'une tension s'apaise entre nous.

Il m'embrasse sur le haut du crâne, et nous restons assis un moment, les doigts entremêlés, à écouter les rires de nos enfants.

# Tryggvi

***Dimanche 5 novembre 2017***

La tombe de Theódór se situe à Ísafjördur. Nanna est retournée y habiter après la mort de son fils. Elle voulait qu'il soit enterré à l'endroit où il est né, et vivre près de lui. Par ailleurs, elle avait encore beaucoup de proches là-bas.

Ça ne dérangeait pas Oddný que je prenne la voiture. Elle est rentrée avec quelqu'un de sa famille. Je lui ai dit que je viendrais chercher mes affaires à mon retour à la capitale. Elle a compris, même si elle était triste que notre relation prenne fin. Je crois qu'en fait, ça ne l'a pas surprise. Nous n'étions pas faits l'un pour l'autre, nous cherchions juste à combler un vide dans nos vies respectives. Mais un vide qui ne serait jamais comblé, en tout cas en ce qui me concerne.

Le voyage me prend une bonne demi-journée. Heureusement, il fait beau et je profite du paysage en parcourant ces fjords successifs. Je me réchauffe peu à peu grâce aux rayons du soleil qui s'immiscent dans la voiture. Sélectionnant une station de radio qui passe de vieux titres, j'ai l'impression de faire un bond dans le passé. D'être redevenu jeune.

Je m'arrête à une station-service pour boire un café. Je n'ai pas fermé l'œil de la nuit, mais la caféine aide, du moins pour l'instant. Une sérénité que je n'ai pas ressentie depuis longtemps m'envahit. En repensant à ce qui s'est passé la nuit dernière, j'ai l'impression que c'était l'acte de quelqu'un d'autre. Je ne me souviens pas précisément du moment où j'ai entendu la conversation entre Petra et Viktor pendant que j'étais aux toilettes. Je ne me rappelle que vaguement les avoir suivis dans la tempête. Un seul souvenir est parfaitement limpide : la voix de Viktor lorsqu'il a avoué l'avoir tué. Avoir assassiné mon Teddi.

Je ne sais pas quelles étaient mes intentions en les suivant ainsi. Je ne comptais faire de mal à personne. Mais en entendant le ton de Viktor, cette espèce de nonchalance qui prouvait une absence totale de regret, j'ai vu rouge. Non, ce n'est peut-être pas tout à fait ça. Je n'ai pas vu rouge, j'ai vu Theódór. J'ai senti sa présence, retrouvé le son de sa voix, son sourire, son regard si tendre. Tout ce que j'avais perdu, d'un seul coup.

\* \* \*

Le cimetière d'Ísafjördur est de toute beauté en ce dimanche froid de novembre. Le soleil a fait fondre une partie du givre, mais l'herbe fanée demeure couverte de gouttelettes qui scintillent dans la lumière hivernale.

Je la vois tout de suite. Elle se tient devant sa tombe, vêtue d'un manteau marron, avec des gants en cuir et des chaussures de randonnée aux pieds.

– Nanna, dis-je une fois que je suis assez proche, mais aussi doucement que possible.

Ça ne l'empêche pas de sursauter. Elle me regarde un instant, ouvre la bouche et écarquille les yeux.

– Tryggvi. Qu'est-ce… qu'est-ce que…

– Je me suis dit que j'allais passer. J'espère que ça ne te dérange pas.

– Non, bien sûr que non. J'étais juste en train de…
– De rendre visite à notre Teddi.
– C'est ça.
– La tombe est belle.

Ce n'est pas un mensonge. Nous avions choisi une stèle en granite noir, ornée seulement de son nom et d'une courte inscription. Une lanterne est posée devant la pierre, ainsi qu'un petit vase accueillant des roses artificielles.

– C'est difficile de la maintenir en état l'hiver, me dit Nanna. À cause du vent et la neige, tu vois.

Nous restons un moment silencieux à observer la pierre tombale. Je ne peux m'empêcher de penser que nous sommes enfin réunis tous les trois, comme nous aimions tant l'être.

– Tu veux venir prendre un café ? me propose Nanna au bout d'un instant.

– Avec plaisir, oui. Merci.

# Sævar
## Inspecteur au commissariat d'Akranes

*Maintenant*
***Dimanche 5 novembre 2017***

Le soir venu, ils prirent le volant pour regagner Akranes. Le temps était calme et, sous le ciel chargé d'étoiles, les montagnes ne semblaient plus aussi menaçantes que le matin même.

Sævar ne pouvait se débarrasser de l'intuition que Petra sous-entendait quelque chose avec ses derniers mots, lorsqu'elle avait dit que c'était de la faute de Viktor si rien n'allait. Il avait d'abord cru qu'elle voulait parler des sentiments de ce dernier envers elle, mais il n'en était plus si sûr.

Impossible de décrypter ses paroles toutefois, tout comme ils ne pouvaient prouver que quelqu'un – et si oui, qui – avait poussé Viktor du haut de ce précipice. Peut-être que c'était un accident, peut-être pas. Ils feraient de leur mieux pour découvrir la vérité.

– Tu peux allumer la radio, si tu veux, lui dit Hördur.

Sævar sélectionna la radio 1, qui passait un morceau de Bob Dylan, *Like a Rolling Stone*. Il augmenta le volume et fredonna la chanson. Il avait été un grand fan de Dylan plus jeune – et encore aujourd'hui, à vrai dire.

Il avait hâte de rentrer chez lui et de prendre une douche.

Beaucoup de travail les attendait le lendemain. Un travail plus fastidieux que ce qu'ils avaient fait aujourd'hui, mais pas moins important. La rédaction du rapport. Puis la poursuite de l'enquête, même si Sævar doutait déjà de parvenir à déterrer de nouveaux éléments.

Dans une certaine mesure, il était soulagé. Toute la journée, il avait craint que Maja ne réapparaisse pas, auquel cas il aurait fallu organiser une battue sur l'ensemble de la zone. Et dans l'hypothèse tragique où elle aurait été retrouvée morte, la police aurait eu du mal à expliquer à la famille pourquoi les recherches n'avaient pas commencé plus tôt. Heureusement, Maja avait téléphoné dès qu'elle avait appris que sa famille s'inquiétait. Catastrophée, elle n'avait cessé de s'excuser. Sævar se demandait si elle se rendait compte de la cascade d'événements que sa disparition avait engendrée.

Ils prendraient sa déposition le lendemain, mais au téléphone elle avait plus ou moins expliqué tous les éléments la concernant. Le vendredi soir, elle avait regagné sa chambre d'hôtel avec Viktor et lui avait annoncé sa grossesse. Il avait mal réagi, avait dit ne pas vouloir d'enfant tout de suite, car il n'était pas sûr que leur relation durerait. Maja affirmait qu'ils s'étaient ensuite disputés. Un peu bousculés, aussi, mais elle ne voulait surtout pas suggérer que Viktor s'était montré violent. Elle disait être tombée par accident, avoir brisé le vase du bureau et saigné du nez. Elle s'était changée, et voilà comment son débardeur ensanglanté avait fini par terre.

Sævar l'avait interrogée sur les traces de sang repérées dans le placard de la salle de bains. Maja était allée se nettoyer et en avait profité pour appeler son ex-compagnon, avec qui elle était restée en bons termes, pour lui demander de venir la chercher. L'entendant parler au téléphone à travers la porte, Viktor s'était mis en colère, et la dispute avait repris de plus belle. À la fin, Maja était partie en trombe sans rien emporter d'autre que son manteau. Plus tard, elle avait remarqué qu'elle avait oublié son téléphone, mais ne voulait pas retourner à l'hôtel. Au lieu de ça, elle était restée accroupie sur le bord de la route, tremblant de tout son corps, jusqu'à apercevoir la voiture de son ex-petit ami.

D'après ce que Sævar avait compris, ils avaient ensuite passé le week-end ensemble, probablement trop occupés à ressusciter leur amour passé pour donner des nouvelles. Maja semblait en tout cas d'humeur plutôt joyeuse, en dépit de la mort de Viktor. Les parents de ce dernier, Ingvar et Elín, étaient naturellement dévastés, mais Sævar s'étonnait de l'apparente indifférence de Maja. Peut-être en découvrirait-il plus en s'entretenant avec elle le lendemain.

Il ouvrit son téléphone et consulta les journaux. Tous les gros titres évoquaient l'accident. Le nom de la victime n'avait pas été mentionné dans les deux principaux médias, mais l'information avait rapidement fuité sur les réseaux sociaux, qui s'embrasaient à présent.

Il sélectionna le numéro de Telma, sa compagne, pour lui demander d'aller faire une petite course avant son retour, mais elle ne décrocha pas. Il lui envoya alors un message et reçut immédiatement sa réponse :

*Je suis à Reykjavík, je dors chez Lóa. On se voit demain après les cours.*

Relisant le texto, Sævar éprouva soudain un sentiment de vide. Telma ne serait donc pas à la maison à son retour. Parfois, il avait l'impression que, toute sa vie, il avait retrouvé une maison vide à la fin de la journée.

Heureusement, Birta l'accueillerait en remuant la queue, avec sa fourrure si douce et chaude.

— Au fait, mon vieil ami Jón m'a recontacté hier, dit Hördur en baissant un peu le volume de la radio. Comme tu le sais, on a eu du mal à trouver quelqu'un pour reprendre le poste de Pétur, maintenant qu'il s'en va. Mais figure-toi que la fille de Jón va revenir vivre à Akranes.

— Et elle est inspectrice ?

— Oui, elle a travaillé à Reykjavík ces dernières années. J'ai appelé ses collègues là-bas, ils ne m'en ont dit que du bien.

— Super, commenta Sævar. C'est cool.

Pétur ne lui manquerait pas spécialement, mais il était partagé à l'idée d'accueillir une inconnue au sein du département. Difficile de savoir comment un nouveau membre s'intégrerait à leur petite équipe.

— Elle a à peu près ton âge, précisa Hördur. Tu te souviens peut-être d'elle, vous avez dû aller à l'école ensemble. Elle s'appelle Elma.

— Elma.

Sævar repensa à ses années de jeunesse. Après leur emménagement à Akranes, il avait rejoint le lycée de la région Ouest, mais ses souvenirs de cette époque étaient un peu brumeux, comme dans un rêve. Sans doute parce que c'étaient ses dernières années avec une famille. Avec des parents.

Au lycée, il fréquentait surtout quelques amis triés sur le volet. Ensemble, ils avaient fondé un groupe de musique. Ils louaient un garage sur la rue Ægisbraut et y passaient toutes leurs soirées à essayer de composer des mélodies qui parfois leur semblaient réussies, mais avec le recul, c'était surtout du bruit. Il jouait de la guitare à l'époque, et cela lui arrivait encore, lorsqu'il était seul à la maison. Des chansons d'un tout autre style, calmes et mélancoliques. Les textes qu'il écrivait n'étaient destinés qu'aux oreilles de Birta. Même Telma n'avait jamais entendu parler du petit carnet dans lequel il conservait ses créations.

– Tu te souviens d'elle ? demanda Hördur, le tirant de ses pensées.

– Hein ? Non. Non, je ne me souviens pas d'une Elma.

**Les Éditions Points s'engagent
pour la protection de l'environnement
et une production française responsable**

Ce livre a été imprimé en France, sur un papier certifié issu de forêts gérées durablement, chez un imprimeur labellisé Imprim'Vert, marque créée en partenariat avec l'Agence de l'eau, l'ADEME (Agence de l'environnement et de la maîtrise de l'énergie) et l'UNIIC (Union nationale des industries de l'impression et de la communication).

La marque Imprim'Vert apporte trois garanties essentielles :

- La suppression totale de l'utilisation de produits toxiques
- La sécurisation des stockages de produits et de déchets dangereux
- La collecte et le traitement de produits dangereux

RÉALISATION : NORD COMPO À VILLENEUVE-D'ASCQ
IMPRESSION : CPI FRANCE
DÉPÔT LÉGAL : FEVRIER 2025. N° 157956 (3059182)
IMPRIMÉ EN FRANCE

# RETROUVEZ LES PRÉCÉDENTS SUCCÈS DE L'AUTEURE

Disponibles en poche chez **POINTS**